當代文學批評

第一辑

王尧 季进 主编

译林出版社

图书在版编目（CIP）数据

当代文学批评. 第一辑 / 王尧，季进主编. -- 南京 : 译林出版社，2025. 8. -- ISBN 978-7-5753-0887-8

Ⅰ. I206.7

中国国家版本馆CIP数据核字第2025MU4375号

当代文学批评（第一辑） 王 尧 季 进 / 主编

项目策划 苏州大学人文高等研究院
喜境（苏州）文化发展公司
责任编辑 祖朝志 焦亚坤
装帧设计 韦 枫
校 对 施雨嘉 蒋 燕
责任印制 闻媛媛

出版发行 译林出版社
地 址 南京市湖南路 1 号 A 楼
邮 箱 yilin@yilin.com
网 址 www.yilin.com
市场热线 025-86633278
排 版 南京展望文化发展有限公司
印 刷 江苏扬中印刷有限公司
开 本 787 毫米 ×1092 毫米 1/16
印 张 19.75
插 页 2
版 次 2025年 8 月第 1 版
印 次 2025年 8 月第 1 次印刷
书 号 ISBN 978-7-5753-0887-8
定 价 60.00 元

卷首语

从夏天到夏天，经过一年时间筹备，《当代文学批评》辑刊第一期终于付梓。

这一年正是人文学科危机被聚焦的一年，因“危机”而来的焦虑和缓解焦虑的努力也就成了《当代文学批评》的胎记。在此意义上，辑刊是当代文学批评转型中的一个环节。

考察学术史我们会发现，学科的危机固然因外部变化而生，相当程度上也是内部困顿使然。“当代文学批评”因其与社会政治经济文化广泛而深刻的联系，外部变化会迅即成为学科的遭遇，这常常会转移学科内部的问题而把重点只放在如何应对外部之变层面。其实正是这种外部与内部的复杂纠结生成了当代文学批评的内驱力，生成了当代文学批评的当代性。“外治”与“内修”兼顾的当代文学批评，需要从容和敏锐地在历史变革中重建。所谓从容，是不必惊慌失措推倒一切；所谓敏锐，是拆除藩篱方可移步换景。

本刊主要关注中国现当代文学与思想文化问题，兼顾文学理论与比较文学视野，以“当代的”文学批评立场研究“当代文学”。虽有栏目之分，但具有“当代性”的文学问题均在研究之域，在学理之中，可标新立异，可删繁就简，可老生常谈，可童言无忌。既是新生媒介，便无门户之见，四海之内大凡认真问学者，皆为同道中人。

若说本刊理想，我们期待：当代文学批评是“历史的”，也是“在场的”；是“学术的”，也是“思想的”；是“问题的”，也是“方法的”；是“审美的”，也是“文化的”。

目录
Contents

世界中的中国文学

文学现场

重审通俗文学

科幻纵横

重绘城市

新诗新论

比较视域 · 夏志清小辑

博论选刊

年谱

世界中的
中国文学

世界从眼前开始：中国文学的“当代性”

王德威

这一主题与苏州大学召开的“世界中的中国当代文学”国际会议（2024年6月19—21日）的核心议题紧密相连。我首先从文学史和文学理论的角度出发进行剖析。随后，我将以一种对话方式分享个人在阅读当代文学过程中的体会和心得。同时，我也思考这些文学作品如何在全球视野下推动中国当代文学的发展，以及它们可能产生的启示和影响。

一、重述文学史的关键词：“世界”与“当代”

首先，我们可以思考一些关键词，比如“世界”与“当代”。“世界”，它实在是一个外来的词语；原本就是一个在世界语言以及文化文明流动的过程中，进入中国语境的词汇。它源自梵语（lokadhātu），从佛经汉语翻译来，由“世”（时间）和“界”（空间）组合而成，这个翻译本身的意义对于我们文学的理解至关重要。世界的“世”原本指的是时间。到了19世纪和20世纪之交，在晚清到民国文化剧烈变动中，“世界”这个词经由日文翻译后再度引入中文语境，有了新意：引入了全球或全球化的内涵，并涵盖国家的流通，以及文明交融互动的线索。

苏州大学的前身东吴大学，在最初的中国文学命名与发生过程中发挥了积极作用。

回溯至1904年，时任东吴大学教师的黄人写出第一本现代中国文学史；同时，北大的林传甲也制作了一份中国文学史的文稿。这两部文学史写作的出现，标志着中国语境中首次对由西方构思发展而来的“世界”“文学”“历史”的叙事框架做出因应。

至于“世界中”——“worlding”这一概念，则源自海德格尔（Martin Heidegger）提出的术语。它将名词转变为动词，意在提醒我们：世界并非一成不变的存在，而是一种不断变化的状态，一种被召唤、揭示的存在方式，即“being-in-the-world”。

在当今的语境中，我们所欲探讨的“世界”观念与全球、国家之间的关系依然深远，但其定义并不仅限于全球化、国家等层面，甚至及于星球。

在我个人主编的《哈佛新编中国现代文学史》中，我曾介绍过这一概念，并借鉴了海德格尔关于“世界”的观念，将其动词化，意在提醒我们，“世界”并非一成不变的存在，而是一个充满动态性的过程与进程。世界是一种召唤，一种变化的状态，它不断促使我们在生存的情境中思考、摸索、揭示那些我们未曾思考或发现的现象。因此，“世界中”是一种机制，一种动态的思维方式，它不断地重新发现我们之间的各种关联。这或许可以作为我们今天讨论“世界中”的起点。

接下来我们探讨“当代”这两个字，尤其是它与“中国”这一特定时空背景之间的紧密联系。在诸多对于当代中国文学的解读中，从文学史的视角、世界文学的维度以及文学理论的立场出发，涌现出了各异的诠释。其中，北京大学洪子诚教授，对于世界文学背景下的当代文学有着独到的见解。在洪子诚的观点中，当代文学在时间上主要指的是从1949年中华人民共和国成立至1980年前后的中国文学。性质上，它的“主导形态”是“社会主义文学”的形态。因此，这个时期的台港澳文学就不包括在内。值得注意的是，此处的“当代文学”并不包括同一时期的台港澳文学。由此可见，洪子诚教授在界定当代文学时，将时间范围的上限定为1949年，而下限则大致划定在1980年前后。这种界定方式为我们提供了一种理解当代文学的视角。洪老师指出，当代文学的内部矛盾冲突性质及其展开方式，与冷战文化之间存在着紧密的联系。这一点尤其体现在国际形势变动的过程中。“当代”一词所承载的战略性乃至策略性意义得以凸显。

而苏州大学王尧老师在两三年前提出了另一种基于发生论视角的当代观。他提及20世纪50年代周扬至邵荃麟关于方向方针、领导性质、任务、成就和经验的论述，这些论述不仅是对当代的建构，同时也涉及了当代文学的论述。这些最初的建构和论述，成为中国当代文学史研究和写作的框架、脉络和基本理论。因此，从发生论或起源的角度来看，当代文学经过不断的论述和不同时期的演化，逐渐发展至我们今天所理解的“当代”。

此外，我们还可以从文学“时间性”的角度来审视当代，顾名思义，“当代”即意味着当下此刻，这是我们普遍认可的一种定义。如果“现代”已经暗示着时间的瞬息流变，“当代”更指向一种与时俱进、日新又“新”的机动性。也因此，当代文学理应首尾相应，相互开放，展现历史进程中每一个稍纵即逝的刹那，所以当代文学有一个特别敏锐的时间感受，向着过去，向着未来，感受到当下此刻的对瞬息万变的一种机动性，甚至某一种危机感。

然而现代中国文学史里的“当代”却另有诉求。倘若“现代”指的是1919年“五四”运动到1949年国共分裂的三十年，1949年新中国成立，即成为“当代”的开端。倏忽七十年过去，“当代”的跨度不断延伸，不但超过“现代”，甚至已然要成为天长地久的“历史”了。原本，“当代”一词应指代当下、此刻，然而如今它似乎已演化为一种象征永恒、天长地久的概念。这种变化不仅体现了对文学历史的深深眷恋，更是对崇高理念的一种坚定追随和确认。从刹那到永恒，这种文学史观的转变无疑反映了多年来政治实践与文化传承之间的紧密关系。

因此，对于“当代”这一概念的理解与诠释，我们需要从更为宽广的视野出发，将其视为一种既包含历史深度又具备现实意义的时代标签。这种理解方式不仅有助于我们更好地把握当代中国的发展脉络，也能为我们提供更为丰富的文化资源和思考空间。

关于“当代”的解读，我们还可以参考台湾省学者王智明博士的观点。他强调，在探讨“当代”的意义时，必须紧密结合中国特定的历史发展脉络进行审视、把握与深思。他进一步指出，“中国当代”的意义远超出当代中国的疆域范围。换言之，对于这一命名及其所蕴含的预期视野，我们不应仅局限于地理坐标的考量，而应拓宽我们的视野，进行全球的思考。

我们提出这一命题，旨在通过以下两方面来深化对当代的认识：一方面，我们借助“中国”这一关键词来拓展当代的意义，进而探索其内部结构。如果当代具有世界性的意义，那么属于中国的当代性又是如何与中国历史进程紧密相连的呢？王智明提醒我们关注当代的空间观念，以进一步丰富我们的理解。另一方面，我们运用“当代”这一概念来丰富对中国的意识和想象，使之不再局限于政治形态。尽管政治进程在中华人民共和国的社会和文化中扮演着重要角色，但仍有诸多不同的时间维度值得我们思考与追踪。在当下此刻，我们有能力从一个世界性的视角来审视中国的当代观念，这构成了我们探讨的重要命题。

二、从无明中“看见”世界：当代文学可畏的想象力

除了中文语境下对当代进行思考的批评者们的贡献外，我还想特别提及意大利著名当代思想家阿甘本（Giorgio Agamben）的观点。在座诸位也许对

这位曾访问过中国的学者有所了解。阿甘本在《什么是当代人》(“What Is the Contemporary?”)一文中明确地写道：“当代人就是那些直观此刻当下的人，他们如此专注，以至于看到的不是光明，而是黑暗。”这种对当代的独特定义，无疑为我们提供了一个新颖而深刻的思考角度。

那些既不同时存在又相互矛盾的元素，它们如同时间进程中的不同段落，相互交织而又参差不齐。作为当代具备辨识力与判断力的学者或文学工作者，他们有能力在这些纷繁复杂的时间碎片中，展现非凡的洞见。面对世界，他们不仅看到光明的一面，也洞察到黑暗的存在。因此，他们得以感知过去，影响当下，既关注现实中的阴暗面，又从历史中汲取灵感与启示，从而推动我们进行深刻的反思。

那么，现状究竟如何呢？我们又是如何从历史的长河中一路走来的？当代社会所展现的积极介入与能动性，使得真正的学者与作家能够敏锐地捕捉到属于他们时代的独特光芒，即便在黑暗中，也能发现那一抹幽暗之光。这种光束以其独特的方式穿越层层迷雾，向我们传递着深刻的信息。

因此，所谓的“当代性”就是自己与置身的时间处于一种独特的关系中，这关系在依循“此刻当下”时间的同时，也与之保持距离。更精确地说，它就是透过断裂及时间错乱感来定位(自身所处)时间的那种关系。所谓当代人，就是知道如何看见、如何能够书写“现在”的蒙昧之处。一个优秀的读者、评论者或作者，往往能够对这种期许产生深刻共鸣。他们将自己置于与时间独特的关系点上，让不同时间维度的元素相互交织、相互映照。在这样的时空交错中，他们既能看到过去与现在的联系，也能预见到未来的可能性。他们知道如何洞察并书写现在，关注那些容易被忽视的细节与缝隙。

在这个历史的当代关键点上，我们需要不断提升自己的洞察力，以更好地观察和理解世界的方方面面。这种洞察力不仅关乎我们如何看待周围的事物，更关乎我们如何审时度势、把握时代的脉搏。同时，我们也应该意识到，锻炼这种洞察力并不需要完全依赖西方的理论框架，而是应该结合本土文化和实际情况，形成具有中国特色的视觉感、判断力和洞察力。

鲁迅在1933年的作品《夜颂》中曾写道：“爱夜的人要有听夜的耳朵和看夜的眼睛，自在暗中，看一切暗。”他们自如地在黑暗之中洞察世间万象，不应将眼前那漆黑一片的夜幕视作混沌不清的虚无。具有敏锐洞察力的思考者、评论者或作家，往往能在这样的黑暗环境中，洞悉出层次丰富的黑色。这些黑色进而汇聚成一道别具一格的光线，从中，他们得以窥见所谓的“黑暗之光”，即隐藏在黑夜中的深刻真理与无尽奥秘。

因此，我认为，鲁迅早在1930年代便已然展现出了一位“当代”作家的风范。这里所指的“当代”，并非仅限于30年代，它同样可以指向我们的当下，乃至遥远的未来。鲁迅对于黑暗的探索与解读，对于我们今天来说，依然具有深刻的启示意义。我们期待更多人能够像鲁迅一样，具备看见——并诉说——黑暗之“美”的能力。

在此，我还想引用另一位知名学者汉娜·阿伦特的观点。她曾深入探讨了在公民社会中，公共性的培养与塑造问题。这无疑为我们提供了一个全新的视角，去思考如何在现代社会中，培养和提升我们的公共意识与责任感。

对于阿伦特而言，公共性实际上是一种“说故事”的纽带，同时也在一定程度上反映了人与人之间关系的断裂。她坚信，人间的公共性及关联性有赖叙事——说故事——的发生性（natality）和现场性证成。正是这种叙事能量所引发的发生性和现场性，使我们得以对公共性有一种尤为敏锐的感知。借由故事，我们相互言说与倾听，产生交锋或对话，公民社会的意义因此敞开。在阿伦特看来，现代之“恶”最诡谲的形式在于，它以最平庸无感的形式渗透于日常生活，并被视为当然，甚至膜之拜之。

但是，阿伦特认为，只有那些幸免于肉身凌辱，尚未因种种劫难而成为行尸走肉的人，才得以在见证不义之余，有能力想象种种恐怖，并运用这可畏的想象力。也就是说，一个优秀的叙事者，即便未曾亲身遭遇现场性的灾难，也能在避免成为行尸走肉之前，凭借其对公共性和叙事能量的自信，以及通过故事传达意义的互信，来开启一个新的社会脉络。因此，在见证不易的同时，我们必须发挥想象力，这种想象力可谓是一种深刻的、具有洞察力的想象力。换言之，作家们以其卓越的笔触描绘出我们普通读者能够想到或感受到但难以言表的各种情境和问题。

在这样的沟通中，我们的故事变得更加丰富，对当代公民社会的信念也因故事的关联性而得到更深一层的确认和加强。因此，从理论层面来看，这些关于当代世界、叙事以及文学能量的论述，为我们提供了深刻的启发。

我们所强调的，乃是虚构的力量，叙事的力量。通过文学，我们得以在无明中“看见”世界的全貌。历史经验千头万绪，我们其实无从以先验或后设方法化约其动因和结果。当此之际，文学以虚构力量揭露理性不可思议的背反，理想始料未及的虚妄，从而见证历史俱分进化的现象。这一虚构力量所激发的“幽暗意识”起自个别的想象，异端的洞察力，却成为文学批判现实、想象未来的重要契机。

而今日所探讨的“文学”，并非仅限于传统意义上的小说、戏曲、散文、诗歌等形式。我们所谓的文学，实则是对中国传统文明中“文”与“学”这两个关键词深入骨髓的浸润与认知的再度领悟。在影视作品、大众传媒乃至各种数字化社交、游戏平台上，我们无时无刻不在运用着对文字的敏锐感知力，试图与世界进行沟通交流。这种努力，正是对传统的延续与传承。因此，我们应当勤于思考，深入探索文学的本质，才能真正展现其无所不在的渲染力与认知能量。至于历史经验的纷繁复杂，我们无法仅凭先验或后设的方法加以展现和认知。此时，借助虚构的力量，我们能够揭露理性所无法解释的背反理想以及始料未及的虚妄，从而见证历史进程中善恶并存的现象。这种虚构力量所激发的幽暗意识，正如先前所提及的鲁迅所给予我们的深刻教训。

在探讨看到黑暗中的光束这一现象时，我们不得不提及个别想象异端的洞察力。这种洞察力已成为文学感知现代与当代社会，进而批判现实的重要方式之一，得以清晰地展现在我们眼前，亦是我们共同的期许。

三、重新思索"世界":以十位当代作家为例

接下来,我将通过最近阅读的当代作品来阐述我们对"世界"的定义,以及文学阅读所展现的广阔视野。

邱华栋先生作为一位杰出的作家,新作《哈瓦那波浪》便是一部具有游记性质的半虚构式作品,由九篇故事组成。这部作品跨越了太平洋、澳大利亚、中亚、古巴、俄罗斯和冰岛等地,通过不同华人的经验,重新思考了在全球格局下华人居住、漂流和行走所形成的共同体理念及其相互间由文字和想象所构筑的关联性。

此外,我还阅读了年轻作家石一枫的作品《漂洋过海来送你》。这部作品回溯了战争期间华工对世界各地政治和军事事务的贡献,以及他们的后代为将葬身海外的亲人骨灰带回故土所付出的努力。故事从美国延伸至阿尔巴尼亚,再次提醒我们那段战争年代不同世界之间的紧密联系。

还有当代青年作家陈济舟的作品《我走遍所有的南方寻找你》。这部作品以一位在海外成长,具有中国血缘和家族背景的青年为主角,讲述了他在古巴旅行的经历以及由此引发的浪漫传奇。这部作品不仅展现了主人公与古巴文化的交融,还隐晦地探讨了革命起源的复杂性和难以言喻的想象。

这些当代作品通过不同的视角和叙述方式,为我们呈现了一个多元而丰富的世界图景。它们不仅拓宽了我们的视野,也让我们更加深入地思考和理解现代社会中人类共同的经历和命运。

我们的文学领域再次拓展了边界,触及了更为遥远的世界角落。以当代科幻作家陈楸帆为例,他的作品引领我们深入中国南方的潮汕地区,那片曾经的电子废弃物聚集地——硅岛。这里不仅是一个实体存在的地方,更是一个虚拟的、由网络通信硬件废料构筑的世界。在这片独特的土地上,我们见证了各种废弃物交织成的不可思议的机器人冒险故事。这既体现了中国与世界当代关系的独特特征,也展现了作家们对于人与环境、科技与废弃物的深刻思考。

同时，我们也注意到一些女性作家以其独特的视角为文学领域注入了新的活力。她们的作品，如林棹《潮汐图》将人与动物、各种事物交织在一起，形成了一种奇特的交错叠映的观点。

陈春成的《夜晚的潜水艇》则以其惊人的才情展示了中国作家在古典与现代、旧山河与新世界接轨方面的卓越才华。一段段神秘的冒险故事，跨文化的想象和交融，进一步丰富了我们的文学世界。

最后，必须提及定居台湾的马来西亚华裔作家张贵兴。他的作品《鳄眼晨曦》（即将在中国大陆出版）无疑将为我们的文学领域带来新的震撼和思考。张贵兴来自婆罗洲，尽管定居于台湾，他的心灵却总飘向遥远的家乡。婆罗洲承载着丰富的历史文化与自然资源。19世纪末，华人在婆罗洲的殖民经历，不仅使他们接触到了多种殖民势力，更深化了他们与土著民族的交往。这些经历，以及婆罗洲独特的动植物生态和自然风貌，共同塑造了一个别具一格的华语叙述世界。在这个充满奇幻色彩的世界里，距今三万年前的人类形象玛丽引发了关于人类学的深刻想象。这位形似猴子的女性角色，穿越时空来到1970年代的婆罗洲，与一位年轻的华裔男子展开了一段跨越三万年的传奇恋情。这种跨越时空的想象力，无疑为我们展示了一个更加广阔而深邃的世界。

近年来，海峡两岸作家的交流日益频繁，为我们带来了众多优秀的文学作品。其中，台湾著名作家骆以军在2019年受到刘慈欣《三体》的启发，创作出了一部独具特色的科幻古典小说《明朝》。这部小说的关键词“明朝”既指代历史上的明朝时期，也寓意着对未来的憧憬和期待。小说中，当一切价值体系崩塌之后，有人将明朝文明的精华全部储存于一个巨大的数据之中，并通过卫星发射至遥远的宇宙深处。这种古典与现代相结合的叙事方式，既展现了作者对历史的深情回顾，又融入了刘慈欣《流浪地球》中科幻元素的精髓。在宇宙的彼端回眸，曾经那个短暂而绚烂的南朝风光，个人的命运与台湾当前政治局势的错综复杂，在在令人瞩目。

提及此，不得不提我特别尊敬的作家韩松，他创作了许多引人入胜的作品。

近年的杰作“医院三部曲”中，他再次展现了对宇宙黑暗力量的探索与敬畏之心。小说强调人生而有病，世界就是我们的医院。这部作品以其近五十万字的宏大篇幅，构建了一个变化莫测、诡谲万端的世界。韩松无畏地直面恐惧，在作品中呈现了我们所渴望窥见的，以及那些我们畏惧却又不得不面对的各种现象。这些现象构成了他对亡灵的召唤，以及驱魔仪式的深刻描绘，体现了他作为作家对写作艺术的精湛运用。

以上所述的这些作家，他们的视野已拓展至全球乃至宇宙星辰，展现了建筑世界中的宏大格局。然而，也有另一些作家将目光聚焦于眼前，关注生命之间最真实、最及时的互动与体验。我们不妨借用佛家的一句箴言“世间无常，国土危脆”来纵论这些作家的个人关怀。需澄清的是，此处的“国土”并非指主权国家的疆域，而是泛指我们所生存的生命空间。时间流转，世间万物瞬息万变，而我们生活的世界亦充满了各种看不见的挑战、潜在的威胁。我们或许以为身处安逸之境，然而谁又能预知生命的无常与旦夕祸福呢。

毕飞宇的《欢迎来到人间》所处理的，正是韩松以其无限虚构所构筑的那座“医院”，而毕飞宇则凭借我们刚刚历经的疫情经验，细腻描绘出这样一个世界：其中所展现的生老病死，都是人们最切身的课题；日常生活中也暗藏惊心动魄的细节，带给我们启悟或无明。

我们也想到贾平凹的《老生》和《山本》。贾平凹描绘故乡陕西南部秦岭一带的农村，那里的风土人情、传说故事，构筑了一个独具特色的共同体。秦岭是贾平凹的根本，而他的叙事既绵密又松散。经过了大风大浪的作家回看世间无常、国土危脆的时候，产生体悟。

格非在20世纪80年代作为先锋作家曾经倾倒多少读者？多年之后，他写出“江南三部曲”（“乌托邦三部曲”）——《人面桃花》《山河入梦》《春尽江南》——以一贯忧郁抒情的语调，遥想革命的伤痕，启蒙的蒙昧；直视我们自己置身的时代各种自然灾害与人为祸端导致的生态裂变。格非以诗意的方式承载了暴力的主题，成为介入当代的一种独特表达。

迟子建的作品《世界上所有的夜晚》恰好契合了我们的两个关键词。一位女性叙事者幽幽叙述着东北凋零矿区小镇的沧桑变迁、神秘的命案，以及一位心碎女子如何在这个小镇上直面自己生命的巨大伤痛，最终达成和解。《世界上所有的夜晚》讲述一则又一则无法救赎却必须救赎的故事——而这样的故事发生在世界上所有的夜晚。《东北故事集》更将视野拉回到20世纪40年代甚至清末民初。在这些故事中，我们再次见证了东北地区的风土人情以及那些惊心动魄的历史事件。从南北宋到海兰泡事件，再到伪满洲国，不同时代的交错穿插。如同贾平凹《山本》一样，迟子建的东北故事说不尽、讲不完。这些“故”事必须不断地被继续叙述、诉说与呈现。

在我们探讨左翼文学往何处去之际，香港女作家李维怡以其实际行动为香港底层社会以及底层文学贡献着自己的力量。她以《行路难》和《鬼母双身记》等作品，深刻剖析了阶级不平等、性别差异以及世代冲突等社会问题。这些作品不仅反映了香港社会的现实，也展现了香港文学的独特魅力。

来自四川嘉绒藏族的作家阿来，以其优美的笔触描绘了川藏地区的独特风貌。他的作品不仅展现了不同的文明传统，还深入挖掘了四川阿坝地区藏族自治州的历史与文化。从《尘埃落定》到神话史小说再到最近的《云中记》，阿来的作品展现了他对这片土地的深厚情感与独特见解。

我们特别向阎连科先生致敬。他早期作品如《坚硬如水》《日光流年》曾经引起极大反响，至今仍为读者传颂。这些作品更因翻译而走向世界文学舞台，成为不可忽视的中国软实力。面对“世界”就在“眼前”这一话题，阎连科2014年在卡夫卡奖颁奖典礼上的致辞，值得我们再次回味：

> 我想到了我们村庄那个活了70岁的盲人，每天太阳出来的时候，他都会面对东山，望着朝日，默默自语地说出这样一句话来：“日光原来是黑色的——倒也好！”
>
> 更为奇异的事情是，这位我同村的盲人，他从年轻的时候起，就有几个

不同的手电筒，每走夜路，都要在手里拿着打开的手电筒，天色愈黑，他手里的手电筒愈长，灯光也愈发明亮。于是，他在夜晚漆黑的村街上走着，人们很远就看见了他，就不会撞在他的身上。而且，在我们与他擦肩而过时，他还会用手电筒照着你前边的道路，让你顺利地走出很远、很远。

为了感念这位盲人和他手里的灯光，在他死去之后，他的家人和我们村人，去为他致哀送礼时，都给他送了装满电池的各种手电筒。在他入殓下葬的棺材里，几乎全部都是人们送的可以发光的手电筒。

从这位盲人的身上，我感悟到了一种写作——它愈是黑暗，也愈为光明；愈是寒凉，也愈为温暖。它存在的全部意义，就是为了让人们躲避它的存在。而我和我的写作，就是那个在黑暗中打开手电筒的盲人，行走在黑暗之中，用那有限的光亮，照着黑暗，尽量让人们看见黑暗而有目标和目的闪开和躲避。

这种以故事形式表达的深刻内涵，既体现了阎连科先生对文学的独到见解，也展现了他对人生和世界的深刻洞察，更是他对自己心目中当代文学与作家的期许。

总结报告，我以两位作者的话语，对“当代”文学的世界性再做定义。顾城在1979年发表《一代人》：“黑夜给了我黑色的眼睛，我却用它寻找光明。”若以洪子诚老师的定义来看，也许1980年代前夕是以冷战为坐标的当代文学的终结，然而，这恰恰是我们所定义的“世界中”的当代文学的重新辨识与开始。

通过这一解读，我们深刻领悟到历史其实包含众多不同的脉络，时间的进程错综复杂、相互交织。各种色彩迥异的黑暗与光明相互交织，共同等待着我们作家的寻觅与揭示。无论是诗人、散文家还是剧作家，他们都在黑夜中，用他们那深邃的黑色眼睛，为我们探寻并照亮前行的道路。

我们再次回顾鲁迅在1933年所给予的深刻教诲：“自在暗中，看一切暗。”这句话提醒我们，应当保持敏锐的洞察力和批判精神，以理性的态度审视并应对我们所处的时代。同样赋予我们思考能量的，是鲁迅的《影的告别》：“有我所不乐意的在天堂里，我不愿去；有我所不乐意的在地狱里，我不愿去；有我所不乐意的在你们将来的黄金世界里，我不愿去。”

鲁迅既不愿在虚无的天堂里苟且偷安，亦不愿沉沦于地底的深渊。他所追求的是那充满无限可能与发展的黄金世界，然而如果这一世界非他所愿，他亦不肯轻易涉足。这一表述不仅揭示了“当代”这一词汇本身的深刻内涵与复杂性，更指明了世界发展的多元方向与挑战。我们立足当下，从眼前的实际出发，展开思考、阅读与写作，不断探索并拓展我们继续创造新世界的方法与路径。

［作者单位：美国哈佛大学东亚系］

寓言或曰普遍性叙事

以雪莉·杰克逊、夏商和莫言为例

张恩华

摘　要　本文以雪莉·杰克逊的《抽签》、夏商的《猜拳游戏》与莫言的“扔草帽”故事为例,探讨中美文学中的普遍性叙事现象。三篇作品均围绕“抽签”母题展开,通过寓言形式揭示绝对公平程序下个体的牺牲与集体暴力的荒诞性。本文从寓言结构、人称视角及恶托邦文类三个维度切入,分析作品的共通性与文化特殊性。三则故事虽时空背景迥异,却共享对人性自私、程序正义悖论及极权体系规训的批判,反映出普遍性叙事对人类命运共同体的深层关照。杰克逊与莫言的作品暗合《圣经》原型,彰显跨文化宗教隐喻的延续;夏商则以现实寓言解构存在主义困境。可见,普遍性叙事通过本土化重构,既揭示普遍人性本质,亦折射文化语境差异,为世界文学对话提供启示。

关键词　普遍性叙事;抽签;寓言;恶托邦;跨文化比较

在世界文学的框架下探讨国别文学，[①]经常遇到的一个问题是普遍性，具体地说是文学中呈现的普遍性价值。在哲学、心理学、社会学和政治学的依托下，文学的普遍性价值已经奠定了长久合法的地位。然而，普遍性叙事在探讨早期文学起源和神话原型时适用性强，但在当代语境下讨论普遍性叙事却时常遭到质疑，似乎普遍性叙事只存在于旧古时代。然而纵观现当代汉语和英语文学作品，我们可以发现不同时代、不同地域空间的作家写作围绕相同的母题，采用类似的手法，传达相近的价值理念。跨越时空、作家彼此没有传承影响但殊途同归的写作实践，文学研究者难免要问一系列的问题：如何理解世界文学中的普遍性叙事现象？普遍性叙事与人类命运共同体的关系如何？什么原因导致文学生产的共通性？中外作家对同一母题的迷思背后折射出什么样的普遍性关怀？阐释同一母题的差异性又反映出哪些各自文化的特殊性？

本文以中美两国的三篇作品为例来探讨普遍性叙事这一话题。这三篇作品都不约而同地写到了“抽签”这个母题。第一篇作品是美国作家雪莉·杰克逊写于1948年、发表于《纽约客》的短篇小说《抽签》（另译《摸彩》），讲述在一个地点不明确的村庄，每年6月例行一个传统习俗：全村人每家每户派一个代表抽签，抽到签的家庭内部再进行下一轮抽签，抽到的人被乱石击死。[②]第二

---

① 民族文学、国别文学与语种文学这些范畴，顾名思义，建立在民族、国家和语言基础上。国别文学意指一个国家的文学总和。单一民族国家中，国别文学与民族文学重叠；多民族国家中，国别文学涵盖不同的民族文学。语种文学指用某一语言的书写实践，有时也称为语系文学，伴随着语言、人口、资本和权力的流动，语种文学的分布呈动态，超越民族国家的地理疆域。语种文学与语系文学二者之间的关系因为殖民与后殖民语境相对复杂，英语语系和法语语系文学分别指英国和法国以外的英语和法语写作，华语语系文学概念倡导者史书美认为这一范畴不包括中国大陆汉语书写。学界对华语语系文学的内涵仍有不同见解。参见刘俊：《“华语语系文学”（概念/理论）的生成、变异、发展及批判——以史书美、王德威为论述中心》，《文艺研究》2015年第11期。黄锦树强烈反对史书美的“华语语系文学”概念，坚持使用“华文文学”。黄锦树：《这样的“华语语系”论可以休矣！史书美的反离散到底在反什么？》，https://storystudio.tw/article/sobooks/sinophone-literature-review/。

② Shirley Jackson, “Lottery”, *The Lottery and Other Stories*. New York: Farrar, Straus, Giroux, 1982, pp.291-304.

篇小说是当代作家夏商写于1997年的中篇小说《猜拳游戏》(原名《剪刀石头布》),讲述七个被偶然关进拘留所的嫌疑人通过游戏"剪刀石头布"来决定谁有罪。[①]第三个故事是莫言2012年在瑞典斯德哥尔摩领受诺贝尔文学奖的受奖演说《讲故事的人》中的最后一个故事:八个泥瓦匠进庙里躲避暴风雨,暴风雨不停,其中一人说一定是他们中的一个人做了伤天害理的事情,从而遭到暴风雨的惩罚,让做过恶事的人主动出去平息天神,但是没有人主动坦白。他们一致决定用扔草帽的方式来裁定谁是罪人:八个人同时将草帽抛出,谁的草帽被风刮出庙门谁就是罪人。结果被风吹到庙门外的草帽主人拒绝走出庙门接受惩罚,其他七人联合将此人扔出庙门,旋即这座破庙轰然坍塌。[②]

上述三则故事呈现出几个共同的关键元素:绝对的公平原则(没有人例外)、一致的民主程序(没有折中)、单一的目的性(裁定罪人)和不容置疑的结果(惩罚甚至致死)。这些元素在三个故事中都属于核心地位,时间、地点、人物有所区别。我这里要提出的问题是:为什么跨越时空六十余年,中美作家却在讲述同一类型的故事?这样的母题在思考中国文学与世界文学的议题时具有什么启发意义?英语和汉语作家对这一原型故事的讲述呈现出哪些文化的共通性和特殊性?本文将从寓言/隐喻、人称/身份、文类/恶托邦三个角度来分析这三篇小说,以回应上述问题。

一、寓言:抽签

首先,《抽签》和莫言诺奖致辞中"扔草帽"故事异曲同工,都属于寓言:时间和地点皆不明确,《抽签》虽然明确了日期6月22日,但是具体年份完全未知。这样静态的时间传递出永恒的性质。莫言爷爷讲给莫言的故事也完全没有时

① 夏商:《猜拳游戏》,原刊于《钟山》1997年第4期,原来的篇名为《剪刀石头布》,收于"夏商小说系列"时改为《猜拳游戏》,华东师范大学出版社,2018。

② 莫言:《讲故事的人》,2012年12月7日,https://www.nobelprize.org/uploads/2018/06/yan-lecture_ki.pdf。

间背景：没有提到当时爷爷或者莫言的年纪，也没有历史事件做参照。《抽签》是在北半球温带地区的村庄（因为6月处于夏季收获季节），莫言也没有提供故事的任何地点信息。这两个故事都是可以抽离于任何具体历史地理语境的寓言。两则故事里的人物除了《抽签》中某些象征性行动，几乎没有可以识别的个人特征：比如年纪、性别、身高、长相、性格等，读者都一无所知。《抽签》虽然没有解释一年一度抽签活动的缘由，但是文中明确说到"六月把签抽，玉米棒子重（Lottery in June. Corn will be heavy soon.）"。这表明抽签在当地是和丰收紧密相关的习俗，通过抽签选中活人来祭祀以期获得丰收。在这个村庄里，每年夏天例行的活人祭祀传统延续多年，所有人都认为这是天经地义的，从来没有任何人质疑这个传统的必要性和合法性。

牺牲自古以来跟图腾和禁忌有关：或者出于敬畏或者是对打破禁忌的惩罚。[①]《抽签》没有明确指出献祭给谁，但可以看出是供奉主宰丰收的神灵。作者杰克逊女士甚少提及创作灵感或者意图，更没有提起过这篇小说跟宗教的渊源，但是《抽签》一经发表立即引起轰动，许多读者将这篇小说理解为对宗教（基督教）的亵渎。[②]三四百位读者写信给杰克逊本人和《纽约客》杂志，询问小说的意义。杰克逊坚持这"只是一个故事"。关于创作背景，她分享说在一个温暖的上午，推着婴儿车带女儿买菜回来的路上，这个故事清晰呈现在脑海，把女儿放进儿童围栏、冷冻蔬菜放进冰箱后，坐下来一气呵成《抽签》。[③]尽

---

① Sigmund Freud, *Totem and Taboo: Resemblances between Psychic Lives of Savages and Neurotics*. Trans. A. A. Brill. New York: New Republic, 1927.

② 《抽签》在《纽约客》发表后引起的轰动超过《纽约客》之前发表的任何一篇小说。但是杰克逊本人当年夏天收到的三百余封读者来信中，只有十三封是友善的，其余都很负面。Edna Bogert, "Censorship and 'The Lottery'", *The English Journal*, Vol. 74, No. 1 (Jan., 1985), pp.45-47. 尽管如此，很少人主张将《抽签》列为禁书或者从高中和大学英语阅读书目中清除。1985年1月和1986年2月，美国英语教师委员会出版的*The English Journal*（《英语期刊》）连续发表高中师生捍卫《抽签》在英语教学中的重要地位的文章。

③ Shirley Jackson, "Biography of a Story", *Come Along With Me*. New York: Viking Press, 1968, p.211.

管作者没有说明这个故事的寓意或者跟宗教的渊源，但是批评者早在1954年就注意到《抽签》故事跟人类学家弗雷泽《金枝》中阐释的一年一度的原始替罪羊仪式的关联。[①]1984年，詹姆斯·吉布森（James M. Gibson）系统阐述了《抽签》和《旧约·约书亚记》的雷同。[②]从宗族到家庭再到个人层层筛选确定“罪人”并将其石击致死这一原型早在《旧约·约书亚记》（七）中就有记载：以色列人在当灭之物上犯了罪，于是耶和华向以色列人发怒，导致以色列人在战场上遭遇失败和伤亡。耶和华吩咐约书亚要找到偷取当灭之物（devoted things指献祭给神的物品，只有神可以使用或者毁掉）的人，将当灭之物剔除出去才能让以色列恢复洁净，不消除当灭之物就无法抵御敌人。按照耶和华指定根据宗族（tribe）、家室（family）和个人（man）逐步排查，最后锁定亚干是偷窃当灭之物的罪人，于是以色列众人用石头击死亚干和他的家人，又将他们烧毁，随后在亚干上面堆起石头，直到今日。[③]《抽签》和《约书亚记》中的亚干故事的类比，深含《圣经》寓意但是没有基督教的救赎，雪莉·杰克逊甚至收到若干死亡威胁。《抽签》以故事本身的寓言性质、阐释的开放性和社会上的广泛知名度，荣登美国高中和大学英语教学阅读书单。尽管《抽签》故事内容不讨好，或者说令读者大众不适，但是在高中和大学英语教学中的地位三十年屹立不倒。

莫言的“扔草帽”故事比杰克逊的《抽签》更像《圣经》故事的翻版。《圣经》的《约拿书》记录了一模一样的故事：约拿上船，海上兴起巨大风浪。大家彼此说：“来，我们抽签，看看是谁给我们招来了这场灾祸。”大家抽签，抽出来的是约拿。莫言讲述的故事里被抽到的人拒绝到破庙外；但是约拿主动让大家把他扔到海里平息风浪，众人照做，海浪平息。约拿被大鱼吞到肚子里，三天三

---

① Seymour Lainoff, “Jackson’s ‘The Lottery’”, *The Explicator*, 12(5), 1954, p.74.

② James M. Gibson, “An Old Testament Analogue for ‘The Lottery’”, *Journal of Modern Literature* , Mar., 1984, Vol. 11, No. 1 (Mar., 1984), pp.193–195.

③ https://www.biblegateway.com/passage/?search=%E7%BA%A6%E6%8B%BF%E4%B9%A6%201&version=CCB，2024年12月28日。

夜后又被鱼吐到旱地活命。不言而喻,《约拿书》点亮的是自我牺牲和救赎的寓意。但《抽签》和“扔草帽”都与自我牺牲相悖:被抽到却极力反抗。

虽然没有证据表明莫言知晓小说《抽签》,故不能推定莫言的“扔草帽”故事受到《抽签》的启发,但这并不等于《抽签》与“扔草帽”二者仅仅处于平行关系。这两则故事的有机联系建立于它们共享的牢固连结点——《圣经》:它们分别演绎了《圣经》中的原型故事:《抽签》与《约书亚记》、“扔草帽”与《约拿书》都十分神似,而且《抽签》与“扔草帽”也异曲同工,都表现程序的绝对正义,但“受害人”却质疑、拒绝接受程序带来的后果。《抽签》中的苔丝·哈金森(哈金森夫人)在自己被抽中以前从来没有质疑过抽签习俗的合法性,直到自己家族和自己被抽中才开始高呼“不公平”;莫言故事中的泥瓦匠也是一样:没有人对扔草帽来确定罪人的程序提出异议,但是“罪人”拒绝执行先前认可的程序带来的后果。尽管他们是“受害人”,同时他们也是“加害人”和被选定的“罪人”。他们的逻辑都建立在“我是例外”而不是“我是其中”的原则基础上;都侥幸地认为自己不会被抽到,至于谁被抽到他们不管,所以两则故事都揭露了人性自私的本质。不同的是《抽签》中被抽到的哈金森夫人最后被乱石击死,“扔草帽”故事中被抽中的人最终得救,而其他所有“加害人”被困坍塌的破庙,推断结果是死亡。

杰克逊和莫言都采用极简手法讲述核心故事,细节描写基本集中在对话和场景上,除此之外,几乎没有多余的文字刻写人物特征或者心理活动;莫言更是只用三百五十个字讲完“扔草帽”故事。毋庸置疑,两篇叙事都符合寓言体,通过演绎手法阐述道理,任何不服务于这个目的的细节都不重要因而被省略。

表面上看,夏商的《猜拳游戏》跟《抽签》和“扔草帽”的寓言体不同,设置在当下背景,充满现实因素。《猜拳游戏》有两条线索,一条是药剂师萧客偶然卷入嫖娼事件被关进拘留所,另一条线索是萧客的朋友夏商和萧客的太太从容对萧客被抓事件的反应。从容和夏商曾经是恋人,因为误会分手,从容最后嫁给萧客并怀孕。萧客在拘留所中和其他六名嫖娼嫌疑人通过“剪刀石头布”

这个游戏来决定输者就是嫖娼者。这七个嫌疑人因为偶然跟一个卖淫者有交集，但是不是性交易，而被抓进派出所。因为警察在这名女性性工作者身上发现了萧客的名片，故认为萧客是她的嫖客将其抓获。《猜拳游戏》以20世纪90年代警方打击卖淫嫖娼，国家集体所有制向私有方式转型时期为背景，虽然猜拳在故事中只占不到四分之一篇幅，但是从标题到小说主旨都指向这个游戏的寓意：七个社会各界人物莫须有被抓进看守所，虽然每个人都明白自己是清白的，虽然没有任何证据支持任何一人有罪，但是他们都相信其中一人（甚至多于一人）犯下了警察指控的"嫖娼罪"。秘书张提议用"剪刀石头布"来决定谁犯了罪，他说："这个游戏采用轮番淘汰制，最后一个出局者将被假设为那个嫖客。""他的主张得到了大家的响应，没有人反对这个游戏。因为那样会被认为是做贼心虚。"第一轮猜拳下来，船老大于输了，众人追问让他老实交代"嫖娼"的细节，"仿佛船老大于真的成了那个嫖客"。令大家意想不到的是：船老大于第一个被从拘留所释放。接下来两轮猜拳结果选中的两个人被释放出去，直至最后剩下药剂师萧客和秘书张二人，持续猜拳六七分钟却无法分出胜负。

《猜拳游戏》充满了对现实的反讽，揭示出现实世界的荒谬，被关押者一致参与的公平公正的程序筛选出来的"嫌疑人"，却是最先被警察释放出去的清白的人。秘书张提议这个游戏时，一定想到这个游戏挑选出来的罪犯是别人，万般没有料到自己会是这个游戏的"受害者"，以至于他"搬石头砸自己的脚"，自己成为两个可能的"嫖娼者"之一。这部中篇小说虽然以现实主义风格开头，却以十足的象征主义寓言结尾：个体处在存在主义困境，无法主宰个人命运，被动无条件接受规训体系的制约，个体参与程序却与强大规训体系的决定相反。

二、视角：一分为二

一般来说，寓言叙事采用第三人称。《抽签》采用的是全知全能的上帝视角第三人称。作者的身份、性别、个人经验在故事中完全没有任何体现，甚至在小说出版后引起的巨大轰动中，其中百分之九十以上是质疑和否定的声音，杰克逊也不回应、不解释、不辩解。杰克逊在自己作品中如此不留痕迹，在古今作家中都是不常见的。

莫言不仅采用第一人称，而且在他个人的高光时刻——诺贝尔奖获奖演说时选择这则故事作为结尾，可见故事举足轻重。致辞中，莫言讲了若干个跟他有关的故事。故事中的主角是他的母亲，尤其是母亲作为一个道德典范，每一个小故事诠释母亲的一个道德闪光点：慷慨、悲悯、仁慈、宽恕、坚韧、有爱。莫言的父亲在致辞中自始至终都是缺席的。但是在结尾用第一人称转述爷爷多年前讲给他的“扔草帽”故事时，烘托出爷爷作为一个男性长者的智慧、哲思和洞见。莫言讲述母亲的故事时充满了细节和情感，转述爷爷的故事时简明扼要，我们不知道在莫言多大时，什么语境下，为什么讲这个故事，这些似乎对莫言来说都不重要，重要的是这个故事的启示。“扔草帽”故事中被抽中的人最终没有毁于众人的一致努力，被救赎，而众人却齐齐被毁灭，天谴寓意昭然自明。

在“草帽”故事之前，莫言谈到《生死疲劳》的创作历程：受到庙宇里“六道轮回”壁画的启发；紧接着，他讲到自己获奖后引起的风波：“起初，我还以为大家争议的对象是我，渐渐地，我感到这个被争议的对象，是一个与我毫不相关的人。我如同一个看戏人，看着众人的表演。我看到那个得奖人身上落满了花朵，也被掷上了石块、泼上了污水。我生怕他被打垮，但他微笑着从花朵和石块中钻出来，擦干净身上的脏水，坦然地站在一边，对着众人说：对一个作家来说，最好的说话方式是写作。”

莫言从佛教跳跃到基督教掷石惩罚，并将自己化作掷石的目标，同时将自己一分为二：一方面被石击，另一方面看着自己被石击。这种自观方式实际上把自己同时看作殉道者和观看者。这种分裂同时兼具“身处其中”和“跳出语境”，正好呼应莫言致辞中自己是“讲故事的人”和“故事中的主人公”二者兼具的身份。

夏商的《猜拳游戏》兼具第一人称和第三人称的特点。开篇时，他直接采用第一人称；在小说中的角色名字是夏商，仅凭作者与人物同名这一细节不能证实故事具有"自传"色彩，但是作家自我指涉真实存在：《猜拳游戏》中的人物夏商职业也是作家，本名夏文煜，处女作发表在《剑南文学》，也曾在杂志《萌芽》上发表作品；儿子也叫夏周，也开设一间广告公司，这些都和夏商现实身份一致。故事中跟萧客妻子互动的部分以第一人称角度叙述，萧客被抓入看守所部分由第三人称视角讲述。夏商、萧客、从容之间的三角关系使得夏商和萧客的关系更加微妙：夏商通过萧客认识从容，与从容恋爱，从容与萧客发展恋情并结婚，小说开始时从容怀孕并期待婴儿降生。夏商与萧客的"情敌"关系在萧客被捕后似乎透露出对夏商更有利的可能性，夏商依然对从容有好感，但止于君子约束没有出格行为。《猜拳游戏》虽然采用第一人称，但叙述视角并不囿于第一人称，关于萧客的部分，视角直接切换到第三人称，即使夏商不在场，发生在萧客身上的一切事件都尽在夏商眼底。作为小说人物的夏商隐退，作为叙事者的夏商出场，这样萧客就完全暴露在夏商的视野中，在夏商的监视下。这样一来，人物夏商和萧客之间的力量对比悬殊：夏商是主动一方，是注视者；萧客是被动一方，是被凝视的对象。同时，萧客的妻子——夏商过去的恋人从容也最后弃萧客而去（虽然没有线索暗示从容跟夏商再续前缘）。剧情发展至故事结尾，夏商和萧客这对情敌的较量集中体现在他们共同的爱人——从容身上。萧客因为嫖娼嫌疑被抓而失去从容，从容离开萧客既是对萧客的惩罚也是对夏商当年因为萧客插足撬走从容的诗学正义。

《猜拳游戏》采用的"分身术"——作者是叙事者，同时也是人物之一，兼具第一和第三人称为夏商在各种身份之间游走提供了便利。当他处于第一人称时，呈现的是目击者、亲历者的近距离视角；采用第三人称时，是站在全知全能的上帝视角，自由侵入其他人物尤其包括情敌的个人空间和心底深处，让对方"原形毕露"。作为作者的夏商和作为人物的夏商彼此互为镜像，这种镜像在《猜拳游戏》结尾达到高潮：最后关在拘留所的萧客和秘书张两人继续玩猜拳游戏，六七分钟两人手势完全相同，不分胜负，在即将分出胜负的时候警察来把他们放走。萧客和秘书张完全相同的手势正是人物“一分为二”的镜像，跟莫言既是讲故事的人又是观看者一样。

三、恶托邦：体系与极权

曾有学者指出，《抽签》是杰克逊对二战希特勒种族屠杀的回应。[①]杰克逊逝世后，其先生斯坦利·海曼（Stanley Edgar Hyman）为妻子在文坛没有得到应得认可鸣不平，他称杰克逊的作品是“我们时代的忠实解剖”。[②]近年学者逐渐将杰克逊的作品回归置于战后语境，安吉拉·海牙重新评价杰克逊时附和海曼的说法，认为“雪莉·杰克逊在她的小说中以独特的方式描绘了20世纪50年代的暗流”。[③]通过语境解释作品意义有可能会遭遇“社会决定论”方法带来的危害，尤其文本本身没有提供充分证据建立作品与所处时代之间的必然联系时，所以笔者不完全认同杰克逊是“时代歌者”的说法。但是不管杰克逊是否心系二战，《抽签》都真实记录了战后的一种焦虑情绪。在最新近的杰克逊研究中，雅士利·劳森（Ashley Lawson）从性别（gender）和文类（genre）角度考察杰克逊，认为杰克逊的“类型小说”集中体现了20世纪中叶，尽管二战已经结束，但是世界两个阵营的不确定性导致人们对当下时代的焦虑和恐惧。[④]

表面上看，二战后世界相对太平，但是和平背后深藏两个阵营的较量，危机继续真实存在，这样的土壤更容易滋生出对非理想社会即乌托邦的反面写照。

---

① Edna Bogert, “Censorship and ‘The Lottery’”, *The English Journal*, Vol. 74, No. 1 (Jan., 1985), pp.45–47.

② Stanley Edgar Hyman, “Preface”, In Shirley Jackson, *The Magic of Shirley Jackson*, New York: Farrar, Straus and Giroux, 1965.

③ Angela Hague, “‘A Faithful Anatomy of Our Times’: Reassessing Shirley Jackson”, *Frontiers: A Journal of Women Studies*, 2005, Vol. 26, No. 2 (2005), pp.73–96.

④ Ashley Lawson, “Afterword”, In *Gender and Genre in the Work of Shirley Jackson*, eds. Patricia Highsmith and Leigh Brackett. Columbus, OH: Ohio State University Press, 2024. https://www.jstor.org/stable/jj.20036856.12.

乌托邦概念自16世纪英国作家托马斯·莫尔提出后已经广为人知：人人平等的理想社会体系，困扰人类的贫困、战争、疾病等统统不存在，因其完美，故不存在，只存在于想象和憧憬中。乌托邦的反面dystopia现在常译作恶托邦，用王德威教授的话说："表面的一片纪律井然、和谐快乐是假象，在'看不见的手'的制约下，社会里的成员往往动弹不得。恶托邦就像乌托邦一样，也是作家介入现实、干预历史的一种手段。"①《抽签》故事里人人绝对平等，每个人都有被抽中的可能，但每个人被抽中的概率并不相同。有学者通过数学概率角度证明每个人被抽中的可能性不同，因为家庭成员人数不同，每个人被抽中的概率也不同。②这个不是重点，重点是没有人例外，并且无论如何都要接受抽签结果。哈金森夫人在抽签前完全没有质疑这一游戏规则合法性，但是自己被抽到后开始大呼不公平，这从根本上推翻了规则适用于每个人的公平原则。"扔草帽"中的泥瓦匠一模一样。《猜拳游戏》中的所有被捕的人也一样，即使犹豫或者不情愿参加游戏也不得不参加，因为体系的力量庞大无穷，没有人能够凌驾于体系之上，个体挑战体系是徒劳的。在这些故事中，体系没有明确的代言人，但是体系表面看是公平的实际则是极权的（totalitarian）。体系不容置疑，而且每个人都是无条件服从、支持、执行体系内的游戏规则，直到自己成为体系的受害者。这种固守旧制成规、对暴力的全盘接受正是这些寓言警醒之目的所在。三则故事都说明凡人参与犯下非凡的暴力行为而不自知，正验证了汉娜·阿伦特所谓的"平庸的罪恶"。

经典恶托邦小说比如赫胥黎的《美丽新世界》、乔治·奥威尔的《1984》、玛格丽特·阿特伍德的《使女的故事》，都有明显的邪恶之首——或者是具体的人或者是抽象的体制——控制人类的生育、生活和生存。读者能够将这个邪恶

① 王德威：《乌托邦、恶托邦、异托邦：从鲁迅到刘慈欣》，https://www.aisixiang.com/data/66044.html, accessed on June 10, 2024。

② Richard H. Williams, "A Critique of the Sampling Plan Used in Shirley Jackson's 'The Lottery'", *Journal of Modern Literature*, Sep., 1979, Vol. 7, No. 3 (Sep., 1979), pp.543–544.

的代言人跟现实世界比照，探索小说中的恶托邦对现实世界的批判。本文讨论的三篇小说中《抽签》和“扔草帽”故事都追踪不到邪恶之首或者邪恶的来源，甚至邪恶本身都是隐身的，人们甚至无法感知到邪恶的存在。因为规则适用于群体中的每一个人，保证了绝对的公平公正。但是每个人对这个规则无条件接受是因为都抱有侥幸心理：自己不是这个体系的牺牲品。《猜拳游戏》真实演绎了福柯的“规训与惩罚”：警察并无充分证据逮捕嫌疑人，嫌疑人虽然确认自己是无辜的，但是却相信其他人中必有罪犯，同样坚持自己是例外，对训诫规则的无条件接受。即使三则故事都将矛盾指向传统、体制和权威对人的控制，从这个意义上讲，三篇小说都是彻头彻尾的恶托邦寓言。

结语：普遍性——爷爷的故事

翻译家林少华看到莫言在诺奖致辞中转述爷爷讲的故事后，在《东方早报》发表文章，讲述自己的爷爷也给他讲了一样的故事：

> 一条船在湖里航行当中，突然狂风大作，巨浪滔天，船剧烈地上下颠簸左右摇晃，眼看就要沉没。众人惊慌失措之际，但见湖心出现一把壶、一只手、一个盅：壶、手、盅。于是船老大高声喊道：船上有叫胡守忠的吗？有人应道：我叫胡守忠。船老大指着湖心的壶、手、盅说：天意如此，莫怪我等无情。说罢让大家把胡守忠扔下水去。就在那一瞬间，一个大浪打上船来，船整个翻了。不用说，除了胡守忠，船上其他人全部葬身湖底。[1]

林少华也纳闷为什么他的爷爷和莫言的爷爷讲述的故事如出一辙，除了人物和场景稍有不同。林少华没有意识到的是：爷爷们津津乐道的“中国故事”，其实

---

① https://book.sina.com.cn/news/c/2013-07-23/1026507149.shtml?from=wap，2024年12月28日。

跟《圣经》中久远的《约拿书》的约拿故事遥相呼应。

杰克逊的《抽签》发表后引起的轰动使这篇小说迅速传播开来，其中对传统和制度批判、挑战权威和独立思考的重要，让这篇小说广泛进入中学英语课程中。就此还引起过争论，有人反对将其纳入中学课堂。为此若干中学生写信呼吁阅读自由，反对书籍审查。研究者也指出杰克逊通过《抽签》对二战和战后体制的反思。英语世界恶托邦小说一直是青年读物（young adults fiction）的一个重要文类。比如洛伊斯·罗利的《记忆传承人》继承《美丽新世界》的衣钵：一个乌托邦似的未来社会，各种措施消除痛苦和烦恼，社区按照男女性格匹配组成家庭，生育由育龄女性承担，婴儿出生后按每个家庭一男一女来分配以保持人口平衡，体弱的婴儿和老年人被释放到别处，实际上被安乐死。书中男孩乔纳斯十二岁时被选定为社区记忆传承人，他慢慢发现自己父亲表面上是保育员，实际上是弑婴者，小说中的释放仪式其实是死亡告别。这篇小说是美国很多中学的必读书目，老师引导学生探讨乌托邦和恶托邦。[①] 罗利后来又陆续创作了《历史刺绣人》《森林送信人》《我儿佳比》，构成了“记忆传承人”四部曲，整个系列都在探讨恶托邦对个体的控制和剥夺。

之所以提到罗利“记忆传承人”四部曲，是想说明杰克逊的《抽签》在英语世界的恶托邦写作中承前（赫胥黎）启后（罗利）。貌似绝对公平公正的社会对个体生命的剥夺和原始死亡仪式，在现代文明社会中不占一席之地，但是死亡寓言背后的整齐划一、无条件顺从和执行，都是对体制的强大作出的警醒。

如莫言在获奖演说中承认的：他获奖后引发了争议，尤其集中在文学与政治二者之间的关系。徐航平在《超越民族寓言：莫言的小说作为世界文学》一文中论证莫言的中国作协副主席的体制内身份和其“文学自主性”并不冲突，

---

① 笔者的儿子和女儿都在学校六年级英文课上阅读了这部小说，大约在三周内完成整部小说的阅读和相关问题小作文，最后是关于恶托邦的课堂报告。美国六年级学生年龄在十一岁到十二岁之间，学生对小说的反应相差颇大，有些更多理解字面故事，有些能够体会故事背后的深层含义，跟学生以往的阅读经验、家庭背景等多少都有关系。

他的体制内身份没有阻挡其作品成为世界文学的一部分，其中一个重要论据是莫言小说中的民间建构。[①]徐航平在批评方法上试图打破文学和政治的二元对立以及中国与世界的二元对立，以期建立中国文学和世界文学的平等对话关系。莫言的虚构写作深深植根于高密东北乡，他的非虚构写作（如在诺贝尔讲台上自述“讲故事的人”）则折射出一个表面谦卑实则野心勃勃的国际说书人（international story teller）。他在瑞典学院获奖演说结束时抛出“扔草帽”故事，末了他说：“故事的结局我估计大家都猜到了——那个人刚被扔出庙门，那座破庙轰然坍塌。”“我估计大家都猜到了”这几个字含意深刻：莫言知道自己讲的故事不是原创的，是爷爷讲给他的；至于是爷爷原创的还是爷爷的爷爷流传下来的，我们不得而知。可以确认的是：莫言知道这个故事的普遍性在于这个故事可以联结他和他的听众并让大家产生共鸣。在这个世界舞台上面对世界听众，莫言通过爷爷之口，表面上是讲一个地道的中国故事，但同时他自己深深明白他在讲一个普遍性寓言，他坚信大家都熟知这个寓言，以至于故事的结局他“估计大家都猜到了”。莫言作为一个体制内的人讲了一个“反体制”的故事；他作为一个讲故事的中国人，向世界讲述了国际听众都熟悉的古老的《圣经》传奇。

［作者单位：美国麻州大学］

---

① Hangping Xu, “Beyond National Allegory: Mo Yan’s Fiction as World Literature”, *Modern Chinese Literature and Culture*, Vol. 30, No. 1, Special Issue on Chinese Literature as World Literature (SPRING, 2018), pp.163–190.

文学现场

“细节”编码的历史叙事诗学

——

“细”读《千里江山图》

吴义勤

摘　要　孙甘露的《千里江山图》既是一部情节性、戏剧性和动作性突出的小说，也是一部细节密集的小说。小说以经验性细节和情节性细节，营造历史情境，勾画特定时代情境下的历史地形图和心理地形图。这些细节既有现实主义的写实性，也体现着作为先锋小说家的孙甘露特有的敏锐的感受性和体验性。在小说对“生活”“内心”和“历史”的表现和相互关联中，细节起着重要作用。《千里江山图》通过细节的编码讲述现代革命历史的实践中，蕴含着重建历史主体的文化政治取向。

关键词　孙甘露；《千里江山图》；细节；历史叙事诗学

《千里江山图》对现代革命历史的叙述，贴近生活本身，还原特定时期和情境中的日常生活情态，体察、思考人如何存身和扎根于历史之中的土壤，人何以借助崇高信仰，通过生死考验而超越其日常状态，成为历史主体。因此，小说关注人的情感生活、心理活动，从中揭示历史如何发生于内心的动力因素，以及内心如何关联外部世界和历史行程。细节在小说对生活与历史、内心与世界的描写中起着基础性和关键性作用。小说中的细节，既是一种物质性存在，也是一种无声散播的媒介，既展示生活世界，透露人物内心；又勾画历史轮廓，关联宏大与细微。

一、情境性细节与情节性细节

从小说历史叙事的空间观照角度和观照方位上看，《千里江山图》可分为街景视野和全景概览，作为历史空间的上海这个城市及其所牵连的“千里江山”是通过细节被描写出来的。这种细节可称为情境性细节，它基本上处于稳定的静态。

首先，街景视野与情境性细节。这是一种微观细节描写。

其一，城市的空间、地点。小说遍布上海、广州、南京等城市的地点和场所，如大光明戏院、卡尔登大戏院、跑马场、招商局、剃头铺、鞋帽店、烟纸店、竹器店、五金零件铺、茶庄、米店、车行、银行、柴行、钱庄、赌场、烟馆、当铺、豫园咖啡馆、炒粉铺、正在建造的四行储蓄会大楼、马立斯大楼、华懋饭店、静安寺、田谷村、肇嘉浜、董家渡、澄衷中学，等等。这些既是城市建设和发展面貌的勾画，也是小说人物出入和执行任务时穿行的空间。

其二，市井日常生活和风俗。如旧历年习俗和庆祝活动、年夜饭、新春大酬宾、慈善赛马、租界的史考托杯足球赛、连绵不断的爆竹燃放声、上供祭祖吃年夜饭、大年初一放开门鞭、广州的端午节风俗、人声鼎沸而又丝竹管弦不绝于耳的茶楼酒肆和饭馆。还有北平、上海、广州等地捧戏子送银盾的花样。南京城南茶食铺。闽南橘红糕、酥糖、桂花糖芋苗。琳琅满目的淮扬菜、生煎馒头、砂锅馄饨等等。小说对上海、广州等市民社会日常生活的描写，刻画了一个“有意义的外部世界”，体现了常人存在的最个人、最日常的一面。“微观化往往意味着细节化，既需要作家敏锐的洞察力和精准的叙事功力，也需要作家对日常生活本身保持应有的专注和热情。”[①]这些日常生活细节与大历史并无直接关联，是一种弥漫性的非情节性细节。从日常生活表层体验历史的形态，把握历史的精魂，这既是孙甘露个人创作的新路径和新境界，也包含更多宏阔的思想视野和更高远的精神抱负。

从对1930年代初上海及中国历史的表现上看，《千里江山图》有着基于详尽严谨考证的认识价值，却并未采取以往历史小说所遵循的通过写重大历史事件以揭示历史本质与规律的认识论框架。小说通过还原历史本相，展示那些精彩却鲜为人知的历史情节和细节，准确、生动、富有想象力地展现历史生活场景。

经典革命历史小说通常关注那些特殊的、非凡的、超常和奇特的历史人物和历史事件，后起的新历史小说和日常审美书写，更注重普通的、常规的、日常的凡人琐事，以期摆脱“经典范式”。谋生、度日、流水般的生活固然真实，但非政治、非理性的生活故事和人情往来之外能否替代历史？忙于个人生计的人们是否能够参与公共政治生活？人生的过程和意义是否只能在对历史的规避中实现？孙甘露在其长篇中表达了对这些问题的思考。从《千里江山图》中可以看到作家重新理解历史运动、重新发现历史理性和被日常时间覆盖的历史时间的意图，让沉迷于此时此刻的个体重新发现历史、返回历史。

细节是一种赋予文本饱满质地的艺术手法。细节的存在和作用，避免了主题写作的僵硬，使之具有鲜活的人性和生活质感。

其三，较为独特的是，小说多处涉及城市内部的历史细节。鲁迅、冯雪峰、陈赓参加《前哨》杂志活动的水沫书店和辛垦书店，孙中山数次到过的宬虹园，广益书局版《笑林广记》，世界语学习小组，俄文补习班，无政府主义，春潮书局出版的柔石的小说《二月》和鲁迅对小说的介绍，省港大罢工开始后邓中夏在

---

① 洪治纲：《论新世纪小说的轻逸化审美追求》，《中国当代文学研究》2021年第4期。

南华楼四楼劳动学院的讲课，叶桃房间桌上放着一沓中共机关报《向导》，如此等等。意大利山卡罗氏歌剧团在卡尔登上演《图兰朵》，招贴画上的文字“在图兰朵的家乡，刽子手永远忙碌”，借用开场合唱中的一句歌词，点明国民党大肆屠杀的事实。《红色中华》报上也刊登出第三次反“围剿”胜利的消息。小说还特意写到陶小姐的话“徐枕亚你认识吧？他跟我跳过舞的”。这些细节与历史本身无直接利害关系，却隐含较为丰厚的意蕴。《远方来信》译稿、涅克拉索夫诗歌、《图兰朵》招贴画上的文字则属于关乎人物的信仰和作家历史认知的重大“思想性细节”。

小说创造和表达思想。瞩目存在之思的昆德拉将“思想”作为关键词列入其“小说词典”，但他认为：“我对那些将一部作品简化为它的思想的人深感厌恶。我最怕被引入所谓的‘思想辩论’中。我对这个被铺天盖地的思想掩盖而对作品本身漠然的时代感到绝望。”[①]小说或身负存在论思考之使命，却并不等同于思想文本和哲学文本，而是以诗性之径思考存在之境，让存在之思获得具体人物和具体环境的语境支持，并从人物和环境的具体性中汲取营养。惟此，小说的思想才能与哲学思想区别开来。要使小说的思想获得具体的审美化的处理殊为不易，“能做到不把历史语境当作另一种手段参与哲学对艺术权力的剥削，需要相当程度的沉着与理智上的诚实”。[②]在主题和题材已基本确定的情况下，如何以“小说的艺术”对此加以处理，如何才能不同化于某种思想和理论模式，是《千里江山图》必然要解决的问题。孙甘露的做法是：充分地语境化，获得历史的在世具体性，揭示历史的复杂性，在有限的叙述时空里获得叙事的宽广度，发育文学的情感力量和多种叙述形式的融合与变奏。

其次，全景概览与情境性细节。这是一种宏观细节描写。所谓全景概览并

---

① ［捷克］米兰·昆德拉：《六十七个词》，《小说的艺术》，董强译，上海译文出版社，2004，第176—177页。

② ［美］马克·爱德蒙森：《文学对抗哲学：从柏拉图到德里达》，王柏华、马晓冬译，中央编译出版社，2000，第17页。

非从高处俯视城市，使之获得全景性观照，从丰富的景观中获得视觉爆炸、神经刺激或眩晕效应，而是指站在历史激流中，驻足历史制高点，获得一种全面的高屋建瓴的视野和眼光。这又分两种情况。

第一种情况。在聚焦“千里江山图行动”本身的同时，小说为这一行动提供了一个宏大的时代历史背景。国际方面的，如日军发动淞沪战争，国民政府开始调整与其他欧洲国家的关系，“国民党不再大喊大叫打倒帝国主义”，签署共同对付共产党、交换情报和引渡犯人的协议。伪满洲国成立，日军侵占山海关。日军在长城一线蠢蠢欲动，国民政府欲将北平故宫文物南运。“一·二八”事变，闸北遭日军轰炸。国内方面的，如国民政府与地方实力派之间的矛盾，陈济棠治下的广东状况。上海的大革命高潮，省港大罢工，广州起义，“四一二”大屠杀，“清共”，宁汉合流，国民党的“训政时期”，大力发展军警宪特，蒋介石亲赴南昌坐镇指挥“剿共”。中共召开八七会议，提出枪杆里出政权，发动土地革命，等等。小说对国际国内形势的细节性提示，是革命历史叙事“历史化”的重要方式，在此可以看出《千里江山图》与杜鹏程的《保卫延安》、梁斌的《红旗谱》等小说的潜在联系。

第二种情况。除了上述以客观描述形式出现的全景概览，还有一种全景概览是以叙述者的主观介入方式体现出来。这可看作是介入性细节。从内容和功能上看，这些细节可分为三类。(一)关于历史形势。小说通过林石之口说明“现在全国的形势，我们党是在异常困难的情况下坚持革命道路”。[①]凌汶“想着斗争是如此残酷，甚至使不少人变得面目全非”。[②]梁士超：“斗争形势这么复杂，任何迹象都要警惕。”[③](二)关于人物思想意识和评价。叶桃的墓碑“朴素如她在世时的面容。平静，令人信赖，视死如归”。[④]秦传安、陈千元、董慧文、

---

① 孙甘露：《千里江山图》，上海文艺出版社，2022，第185页。

② 同上，第87页。

③ 同上，第91页。

④ 同上，第333页。

田非、梁士超等革命者都来到塘桥镇，甘作“钓饵”迷惑敌人，叙述者/人物（陈千里）感叹：“同志们心甘情愿进入敌人设好的‘陷阱’，心中充满豪情，无所畏惧。”[①]杀死卢忠德后，再次写道：“为了‘千里江山图计划’，他们义无反顾，勇敢地让自己成为‘钓饵’……”[②]叶启年认为“未来的世界只有一种语言”，[③]排斥俄文书——社会主义。陈千里、陈千元们“看到了危险，面对着危险，却无法真正理解危险”，“不得不在残酷的斗争高压下迅速成熟”。[④]（三）关于“千里江山图行动”的本质性认识。少山同志亲自设计的接头暗语，第一次出现《千里江山图》，暗语的最后两句：“你打开窗户朝外面看”和“说的是，这些人就是江山”，[⑤]可谓小说的点睛之笔。“千里江山图计划”的真正目标就是实现中央机关从上海到瑞金的战略大转移，“转移到更广阔的天地里去”。[⑥]用林石转述少山同志的话，就是“这不仅是千里交通线，更是千里江山，我们撤离上海，就是要把革命的火种撒遍全中国”。[⑦]

此类细节具有超出叙事本身……体现着当下主题话语对历史的介入、重读和重构，是一种本质性话语对历史的塑造，是“结构”将“历史”纳入自身，按照自身逻辑整合历史/现实秩序的细节表征。如同安敏成所指出的：“文本的合法性由此交付给了外部世界，因而意义框架仿佛不是来自文本，它们本身就蕴含在世界之中。”[⑧]介入性细节是一种本质真实的代言人，履行当代历史主体为历史赋形赋义的职能。

再次，历史性细节与情节性细节。与街景视野和全景概览的静态的情境性

---

① 孙甘露：《千里江山图》，上海文艺出版社，2022，第375页。

② 同上，第377页。

③ 同上，第121页。

④ 同上，第115页。

⑤ 同上，第148页。

⑥ 同上，第150页。

⑦ 同上，第151页。

⑧ ［美］安敏成：《现实主义的限制：革命时代的中国小说》，姜涛译，江苏人民出版社，2001，第18页。

细节不同，情节性细节是一种历史性细节。此类细节介于微观细节和宏观细节之间，可称为中观细节。它与宏观细节的不同之处在于，后者是背景性、轮廓性的，与小说主体部分对“千里江山图行动”的叙述无直接关系。而历史性细节则与所述历史事件关系密切，透露重要信息，是情节发展的动力或节点。

相对于情节的时间性发展来说，细节属于空间性的延伸和弥散，这会减缓叙事速度，造成叙事的繁冗、拖沓。但问题是，《千里江山图》恰恰具有简洁、迅捷的叙事风格。小说以一种极快的速度，完成了主体故事的讲述。那么，这部遍布细节的小说，是如何实现情节的快速推进的呢？

《千里江山图》的速度感主要来自两个方面。其一，细节与情节的关系。事实上，小说的细节并不都是静态的。如果说，静态的细节还原了历史生活的常态，那么另一些细节则是情节发展的动力源，或者说，它们是一种动态性细节。关于大历史的细节，本身是一种溢出主体情节的元素，但它们却在整体上勾画了历史发展的轮廓，并将发生在一个有限空间里的事件与更大的历史发展趋势关联起来，这种细节便具有了历史化的功能，它实际上是一个更大历史故事中的情节。其二，在于语言的凝练、叙述的简洁。小说在简短篇幅中集中了众多悬念、悬疑。在危机四伏的情境中，遍布关乎人物的语言、表情、动作、习惯和偏好的关键而微妙的细节。此类细节揭示人物在特定情境下的心理意识活动，透露人物的身份乃至有关行动的信息，设置悬念，产生神秘、惊悚或悬疑的效果。

具体来说，有的细节是赋形的，有的细节侧重于赋义。而有的细节，则架构不同的意义层次，提供意义的曲折和纵深。以小说中的三个关键细节为例。“茄力克”香烟，是识破间谍身份的关键信息，发展了以后的线索。香烟，是情节性—线索性细节，直接关联事件和历史。涅克拉索夫诗歌，联系人物的成长，蕴含人物的情感关系，兄弟之情、恋人之情，以及革命者的反抗精神和未来信心。诗歌，是情感性—线索性，扩展人物情感和生活空间。同样，反复出现的龙冬的照片，既是情感性细节，寄托着凌汶对龙冬的思念，同时也在凌汶、龙冬和易君年之间建立一种超出正常感情关系的神秘之物。同时，照片又是情节性细节，它拍摄于易君年杀害龙冬之前，而当凌汶觉察到事情的玄机时，易君年告知她真相并杀害了她，而杀害凌汶使他成为唯一掌握与浩瀚同志联络的方式的人。从情节发展上看这已经到了矛盾激化的顶点。也就是说，照片在小说叙事层面上，具有承前启后的作用，在内容上，既联系此前的历史，又关联此后事件的发展。这些细节往往是微妙的暗示和铺垫，也是潜在的线索，它们默行于事件运行的过程中，在某个时刻显现为特定的结果。

情节性细节使小说悬念迭起，兔起鹘落，矛盾在短时间内积聚并迅速激化，使小说因强烈的动作性而具有极强的可读性。借助此类细节，小说打破审美疲劳和历史 / 美学的双重精神性麻痹，获得一种超出什克洛夫斯基“陌生化”理论界域的历史及其叙事的刷新与再造。

二、真实感与文学性

南帆认为：“文学的‘真实感’产生的真正效果是：进入日常生活，文学里的故事不再发生于遥远的天际，一切就在身边，弥漫着熟悉的气息。所谓的‘真实感’即日常生活的稳定性。感官是可信的，种种细节、气氛、物质形象是可信的，常识没有崩溃，一切按部就班，我们可以心安理得地信赖种种现存的秩序。反之，‘真实感’的丧失令人不安。这时，‘不真实’的真正含义是脱离了常识——脱离了我们来自日常生活的认识。”① 日常生活由种种细节构成，文学对日常生活的描写充满各种细节。但文学之为文学的能动性并不在于模仿日常生活的图式，而在于借助形式、结构和语言对日常生活的重新组织，发现和凸显日常生活蕴含的能量和潜力，所以“文学形式的意义在于，截取某些日常生活的细节，形成一个有机整体。有机整体意味了凝聚起日常生活隐藏的各种可能，

---

① 南帆：《文学理论十讲》，福建教育出版社，2018，第 34 页。

显示出自足意义"。[①]因此,形式不是细节的无机累积和叠加,而是作为一个整体被安放于被形式化的生活中。《千里江山图》中关于城市日常生活和情感的描述,具有相对自足的意义,此类"小叙事"中的细节作为一个整体,与小说中关于历史事件的叙述构成一种交融互补的关系,显现了历史多层面的丰富性和立体性。这与1990年代以来小说以日常生活和细节的"惰性"和惯性建构一个独立自足的、与历史叙事构成对立性和对抗性关系的日常生活叙事,是不同的。

同时也要看到,尽管日常生活由细节构成,但细节并不只属于日常生活;历史事件作为对日常生活状态的打破,其本身的孕育和发生虽也在日常生活当中,但并不能完全还原为日常生活。历史细节并不能完全被鸡零狗碎、吃喝拉撒的生活细节所代替。同时,历史本身并非抽象的或空洞的,其中包含的细节并不只有"反历史/非历史"的日常性,尽管在宏大历史叙事中往往祛除这种日常性。《千里江山图》在回归历史叙事日常性的同时,并未将"历史"与"日常"对立起来。历史发生于日常、隐藏于日常,日常中包含着历史。而"细节"是将历史与日常联系起来的一种必要媒质。关注大历史细节,目的并不在回归经典宏大叙事模式,毋宁说,是将其从宏大模式的整体中截取下来,在维持既有主题的前提下,以之为部件重构宏大图景。细节透露大历史信息,使历史叙事获得更为开阔的视野。

城市内部的历史细节,提供不属于宏大历史事件的历史信息。这些信息介于日常与历史之间,既不属于通常意义上的凡俗日常,也不直接关联重大事件。按照宏大模式,它们属于可删除的"多余"部分。其存在意义在于,既揭示了历史中的生活,又揭示了生活中的历史。小说超越政治史、革命史和阶级斗争史模式,具有社会史、文化史的隐微内涵。

《千里江山图》注重历史叙述的情境化。小说描写城市日常生活景观,却不流于时尚风情的追逐,在其具有城市生活史风味的表现中,通过一个地方(上

① 南帆:《文学理论十讲》,福建教育出版社,2018,第38页。

海、广州）人们的生活习惯、心理习性与日常言行、饮食的描画，在其内部发现文化和历史底蕴。在这里，生活日常而富于文化韵味。“历史必须使人们认识到生活是什么；然而，由于历史就是在时间之中进行的生活过程本身，所以，它依赖于生活，并且把它那些内容从生活之中推导出来。”①《千里江山图》书写历史，借助具体的历史事件书写一段历史进程，勾勒出1930年代初中国社会政治的形态和发展的主线。小说从社会习俗、民众生活、节日仪式等细节和场景，塑造上海等城市在这一伟大时刻的“文化景观”。小说叙述的核心事件——中共上海行动小组参与中央领导转移，经历开端、发展和结局，完成了一个完整过程。且在讲述核心事件的过程中，小说非常注重将事件与情境联系起来，做情境化处理，使围绕大事件而衍生的众多小事件，都能够处于“情境”中，成为被日常“氛围”笼罩下的历史/叙事客体，从而使历史/事件意象化。小说开始时的小组秘密会议，是在图书馆与其周围“菜场”这一生活情境、租界巡捕房和龙华侦缉队合作办案这一政治—历史情境中，被叙述的。而后者又与1930年代初国民政府所处的国际国内形势有直接关系。陈千里临危受命来上海继续转移使命，他清查内奸、建立地下交通线过程中的每一个重要事件，如与老方见面、与陈千元的兄弟重逢，都是在各不相同的情境中被叙述出来。“情境化”就是“将事件嵌入同样能够识别的众多个体的丰满构造之中，而这些个体占据着该事件周围的历史空间”。②布克哈特的历史解释认为：“当编织成某个历史时代之锦绣的各种丝缕都被区分开，并且，创造出历史领域之‘构造’的事件之间，其连接都展示出来了，此时，也就给出了历史事件的解释。”③布克哈特以具象的方式探索和表现历史真实，具有一种入乎其内出乎其外的生机、高致和审美自由境界。《千里江山图》在进入历史和生活内部书写历史的同时，又能超越历史与生活本身，并

---

① ［德］威廉·狄尔泰：《历史中的意义》，艾彦译，译林出版社，2011，第11页。

② ［美］海登·怀特：《元史学：19世纪欧洲的历史想象》，陈新译、彭刚校，译林出版社，2004，第36页。

③ 同上，第360页。

加以超越性观照，借助情境设置，带给严正的历史叙事和思考以充分的审美想象自由。这在陈千里、陈千元兄弟相逢的描述中体现得尤为明显。兄弟重逢本是陈千里了解复杂斗争形势，清除内奸的一个必要程序，是大事件中的一个小事件，但小说为此构造了一个鲜明的“个体”情境：《远方来信》、涅克拉索夫诗歌、兄弟二人的同袍之情、陈千里与叶桃的爱情记忆、陈千元与董慧文的爱情等等。众多这样的“个体”情境占据大事件的历史/叙述空间，宏大历史叙述便有了超越历史本身的文学性和审美内涵。

小说既有传奇性的人物、故事和刻意造势，以及仿佛无意却又极具心思的布局，又能通过众多生活化的经验性细节的诱导，让不可能变为可能和现实，获得“实有”的真实力量。在“真实”被纳入历史的构成的同时，叙事/文学便围绕这一问题展开。小说中的市井生活场景是真实的，人物各自的职业和身份是真实的，但生活中埋伏着的历史同样是真实的，人物的革命者身份更是真实的。后者是一种隐匿着的或说隐秘的真实，他们作为医生、图书管理员、房屋租赁中介等日常谋生、奔波忙碌的平凡身影下被遮掩起来的伟大，更是其“本质”。小说内部埋伏着现象/本质、表象/真实的结构，但作家并未将其对立起来，以一极否定另一极，而是确定了二者同样的合理性。当二者发生矛盾时，则将革命、信仰放在更优势的道义位置。凌汶与龙冬同为坚定成熟的革命者，小说在写其革命信仰与行动之外，也用更多笔墨时时写其深情挚爱，小说对陈千元与董慧文、叶桃与陈千里两对情侣关系的处理亦是如此。相对照的，叶启年与叶桃父女关系、叶启年与陈千里师生关系的处理，则体现出“公”对“私”的超越。

这种对人物带有政治性和道德性取向的认知和理解，显然隐含着中国传统叙事和经典革命历史叙事的影子。而为了避免《千里江山图》也因此落入模式化的陷阱，孙甘露在小说中就特别注重对人物心理的细腻捕捉和细节性、暗示性的文学表现。这一点最明显地体现在对易君年潜伏特务身份的暗示上。在陈千里与易君年首次见面时，他就“觉得自己看不清对方的表情”，心想“他在躲什么”,“夜色中他隐约感觉对方窘迫地笑了一下”。[①]在安排明线和暗线转移通道时,陈千里出人意料地安排易君年的下级凌汶做二人小组的负责人。小说还频频写到易君年表现出的对中央特派员老肖的浓厚兴趣,数次向凌汶打探情况。更主要的是,小说通过与易君年熟悉的上下级同志凌汶的感觉,加以暗示。凌汶“恍惚中会觉得他有点像龙冬,虽然仔细一想,又觉得他们俩并不是一种人”,“她就是这样,不时拿两个人做比较。有时候越比较越觉得两人很像,有时却越比越觉得不像”。当易君年拿起龙冬的照片时,她“突然觉得心里有些别扭。……她有时候会觉得,这就是她和老易的问题所在,他们俩中间永远隔着一个龙冬”,[②]以此表现凌汶对易君年的别扭、“不对劲”的感觉。在关于龙冬的事情上,凌汶感觉“易君年的态度似乎不那么真实”,[③]凌汶对易君年说“你这个人就是私心太重”。在去广州的路上,“凌汶发现与老易越是靠得近,越是感觉这个人身上有这样那样的问题。甚至他也似乎并不像她一直以为的那样沉稳老练”,[④]“她想,一个久经考验的地下工作者,不应该连觉都睡不好”。[⑤]这些心理、感觉、语言等细节,自始至终构成了小说隐伏的一条线索,直至另一个细节“茄力克”香烟出现,最终确认了易君年实为潜伏的国民党特务卢忠德的身份。所有情节、线索都是由细节构成和连接,都围绕陈千里、凌汶和易君年等人物展开,这些细节既是人学意义的也是文学意义的。

如果说先锋小说将社会、历史和现实转化为个体自我的意识与无意识,从而突出了语言的自治性/自指性和体验性,那么《千里江山图》重新将自我投入历史中,恢复自我的历史意识和现实感,语言也随之恢复了叙述历史与现实的能力,用福柯的说法,“词的秩序”准确地反映了“事物的秩序”,成为历史主体

---

① 孙甘露:《千里江山图》,上海文艺出版社,2022,第75页。

② 同上,第84—85页。

③ 同上,第200页。

④ 同上,第209页。

⑤ 同上,第210页。

的建构和展现自我的路径，而先锋小说那种体验性、直觉性并未完全消失，它藏身于语言的社会性和历史性之中，仿佛小说中的潜伏者在隐秘处伺机待发。

这应被视为孙甘露对先锋文学遗产的自觉传承和因势利导的转换。伊格尔顿认为：“我们发现文学作品中的历史印记明确地是文学的，而不是某种高级形式的社会文件。”[①]孙甘露亦有类似的表述：“我认为，不必从一些概念，甚至是一些大的、崇高的概念出发，而应该从一些细部，甚至是一些卑琐的细部出发。艺术作品不是社会学论文。”[②]《千里江山图》注重历史场景和情境的还原，而非历史事件本身的还原。也就是说，这是孙甘露基于叙述需要而进行的审美重构。所以，无须从小说中按图索骥般寻求历史真相。《千里江山图》的历史叙事，是充分文学化和审美化的。虽然有大量历史文献作为创作的资源和依据，但小说并未堆砌史料，让其占据叙事空间，借以营造一种非文学化、非个人化的历史真实感或现场感。史料作为历史细节是历史在场的证明，同时，它们又经过作家主体意向的选择，融入了个人化体验，出之以个人化的审美表现。《千里江山图》体现了经历历史反思之后的“文学性”。“感性在80年代以来文学‘自主性’的获得中扮演重要角色，是‘人’与‘纯文学’之现代性建构的肌质和深层动量。”[③]1980年代纯文学意义上的“文学性”以形式和语言为核心，注重个人化感觉和体验的贯穿性表达。在此“文学性”视野里，“历史”则是需要解构的“普遍概念”。如伊格尔顿所说：“如果说感觉是一种击败普遍概念的复杂的个体化过程，历史亦复如此。两种现象都以不可简约的特殊性或具体确定性为标志，并且有超出抽象思想界限的危险。”[④]1980年代“孙甘露们”先锋小说形式策略与语言

① ［英］特里·伊格尔顿：《马克思主义与文学批评》，文宝译，人民文学出版社，1980，第28页。

② 孙甘露：《若干想法》，《时光硬币的两面》，上海人民出版社，2021，第121页。

③ 王金胜：《“地方性”的构造与共同体想象——以厚圃长篇小说〈拖神〉为中心》，《当代作家评论》2022年第4期。

④ ［英］特里·伊格尔顿：《自由的特殊：审美的兴起》，马海良译，［英］弗朗西斯·马尔赫恩编：《当代马克思主义文学批评》，刘象愚、陈永国等译，北京大学出版社，2002，第65页。

实验的意识形态性就隐含在其“客观”的形式和“溃败”的主体镜像中。

孙甘露通过引述奈保尔关于细节的看法，表达了对细节与叙事关系的看法：“奈保尔总结道，‘很多细节加深了艰涩叙事中的不稳定性’……”[①]确乎如此。如何处理充分的文学性细节与叙事的稳定性的关系，是孙甘露在《千里江山图》中需要经受的艺术考验之一。与先锋小说语言的抽象性和超验性相比，《千里江山图》语言有着突出的经验性色彩，它贴近日常现实，由经验中获取并加以淬炼，简洁明晰，质感鲜明而没有僵化的套路，关联着现实却又有不依附于现实的某种程度上的物的符号性，仿佛是物在言说它本身和它所在的生活世界，颇有新小说“现象即真实，不存在所谓现象之下尚有本质”的气质，或者说，它有受到节制的某种程度上的感官性、体验性和媒质性。它并不繁复、晦涩、多义，不追求隐喻、象征和诗意、抒情，它精确、细致、自然、质朴，在平静与含蓄中隐含着适度的个人无意识和个体体验性。孙甘露显然意识到了先锋小说语言的无意识、纯体验性和冥想性存在的局限，尤其是在以叙事为本质的小说文体上，先锋小说那种非历时/非历史的语言，在描述历史或当代现实生活，尤其是某些重要的、具有事件性意义的生活时的乏力感。在《千里江山图》中，他不仅用敏感的神经末梢来感知笔下人物，他们的心理、情绪、性格及其所在的周围的一切，生活和掩藏、埋伏在生活表象下的隐秘，而且也用精细而复杂的智慧来塑造笔下的人物，为他们设计复杂的情境和令人意想不到的突出重围的策略、构想。这些人物是理性的人、有信仰的人，也是用强大的意志和信念来改变现状、创造历史的行动者——现代历史主体。

三、主体/历史的衰落与重建

《千里江山图》展现了一幅广阔的生活图景，在此图景中勾画了历史行进

---

① 孙甘露：《像奈保尔那样谈论奈保尔》，《我又听到了郊区的声音：诗与思》，华东师范大学出版社，2021，第72页。

的轨辙和痕迹。而将生活和历史勾连起来的是一群有着自己生活经验、情感世界和精神世界的人,他们既是生活中的常人,又是历史的介入者、推动者和创造者。作家以对生活的写实性描绘,展示了其作为常人的一面;在此基础上,又通过精彩细致的叙述和想象,展示了其作为历史主体的一面。

有趣的是,孙甘露曾明确表示过对"细节"意识形态的不满:"这是一个细节逐渐呈现的时期,它倾向于逐渐地羁留人们的脚步,使人们在此驻足,眺望,流连和沉思。一种干净、便利、富足和保守的生活理想在人们的潜意识里回荡……"[①]不只在生活中如此,在1990年代以来的小说写作中,同样洋溢着对历史/生活的各种细枝末节的热情,它不同于我们通常所说的现实主义的典型化的细节描写,后者蕴含一种历史的、思想的厚度和深度,关联着一个庞大复杂的意义系统和深度网络,而前者浮光掠影般的细节却无关深度、厚度,无关"意义",而关乎怀着赏玩、凝视或玩味心态的叙述者的意趣和意兴。这显示了历史意识的衰落。很多时候,所谓重返历史、回归传统,只不过是一种虚幻的、虚妄的历史匮乏感的心理补偿。"历史"发生于某种情绪的瞬间波动,存在于所指暧昧不明乃至空洞的形式中。历史不再是"内容"和"意义",它成了一种由弥散的细节构成的、自我封闭的、有限的"形式"。在这里,"历史"寄存于细节和形式,呈现为片断性、瞬间性、无机性,它不仅无法使个人在一种连贯性、整体性和有机性中获得深层价值感和意义感,它甚至压抑和遮蔽个人的历史经验和记忆。致力于反宏大叙事的日常微观叙事,反倒名正言顺地成了一种新的压抑性的宏大叙事。这不仅在于其"反宏大叙事"的政治正确性,也在于日常微观背后隐伏着一个同样巨大的全球化商业消费身影。

《千里江山图》大量的细节描写和通过言行进行的性格刻画,是使历史叙述变得鲜活生动的基础,小说由此展现了1930年代宏大历史的另一面。小说专注生活和历史的细节,城市社会平民生活环境以及生活在那个时代现实中的形形

① 孙甘露:《永不停息的幻想》,《时光硬币的两面》,上海人民出版社,2021,第193页。

色色的普通人的生活状态，在这样的环境和背景下重述重大历史事件，便有了一个充实的生活和人生的底子。历史发生在由如此细节构成的情境里，就成了值得回味的特殊存在。这里的细节既是内容也是形式，是内容/形式、生活/历史的统一体。

《千里江山图》的历史叙述建构了历史的整体关联性和空间立体性特征。所谓整体关联性是指小说中的城市景观、日常生活和风俗、人物之间的情感联系等相互联系，围绕事件构成历史的不同呈现方式和侧面；空间立体性不仅指小说将矛盾冲突集中在一个月左右的时间内，在敌人严密监控下，仅仅在上海、广州等有限城市空间中展开、激化，从而使线性历史呈现为立体性空间（物象空间、人的活动空间、景观空间、人的心理和情感空间等）形态；同时也是指小说中的历史是由显性历史（千里江山图行动）与潜在历史（1930年代中国的国际国内形势，如日寇入侵、"围剿"与反"围剿"等）构成的富有层次的历史场景。不过，《千里江山图》在建构历史的整体关联性和空间立体性时，并没有放逐时间性维度，时间仍然是串联整体、透视和贯通空间、创造历史的根本力量。

文学不是被动或客观反映历史的一面镜子，它是烛照国民精神的灯火，也是照亮和开出国族前路的燎原星火。孙甘露的细节描写，既克制了自然主义的经验性倾向，又克制了现代主义小说的体验性细节倾向，具有现实主义的质地和能量。如安敏成所说："历史事件不是因为其本身而是因为其典范性价值才能获得文学表现。如果历史的首要价值在于维护国家的连续性，那么该宗旨至少要以确定编年时间的文化价值来实现。历史学家因而首先要效忠的是一种伦理的、推论的事实，其次才对他所记录的特殊事件的现实性负责。"[①] 从历史上看，发生在1930年代的中共中央由上海向瑞金的转移，是中共党史上的一次挫折。自1929年至1933年，"左"倾教条主义统治中央领导机关长达四年。在此

---

① ［美］安敏成：《现实主义的限制：革命时代的中国小说》，姜涛译，江苏人民出版社，2001，第24—25页。

期间，部分党内重要领导先后叛变，中央领导机构遭到严重破坏。1933年前后，国民党军队在加紧“围剿”苏区的同时，也在上海等城市和广大统治区域大肆捕杀共产党员和革命群众。正是在1933年1月，中共中央因无法在上海立足，被迫迁入瑞金，从此结束了中央领导机关驻上海的历史。《千里江山图》的故事发生在这一历史背景之下，但小说隐去了一些重要历史信息，潜在地“忽略”了革命过程中的历史错误和重大挫折，以充满传奇性的故事，讲述行动小组经历挫折—曲折—成功而胜利完成中央重要领导人转移任务，并最终发现、利用和惩治叛徒的精彩故事。同时，通过苏区反“围剿”斗争的胜利，凸显了作者和时代所能讲述和所需讲述的历史内容。

在安敏成看来，西方现实主义和中国现实主义的差别在于，前者追求的是“模仿的假象，即一种要在语言中捕获真实世界的简单冲动”，因此，它注重以再现性技术建立作品与世界之间的同一性关系，而现实主义之所以在中国广受欢迎，“是因为它似乎能够提供一种创造性的文学生产与接受模式，以满足文化变革的迫切需要”。[①]《千里江山图》的历史重述发生于复杂错综的时代语境。重要的不是话语讲述的年代，而是讲述话语的年代，在讲述话语的年代，“对生活的丰富性与复杂性的充分呈现，成为当代小说生活化叙事的内在伦理。小说具有自身难以取代的内质，那就是通过叙事所呈现出来的，与我们的生活必然有所不同，这是小说存在的价值”。[②]重建已然淡漠乃至失落的理想和神圣的信仰，以此为依据和线索重新梳理、建构一个与“古典传统”相应的“现代传统”，为漂泊的心灵提供一种价值信念，提供一种与“现代传统”的精神联系，是必要而紧迫的。“二十世纪的历史，带给全世界各个国家的不同经验，成了文学很丰富的土壤。好的作品把一个地区性的经验提取出来，取得升华，放射到全球化

① ［美］安敏成：《现实主义的限制：革命时代的中国小说》，姜涛译，江苏人民出版社，2001，第40页。

② 曾攀：《当代中国小说的生活化叙事——以黄咏梅为中心的讨论》，《中国当代文学研究》2021年第2期。

的语境当中，成为人类共同的经验。”[①]《千里江山图》和怀旧型、戏拟型、史诗型等历史叙事共同构成了繁复的精神与美学图景，它们观照、进入和处理历史的视角、方式、心态，成为当下我们对待历史和理解现实的象征性表达。

［作者单位：中国作家协会书记处］

① 孙甘露：《过去的未来》，《我又听到了郊区的声音：诗与思》，华东师范大学出版社，2021，第99页。

虚构、非虚构与命运吊诡

关于董立勃长篇小说《尚青》[①]

王春林

摘　要　董立勃的《尚青》以女性波澜万丈的生命体验为主要表现对象，在虚构与非虚构的双线交织中，勾勒出一代人的吊诡命运与生存故事。与此同时，小说还将地域风情和历史背景纳入叙事框架，以宏阔的时间维度直至人性和历史的深处，形成了独特的文本体验。

关键词　董立勃；《尚青》；虚构；非虚构

熟悉董立勃长篇小说的朋友都知道，他所讲述的那些带有一定传奇色彩的故事，除了背景基本上脱不开广袤的新疆大地，另一个突出的特点，就是往往会征用两个字的女性名字来作为作品的标题。比如《白豆》，比如《米香》，再比如

① 董立勃：《尚青》，《收获》2024年第1期。本文所涉文本均出自该处，不再一一析出。

我们这里将要集中展开讨论的《尚青》(载《收获》杂志2024年第1期)。至今犹记,发表并出版于2003年的《白豆》,在当时引起过极大的反响,成为那一年度的一部现象级作品。既如此,当我们面对《尚青》的时候,一个不容回避的问题自然就是,二十年时间过去之后,董立勃小说中,哪些因素发生了变化?哪些因素依然一如既往?如果从不变的角度考虑,那就是董立勃不仅一如既往地擅长于讲述跌宕起伏的传奇故事,而且围绕女主人公所发生的曲折故事的背景,依然是新疆那块幅员辽阔的广袤大地。如果从变化的角度来考量,那就是在非虚构因素强势介入的同时,作家对人生命运本质的思考和认识无疑更加趋于复杂和深邃。倘若允许我们在展开具体的分析之前首先用一句话来概括对《尚青》的理解和认识,那就是,《尚青》是一部虚构与非虚构双重元素掺杂的个人命运之书。

既然小说被命名为“尚青”,那尚青这位女性,自然也就会成为作品中地位最为重要的一号主人公。更进一步说,如果只是着眼于尚青的角度,那么,《尚青》所书写表现的,其实也就是她和杜涛、程丰、吴长明三位男性之间的情感纠葛故事(从这个角度来说,《尚青》又不妨被描述为一个女人和三个男人的故事)。首先是杜涛。故事发生的1938年,年仅二十岁的尚青,即将从位于新疆首府迪化(今天的乌鲁木齐)的一所师范学校毕业。因为毕业前一年已经和同学杜涛确立了恋爱关系,所以他们俩原本打算毕业后进入同一所学校去当老师:“尚青读书的学校,是省立师范。整个新疆,专门培养老师的学校,就这一个,不愁毕业了找不到工作。尚青和杜涛已经和迪化女子中学谈好了,毕业后去那里任教。”但就在这一年9月的一天,尚青和杜涛在参加了一场反对日本侵略中国的示威游行后返回学校的路上,杜涛竟然莫名其妙地被三个便衣警察抓到了警察局。因为一年来他们俩处于热恋中,对于杜涛的一切行为,尚青可以说是了如指掌,所以她坚信警察抓错了人。第二天一大早,心存怀疑的尚青跑到警察局了解情况。去了以后才知道,杜涛之所以被抓,主要是因为犯了“危害社会治安罪”。事情的原委是,前几天在一次同学聚会时,酒后的杜涛情绪激昂地大声指责时任新疆督办盛世才："他说盛世才是暴君，是独裁者，应该推翻他的统治。"用鲁警官的话来说，因为有人检举，所以杜涛才会被捕。作为一名接受过"五四"新文化浸染（"那会儿，尚青还没有和杜涛好，可尚青已经读了不少书，读了巴金先生的《家》，落了不少泪，暗暗向往做一个新女性，还读了鲁迅先生的杂文等，腔子里难免有慷慨之气。"）的师范学生，尚青在很大程度上可以被看作是一位多少带有一点男性化气质的新女性。眼看着恋人含冤被捕，尚青的选择，自然是想方设法把他从警察局救出。恰在这个时候，尚青路遇学校的另一位同学程丰。由于程丰不仅家境优裕，父亲在省政府任职，而且也曾经追求过自己，所以，尚青就病急乱投医地想要借助于已经进入省政府教育厅做事的他来解决杜涛的问题。需要特别提及的一点是，虽然杜涛已经被捕，但最起码从生计的角度出发，尚青也不能放弃迪化女中约定好的教职。没想到的是，等到她一个人前去报到的时候，却不无意外地遭到了校长的刁难拒绝。亏得她及时祭出了已经在教育厅任职的程丰这一"法宝"，方才得以正式入职女中，担任了初中的历史课老师。虽然不能说职业的问题不重要，但对于这个时候的尚青来说，更重要的问题却是怎么样才能够把杜涛从警察局救出来。这一方面，程丰虽然无能为力，但帮她打听到了杜涛的准确消息，即他已经被从警察局送进了监狱，那个名叫石城子的监狱位于距离迪化二百多公里之外的奇台县境内。获知相关信息后，虽然程丰竭力反对，但由于见杜涛心切，尚青还是决定一个人跑到奇台县去。因为那个时候新疆的交通条件特别有限，她折腾了整整三天时间才终于抵达石城子监狱所在的奇台县布拉可村。由于时近黄昏，已然错过了监狱规定的探视时间，所以尚青只能留宿在布拉可村的富户吴老爷家。到了第二天的探视时间，尚青再次来到监狱，结果却因为拿不出探视证明而又一次被拒。了解到相关情况后，与监狱里的当家人陈典狱长早有交情的吴老爷，便向尚青提出了一个交换条件。那就是，他尽可以想办法让尚青每个月进监狱探视一回杜涛，但尚青却必须留在布拉可村担任小学教师，每个月的薪资是三十块大洋。为了能够见到杜涛，尚青无论如何都不可能拒绝吴老爷开出的条件。就这样,“吴老爷说到做到,终于让尚青在杜涛被抓十七天后见到了他”。也正是从这个时候开始,年轻的师范毕业生尚青正式成为布拉可村小学的教师,打开了布拉可村教育和文明史上的新篇章。

虽然说能够获准每月见面已经是很不容易的一件事情,但在数次见面的过程中,杜涛却还是一再表达自己想要获得自由的强烈愿望。为了达到这个目的,尚青再一次利用了吴老爷想要把布拉可村小学办好的心理,以自己的离职做要挟,请求吴老爷再次去疏通陈典狱长,终于还是使杜涛在没有办理任何相关手续的前提下,暂时重获“自由”,成为布拉可村小学的老师。想不到的是,好景不长,仅仅过了一年多,就在尚青怀孕差不多七个月的时候,杜涛便因为别人的告发而再次被抓到狱中,连带着陈典狱长也被抓入狱。为了追赶杜涛,尚青和阻拦的警察发生冲撞,不慎摔倒并致使胎儿流产。等到那个鼻梁上架着一副眼镜的眼镜典狱长接替了陈典狱长的位置的时候,吴老爷已经无计可施,但尚青却巧妙地利用让新任典狱长的女儿在布拉可村小学入学这一举动,不仅接近了眼镜典狱长,而且再次获准可以定时去监狱探视杜涛。但也就是在再次入狱之后,杜涛不仅意外地结识了共产党员冯正光,而且还接受了他的思想影响。用他对尚青的话来说,就是:“你知道吗?我遇到了一位伟大的人,他和我关在一间牢房里。他参加过红军长征,他是个共产党员,他也是遭人诬陷,被关了进来。”事实上,也是在接受了冯正光的影响后,杜涛才会产生认识上的某种“飞跃”:“我们的悲剧是这个社会造成的,我们完全可以通过奋斗,建立起一个民主自由的新社会。”同样的道理,在接受了冯正光的影响之后,杜涛才会要求尚青趁便把她的那把剪子带入狱中,而且还利用这把剪子巧妙杀死看守的狱警,伴同冯正光一起,从石城子监狱逃出。这个时候,尽管是尚青再次援手,从吴老爷家里牵出了两匹马,杜涛他们才得以成功出逃,但他们俩却拒绝让尚青一起行动。令人不可思议之处在于,虽然杜涛这个时候信誓旦旦地表示一定会写信给尚青,却一去便无任何消息。一直到1944年6月石城子监狱被关闭的时候,尚青才从眼镜典狱长那里了解到,当初杜涛他们出逃的途中,已经被追捕者开枪打死。

无论如何，我们必须承认，此后尚青的一系列所作所为，全都建立在杜涛已经死亡的前提之下，但命运的吊诡之处在于，就在尚青已经嫁给了程丰之后的1951年7月，原以为已经死亡的杜涛却突然出现在尚青面前。依照杜涛的解释，事情的真相是："子弹打进水里，擦到了皮肉，水里漂出了血，他们以为我死了，没有再追下去。"就这样，侥幸逃得性命的杜涛追随冯正光投奔了革命。革命胜利后，尽管冯正光力劝杜涛留在兰州工作，但一心想着要和尚青在一起生活的杜涛，却还是不管不顾地回到了新疆奇台县任职。面对尚青和程丰的既成婚姻事实，杜涛不无坚决地要求尚青立即放弃程丰，"马上和他离婚，和我在一起"。遭到尚青的拒绝后，杜涛的态度是："牢房和战争，让我更勇敢坚强。你是我的理想，我的生命，我怎能轻言放弃！我必须和你在一起。"

那么，我们到底应该如何理解看待杜涛这一人物形象呢？一方面，他在接受冯正光革命思想影响后的毅然投身革命事业之举，当然无论在什么情况下都应该得到我们充分的理解与肯定。但在另一方面，即使他最后因为对尚青的牵挂而由兰州返回到了新疆奇台县，但细细检点入狱之后的他对尚青各方面的情感表现，尤其是与尚青那不管不顾的全身心付出相比较，却又的确会因其极度自私而令人倍感齿冷。

具体来说，这一方面不容忽视的细节最起码有以下三处。其一，在尚未能够成为布拉可村小学教师之前一次狱中见面的时候，急于获得人身自由的杜涛竟然这样要求已经对他百分之百付出的尚青："杜涛说，你要去找有权势的人，去找有本事的人，让他们出面才行。""杜涛说，你这样的姑娘，去找谁，别人都不会不给你好脸子。""杜涛说，你真的不知道吗？只要是个男人，见了你，没有不想多看两眼的。尚青说，你这话什么意思？杜涛说，你知道，我没有了亲人，只有你了，除了你，没有人再管我了。""使用什么手段，并不重要，重要的是结果，我要自由，自由，自由……"细细回味以上话语，不难发现，杜涛话里话外的意思就是为了自己能够获得自由，尚青可以无所不用其极地使用一切手段，包括自身的美貌和色相。如此卑鄙心理不是自私，还有什么可以被看作是自私？其二，是尚青意外流产后第一次在狱中见到杜涛，杜涛竟然毫不关心孩子的事情："想着见到杜涛，首先要说的事，是孩子的事。杜涛知道她怀孕了，还不知道孩子没有了。以为杜涛见了她，也会首先问孩子的事。男女成为夫妻，什么事最大？就是孩子。"没想到的是，见面后的杜涛根本就对孩子的事不闻不问。即使后来尚青主动提及孩子，杜涛的反应仍然是那么冷淡："尚青说，我倒没有想那么多，我还是想要一个孩子。杜涛说，不过，我觉得我们不能只想着生儿育女过日子，我们还应该有更远大的理想。尚青说，你不是说，我们是平常人，就该过平常人的日子吗？"这次见面结束后，尚青自然感觉不爽："要说不高兴，也不是一点没有。他对孩子这个事，表现出的一种不太在乎，让她有些不舒服。"与杜涛的满不在乎形成鲜明区别的，是尚青自己的理解："生不生孩子，和年代社会乱不乱没有关系，只要男女结婚了，正处于生育年纪，不管是什么样的情况下，都应该生儿育女。"其三，是在杜涛和冯正光依靠尚青的帮助逃出监狱之后，"原以为杜涛来找她，是要带她走，没有想到他只是因为想弄到马，才来跟她告别。从一开始，他就没有打算在逃跑时把她带上"。虽然尚青在那个时候百般请求，甚至干脆耍赖，但杜涛他们却仍然非常冷漠地拒绝了她的请求："杜涛说，我一天都不想待在牢笼里了，我要早日出去，为了新的理想去奋斗。尚青说，那你也不能扔下我，一个人远走高飞，我可是你的妻子呀。杜涛说，要奋斗，就会有牺牲。"就这样，一直到杜涛骑上马的时候，尚青都还在苦苦哀求："尚青说，还是带我走吧。杜涛说，跟你说，这不可能。尚青说，要么，你也别走，我把你藏起来，学校里有个地窖，可以藏人。杜涛说，你怎么这么自私，难道你还想让我再被抓回监狱？尚青说，我是不想和你分开。"也因此，需要特别注意的一点是，等到杜涛他们逃走后，新女性尚青的一种深切反思："真想不明白，杜涛为什么不愿意带上她呢？相爱的男人和女人，从来没有一方愿意和另一方分开的，多少私奔的故事都证明了这一点。不过，也难怪，杜涛之所以从监狱里逃出来，本来就不是为了能和她在一起。这么一想，尚青就更难受了。"自己一心一意地想尽一切办法要救杜涛出狱，甚至为了杜涛而不惜只身来到远离大城市迪化的奇台县布拉可村这样一个特别偏远的地方，但杜涛却在出狱逃跑的时候，不仅根本就没有考虑到尚青的存在，只是想着要去实现宏大的革命理想，而且那个特定时刻的杜涛，不用说考虑到什么时候才能够和尚青再见面，即使是更为重要的尚青留在布拉可村的死活问题，恐怕也都不在他的考虑范围之内。二者之间如此一种极端的不对等状况，所充分说明的，正是杜涛其人的极端冷漠和自私，几乎谈不上任何一点责任感。

冷漠自私之外，杜涛的另外一个性格特点，是根本无视他人权利的蛮横无理。这一点，突出地表现在他以胜利者的姿态重新回到新疆奇台县之后。明明尚青一再向他强调自己已经和程丰成婚的事实，但杜涛却很可能是凭借手中的权力而强制性地要求尚青一定要马上离开程丰。请一定不能忽视尚青在那个时候某种特别感觉的生成："仔细看杜涛的脸，果然有了极大不同。不是形状上，而是神色里，有一种东西，让她联想到岩石和火焰。"只要我们把尚青的这种感觉和小说结尾处一段带有预叙和暗示意味的叙述话语（"只是不知道接下来，她死而复生的初恋情人杜涛的出现，会给她和丈夫程丰的生活带来如何的改变。"）联系在一起，那么，一贯冷漠自私且又蛮横无理的杜涛，将会在尚青未来的时日里继续兴风作浪，几乎就毫无疑问是一种合乎逻辑的必然结果。

其次是程丰。与杜涛一样，师范阶段的程丰，同样曾经是尚青的狂热追求者。只不过，与幸运的杜涛相比较，那个时候的程丰不够幸运而已："说起来，程丰是第一个追尚青的。他家境好，父亲在省政府里任职，有优越感，做事比别人自信，胆子就大，直接拦住了尚青，向尚青表白，却不知尚青对他的骄傲张扬，有点不喜欢，不大想和他交往。"只是通过选择家境一般的杜涛而放弃家境优裕的程丰这一点，我们就不难看出尚青作为新女性反对传统门第思想的时代突出印记。尽管说由于尚青对程丰的断然拒绝，他们早该大路朝天，各走一边，但杜涛的突然被抓走，却还是再一次把他们俩维系在了一起。面对来自尚青事关杜涛的各种请求，因为内心一直都在喜欢着尚青，程丰最起码表面上的态度非常积极。尽管由于心存嫉妒他在一些时候也持有虚与委蛇的敷衍姿态，比如，明明没有为杜涛的事去过民众接访处，却偏偏要在尚青面前信誓旦旦地强调自己去过。但他也的确帮过一些忙。比如，杜涛由迪化被押解到石城子监狱的相关信息，就是尚青通过程丰了解到的。再比如，当他有机会去奇台县公干的时候，也的确骑着自行车去布拉可村专程看望尚青，以兑现自己此前的诺言。然而，由于有若干事件的巧合，尚青怀疑的目光到后来还是聚焦到了程丰身上。一个是致使杜涛被举报的那一次饭局，程丰身在现场。再一个，是程丰专程去布拉可村探望尚青的时候，不仅无意间撞见了“自行”出狱的杜涛，而且就在他离开后没多久，杜涛就因为东窗事发而再次被捕入狱。还有就是，程丰明明没有为杜涛的事去过民众接访处，却口口声声强调自己去过。依循“一个人如果在一件事情上撒了谎，那他就可能在所有事情上都撒了谎”这样一种看似无懈可击的事理逻辑，再加上程丰肯定会因恋爱的问题而对杜涛心存嫉妒，尚青便坚决认定那个把杜涛送进监狱的告密者不是别人，正是程丰。既如此，那尚青复仇的火焰自然也就只能对准程丰。怎么复仇呢？经过一番苦苦的琢磨之后，尚青所使出的方法，就是以牙还牙，以其人之道还治其人之身。就这样，因为有尚青的告密，程丰也如杜涛一样锒铛入狱。

但同样是被迫承受牢狱之灾，程丰的遭遇却要比杜涛惨烈许多。一直到很多年之后，尚青和程丰在他的那个小书店里重逢的时候，她才会对这方面的情况有真切的了解。那就是，在一只眼睛被弄瞎的同时，程丰的男性器官更是被折磨得失去了正常功能。关键之处在于，就在这次重逢前不久，尚青刚刚从知情者那里了解到，程丰并不是那个最终致使杜涛入狱的告密者。一个是她在西公园的一条长凳上，不仅意外重逢阔别多年的眼镜典狱长一家三口，而且还从他口中了解到杜涛当年在布拉可村再度被捕入狱的真相：“不过，那个揭发了陈典狱长，把杜涛重新送进监狱的家伙，也没有得到好报，去年得了急性肺炎死了。尚青问，他揭发的是什么事呀？眼镜典狱长说，就是把杜涛弄到村里小学教书的事。尚青问，你是不是记错了，怎么会是他呢？他和我们无冤无仇，为什么要这么做呢？眼镜典狱长说，他犯了错，陈典狱长惩罚了他，他怀恨在心，就找了这个事报复陈典狱长。”再一个是，既然后一次的告密者不是程丰，那么，第一次的告密者就一定是程丰吗？正是带着这样一种强烈疑问，尚青专门找到当年自己曾经专门委托过的鲁警官了解情况。没想到的是，鲁警官给出的答案，却依然让尚青大跌眼镜：“他说，你以后千万不要再乱怀疑了，你男朋友杜涛被抓，和你的哪一个同学都没有关系，是督办侦探队的密探从小饭馆门前经过，无意中听到了杜涛在高谈阔论，立功心切的密探当然也就不可能放过他了。”在了解到自己当年的确冤枉了程丰，程丰竟然因为自己的告密行为而付出了身体极度伤损的巨大代价的真相之后，尚青的真实感觉，当然也就一定会是所谓的追悔莫及或者悔恨交加。因此而自然导致的一个问题就是，自觉罪孽深重的尚青，到底怎么样才能够赎回自己的罪过呢？尽管尚青曾经要求程丰或者用剪子或者用手枪解决掉自己的生命以解心头之恨，但程丰却终因内心慈悲而下不了狠手。一方面是当年的情感基础尚存，另一方面是一种发自内心的真诚赎罪心理，再加上程丰一直处于未婚状态之中，三方面因素叠加在一起的结果，自然就是尚青毅然决定陪伴业已身残的程丰终生。这样一来，也才有了他们结婚后再度远赴布拉可村小学任教这一事实的最后形成。成婚之后，尚青尤其令人感动的一个举动，就是以一种锲而不舍的精神硬是想办法不无神奇地恢复了程丰的男性功能。与看似轰轰烈烈的杜涛相比较，程丰这一人物虽然看上去乏善可陈，除了当年曾经在拯救杜涛的问题上态度比较消极，并在是否去过民众接访处的问题上一度撒谎之外，他的人性构成其实并没有更多的被指责之处。也因此，与极度冷漠自私且蛮横无理的杜涛相比较，看似寻常普通的程丰其实更值得女性托付终身。

然后，是吴长明。吴长明与尚青的结识，带有相当的偶然性质。那还是在杜涛刚刚被抓的时候，尚青在一个夜晚路过“鸿春园”餐馆，路遇几个刚刚喝过酒的青年军官。其中一个试图靠近长相俊俏的尚青，被另一个同行及时制止：

"他说，对不起，姑娘，他喝多了，你别在意。说着，扶住那个军官往另一个方向走。走了几步，这个军官又回过头对尚青说，对不起了，姑娘，当兵的，不太懂礼数，你别介意。"虽然只是一次偶遇，"不过，刚刚那个回过头说了一句对不起的军官，他的样子，似乎在她的脑子里留下了一点印象，中等个子，瘦长脸，眼睛有点小，但炯炯有神"。后来，尚青在奇台县城见到谷秀的丈夫吴长明的时候，她才恍然大悟，那次在"鸿春园"餐馆外偶遇的说"对不起"的青年军官，不是别人，正是吴老爷的小儿子吴长明："吴长明官不大，只是个中尉。可整个县城，只驻扎了这些兵力，他实际上就成了最高长官。"尽管说这一次的再次相逢，已经足够令人称奇，但身为当事人的他们两位，也都不可能预料到，这次重逢，也仅仅只是他们之间堪称盘根错节的情感纠葛的一个开端。

具体来说，他们的交往过程中，有这么几个节点不容忽视。其一，是重逢的当天晚上，尚青被安排住在夫妻俩的隔壁，半夜时分，她被隔壁的异样响动惊醒："知道了隔壁传来的响动是怎么回事，尚青没有用被子把头蒙起来不去听，也没有刻意去听，有意去想这一段时间发生的事情，想到杜涛突然变成了政治犯，想到自己要从省城跑到一个偏僻的乡村当'先生'，有一点凄惶感，又有一点传奇感，心里乱哄哄的，脑子里也乱哄哄的，又索性什么也不想，就让心里、脑子里乱着。"其二，是和吴长明夫妻俩去往刀条岭游玩。那一次外出游玩，尚青在学会骑马的同时，更是目睹了吴长明和谷秀之间一次堪称"惊心动魄"的野合场景："他们不是坐着，也不是躺着，而是站着。不是并排站着，也不是相对站着，而是吴长明站在谷秀后边，一个紧贴着，一个紧靠着。一句话，是吴长明从后边抱着谷秀站在草浪里。如果只是这样站着，尚青看上一眼就不会再看了，问题是接下来，尚青看到了没有想到的一幕，吴长明一下子变得野蛮了起来，他竟然与谷秀在阳光与风里，做起了夫妻在屋子里黑夜做的事情。"不能不强调的一点是，我们这里所谓的"惊心动魄"，主要是针对尚青来说的："她是新女性，这种事对她来说，已没有什么神秘，更不会十分好奇。所以，她这么盯着看实在没有道理，也有点不够道德。"要害处在于，这一过程中，尚青竟然以自己一种特有的方式参与其中："因为事情过后，连尚青自己都不知道这一切是怎么会发生的。明明是发生在吴长明和谷秀之间的事，却让她的身体似乎也受到了强烈撞击，并且是几乎和谷秀同时喊出了声。只是谷秀的声音落入了风中，而她的喊声却被自己的手掌捂在了嘴里。"就这样，一直到吴长明他们已经走了过来，尚青"蜷起的身体里，潮水仍然还在汹涌"。如此一种肉体共振现象的出现，所充分说明的，正是尚青潜意识中性本能的隐然存在。其三，是那一次吴长明教授尚青打枪技能时她某种性幻觉的不自觉形成："隔着衣服，尚青感觉到了吴长明手掌的力道和灼热。""莫非吴长明对她别有用心，要做什么对不起谷秀的事？""脑后没有长眼睛，可她分明看到了吴长明的一只手，正不怀好意地伸向她的腰带。"尽管此后的事实证明尚青的这种感觉是一种纯粹子虚乌有的幻觉，但她却由此而再度生成了相关的联想："自那次看到了吴长明与谷秀野合后，那一幕不止一次出现在尚青的脑海里，让她不可遏制地想象着自己真的在那一刻成了谷秀。因知永远不可能发生，想象就会越发放肆大胆。"诸如此类性幻觉及其联想的一再生成，又一次印证了潜隐于尚青身体深处的某种性饥渴欲念的赫然存在。其四，是那次在黑湖边的山上先是遇到狼群后被及时赶到的吴长明救出之后，趴在吴长明背上的尚青身体的异样感觉："只是这样走了一段，不是吴长明受不住了，而是尚青忍不住了。""两条腿分开，趴在吴长明的后背上，胸部还有腹部还有大腿的根部，都与吴长明的身体发生了紧密接触。随着吴长明幅度较大地走动，尚青的身体几处敏感的部位，都在同时明显受到了碰撞。"肯定并非不必要的碰撞倒也罢了，关键问题是，尚青就在这个时候偏偏不由自主地联想到了吴长明和谷秀的那次野合场景："那种感觉重返身体，似乎更加强烈，比脚腕崴伤处的疼痛还要强烈。她无法再继续这样趴在吴长明的背上了。"之所以会是如此，主要是因为"尚青真的怕自己会控制不住，做出什么不该做的事情"。所谓"不该做的事情"，说透了，也就是尚青认为，由于脑子里往往会不由自主地想到吴长明，所以，自己无论如何都不能和吴长明发生一点男女之间的越界关系。"不因为别的，只因为他是谷秀的丈夫。"

然而，正如你已经预料到的，即使如此，到后来，一直强力克制着自己的尚青，却仍然还是无以自控地和吴长明发生了一点什么。只不过，所有的这一切，之所以能够变成现实的一个必要前提，就是吴长明在危急时刻再一次挽救了尚青的性命。抗战胜利前夕，在强烈地预感到如果自己不及时离开布拉可村就很可能会发生一点什么的情况下，尚青决定离开布拉可村："如果在布拉可待下去，任目前的状况持续下去，那么她就不敢肯定会不会与吴长明发生点什么了。不是担心吴长明会失去理智干出什么来，与吴长明这段时间的接触，让她确信吴长明不会做任何她不想做的事。他与许多男人不同，他懂得尊重女人，不会强迫女人去做任何事。她担心的只是她自己，担心自己会失去理智，被情感的洪水左右，真的会在吴长明送来某一本书的同时，把自己也当成一本书，让吴长明打开阅读。"从根本上说，正是出于对自身冲动型人格的严重不自信，尚青才会断然决定早日离开布拉可村。需要特别提及的一点是，依照好姐妹谷秀的真实想法，如果尚青真的看上了吴长明，她其实是心甘情愿和尚青一起共享吴长明的。但即使是尚青本人也想不到，这个关键时刻发生的一件意外，还是非常彻底地把她推到了吴长明的怀抱之中。那就是，因为对黑湖心存依恋，在离开布拉可村之前，尚青曾经专门一个人骑马带枪去往黑湖边。不曾想，她不仅在路上遇到了三个土匪，而且这三个土匪还竟然对她产生了邪念。虽然说智勇双全的尚青利用自身的智慧巧妙地杀死了两个，但由于尚存的一个恩将仇报，这个自称野狼游击队的土匪群体，竟然发出威胁，要求布拉可村及时交出尚青。如若不然，他们就将血洗布拉可村。值此关键时刻，毅然挺身而出替尚青仗义执言的，正是身为村长的吴老爷。无论如何都不容忽视的一点是，这个时候能够与吴老爷的仗义执言行为相媲美的，就是尚青的执意留在布拉可村与村民共患难之举："不行，我惹下的祸，不能让别人替我担。说着，不顾谷秀劝阻，坚决跳下了马车。"无论如何我们都必须承认，在这次保卫布拉可村的空前激烈的战斗中，尚青的表现可圈可点。但在勇敢地打出一梭子子弹后，却突然有一把马刀直向她的头顶劈来。值此关键时刻，及时现身救出尚青的，又是吴长明。这样一来，原本就经常萦绕在尚青内心世界里的吴长明的形象就更高大了：“吴长明从画中走出来，走到尚青跟前。分明是个熟悉的人，却一下子变得陌生。分明是个有点瘦的中等个子的男人，却一下子变得高大魁梧。分明是个平常的军官，却一下子变得像个传说中的武士。他似乎不再是给她送书与她聊天的那个男人，仿佛突然变成了一个男神，刚强勇猛无所不能。”因为吴长明的再一次救出尚青，也因为尚青对一位理想化男性的热切期待，他们俩之间的那种宿命一般的缘分，自然水到渠成：“别说他是吴老爷的儿子，是谷秀的丈夫，当他成为英雄后，他就不再属于谁，他存在于天地之间，就像太阳一样，万物都需要它的普照。”既然吴长明不再属于谁，那也就意味着，他可以属于所有的人，其中自然也包括尚青。被吴长明彻底征服后的尚青的身体与灵魂，就这样合乎情理地和吴长明最终结合在了一起。尽管天不遂人愿，尚青试图和吴长明生一个孩子的愿望没有能够变成现实，但他们俩之间从肉体到精神的无缝对接却绝对称得上是真正的天作之合。

由于小说自始至终所依循的都是尚青的叙事视角，所以，在他们俩之间的情感缠绕过程中，吴长明到底经历了怎样的一种心路历程，身为读者的我们其实一无所知。尽管如此，却也不足以影响我们对吴长明作为男性人物形象的理解和判断。无论是第一次见面说“对不起”时的彬彬有礼，还是后来日常相处中的一贯谨守男女有别界限，无论是对于谷秀的恪尽丈夫之责，还是先后两次将尚青从险境中救出，尤其是在保卫布拉可村战斗中的视死如归精神，所有这些，都在证明着吴长明其实是一位顶天立地的人间少见的男子汉。也如此，如果从终身伴侣选择的角度来说，与杜涛、程丰他们两位相比较，吴长明才算得上是有作为、有担当的理想化人选。

从人物形象塑造的角度来说，《尚青》中与吴长明相映生辉的另外一位人物形象，不是别人，正是他的父亲，身为布拉可村村长的吴老爷。虽然着墨不多，但吴老爷却绝对称得上是一个闪烁着人性光芒的乡绅形象。理解吴老爷这一形象，重要的关节点有三。其一，是他那足称丰富的人生阅历：“尚青读的书比吴老爷多，可知道的事情，并不比吴老爷多。吴老爷虽是个农人，却在年少时读过私塾，年轻时，去阿尔泰山淘过金，去喀什噶尔卖过茶叶，去俄罗斯贩运过皮毛，去波斯罗马卖过丝绸，还去兰州西安等地进过瓷器，闯荡多年又回到布拉可村。见识与胆识胜于别的村民。知道了吴老爷的人生经历，也就明白了吴老爷为什么会成为布拉可的富人和乡绅，为什么会对办学这件事那么用心和舍得投入。”从根本上说，正是如此丰富的人生阅历决定着吴老爷的开阔胸襟与非凡气魄，以及他的远见卓识。其二，就是前面已经有所提及的采取各种办法积极推进布拉可村的教育发展。为了在这一方面有所作为，他既可以想方设法把远道而来的尚青留在布拉可村，更可以买通陈典狱长，竟然让身为囚犯的杜涛进到学校去当老师，真正可谓无所不用其极。其三，是他在危机时刻的临危不惧和沉着冷静，当然也还有那种不忘初心的知恩图报。这一点，集中表现在土匪扬言要因为尚青而血洗布拉可村的时候：“吴老爷说，尚青这丫头从1938年来到我们村当先生，整整干了八年了。八年了，她让我们多少个娃读了书识了字，把我们多少个娃送到了县城中学，现在她有事要回迪化去，你们居然不让她走，还要把她交给那些土匪，你们还是人吗？你们还有一点良心吗？你们拍拍胸膛想一想，你们还好意思为难尚青丫头吗？”“别去怪罪尚青丫头，就是没有这个事，山里那群匪徒，也不会放过我们，这一场血洗，躲过了初一，躲不过十五，我们没有别的选择，只有与他们拼死一战，把他们消灭掉，我们才能有安宁的好日子。”其四，虽然吴老爷的可圈可点处多多，但他却也有自己的思想短板之所在。那就是，在极富远见卓识地积极推进乡村教育的同时，他的内心深处竟然也还存有着某种根深蒂固的男尊女卑思想。他和尚青在这一方面的激烈冲突，集中体现在是否应该让阿莲进城读中学的问题上。面对吴老爷在这一点上的冥顽不化，尚青据理力争，毫不退让，甚至还以把阿莲的两个弟弟开除出学校相威胁，才最终迫使吴老爷做出了相应的让步。男尊女卑思想的根深蒂固，固然是开明绅士吴老爷的一大人性弱点，但如果我们转换一个角度，自然可以说，正是因为有了这一人性弱点的存在，才使得吴老爷这一人物形象更加真实，更加血肉丰满。无论如何，从人物形象塑造的角度来说，除了女主人公尚青，《尚青》中最具人性光芒的两个人物，就是吴老爷和吴长明他们父子俩。

借助于尚青与杜涛、程丰、吴长明三位男性之间堪称曲折离奇的情感纠葛故事，作家董立勃试图思考表现的，其实是世事难料人生过程中那种总是事与愿违，目的和结果总是会呈现出一种背反状态的命运吊诡性质。请注意这样一些叙述话语的存在。比如："真的是太奇怪了，两天前，与眼前的这两个人还素不相识，现在竟像是家人一样在情深意长地互相问候了。还有那个叫布拉可的地方，以前压根儿就没有听说过，现在却一下子就要在这里工作生活了。问题是，这一切的发生，并没有谁强迫她非要这么做，全是她心甘情愿的选择。这究竟对她来说是一种幸运，还是不幸呢？她无法说得清楚。正如，在接下来的日子里，到底还会发生什么，也是她无法预料的。""生活似乎一直在告诉她，明天会遇到什么，只有到了明天才会知道，今天想得再多也没有什么用。既然没有什么用，那就不要去想了，只管服从命运的安排，一步步往前走就行了。而对尚青来说，下一步就是回到迪化，与过去告别，再提上行李箱，走向布拉可。"关键的问题还在于，"对她来说，当一个好老师，不会是她的主要目的。这也决定了尚青在布拉可的故事，不会只是一个乡村女教师的故事"。比如："然而，就在过去的几年里，尚青为了能走进这座城，为了看见关在里边的一个人，为了能把这个人救出来，她受了多少苦多少累。应该说，她的人生走到了这一步，就是被这座叫石城子的监狱给弄的。如果不是1938年的秋天，叫杜涛的男人被关进了石城子监狱，那她的人生也不会是现在这个样子。"我们都知道，历史和人生都无法被假设，但在一些时候，却也只有通过合理的假设才能够更好地看清楚命运的本来面目。别的且不说，只说作为小说结构主线的尚青个人的命运，就的确充满着某种不可思议的吊诡色彩。原本想着和杜涛一起毕业后去当老师，没想到杜涛却被捕入狱；原本一门心思地想着要救出杜涛，没想到从狱中逃出后的杜涛继续外逃时却根本没想着要带上她；原本以为程丰就是那位给杜涛带来了牢狱之灾的可耻告密者，没想到到头来却是一桩天大的冤枉；原本心心念念只是想着要嫁给杜涛，没想到到后来却嫁给了程丰；原本想着生一个和吴长明的孩子，没想到到头来却是竹篮打水一场空。诸如此类，因为最终的结果总是事与愿违地走向了心理动机的反面，所以尚青的命运也就不管怎么说都绝对称得上是吊诡。

但请注意，命运吊诡的绝不只是虚构这一条结构主线中的尚青。尚青之外，还有另一条非虚构结构支脉中的盛世才其人。出生于1895年的东北男人盛世才，原本也是一个带有突出理想主义色彩的热血青年。他之所以不惜千里迢迢地从南京携妻绕道苏联，在金树仁统治阶段来到新疆，初衷也只是想着怎么样才能更好地报效祖国。来到新疆后，他的一个巨大成功，就是利用自己的足智多谋，彻底击败了在当时看似不可一世的隶属于马仲英的马军。能够取得如此一种决定性的胜利，有两股力量的作用不容小觑："一股力量是归化军。十月革命后，许多被苏联红军打败的白俄官兵，跑进了新疆，他们人高马大，有作战经验，出于平叛维稳需要，盛世才接受他们入籍的同时，又收编他们成为政府军。另一股力量是东北抗日联军的官兵，他们在战败后，经西伯利亚进入新疆，正赶上内乱。都是东北人，又是为维护边疆安全，他们没有理由不帮盛世才。"很大程度上，正是对马军的彻底击溃，才从根本上奠定了成为督办后的盛世才此后在新疆的统治地位。成为新疆王之后的盛世才，采取了两个方面的政策。一个是后来被公认为盛世才治疆基本方针的所谓六大政策："反帝、亲苏、民族平等、和平、建设、清廉。"再一个则是建立在"前车之鉴"基础上的大清洗和大肃反。所谓"前车之鉴"，就是他的前两任杨增新和金树仁："杨增新可以说是个非常有智慧的封疆大吏，他主政十七年，新疆一直没有发生大的动乱，因而深受各族人民的爱戴，可最后却落得个被人在宴会上枪杀的下场。还有那个金树仁，也不完全是个草包，接替了杨增新后，实施了不少新政，兴水利开工厂修公路办学校，新疆出现了许多新现象，可还是被一场政变赶出了新疆。"从根本上说，正是为了避免重蹈覆辙，盛世才才会一步步变得那么铁血冷酷："也是为了确保宝座不会被人掀翻，他认真学习了苏联在这方面的成功经验。"其中，非常重要的一个方面，就是大搞特务统治。只要发现有一点点反抗的蛛丝马迹，甚至干脆就是只要有人举报，就一定会滥杀无辜地抓人捕人乃至杀人。杜涛和程丰他们两位的悲惨遭遇，就是盛世才独裁专制特务统治的一个精准注脚。

到了1941年的夏末，德国撕毁《苏德互不侵犯条约》，以闪电战的方式突然进攻苏联。没有战争准备的苏联，一时间被打了个措手不及，仅仅几天时间，就失去了大片国土。面对这一新的情况，原本一直坚持实行亲苏亲共政策的盛世才，因为一厢情愿地认定苏联大势已去，“不可能再有强大的力量支持新疆”，所以盛世才遂决定改变亲苏亲共政策，彻底投靠蒋介石的国民政府。就这样，在断绝了和苏联的关系之后，他的屠刀也就对准了那些曾经活跃于新疆各个阶层的共产党员：“曾经在新疆如鱼得水的共产党员，一夜间陷入了被逮捕的境地，一大批共产党员和进步人士都成了阶下囚。”其中，自然也包括《尚青》中的一个虚构性人物冯正光。很大程度上，正是冯正光在石城子监狱的出现，在改变杜涛思想的同时，也更是改变了杜涛和尚青这两个人物的未来命运。然而，任是自以为神机妙算的盛世才，也料想不到，“投靠蒋介石的目的达到了，却让盛世才有点不能开心颜，因为他头一次尝到了说话不完全算数的滋味”。仅仅是说话不完全算数倒也罢了，关键的问题是，到了1944年的时候，完成了对新疆全面控制后的蒋介石，更是干脆把盛世才调任到重庆担任农林总长。就这样，“自1930年来到新疆，整整十四年，盛世才的人生可谓轰轰烈烈惊天动地，只是他没有料到会以这种方式落幕”。伴随着盛世才的离开，他在新疆实施多年的专制铁血统治也宣告终结：“新的接任者，顺从民意，把那些被盛世才关押的政治犯全都从监狱里放了出来。”既然犯人已经不复存在，那位于布拉可村的石城子监狱的被关闭，也就自是顺理成章的事情。由于在统治新疆期间作恶多端，追随着蒋介石跑到台湾后的盛世才，到晚年“也是提心吊胆深居简出，并躲在屋子里开始撰写回忆录：《牧边琐忆》《新疆十年回忆录》，为他主政新疆犯下的罪行进行辩护。不得不说他治理新疆维护国家统一是有功劳的，但利用手中的权力横行霸道滥杀无辜同样也是不可饶恕的”。无论如何，从多年前初始入疆时的那位带有理想主义色彩的热血青年，到后来彻底击溃马军后的走向人生巅峰，从原本亲苏亲共的建设新疆到后来的投靠蒋介石，再到后来跑到台湾后的深居简出，盛世才这位曾经一度的“新疆王”，其人生和命运跌宕起伏一般的吊诡，恐怕也是不容否认的一种文本事实。

［作者单位：山西大学文学院］

论胡发云小说的音乐书写与历史喻指[①]

李 盛

摘 要 不论在现实生活还是小说创作中，音乐之于胡发云都十分重要，它一面记录了时代变迁，一面凭借“反文字”特质确证个体的存在。合唱兼容“我”与“我们”的二重性成了看视胡发云音乐书写的中心线索。胡发云在《死于合唱》《射日》等小说中关于合唱和音乐的两种书写彰显了不同历史境况中个体与集体、边缘与中心、生命伦理与革命伦理之间的关系在不断游移、变动和转换，我们由此获得另一双“耳朵”去重新聆听那个史诗时代，那段波澜壮阔的岁月。

关键词 胡发云；合唱；音乐书写；历史喻指

① 本文为江苏省社会科学基金青年项目“‘歌谣运动’与民歌的现代转型研究”（编号22ZWC001）的阶段性成果。

1949年，胡发云出生在江城武汉，与共和国同龄的他不仅完整经历了红色中国的全部岁月，更凭借自己的小说、随笔和访谈为我们提供了看视这段岁月的另一种目光。在他笔下，音乐始终占据重要位置，这一方面与他的亲身经历有关，他成长于艺术氛围浓厚的家庭，[①]从小热爱音乐，作过曲，学过二胡、小提琴、钢琴，参加过学校的文工团，1966—1967年组织过一支文艺宣传队，并写下《死于合唱》《迷冬》《红鲁艺》《红色音乐与一代人的情绪记忆》等以"音乐"为主题的文字。另一方面，音乐给予胡发云从边缘和个体视角凝望中心和集体的绝佳契机，相比于有着确定以至统一意涵的文字，音乐的能指与所指往往是断裂的，"音乐艺术常常能说出各人所需要的东西"。[②]音乐的非直接语义性和诠释的歧义性促使胡发云得以想象一种从集体（中心）跳脱的途径，或用一些评论者的话说，在时代大潮中记录个体命运，去发现未被完全驯服的个体记忆，[③]深切理解革命伦理与生命伦理的对峙与碰撞。[④]胡发云的"跳脱"是否成功姑且不论，个体与集体、边缘与中心、生命伦理与革命伦理等一系列历史性的二元关系确是他书写音乐以至开展创作的重要参照。

在此背景下，合唱这一处于上述二元关系"之间"且有着切实历史发展进程的意象，其意义即被凸显出来。因为坚执于个体（边缘）的立场，胡发云在小说《死于合唱》中描画了主人公费普参加合唱时以自身之死获致拯救的极端场

---

① 参见胡发云：《战争，一个医生的命运——从父亲的"交代"材料看历史》，《南方周末》2015年3月12日副刊。按：胡发云的父亲抗战期间曾以军医的身份在国民党军队服役，一生喜爱艺术，1940年在广西大溶江145后方医院工作时，和胡发云的小姑父组织了一个京剧社，两人分别扮唱黑头和小生，为伤病员和医务人员演出。据胡发云回忆，他小时候偶尔会听到父亲和小姑父一起唱唱老戏。父亲调到苏州后，很快便爱上了评弹并在书场听书时结识了胡发云的母亲，后者当时正为评弹艺人张月泉做一些记录书目、整理材料的工作。

② 胡发云：《红鲁艺》，载徐友渔编：《1966：我们那一代的回忆》，中国文联出版公司，1998，第218页。

③ 参见郭于华：《个体命运与时代》，《经济观察报》2014年1月27日第56版。

④ 参见王春林：《革命伦理与生命伦理的对峙与碰撞——评胡发云长篇小说〈迷冬〉》，《江南》2013年第3期。

景。但当费普以圆满而幸福的姿态死于合唱之际，合唱的集体面向以至合唱本身却在无可挽回地走向死亡。一个更强力且持久的力量以涤荡一切特殊性（不论政治的抑或美学的）之势滚滚而来，它就是“资本”。在资本面前，胡发云矢志抵抗与高扬之物恍惚间变得同病相怜，他笔下的“自我”也变得暧昧不明。从死于合唱到合唱之死，胡发云的音乐书写与合唱的自身发展为我们重审个体与集体等二元关系的复杂性和动态性，以及它们关涉的社会转型、文艺政策的调整等历史境况的变迁与绵延构筑了恰如其分的论述开端。

一、歌咏与合唱：胡发云音乐观的内在矛盾

胡发云在《死于合唱》开首谈及合唱时给出如下评判性表达：“费普一生中有三个时候与合唱有关。这里说的合唱，是指音乐意义上的合唱，不是光指人数很多。”[①]在胡发云看来，20世纪六七十年代“光指人数很多”的合唱与音乐意义上的合唱绝不能混同，因为前者似乎仰仗政治力量，后者则导向美学层面。一张一弛之间，胡发云对两者的态度不言自明。但就基底的逻辑来说，上述两种合唱可能并非泾渭分明，或者胡发云对二者的划分原就抱持某种一厢情愿的简化倾向。根据《牛津英语词典》释义，汉语词汇“合唱”的对应英语单词choir和chorus，其核心意涵主要有两项：合唱队、唱诗班，即一个有组织的歌手乐队；合唱音乐，即一群人同时唱出的歌曲或任何声音。[②]而choir与chorus的区别在于，前者更倾向于基督宗教中的唱诗班及其合唱音乐，后者亦能指代世俗性的合唱队与合唱音乐。就原初的词义而言，包括胡发云刻意强调的音乐意义上的合唱在内，合唱本就属于一群人同时歌唱的行为。

“合唱”一词在我国经典古籍文本中记载得很少，这固然不能完全说明合

① 胡发云：《死于合唱》，《新创作》1999年第6期。

② See John Simpson and Edmund Weiner, *The Oxford English Dictionary (vol. III)*. Oxford: Oxford University Press, 1989. pp.152-153, pp.172–173.

唱在我国音乐传统中的阙如，但至少可以推论它肯定不占主流。那么，我们更看重哪种歌唱形式呢？很显然就是歌咏。与“合唱”的记载寥寥相比，自先秦时期的原初典籍开始，“歌咏（咏歌）”一词即频繁出现，如《尚书·舜典》“诗言志，歌永言，声依永，律和声”，[①]对此西汉孔安国传曰：“谓诗言志以导之，歌咏其义以长其言。永徐音咏，又如字。声谓五声：宫、商、角、徵、羽。律谓六律、六吕，十二月之音气。言当依声律以和乐。”[②]唐孔颖达正义曰：“作诗者自言己志，则诗是言志之书，习之可以生长志意，故教其诗言志以导胄子之志，使开悟也。作诗者直言不足以申意，故长歌之，教令歌咏其诗之义以长其言，谓声长续之。定本经作‘永’字，明训‘永’字为长也。”[③]“永（咏）”者，长也，“歌咏”者，长言也。依照一定的声律规则，歌咏能够帮助作为“言志之书”的诗“生长志意”，尤其当作诗者凭借“直言”不足以申己之意时，歌咏（“长歌”）就凸显出自身优势。正是在这个意义上，《诗·大序》有云：“诗者，志之所之也。在心为志，发言为诗，情动于中而形于言。言之不足，故嗟叹之。嗟叹之不足，故咏歌之。咏歌之不足，不知手之舞之足之蹈之也。情发于声；声成文，谓之音。”[④]

歌咏作为“诗言志”的辅助和深化，其固然从属于中国古代的“政教”文学思想，也即“文以载道”传统，[⑤]但从生发的起点来看，歌咏同样离不开“动于中”而“发于声”的“情”。朱光潜在《诗论》一书中谈及诗的起源，曾把“诗言志”与“诗以达意”（孔子语）的“志”和“意”与近代语词“情感”关涉起来，并

---

① ［汉］孔安国传，［唐］孔颖达等正义：《尚书正义》，见于《十三经注疏》上册，中华书局，1980，第131页。

② 同上，第131页。

③ 同上，第131页。

④ ［汉］毛亨传，［汉］郑玄笺，［唐］孔颖达等正义：《毛诗正义》，见于《十三经注疏》上册，中华书局，1980，第269—270页。

⑤ 参见朱自清：《诗言志辨》，开明书店，1947。

从心理学的角度认定，意志与情感原就不易分开。[1]关于“诗”与“歌”的情感缘起，《礼记·乐记》开首便直言：“音之起，由人心生也。人心之动，物使之然也。感于物而动，故形于声也。”[2]随后继续说道：“德者，性之端也；乐者，德之华也。金、石、丝、竹，乐之器也。诗言其志，歌咏其声也，舞动其容也。三者本于心，然后乐气从之。是故情深而文明，气盛而化神。和顺积中而英华发外，唯乐不可以为伪。”[3]虽然歌咏以至于诗和乐，最终无法全然摆脱作为“诗教”“乐教”等政治制度的工具性身份，但“唯乐不可以为伪”的乐与个体、心灵和美学天然的亲近关系使它合于胡发云对作为个人化聆听之音乐的想象。极端而言，在《礼记·乐记》界定的“声—音—乐”体系中，[4]胡发云追寻的是距离“人心之动”最近的“声”和“音”而排斥作为教化制度的“乐”。

与“本土的”歌咏相比，合唱之于中国是一种既西方且现代的歌唱形式，最早出现在香港、上海、武汉等地基督教堂中的唱诗班。其后逐渐与中国的军事和教育现代化运动会合，以清末各地新军中的军歌合唱和民国初年中小学堂中的乐歌形式出现，最终发展为20世纪30年代上海声势浩大的抗日群众歌咏运动。当时，无论习唱基督教圣诗，还是军歌抑或学堂乐歌，都是运用集体歌咏的方式，虽然大多只是简单地齐唱，但它正是多声部合唱音乐得以发展的最主要的基础。[5]与“情动于中而形于言”的个人歌咏相比，由西方舶来的合唱与集体、政治的紧密关联显而易见，它已然不再局限于仅作为一种新的歌唱形式，转

---

① 参见朱光潜：《诗论》，载《朱光潜全集》（第三卷），安徽教育出版社，1987，第11页。

② ［汉］郑玄注，［唐］孔颖达等正义：《礼记正义》，见于《十三经注疏》下册，中华书局，1980，第1527页。

③ 同上，第1536页。

④ 同上，第1527页。按：“声相应，故生变。变成方，谓之音。比音而乐之，即干戚羽旄，谓之乐。”按照孔颖达的正义，“声”乃物理学意义上的声响，“音”则为“声”相应生变之后形成的歌曲，“乐”则是歌曲中所配之乐器。然而在字面意思以外，从物理学上的“声”经由“音”，最终到辅以各种乐器演奏的“乐”，其距离“人心之动”愈远，而终于成为某种意识形态的“礼乐教化”。

⑤ 关于合唱音乐在中国的发展历程，可参见汪毓和：《中国合唱音乐发展概述》（上）和（下），《音乐学习与研究》1991年第1、2期。

而成了新的认知装置在听觉层面促进了“中国人”听觉共同体的形成。换言之,合唱与现代民族国家观念的生成存有某种同构关系。

法国历史学家迪迪埃·法兰克福(Didier Francfort)在讨论1870—1914年间欧洲的音乐(各国民歌传统的发现、国歌的创作、民族乐派的兴起)与民族主义思潮的内在关联时转述了作曲家迪库德雷(Louis-Albert Bourgault-Ducoudray, 1840—1910)的话:“我在《高卢》报上看到了对民族主义的定义:全种族的内心情感、传统、梦想、活力。知道表达这些的手段吗?那就是合唱音乐。”[①]本尼迪克特·安德森(Benedict Anderson)也曾谈到合唱音乐,或更具体地说,齐唱(unisonance)对“想象共同体”的促进作用:

> 这个齐唱让人感到何等的无私啊!我们知道正当我们在唱这些歌的时候有其他的人也在唱同样的歌——我们不知道这些人是谁,也不知道他们身在何处,然而就在我们听不见的地方,他们正在歌唱。将我们全体联结起来的,惟有想象的声音。[②]

如果把目光转回“中国”场域,1930年代上海抗日群众歌咏运动的推动者刘良模记录了彼时中国人学会集体唱歌之后的兴奋感和力量感:

> 于是一下子,在上海的街头巷尾,到处都有人在哼着或是唱着:“轰!轰!轰!轰!我们是开路的先锋!”“冒着敌人的炮火,前进,前进,前进!进!”
>
> 可是,那时的上海人民还只是个别地唱这些救亡歌曲,我们没有集体

---

① [法]迪迪埃·法兰克福:《音乐像座巴别塔——1870—1940年间欧洲的音乐与文化》,郭昌京译,复旦大学出版社,2011,第46页。

② [美]本尼迪克特·安德森:《想象的共同体——民族主义的起源与散布》,吴叡人译,上海世纪出版集团,2005,第141页。

> 唱这些歌儿，因为那时我们中国人民除了在集体劳动时一起唱些“号子”以外，还没有集体唱歌的习惯和传统。然而，在电影上和唱片上，这些救亡歌曲绝大部分是齐唱，大家听了，感觉到有很多人在一起唱，实在好听，真有力量。[①]

因为合唱（尤其是齐唱）在听觉层面对共同体意识的巨大激发作用，“写作群众齐唱歌曲”成了团结“我们”的重要手段。[②]当然，合唱不等于齐唱，合唱往往是多声部的，例如三部合唱、四部合唱。合唱的多声部性允许存在“我”的声音，虽然它最终不得不汇入、融进“我们”的声音中，但这毕竟把合唱往歌咏的方向拉近了一些，它正是胡发云创作《死于合唱》、高扬音乐意义上合唱的立足点。歌咏与合唱的并峙具象了胡发云音乐观的内在矛盾。

在写完小说《死于合唱》后不久的一篇散文《歌唱与费普》中，胡发云曾就音乐与文字的关系议题给出了回应：“音乐——包括词曲结合的歌唱——是一个很奇妙的东西。有人说音乐也是一种语言。其实它和语言常常相悖。比如，它的能指和所指极容易分裂。从这一点来说，它甚至是一种‘反语言’，由此来对抗语言的粗暴与荒谬，或表达人类语言所不能的东西。”[③]之后他在不同场合重复了上述观点，胡发云之所以一再强调音乐能指和所指的分裂并倾向于把音乐指认为能指符号的纯粹流动，为的是借助音乐的非直接语义性和诠释的歧义性为个人化聆听，进而为“我们”中的“我”保留位置和拯救的可能。正如他在《感谢音乐》一文中所言：“如果说文字语言常常是强暴人们思想的工具，那么说，音乐常常在冥冥之中拯救着人们的灵魂——即便是那些充满说教、充满意识形态色彩的音乐，也常常被一个个具体的人用自己的心灵重新解读，变成我

---

① 刘良模：《回忆救亡歌咏运动》，《人民音乐》1957年第7期。

② 吕骥：《中国音乐家协会一年来工作报告》，《人民音乐》1954年第6期。

③ 胡发云：《歌唱与费普》，《小说月报》1999年第12期。

曾说过的能指与所指的分裂。"[①]

就在胡发云刻意高扬音乐的"反语言"特质，进而把音乐还原为具体之人的个人化聆听和重新解读之际，他同时渴念并信仰一种超个人的普遍性音乐。这种音乐表达的是"人类语言所不能的东西"，或者更直白地说，它"是上帝给人们的另一种语言——一种更真实、更深切，与心灵更接近的语言"。[②]借用英国当代音乐学家迈克尔·施皮策（Michael Spitzer）在《德国哲学中的音乐：导论》（*Music in German Philosophy: An Introduction*）英译本导读中的观点进一步说明，"语言哲学才是保守的，而音乐则提供了一种未来的哲学。这一立场的一个极端甚至令人震惊的推论是，音乐实际上可能是通向现代形而上学唯一可能的通道"。[③]在当下"一切坚固的东西都烟消云散"之际，随着由语言字符所组构的形而上学的轰然倒塌，音乐作为未被破译的"语言字符"（或许永远也无法被破译），发挥着沟通表象世界与形而上存在的作用。遵循上述观点，胡发云语境中的音乐有两个层次：作为个人化聆听的音乐和作为未来哲学的音乐。而两种"音乐"之间并不总是协和一致，甚至在基底的逻辑上存有难以调和的冲突。从肯定个体特殊性的聆听和重新解读出发，最终却归依超个人的普遍性音乐，这恐怕是胡发云音乐观内里最为突出的矛盾。

二、死于合唱：史诗时代的个人抒情

歌咏与合唱、音乐意义上的合唱与"光指人数很多"的合唱、作为个人化聆听的音乐与作为未来哲学的音乐，这一系列二元关系构成胡发云音乐言说的背

---

① 胡发云：《感谢音乐》，引自华夏知青网<http://hxzq.net/aspshow/showarticle.asp?id=4440>，2021年4月29日。

② 同上。

③ Michael Spitzer, "Introduction to the English-Language Edition", In Stefan Lorenz Sorgner and Oliver Fürbeth edited. *Music in German Philosophy: An Introduction*. Chicago and London: The University of Chicago Press, 2010, p.xx.

景和参照。尤其在作为个人化聆听的音乐和作为未来哲学的音乐之间，胡发云音乐观客观存在的矛盾显露无遗。但就主观愿望而言，虽然上述两两对照的二元关系十分复杂，有时很难截然分开，胡发云还是对前者报之以同情、信念和支持。与王德威《史诗时代的抒情声音》中的“抒情”目光类同，胡发云同样试图在史诗时代找寻并维系个人抒情的空间，进而发现史诗时代自身的内在丰富性和多元性。胡发云的这一意图深切地印刻在了他的《死于合唱》《迷冬》等小说创作之中。

1999年7月的最后一天，胡发云在武昌大东门的家中完成中篇小说《死于合唱》的定稿，把它首次发表于《新创作》杂志，其后这篇小说被《小说月报》《中篇小说选刊》转载并收录于小说集《命运的故事》。[①]2006年和2008年，胡发云出版小说集《死于合唱》和《隐匿者》，《死于合唱》分别位列首篇和末篇，由此可见胡发云对这篇小说的看重。小说主人公费普出生在1930年代的武汉，他的父亲早年在法国领事馆当杂役。后来二战爆发，法国被德国占领，法国领事不愿为维希法国服务，因而辞职在法租界开了一家饭店，费普的父亲跟过去做了饭店接待部经理。新中国成立后，法国领事返回法国，临走之前把饭店赠送给费普的父亲，但很快饭店被收归国有。费普一家的居住面积逐渐缩减，从独门独户的二层小楼变为朝北的一间二十四平方米的房间。社会时势的变迁与费普一家的起落构筑了整篇小说既相互联动又彼此区隔的两个叙事场域，前者导向宏阔的史诗时代，后者则揭示了一个家庭、几个普通人“命运的故事”。这当中，费普不仅作为联结两个场域的纽带，他一生中不同历史时期与合唱的三次交集也成了小说叙事的核心线索，即新中国成立前费普刚上初中不久参加

---

① 参见胡发云：《死于合唱》，《新创作》1999年第6期；《死于合唱》，《小说月报》1999年第12期；《费普与合唱》，《中篇小说选刊》2000年第1期；《死于合唱》，载陈宇红编选：《命运的故事》，湖南文艺出版社，2000，第124—177页。按：经过阅读比较，上述几个版本和胡发云小说集中的《死于合唱》，除了《中篇小说选刊》杂志转载时改名为《费普与合唱》，文字内容没有区别。为保证所引期刊的原初性，本文关于《死于合唱》的引用选取《新创作》的初版内容。

法租界天主教堂唱诗班、1960年代中期在武汉排演的革命音乐舞蹈史诗《东方红》中唱男低音、1997年香港回归前夕参加“夕阳红”老年合唱团。当老年费普全身心投入，完成了一场圆满的合唱后，突发疾病于最幸福的时刻死去，小说就在他的“死于合唱”中走向终局。

胡发云笔下费普与合唱的三次相遇，其所处的历史时期和社会背景迥然相异，不变的是音乐对文字及其意识形态内容的抵抗，以及费普全然消融于“纯粹音乐”之中的愉悦和获救感。特别是费普在革命音乐舞蹈史诗《东方红》中唱男低音的经历，胡发云把合唱作为个人化聆听的抒情特质放大到无以复加：

> 就是那首极简单的，从他一进入新中国时就听熟了的《东方红》，当那四部和声一起鸣响的时候，那种辉煌一下让他想起了教堂里的声音。……费普对合唱的和声效果有一种近乎过敏的感受力，哪怕只一个和声组合，他都会觉得美妙至极，如梦如幻。……他的全部享受就是许多个声部在融合的时候产生的那种天庭之声。那声音像一道光，让他晕眩，让他升腾，让他脱离了日常琐碎平淡的生活。……他只是一首一首地唱下去，陶醉于那合唱的氛围之中。对他来说，那些充满阶级指向性的歌词，就像当初在教堂里唱那些拉丁文的歌词一样。它们只是一种发音的方式。①

在费普那里，任何音乐都只是他沉醉于合唱的契机，一条从日常琐碎平淡的生活中逃逸的捷径。那些被信徒虔敬乃至癫狂吟唱的圣诗和颂歌的意识形态指向性也消融殆尽，最终成了纯粹的发音方式。

面对史诗时代的诸种外部压力，费普秉有主动淡忘和漠视的姿态加以规避。而在2012年出版的长篇小说《迷冬》中，胡发云则给出了另外一种态度。

---

① 胡发云：《死于合唱》，《新创作》1999年第6期。

作为“青春的狂欢与炼狱”三部曲的开篇之作,《迷冬》描写了20世纪六七十年代那一批年轻人的生存悸动和命运流转。与费普不同,小说主人公多多压抑不住自己的“异端思想”,他“怕做操,怕扭秧歌,也怕喊口号”,[①]然而,遭遇音乐时,多多却与费普分享了一致的态度和立场,他会为了一段藏族宗教音乐神迷意乱;[②]在万丈红尘、隆隆炮声的大时代里聆听吉他曲《爱的罗曼史》、感受音乐的顽强生命力;[③]即便是在他厌恶的颂歌中也会因为伙伴们“炽热的目光”和“钟情地歌唱”被“大家融化”、被“常常是不讲道理的音乐”所融化。[④]1966年,多多与好友夏小布等人成立了名为“独立寒秋”的文艺宣传队,但是对从小就不喜欢做群体动作的多多来说,“独立寒秋”的个人文艺属性压过了时代宣传任务,这个带有“独立”之名的小团体成了他们的“音乐桃花源”。

在胡发云看来,多多这批年轻人“以自己的生命经历,记录了他们的‘文革’。他们的心灵,他们的情感,他们的人性,他们对于美与爱的向往”。[⑤]虽然多多无法公开说出心中的真实所想,“独立寒秋”也不得不面临解散的终局,但真实的音乐和多多们对音乐的爱与望,“这样一些最柔弱的东西”证明了“我”的存在。对此,小说中的绝佳例证是,当多多从北京串联回返,在前往上海的轮船上受了音乐和大家的鼓动当众演奏手风琴,他近乎本能地奏出法国音乐家萨拉萨蒂(Pablo de Sarasate)的名作《吉卜赛之歌》(又名《流浪者之歌》):

> 多多知道自己疯了,但是他已经不能控制自己,或者说他没有办法控制自己那像烈马冲出马厩似的十根手指。他什么都不再想,疯狂的旋律已经冲出音箱——

---

① 参见胡发云:《迷冬》,人民文学出版社,2012,第7页。

② 同上,第22页。

③ 同上,第74页。

④ 同上,第188页。

⑤ 同上,第464页。

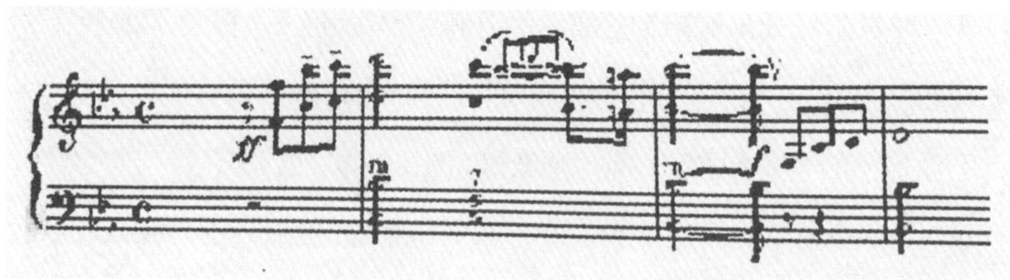

> 那是萨拉萨蒂《吉卜赛之歌》自由奔放排山倒海的第一句，四个宽广激越如狂风暴雨骤起的音符，像一个交响乐队，让整个舰舱震撼了，多多自己也猛烈燃烧起来，那样的燃烧，是可以扑枪眼，滚火海，手举炸药包让自己粉身碎骨的。这一切，其实是在他的手指刚刚触到那一排光洁润泽的琴键时就已经决定了的。这时候哪怕响起势不可挡的“打倒！”“揪出！”“罪该万死！”，他也不会停止下来。[①]

这首曲子特有的异国情调和它骨子里的漂泊忧伤为人们带去了温暖心灵的柔情。当多多燃烧于音乐的内在自我流动之际，一切非音乐的因素似乎都无足轻重以至不复存在，但返归现实后，“打倒！”“揪出！”“罪该万死！”的外部压力依然沉重，他因而给萨拉萨蒂的这首名作取了革命化的名字——《塔吉克人民想念毛主席》。

迫于史诗时代的压力，潜隐于音乐中的个人抒情只能借助曲折的寓言甚至张冠李戴式的改编以维持自身。从某种程度上说，多多为《吉卜赛之歌》的改名之举也可被归入后一种方式。结合史实看，这种改编广泛存在于当时的知青群体中，“知青歌曲有三种，一种是传唱‘毒草’，如雷振邦的歌曲、‘文革’前出版的《外国民歌200首》；一种是改词，将‘文革’主旋律填上戏谑、嘲讽甚至淫秽的歌词；还有一种是创造，通过自编的歌曲、小调来表现知青的现实生活”。[②]

---

① 胡发云：《迷冬》，人民文学出版社，2012，第25页。

② 李皖：《红太阳（一九六六——一九六七）——“六十年三地歌”之三》，《读书》2011年第4期。

胡发云在《迷冬》中也曾提及《外国民歌200首》，夏小布私下给多多唱过这本民歌选集中的许多歌曲并在演唱时充满陶醉与激情。[①]多多对《吉卜赛之歌》的革命化命名和知青群体对20世纪六七十年代主旋律歌曲的改词从一正一反两种角度确证了个人抒情的抵抗。在抒发个人情志的改词之外，还存在另一种对革命歌曲的改编，目的是宣传特定政策。在新中国成立初期的扫除文盲运动中，出现了把《东方红》《三大纪律八项注意》改编为《速成识字歌曲》的情况，[②]它很快招致官方的批判。1952年6月2日，《人民日报》发表《应严肃对待庄严的革命歌曲》一文批判了在娱乐场合、舞会和婚丧仪式时滥用革命歌曲的做法，严格规定我国及兄弟国家的国歌、领袖颂歌、党歌、团歌、军歌等歌曲不得改编为交际舞曲或在跳交际舞时演奏以及在其他不严肃的场合使用。[③]

虽然上述两种情形的改编都被官方严厉禁止，但从逻辑的起点来看，后一种改编为的是让更多人加入“我们”的“合唱”，它合于《死于合唱》开首界定的那种“光指人数很多”的合唱。像多多和之后知青的改编则遵循纯粹音乐意义上的合唱意图，以重回、改换听觉的方式在史诗时代倔强地发出“我”的抒情声音。质言之，费普在人生最后时刻以圆满而幸福的姿态“死于合唱”，这正是胡发云心目中极为珍视的“自我”及其存在和获救的最佳证明和极端方式。

---

① 参见胡发云：《迷冬》，人民文学出版社，2012，第32页。

② 参见陈雷等：《读者来信摘要》，《人民日报》1953年2月28日第2版。李盛：《声之新命与乐之本事——〈东方红〉的时代变奏与音乐考古》，《文化遗产》2018年第1期。按：此种情形在当时广泛存在，比如山东人民出版社出版的陈广德编的《速成识字歌曲》中，《亲笔写信给毛主席》是用《东方红》的曲子；《向文字碉堡开炮》用了《三大纪律八项注意》的曲子；《文化大翻身》则是用《西北农民歌唱毛主席》的曲子。值得玩味的是，在新中国成立以前，运用耳熟能详的革命歌曲或民歌的旋律以重新填词来进行政策宣传，这一策略并未受到非议，甚至被当作革命化与民族化结合的典范而受到嘉奖。例如，曲调源于陕北民歌的《东方红》成为我们熟悉的版本前，它同样被改编成了宣传抗日的《骑白马》和宣传边区移民政策的《移民歌》。

③ 参见新华社：《应严肃对待庄严的革命歌曲》，《人民日报》1952年6月2日第3版。

三、合唱之死：后革命语境中的暧昧"自我"

在"光指人数很多"的合唱与音乐意义上的合唱及其分别表征的史诗时代与个人抒情之间，胡发云毫无疑问站在后者一边，此种坚定态度背后是他对"自我"近乎独断的信任。胡发云谈及《迷冬》的创作动机时说道："我对自己只有一个最高要求：我的经历，我的见闻，我的感受，我的思考。让我笔下的一切，经受历史的检验。"[①]就呈现在读者眼前的《迷冬》文本而言，胡发云较好地达到了创作初衷，《迷冬》的情节源于他的经历，主人公多多的人物原型显然是胡发云本人，对此他在回忆文章《红鲁艺》中给出了细致的回顾和描画。即便有时会逾越作者与主人公的界限忍不住为多多"代言"，这无疑会削弱人物的立体感和整部小说更为深广和普泛的感染力，但不论对多多抑或对作者自身"经历、见闻、感受和思考"的信任，可以说"自我"构成了胡发云小说创作的基点。

随着所谓后革命时期的到来，那种对革命歌曲所施加的"光指人数很多"的合唱逐渐退出听觉领域而难再被我们"听见"。《东方红》《国际歌》甚至被一些流行乐队改编成摇滚乐，[②]新时期的年轻人一面以怀旧之姿抚弄着几代人对革命青春的感怀和对当下的反叛，一面又小心地与革命保持距离。然而，正当文艺界欢欣迎接"春天"的到来，一个更为巨大、强力且持久的力量以涤荡一切特殊性（不论政治的抑或美学的）之势滚滚而来，它就是"资本"。从《驼子要当红军》中为革命奉献一生的父亲步入暮年，自己的儿子西平、毕家的晋军、武家的和平等"革命的接班人"在"一个令人眼花缭乱的时代"整日只想着如何挣钱；[③]到《老海失踪》中老海和那些被金钱异化的"人群"对抗到底，为了深爱的乌猴和大自然抛弃一切物质享受，甚至与亲友彻底决裂，最终隐入荒野做起

---

① 胡发云：《迷冬》，人民文学出版社，2012，第464页。

② See Gregory B. Lee, "The *East Is Red* Goes Pop: Commodification, Hybridity and Nationalism in Chinese Popular Song and Its Televisual Performance", *Popular Music*, 1 Jan. 1995, pp.95–110.

③ 参见胡发云：《驼子要当红军》，载《隐匿者》，中国戏剧出版社，2008，第135—178页。

“森林人”;[①]再到《射日》中面对象征金钱和权力的“金太阳娱乐城”,中风偏瘫的蔡老师以周密的计划、严谨的技术和钢铁般的意志和纪律,把十八块给周围住户带去痛苦的巨大金色镀膜玻璃一一击碎,完成“射日”的壮举[②]……批判金钱和资本成了胡发云小说创作的又一母题。

胡发云笔下的“自我”在资本面前变得暧昧不明。反映到音乐和听觉领域,突出的例子发生在短篇小说《射日》中,小说同样以小人物蔡老师的遭际折射了时代变迁,从公家技工学校风华正茂的数学老师到退休鳏居的中风老头,他居住的“五层楼”从五六十年代“最高、最洋气”的康居变成现下“破败又寒酸”的古旧建筑,“五层楼”所在的小街也从荷塘月色、僻静淳朴一变而为车水马龙、灯红酒绿……当公家的技工学校被改造成“金太阳娱乐城”,娱乐城交付的租金让职工们原来有一搭没一搭的工资发得很稳定,但娱乐城带来的噪声、风化问题以及像巨大凹镜、夏天反射高温的金色镀膜玻璃让蔡老师等附近的住户不胜其苦。虽然住户们穷尽各种办法想要娱乐城解决玻璃带来的高温问题,可是财大气粗、背景深厚的娱乐城根本不予答复。在此背景下,蔡老师开始了一个人的“射日”壮举,他把扶手杆改造成发射器,分别以拖把、冰球和床架为撞杆、子弹和炮座,一块一块击碎了那些玻璃。颇具意味的,让蔡老师起心动念的却是一首革命歌曲——《共青团员之歌》:

> 就是在那天晚上,蔡老师听到一首老歌。那天电视里播出了一组苏俄歌曲。那些歌曲都是蔡老师非常熟悉的。突然有一首歌,就那么点燃了蔡老师那几乎就要慢慢凝固的血液。一阵阵汩汩奔突中,他听见了内心的一种召唤。那是一种非常强大也非常可怕的召唤,这歌声猛然唤醒了他身上一种非常陌生的东西:“听吧/战斗的号角发出警报/穿好军装拿起武器,

① 参见胡发云:《老海失踪》,载《隐匿者》,中国戏剧出版社,2008,第54—134页。

② 参见胡发云:《射日》,载《隐匿者》,中国戏剧出版社,2008,第293—322页。

青年团员们集合起来踏上征程/万众一心保卫国家……”那一瞬间，蔡老师觉出身子内部有一种痛快的热流在奔涌，激越又酣畅。那热流不是夏日的酷热和那十八颗小太阳的光芒强加给自己的身体的，而是从自己灵魂深处燃烧起来的。这种激越又酣畅的感觉，让他有一种战士般的豪情油然而生。那个颟顸的刘师傅说的是对的，无非就是把它敲碎了拉倒——其实就这么简单。[①]

在蔡老师“自己”和象征资本的“娱乐城”的对决中，或用胡发云的话说，“一个人对一座城堡的决战”中，[②]《共青团员之歌》这类革命时代“我们”的歌反倒成了确证“我”的存在、唤起“我”的回忆，甚至为“我”提供支持的精神源泉。当蔡老师装入“炮弹”，拉动弹簧，试图击碎距离最远、最高、角度最大的最后一块玻璃时，他突发脑出血，再也没能射出这发“炮弹”。就在这“终极一役”中，《共青团员之歌》的歌词旋律始终萦绕在蔡老师心里：

“听吧战斗的号角发出警报穿好军装拿起武器，青年团员们集合起来踏上征途万众一心保卫国家！”蔡老师当年最喜欢的是后面的两句，深情又怅惘：“我们再见了亲爱的妈妈，请你吻别你的儿子吧，再见吧妈妈，别难过别悲伤，祝福我们一路平安吧……”

蔡老师是那种不会唱歌，也不敢唱歌的人，他喜欢的歌，都在心里唱，拦不住地，一遍一遍唱。现在，他就听见自己心里一遍一遍唱着这首豪迈又伤感的歌。

蔡老师一寸一寸地向后拉动，突然，他发现自己不再动作，僵持在最后几公分的位置上，那遥远的歌声和浑身的热血一起涌进了自己的脑子，这

① 胡发云：《射日》，载《隐匿者》，中国戏剧出版社，2008，第314页。

② 同上，第315页。

> 一次一点也没有剧痛的感觉，而是一种半醉的微醺。“再见了，亲爱的故乡，胜利的星会照耀我们，再见吧妈妈……”①

虽然胡发云仍不断强调蔡老师对“再见吧妈妈”这两句的喜爱，因为它“深情又怅惘”更能彰显个人抒情，但相比费普的“死于合唱”，蔡老师的“死于音乐”无疑使胡发云所仰赖的“自我”变得暧昧不明。换言之，强大的资本无可挽回地模糊了“我”与“我们”的界限。

置身于“合唱之死”的新时空背景，不论小说抑或现实，就“我”与“我们”的暧昧关系，胡发云实际上有着清醒的认识。比如在小说《如焉@sars.come》中，达摩问了卫老师一个问题：“许多年来，一直听到您对极左文艺、意识形态文艺的批评，可是您一唱起歌来，就是这些东西啊。”②卫老师回应道：“达摩提出的这个问题，看起来是一个哼哼曲子唱唱歌的小事，其实真是一个大问题，……今天，当我们不得不一再从旧有文化中寻找资源的时候，我们无意间也在强化某种旧有意识形态的合法性。”③而到现实生活中，胡发云在不同场合重复了卫老师的观点，④其中表达最清晰的当数他在洛杉矶华文作家协会上的演讲，他这样说道：“我们是分裂的，一方面我们对历史的回忆，被很多这样的音乐、文学、艺术固定在一些非常美妙的、动人的，甚至带有英雄主义、理想主义色彩的梦幻境界；另一方面，我们每一个人几乎都在不同的时代，甚至在整个漫长的半个多世纪当中，经受过无数的苦难，但是我们脑子里边的，那个宏大的观念，永远是

---

① 胡发云：《射日》，载《隐匿者》，中国戏剧出版社，2008，第319页。

② 胡发云：《如焉@sars.come》，中国国际广播出版社，2006，第74页。

③ 同上，第76页。

④ 例如他在西安与北京大学的讲座《少年阅读与人生》和《文革之火，何以燎原》，在香港中文大学做访问学者的研究课题《红歌、社会动员与控制的秘密武器》。参见胡发云：《少年阅读与人生》，引自bilibili视频网站<https://www.bilibili.com/video/BV1ak4y1y7SC?from=search&seid=3302914627502591924>，2021年5月24日；《红歌、社会动员与控制的秘密武器》，引自CND刊物和论坛<http://hx.cnd.org/?p=194193>，2021年5月24日；《文革之火，何以燎原》，<https://v.qq.com/x/page/l0383bdlwsn.html>，2021年5月24日。

这类红色艺术教给我们的,而这样一种做法还在不断地持续下去。”①

四、结语

长在红旗下的胡发云自小受到红色文化的濡染,虽然日后他不断反思指向“我们”的意识形态,但回归生命的深处,与“我们”密切相关的音乐、文学与艺术构成了那一代人的精神记忆和审美资源。红色艺术带给他们的影响已然沁入血肉,绝难轻易斩断,这也是胡发云所说的他们那一代人的尴尬和无奈。可即便如此,胡发云仍在不同境况中调整姿态,聚焦火力,时刻为“我”的经历、见闻、感受和思考争取位置。在一次访谈中,当被问及面对市场化的局面文学的力量在哪里,文学传统载道功能的前景如何,胡发云认为只要打破权力与市场的结盟关系,文学还会有很大空间,文学(当然也包括音乐)正是打破二者结盟关系的利器。与此同时,虽然他不喜欢“文以载道”一词,但当文学所载之“道”属于更高境界的真理时,他还是希望文学能保有这种功能。②

胡发云对“文以载道”的解读与他音乐观内里的矛盾遵循着一致的逻辑,他希冀文学所载之“道”应属于“更高境界的真理”而非“政治宣传”,是否又是以一种形而上学置换另一种形而上学?从死于合唱到合唱之死,社会境况的变迁不仅把胡发云小说创作的复杂性凸显出来,更为我们重新思索个体与集体、边缘与中心、生命伦理与革命伦理等一系列二元关系提供了绝佳的契机。事实可能是,就像胡发云笔下后革命语境中的“自我”总是显得暧昧不明,与“我”相对应的“我们”也绝非铁板一块、固定不变。换言之,“光指人数很多”的合唱与音乐意义上的合唱属于合唱的一体两面,它一面促进了某种听觉共同体的生成,一面通向个人化的聆听,让我们听到共同体内部的多重声响。随

---

① 胡发云:《在洛杉矶华文作家协会上的演讲》,<https://v.qq.com/x/page/q0172xdx9ph.html>,2021年5月24日。

② 参见胡发云、李静:《当此时代,文学何为?——关于“心灵之死”及其它》,引自爱思想网<http://www.aisixiang.com/data/20726.html>,2021年5月25日。

着时代的变迁，对于革命歌曲大规模“听”与“唱”的时代已渐渐远去，但兼容“我”与“我们”的合唱将借助广播、电影、电视等媒介长久存续。经由胡发云对音乐尤其是对合唱的书写，我们获得了另一种“耳朵”，重新去聆听史诗时代，那段波澜壮阔、激情燃烧的岁月。

[作者单位：南京师范大学文学院]

重审通俗文学

鸳鸯蝴蝶派：中国现代小说抒情传统的开端[①]

张　蕾

摘　要　用小说来抒情，这种转变并非自“五四”始，民初鸳鸯蝴蝶派小说已极尽抒情之能事。苏曼殊、徐枕亚等人作品中执着的个人情愫，开启了中国现代小说的抒情传统。《断鸿零雁记》《玉梨魂》等作品都是自叙性写作的典型例子，也是民初哀情小说的范本。这些鸳鸯蝴蝶派小说以文言叙事，多穿插诗文，并带有“悲剧性感受”，小说的抒情表现为身世飘零、孤寂蹉跎、爱情感伤，亦实为个人与时代之间剪不断的牵连。因此鸳蝴派小说不是单纯的“通俗”文学，不沾沾于简素的人世悲喜，而是处于传统与现代之交的文人的一种独特书写，中国现代小说的抒情传统由此生发。

---

① 本文系作者主持的国家社科基金项目“1912—1917中国文学史料开掘与阐释研究”（20BZW137）的阶段性成果。

关键词 鸳鸯蝴蝶派；抒情传统；《断鸿零雁记》；《玉梨魂》；民初文学

在中国现当代文学中，抒情小说、诗化小说、散文化小说这些概念常被用来指郁达夫、废名、沈从文、萧红、孙犁、汪曾祺、迟子建等作家的作品。这类抒情小说在中国古代小说中几乎是不可见的。研究者认为："西方小说，至晚在启蒙主义或感伤主义思潮中，一些作品就已打上了比较浓重的抒情色彩，而自19世纪浪漫主义运动以迄20世纪初，越来越多的小说发生了偏重抒情的变异。'五四'以后的一些中国现代小说家，受外国抒情小说以及其他浪漫—抒情文学的影响，加上当时个性解放的社会思潮与主情主义文艺思潮的感染，遂开始在小说创作中大胆进行艺术革新，引进了抒情的功能，而且这种抒情性越来越浓重，终于成为一些小说的主要艺术特征和美感力之所在。而从中国小说艺术的发展史上来看，这些小说由重叙事的传统而一变为以抒情为主导，真可以说是一种'革命性'的变革。这一变化是如此之大，从根本上触及并导致有关小说从内容构成到艺术结构、从表现手段到语言风格都发生了极大的变化。因此，以抒情为主导艺术功能，这是散文化抒情小说艺术特质的核心因素和审美优长的关键之所在。"①中国古代小说以叙事为主，"讲故事"就是小说发生期的形态。中国小说的叙事传统直到清末依然表现明显，晚清大量的"故事集缀"型小说，是小说"讲故事"功能的极致发挥。可是，这种叙事传统在清代之后出现了变化。

用"革命性"来概括中国现代小说从叙事到抒情的转变，并不为过。研究者指出，中国小说受到"史传"和"诗骚"两种传统的影响，而"恰恰是因为'五四'作家'片面'突出小说中的'诗骚'因素，才得以真正突破传统小说的藩篱"。"这种引'诗骚'入小说的艺术尝试，不单为20世纪中国文学贡献了一大

---

① 解志熙：《新的审美感知与艺术表现方式——论中国现代散文化抒情小说的艺术特征》，《文学评论》1987年第6期。

批优秀的抒情小说，而且促成了中国小说叙事结构的转变。”[①]“五四”小说中的抒情性，在鲁迅、郁达夫、郭沫若等人的作品中都有显著表现，小说不但具有叙事功能，还可用来抒发个人情感，小说的“讲故事”传统被打破。然而，这种转变并非自“五四”作家始，民初已有大量小说极尽抒情之能事，这些小说就是被“五四”作家所激烈批判的鸳鸯蝴蝶派作品，也因此，这些作品浓郁的抒情特征一向较少为学界提及。

有研究者注意到民初苏曼殊小说的抒情性，认为他是“名副其实的先驱者”。[②]不仅苏曼殊，民初鸳鸯蝴蝶派作家徐枕亚、吴双热、李定夷、刘铁冷、徐天啸、姚鹓雏等人的小说都充盈着抒情意味，其抒情的浓烈程度甚至超过之后的“五四”作家。可以说，民初鸳鸯蝴蝶派小说开启了中国现代小说的抒情传统，是鸳鸯蝴蝶派最早用小说来抒情，执着的个人情愫在这些民初作家的笔下已得到尽情的宣泄。

一

1912年4月，苏曼殊结束南洋的旅居生活，经广州、香港，抵达上海，继而加入南社，受聘于上海《太平洋报》。柳亚子谈及当时沪上生活道：“此时我在上海七浦路租屋居住，曼殊和朱少屏都来同住过。我们白天同在太平洋报社办事，晚上还到七浦路睡觉。我们的同吃花酒，就在此时，大概每天都有饭局，不是吃花酒，便是吃西菜，吃中菜，西菜在岭南楼和粤华楼吃，中菜在杏花楼吃，发起人总是曼殊。”[③]苏曼殊入职《太平洋报》，不久东渡日本省亲，其间他发表时间最早且最长的一部小说《断鸿零雁记》开始在《太平洋报》连载。《断鸿零雁记》的个人性色彩非常突出，而这种个人性、个体性的文学创作足令民初文坛生辉。

---

① 陈平原：《中国小说叙事模式的转变》，北京大学出版社，2003，第229、230页。

② 唐珂：《格雷马斯符号学视野下的“抒情小说”——以苏曼殊的小说为中心》，黄轶主编：《苏曼殊研究》，吉林人民出版社，2022，第184页。

③ 柳亚子：《苏和尚杂谈》，柳亚子编：《苏曼殊全集5》，北新书局，1929，第182页。

苏曼殊工于诗文，擅长绘画，译有《哀希腊》《惨世界》等诗歌小说。其小说创作除《断鸿零雁记》之外，还有《天涯红泪记》(日本东京《民国》1914年第1卷第1号)、《绛纱记》(《甲寅杂志》1915年第1卷第7号)、《焚剑记》(《甲寅杂志》1915年第1卷第8号)、《碎簪记》(《新青年》1916年第2卷第3号、第4号)、《非梦记》(《小说大观》1917年第12集)。《断鸿零雁记》是其中最著名且用情最深的一部作品。

《断鸿零雁记》在清末已有部分内容发表。据胡寄尘言，《断鸿零雁记》最初"随撰随刊载于南洋群岛某日报上"。[①]这一"某日报"可能是南洋泗水《汉文新报》，小说刊载时间为1911年秋冬，未完。[②]1912年5月12日至8月7日，《断鸿零雁记》再次连载于上海《太平洋报》，《太平洋报》停刊，小说仍没有连载完。胡寄尘时任《太平洋报》编辑，他把《断鸿零雁记》原稿从印刷所取出，遂为保留。1918年5月苏曼殊病逝于上海，1919年胡寄尘把他校订的《断鸿零雁记》交由上海广益书局出版，并补充数语，以结束小说。《断鸿零雁记》结尾部分哪些语句出自胡寄尘之手，已不详。1924年6月苏曼殊葬于杭州孤山，同年，梁社乾把《断鸿零雁记》翻译成英文，名为*The Lone Swan*，由商务印书馆出版。1926年上海广益书局发行第四版《断鸿零雁记》，书局编辑魏秉恩作序，并再次编校了小说，此版与初版在文字上稍有不同。1926年段庵旋编辑《燕子山僧集》，收入《断鸿零雁记》，由湘益出版社出版。此书为新式标点本。1928年北新书局出版了柳亚子编辑的《曼殊全集3》，收入《断鸿零雁记》，也做了标点。1930年广益书局再版《曼殊小说A》，即再次出版《断鸿零雁记》，由时希圣编辑，对字句又做了稍许改动。此外，30年代上海的创造社出版部、三民公司、启智书局、新文化书社、大达图书供应社等都出版过《断鸿零雁记》的单行本。

---

① 胡寄尘:《记断鸿零雁》，时希圣编:《曼殊小说A 断鸿零雁记》，广益书局，1930，第33页。

② 马以君:《〈苏曼殊年谱〉(八)》，《佛山大学佛山师专学报(社会科学版)》1988年第5期。

小说又被改编成剧本和电影，很有影响力。

《断鸿零雁记》共二十七章，是一部由第一人称叙事的文言小说，叙述“余”即主人公三郎的人生经历和情感故事。心境悲哀的僧人“余”奉师命外出化缘，迷路，遇见自己儿时的奶妈。奶妈详述了他的身世：三郎的母亲是日本人，母亲带他到中国的父执家生活。母亲回日本，三郎留在父执家受到苛待，未婚妻雪梅家因此悔婚，三郎遂出家为僧。贫穷的奶妈让三郎卖花攒钱，以筹备路费到日本寻母。三郎卖花时，恰遇雪梅。雪梅写信告诉三郎她衷情不改，并赠送三郎川资，让他能够赴日。三郎先至广州，想辞别师傅，不得。再到香港见罗弼牧师，牧师一家帮助三郎准备东渡。到日本，三郎顺利找到母亲，并见到美丽的表姐静子。静子爱恋三郎，母亲和姨妈都希望促成静子和三郎的婚姻。但三郎已出家，并有未婚妻雪梅，不能娶静子，只得不辞而别，返回中国。至杭州，投灵隐寺，与同病相怜的僧人法忍成为挚友。在一次法事中，遇见原来的邻居麦氏，得知雪梅不愿另嫁，绝食而死。遂由法忍陪伴，三郎终于回到雪梅故乡，奶妈已死，而雪梅之墓寻访不得。于是发出“踏遍北邙三十里，不知何处葬卿卿”的悲叹，[①]小说至此结束。

连载于《太平洋报》和单行本初版时，《断鸿零雁记》都被署为“哀情小说”，第一人称的文言叙事营造了自我抒情的感伤气息。小说第十八章云：

> 余谛念彼姝，抗心高远，固是大善知识，然以眼波决之，则又儿女情长，殊堪畏怖。使吾身此时为幽燕老将，固亦不能提刚刀慧剑，驱此婴婴宛宛者于漠北。吾前此归家，为吾慈母，奚事一逢彼姝，遽加余以尔许缠绵婉恋，累余虱身于情网之中，负负己人（引者注：应为“负己负人”），无有是处耶！嗟乎，系于情者，难平尤怨，历古皆然。吾今胡能没溺家庭之恋，以闲愁自戕哉？佛言：“佛子离佛数千里，当念佛戒。”吾今而后，当以持戒

① 曼殊著述，寄尘校订：《断鸿零雁记》，广益书局，1919，第80页。

> 为基础，其庶几乎！余轮转思维，忽觉断惑证真，删除艳思，喜慰无极，决心归觅师傅，冀重重忏悔耳。第念此事决不可以禀白母氏，母氏知之，万不成行矣。[①]

一面是“儿女情长”，一面是“当念佛戒”；一面是“缠绵婉恋”，一面是“重重忏悔”。第一人称叙事能将“余”内心的挣扎幽怨之情作自我审视和剖析。《断鸿零雁记》的第一人称主要是经验者“余”，以“余”的当事视角讲述故事，第一人称的回忆性叙事视角虽然存在，但在小说中类似于传统说书人，且并不突出，所以小说的叙事不复杂。不复杂的故事、自我抒情的感伤气息，正是民初小说的基调。

《断鸿零雁记》的主人公三郎（第一人称“余”）用了苏曼殊自己的一个名字。“雪梅静子事，仍据《断鸿零雁记》。记中之年月及事实，不可尽信，然大体或非臆造也。”[②]柳亚子记述1912年的事道：“曼殊曾把一张日本女人的照相给我看，叫我在报上发表，问他是甚么人，他不肯讲，我替她题上了‘东海女诗人’五个字，铸铜版登出，此照相铸版后被曼殊讨还，至今不知下落，也不知那‘东海女诗人’究竟是谁？还有一张曼殊自己的西装照相，我也拿来铸版登报，题的是‘东海诗人苏曼殊’七字，我对他讲，可以同‘东海女诗人’凑成一对，他微笑而已。”[③]据马以君《苏曼殊年谱》，这张刊于《太平洋报》的“东海女诗人”照片很可能就是《断鸿零雁记》中静子的原型。[④]小说中，三郎之母名“河合”，与现实人名一致。罗弼牧师，即现实中的罗弼·庄湘，苏曼殊曾跟随他学习英文，小说称“遂从之治欧文二载”，[⑤]亦不虚。可见苏曼殊作《断鸿零雁记》并不想遮

① 曼殊著述，寄尘校订：《断鸿零雁记》，广益书局，1919，第53—54页。
② 柳亚子：《苏玄瑛新传考证》，柳亚子编：《苏曼殊全集4》，北新书局，1928，第302页。
③ 柳亚子：《苏和尚杂谈》，柳亚子编：《苏曼殊全集5》，北新书局，1929，第183页。
④ 马以君：《〈苏曼殊年谱〉（二）》，《佛山师专学报（社会科学版）》1986年第1期。
⑤ 曼殊著述，寄尘校订：《断鸿零雁记》，广益书局，1919，第17页。

掩其亲身经历。柳亚子认为，《断鸿零雁记》是“一部自叙的小说”，“是曼殊全本的自传”。[①]虽然未必“全本”，但“自叙”的角度当是阅读这部小说的重要视点。魏秉恩对《断鸿零雁记》评价道：“然大师撰此稿时，不过自述其历史，自悲其身世耳。乃全编结构二十七章，以出世佛子，叙入世情关，能于悲欢离合之中，极尽波谲云诡之致；而处处实写，字字凄恻，但觉泪痕满纸，令人读之而怆然。即以小说论，固足为小说界特放一异彩，其价值之名贵可知。”[②]是为确论，而这种写作无疑是“五四”时期“自叙传”小说的先导。

二

《断鸿零雁记》的“自叙”不是孤立现象，稍后刊发的徐枕亚的《玉梨魂》也是自叙性写作的典型例子。徐枕亚在无锡执教时，住在蔡家，与寡妇陈佩芬暗结同心，但此事无法公开，徐枕亚娶了蔡家之女蔡蕊珠。据言，徐枕亚母亲不善待儿媳，蔡蕊珠去世，徐枕亚作悼亡诗及《鼓盆遗恨》一书，以纪念蔡蕊珠。《鼓盆遗恨》开首有《亡妻蕊珠事略》一文，可知徐枕亚与蔡蕊珠之间的大致情事。大约1910年，17岁的蔡蕊珠嫁与徐枕亚。然而蔡蕊珠为名门之女，徐枕亚出身贫寒，蔡氏族人多反对。“方陈夫人以君字余也，族中多数人实反对之。佥谓夫人不应以君许异乡人，且系一贫彻骨之士。究因女非亲生，不惜坑陷其一世。一倡百和，或竟对夫人而面责之。复有好事者造作蜚语，谓君如何被姑虐待，杯蛇市虎，一镇沸腾。夫人心迹，无以自明，竟缘是得疾，郁郁以殁。”族人甚至登门要把蔡蕊珠挈回。此事闹得两家极为不和。徐枕亚在上海创办《小说丛报》，蔡蕊珠遂到沪居住。“无如媒孽已深，风波不息，由沪而虞，复由虞而沪，中间离而复合，合而复离者，至再而三。至去年而情势益复迫切，实逼处

---

① 柳亚子：《关于断鸿零雁记》，时希圣编：《曼殊小说A 断鸿零雁记》，广益书局，1930，第29页。

② 魏秉恩：《序》，曼殊著述，寄尘校订：《断鸿零雁记》，广益书局，1926，第1页。

此，直有四面楚歌水尽由穷之概。而君于是乎死矣！”[①]据徐枕亚的叙述，蔡蕊珠因咯血导致流产而死，实在更死于家庭矛盾。蔡蕊珠1922年12月去世，时年29岁。林培瑞说：“徐枕亚将他自己在1908年到1909年的经历细致地描述进了小说，并为小说故事加上了一个富有想象力的结局，以收束小说，可能也是加剧了小说的悲剧主题。”[②]《玉梨魂》的故事始于春天，梨花将谢之时，经历夏秋，至梨娘殒命已至除夕。小说有清晰的时间记述：“死时异香满室，空中隐隐有璈管之声。时己酉十二月大除夕四时一刻也，年二十有七。”[③]己酉十二月除夕是1910年2月9日；筠倩死时为“庚戌年之六月十七日”，[④]即1910年7月23日；梦霞死于辛亥革命武汉首义，即1911年10月10日。小说主体故事的时间当为1909年，林培瑞说是记述了徐枕亚“1908年到1909年的经历”，是基本确实的。

《玉梨魂》主体故事写的就是1909年徐枕亚在西仓镇的经历。小说故事发生的时间和现实的时间是相合的。另据《徐枕亚年谱》：“此书不少地方是夫子自道，‘梦霞’就像在无锡西仓执教的枕亚，‘筠倩’影射蔡蕊珠，‘石痴’影射后来做汉奸的蔡子平，‘梨娘’即陈佩芬。”[⑤]《玉梨魂》是作者徐枕亚的一段自叙传，也是无疑。研究者还进一步揭示了现实中徐枕亚与陈佩芬之间的情事。[⑥]因此在《鼓盆遗恨》中，徐枕亚一方面记述了蔡蕊珠的故事，另一方面也流露出

---

① 徐枕亚：《亡妻蕊珠事略》，徐枕亚：《鼓盆遗恨》，出版社与出版时间不详，第2、3、6页。《亡妻蕊珠事略》和《鼓盆遗恨》中《杂忆三十首》均又刊登于《小说日报》1923年3月。

② It appears, in short, that Hsu recorded his own experiences during the years 1908–1909, years which are carefully identified in the novel, then added an imaginative ending to the story in an attempt to bring it to a close and perhaps to intensify its tragic theme. E.Perry Link, *Mandarin Ducks and Butterflies. Popular Fiction in Early Twentieth-Century Chinese Cities*, Berkeley and Los Angeles: University of California Press, 1981, p. 48.

③ 徐枕亚：《玉梨魂》，民权出版部，1913，第146页。

④ 同上，第164页。

⑤ 周文晓、陈子善、袁进：《徐枕亚年谱》，《文教资料》1989年第2期。

⑥ 时萌：《〈玉梨魂〉真相大白》，《苏州杂志》1997年第1期。

对“夫人心迹，无以自明，竟缘是得疾，郁郁以殁”的感伤，他对“陈夫人”不能忘情。在悼念蔡蕊珠的《杂忆三十首》中有一首写陈佩芬：“误汝青春十二年，重重冤孽苦牵连。古皇山畔萋萋草，先有孤魂泣那边。”徐枕亚解释此诗道：“叔外姑蔡陈佩芬已前卒。”[①]联系到徐枕亚与陈佩芬的情事，“重重冤孽苦牵连”句，至少指徐枕亚与陈佩芬、蔡蕊珠的两重冤孽，因与陈佩芬之事“牵连”到蔡蕊珠，导致蔡蕊珠耽误了“青春十二年”。陈佩芬先逝，蔡蕊珠亦亡，当令徐枕亚万分悲痛。

1912年，徐枕亚把他在西仓镇的情史演成小说，让两位女主人公先后去世，似乎成了谶语。《杂忆三十首》第二首云：“彩笔题红句漫夸，当年曾共占春华。锦窠云散诗成谶，此后真无称意花。”徐枕亚解释道：“余与蕊珠初订婚时，曾咏辛夷诗寄意，有‘只恐锦窠云易散’句。今日思之，真成语谶。”[②]《玉梨魂》第一章即写了何梦霞所住庭院中的两树花，一为梨花，一为辛夷，梨花落雪，辛夷初绽，对照明显。“彼则黯然而泣，此则嫣然而笑，两处若各辟一天地。同在一境，而丰神态度，不一其情，荣悴开落，各殊其遇。此憔悴可怜之梨花，若为普天下薄命人写照者，相对夫弄姿斗艳、工妍善媚之辛夷，实逼处此，其何以堪。”[③]订婚诗中的辛夷在前，《玉梨魂》中的辛夷在后，辛夷无疑喻指蕊珠、筠倩，梨花当然喻指佩芬、梨影。从《玉梨魂》中对梨花和辛夷的描写来看，徐枕亚对梨花充满怜惜之情，对辛夷似乎好感无多。《玉梨魂》写于徐枕亚和蔡蕊珠成婚之后，这场婚姻虽由陈佩芬促成，但陈佩芬的失落之境可想而知。《玉梨魂》第一章题为“葬花”，寄托了徐枕亚对过去一段情缘的祭奠，也表明他对陈佩芬的难舍之情。当《玉梨魂》故事公之于众之时，作为故事中人的当事人，其各自感触，现今虽难以勘察，却多少可以想象。

---

① 徐枕亚：《杂忆三十首　有序（三）》，《小说日报》1923年3月7日。收入《鼓盆遗恨》时改为“误汝青春十几年”。依原文句读，标点为本书作者所加。

② 徐枕亚：《杂忆三十首　有序（三）》，《小说日报》1923年3月7日。

③ 徐枕亚：《玉梨魂》，民权出版部，1913，第1页。

周作人等“五四”文学家把徐枕亚《玉梨魂》看成是“鸳鸯胡蝶派小说的祖师”，不是没有理由的。周作人认为：“近时流行的《玉梨魂》，虽文章很是肉麻，为鸳鸯胡蝶派小说的祖师，所记的事，却可算是一个问题，但这仍是上面所说第一问题的变相。”所谓“第一问题”指的是未婚男女相爱，“第二问题”则是已婚男女的问题。在周作人看来，“第一问题”本应不成问题，家庭和社会没有干涉婚姻自由的权力。“在个人方面应该竭力抵抗，在家庭或社会方面，应该竭力退让。在人类的道德上，这正是‘天经地义’，更不必多费说话了。”可《玉梨魂》却偏偏成了一个问题。“中国有许多人对于这类事实有一种神妙的态度。他悼惜《玉梨魂》中的不幸的人，却又不以造成这不幸的现存社会为非。发乎情、止乎礼义，终于死了，很足为他们社会的光荣，供他们咏叹的材料。这叫作非人情的痛苦的玩赏。做苦情哀情小说的人，每每有这种态度，不知《玉梨魂》著者原意如何？”[①]周作人的意思是作者有意为此，《玉梨魂》于是成了现代小说“作非人情的痛苦的玩赏”的开始，因为小说主人公本“应该竭力抵抗”的。或许周作人确实不太能理解“著者原意”，周作人和徐枕亚虽是同时代人，甚至徐枕亚还比周作人小几岁，但经历不同，境遇不同，所思所写也不同。《玉梨魂》成为民初哀情小说的范本，未婚的男女主人公因不能反抗家庭社会，而不能成就姻缘且结局悲惨。其他小说效仿之或作无病之呻吟，但《玉梨魂》的确是徐枕亚的血泪之作。徐枕亚能够引领鸳鸯蝴蝶派的创作潮流，偶然又必然。

三

“自叙”式的小说易于抒情。作家把身世之慨付之于小说主人公，由主人公尽情表述个人的情感故事。书写爱情悲剧，当是民初鸳鸯蝴蝶派兴起时最显著的标志。爱情悲剧在中国文坛引起反响可溯至1899年林纾翻译的《巴黎茶花

① 仲密：《中国小说里的男女问题》，《每周评论》第7期，1919年2月2日。

女遗事》的出版。已有不少研究者关注到这部翻译小说对文坛的影响，认为其“对情感话语的术语和逻辑进行了重塑，并促进了有关人性、性别身份与社会性等概念的深刻变化。尤为重要的是，这本翻译小说奠定了一种小说模式与生活模式，认定‘伟大的爱情’是值得耗尽一生去追求的事业”。[①]徐枕亚等鸳蝴派作家的时代苦闷便首先通过“伟大的爱情”来表达。爱情越是悲痛，就越能显现其伟大与珍贵，也就越能为“人性、性别身份与社会性”的现代进程开辟一条重要通道。从某种角度来看《断鸿零雁记》《玉梨魂》等作品，就是把悲剧爱情当作时代、现实与人生、心态的隐喻。徐枕亚应读过《巴黎茶花女遗事》，《玉梨魂》第二十九章，石痴给“余”的信中写道：“素知君有东方仲马之名，善写难言之情愫，故将其人其事，录以寄君。”[②]把“余”比作《茶花女》作者小仲马，亦可由此考察《玉梨魂》与林译《巴黎茶花女遗事》在叙事视角、结构、语言、故事等方面的可比性。

对文学悲剧写作的现代认识，王国维《红楼梦评论》的影响也甚大。《红楼梦评论》发表于1904年《教育世界》，共有五章。王国维运用哲学思辨、西方学说、理论话语，对《红楼梦》的意蕴作出了系统的深度研究，和传统的《红楼梦》评点阅读显示出极大差别，开启了《红楼梦》研究及传统经典释读的现代性思路。王国维认为：“《红楼梦》一书，与一切喜剧相反，彻头彻尾之悲剧也。”《红楼梦》的悲剧不是因为恶人作祟或命运残酷，而是普通人处于普通境遇中所不得不承受的，没有人能承担过失或罪责。这是不可避免的人生之悲剧，也是“悲剧中之悲剧”，最感人至深。王国维用哲学眼光，寻找到《红楼梦》悲剧的题旨。他说：“所谓玉者，不过生活之欲之代表而已矣。”故“生活与痛苦之不能相离，由是求绝其生活之欲，而得解脱之道”。“《红楼梦》一书，实示此生活此苦痛之

---

① ［美］李海燕著，修佳明译：《心灵革命：1900—1950现代中国爱情的谱系》，北京大学出版社，2018，第105—106页。

② 徐枕亚：《玉梨魂》，民权出版部，1913，第157页。

由于自造，又示其解脱之道不可不由自己求之者也。”[①]把《红楼梦》看成一部大悲剧，并作出深度的哲学思考，这对现代文学观念和创作都产生了重大影响。作为悲剧的《红楼梦》遂成为现代作家写作悲剧爱情故事的传统模板。《玉梨魂》对于《红楼梦》的借用十分典型。小说第一章“葬花”就仿写了黛玉葬花的故事，并在小说中点明此意。对于《红楼梦》的结局，《玉梨魂》通过石痴的信评道：“即彼琅琊之情死，宝玉之逃禅，等性命于鸿毛，弃功名如敝屣，虽一往情深，毕竟胸怀太窄，未能将爱情之作用，鉴别其大小，权衡其轻重也。余爱梦霞，余佩梦霞，余于是欲将其历史，著之于篇，可作青年之镜。”[②]宝玉出家与梦霞战死，虽都是“一往情深”，但轻重有别。《玉梨魂》以梦霞的为国捐躯，重新思考了《红楼梦》的悲剧价值。

《玉梨魂》中，梦霞所著《石头记影事诗》是他与梨娘的爱情之媒。小说第四章“诗媒”即述梨娘携走梦霞诗稿，梦霞遂写了第一封情书给梨娘，并请鹏郎带话：“《石头》遗恨，须要偿也。”[③]此话至少有两层含义：一是梨娘私自携走梦霞诗稿，梦霞去信，希望梨娘不要拒绝他致信的情意；二是《红楼梦》的悲剧，希望能在梦霞、梨娘的故事里得到圆满的补偿。前者实现了，开启了二人情事，而后者终究化为泡影。小说第二十三章，梨娘归还《石头记影事诗》，二人结局悲剧难免。《玉梨魂》没有交代《石头记影事诗》的具体内容，但从徐枕亚1912年和1913年在《小说月报》上发表的《红楼梦题词》大致可以作互文阅读。

1912年7月《红楼梦题词》开始在《小说月报》上连载，共约刊载三十首词，吟咏《红楼梦》中的人物。在《小说月报》1912年第5期和第6期上，徐枕亚还发表有三十首《惆怅诗》，与《红楼梦题词》同期刊载。这三十首诗直接表

---

① 王国维：《红楼梦评论》，《教育世界》第76—78、80、81期，1904年，陈平原、夏晓虹编：《二十世纪中国小说理论资料（1897—1916年）》（第1卷），北京大学出版社，1989，第104、106、101—102页。

② 徐枕亚：《玉梨魂》，民权出版部，1913，第157页。

③ 同上，第20页。

达了徐枕亚当时的心境，亦可联系到民初鸳蝴派作家的写作情境，颇值得关注。其中两首云：

含情寂寂倚深幢，空见孤花开夜缸。
蝴蝶有生皆是幻，鸳鸯被打不成双。
愁丝镇日抽千缕，愤火中宵战一腔。
闷醉醒来还闷睡，小桃飞尽不开窗。①

燕京王气尽销沉，忧国忧家泪满襟。
儿女不关天下事，英雄共矢死前心。
狂呼负负头如许，对此茫茫恨转深。
尚忆劝言心欲裂，蹉跎谁遣到如今。②

《惆怅诗》的苦闷心怀和悲哀境地仅从这两首诗中可见一斑。"含情寂寂倚深幢"一首，写有情男女不能成双，于是孤独寂寞，借酒消愁，乃至沉醉迷离。此诗中"鸳鸯""蝴蝶"意象并不是喜庆的，"皆是幻""不成双"成为"鸳鸯蝴蝶派"叙述男女爱情故事的特征。鸳鸯蝴蝶派小说不是单纯的"通俗"文学，不沾沾于简素的人世悲喜，而是处于传统与现代之交的文人，对时代与身世的沉郁抒情。

四

鸳鸯蝴蝶派小说中多穿插诗文，这是"引'诗骚'入小说"的一个显在表现。用诗文来抒发主人公的情感、心绪和才情，因此诗文不是赘疣，鸳鸯蝴蝶派

---

① 枕亚：《惆怅诗》，《小说月报》第3年第5期，1912年8月。

② 枕亚：《惆怅诗》，《小说月报》第3年第6期，1912年9月。

小说中的大量诗词、书信、文章不能被阅读轻易放过。以诗为文或以文为诗，这种创作形态是民初鸳鸯蝴蝶派小说的重要特色，突破了小说文体的限制。

如果说《玉梨魂》《孽冤镜》《霣玉怨》《燕蹴筝弦录》等小说中的诗文还是传统“诗骚”的体制，那么《断鸿零雁记》中主人公三郎在赴日的海船上诵读拜伦诗，则是直接引入了西方文学：

苍海苍海，余念旧恩。
儿时水嬉，在公膺前。
沸波激岸，随公转旋。
淋淋翔潮，媵余往还。
涤我胸臆，熠我精魂。
惟余与女，父子之亲。
或近或远，托我元身。
今我来斯，握公之鬖。①

这是对拜伦《哈咯尔游草》篇末咏大海诗节的翻译。《哈咯尔游草》即《恰尔德·哈洛尔德游记》，是拜伦的代表作，被誉为“抒情史诗”。苏曼殊以四字句翻译其中第四篇，古雅蕴藉，得乎其情。1906年，即苏曼殊结识柳亚子这一年，他在赴日途中，译成《拜轮诗选》，并作自序。其中提到《诗经·采薇》“昔我往矣，杨柳依依”“我心伤悲，莫知我哀”几句，并翻译成了英文。他把拜伦诗译成四字句，或可看成对中国古代最美的四言抒情诗的致敬。在自序中，苏曼殊说，他译成拜伦《去国行》《大海》《哀希腊》三诗，“拜轮以诗人去国之忧，寄之吟咏，谋人家国，功成不居，虽与日月争光，可也！”②在苏曼殊翻译的西方诗歌

① 曼殊著述，寄尘校订：《断鸿零雁记》，广益书局，1919，第20页。
② 苏曼殊：《拜轮诗选自序》，柳亚子编：《苏曼殊全集1》，北新书局，1929，第125页。

中，翻译拜伦诗最多。柳亚子说，1912年苏曼殊到上海后，给了他几件文稿，其中有《潮音跋》《答庄湘博士书》《去国行》和《哀希腊》。[①]柳亚子没有提到《大海》，或许是《大海》已经被安放在《断鸿零雁记》中了。

抒情诗的引入增加了小说的抒情意味，而西方文学的介入，也使中国小说获得一种新变的可能。如果说抒情小说是中国小说的一种现代新变，那么，民初鸳鸯蝴蝶派小说则开启了中国小说的抒情传统。这种小说的抒情传统从民初开始，及于"五四"之后的现当代小说创作。陈世骧、高友工等学者主要在中国古典诗学的脉络中发明抒情传统，普实克、陈国球、王德威等学者把"抒情传统"引向了现代文学。普实克在《中国现代文学中的主观主义和个人主义》一文中说道："中国现代文学在新的形式和主题层面，在不同的背景下继承和发扬了清代文人文学的传统，即受过教育的中国统治阶层的文学传统。"这种传统"强调文学创作的抒情性和主观性"，并在现代文学中得到继承和发扬，主要表现为"对自我及其存在与意义的觉醒"，"对生活悲剧性的感受"，而"对存在的这种悲剧性感受——在旧文学中发展很不充分，甚至完全没有——实际上是现代艺术的一个显著特征"。[②]自我、存在、"悲剧性感受"这些在鸳蝴派小说《断鸿零雁记》《玉梨魂》等中都已经表现得十分明显了。王德威认为："1910年代曾轰动一时的《玉梨魂》……是以晚清覆亡、辛亥革命为背景，讲寡妇恋爱的问题，再一次写出情的多重条件性，还有情面对史时的无从实践。但是这部小说提供了想象可能，作为晚清到民初社会从无情到滥情的对照，因此点出一个时代迫切的对情重新定位的需要。所以'情'或者'抒情'的问题——还有它在文类和社会文化机制里的诗意表征——从来不曾在近现代的文学里面消失过。"[③]

---

① 柳亚子：《苏和尚杂谈》，柳亚子编：《苏曼殊全集5》，北新书局，1929，第193—194页。

② ［捷克］亚罗斯拉夫·普实克著，李欧梵编，郭建玲译：《抒情与史诗——中国现代文学论集》，上海三联书店，2010，第9、2页。

③ 王德威：《抒情传统与中国现代性：在北大的八堂课》，生活·读书·新知三联书店，2018，第86—87页。

民初小说的抒情表现为身世飘零、孤寂蹉跎、爱情感伤，亦实为个人与时代之间剪不断的牵连。这种个人与时代的牵连以及由此带来的“悲剧性感受”是从鸳鸯蝴蝶派开始的，现代小说的抒情传统由此生发。

1912年与《玉梨魂》同时刊登于《民权报》的《孽冤镜》也是一部第一人称小说，讲述的是“予”的好友王可青的故事。对于民初文人而言，第一人称的真诚与感伤，多少疏导了内心的创痛，这种创痛具有时代的共同性质。在《孽冤镜》“楔子”开首处吴双热写道：

> 情天苍苍，情海茫茫，几多情种，以戴以航。嗟嗟，情也者，杀人之魔也。而人媚之，而人惑之，为所驱策，为所牵制，为所颠倒，为所残杀，至死而不悟。往古来今，痴儿女千百辈，醉于情，宿于情，陷情魔之窟，而断送其寿命者，比比然矣。呜呼，情耶魔耶？爱力耶？魔力耶？何入人者深，而中人者厉耶？予亦情网中人也，予乃情网中之过来人也。为情所网，屈指十年，情丝万丈，款缚一身，方寸茫迷，如痴如醉。①

开篇写“情”，为情牵系之人深陷其中，一往情深，无限伤怀。鸳蝴派小说沉浸在抒情的无限深切之中，与晚清小说和“五四”小说相较，都显出明显差别。而叙事语言，是成就这种抒情效果的一个关键因素。

民初鸳鸯蝴蝶派小说用文言或骈文写作，使得叙事和抒情在同一部作品中得到了协调统一。文言维系着中国以诗文为中心的抒情传统，和以白话为载体的叙事传统相区别。中国文学抒情与叙事的两大系统通过“文”与“言”可以得到大体展现，虽然“文”可以叙事，“言”亦能够抒情，但“文”与“言”在传统中国文学中有雅俗、高下之别。晚清小说界革命，为了启蒙和救亡，小说需要用白话写作，以达到“革命”目的。辛亥“革命成功，社会依旧，小说家都感到小说

① 吴双热：《孽冤镜》，民权出版部，1914，第1页。

的作用曾经被夸大了。然而又正因为这一夸大，才有了小说的高位。小说失去了革命的助力，但并不想失去自己的高位。向高贵的东西靠拢以保持高位成为民初小说的无意识走向。就当时来说，高贵传统有两方面。一是中国传统，即与白话小说相对立的诗文形式和诗文情调。二是西方小说传统，但西方小说的翻译，以林纾为代表，就是译成古文的，因此西方传统在这里又与中国传统融为一体了。我们看到，民初小说一方面以古文骈文写作，显得相当'高雅'，用古文的，在故事结构上卖弄着伏线、接笋、变调、过脉等古文家的文章义法，用骈文的，在故事肌肤上炫耀着炼词炼句的诗词乐调，所谓'有词皆艳，无字不香'"。[①]民初小说的"高位"通过文言得到了维系。无论是借鉴诗文传统，还是移植西方文学，民初文言小说能够做到兼容并包。抒情传统在这样的写作中得到延续，并在新的历史语境中，开创出现代小说的抒情新传统。

［作者单位：苏州大学文学院］

① 张法：《民初小说与时代心态》，《中国文化研究》第14期，1996年冬之卷。

网生性、经典化、学科归属与网络文学的本土经验：当下网络文学研究的问题困境及突围

房　伟

摘　要　本文讨论了近些年来网络文学研究之中，有关经典化、网生性与学科归属等焦点问题，并指出这些问题背后，是中国经验本土性与域外文化影响之间的复杂博弈过程。坚持以中国本土经验为主体，并非狭隘关门主义，而是坚持将网络文学问题与中国语境独特性相结合，在此基础之上，海纳百川，融会贯通，只有如此，才能有效阐释复杂网络文学现象，将网络文学融入中国文化积极建构。

关键词　网络文学；经典化；网生性；中国经验

中国网络文学经过几十年蓬勃发展，已成为一种现象级文学场域力量，无论文学规模、受众人数和影响力（包括海外影响），都呈现出超常规发展态势。从2023年数据来看，中国网络文学市场营收383亿元，网文出海总量达到69.58

万种。2023年网络文学海外活跃用户总数近2亿人，其中“Z世代”（指出生于1995年至2009年的年轻人）占80%，覆盖全球大部分国家和地区。截至2023年末，海外平台培养海外本土作者近百万，创作海外原创作品150余万部。[①]欧阳友权认为，网络文学已成为中国文学“主流”：“中国网络文学已被视为‘世界四大文化现象’之一，即把它与好莱坞大片、日本动漫和韩剧相提并论，成为一种世界级文化现象。中国的网络文学有了三家上市公司，即2015年在深交所创业板上市的‘中文在线’，2017年9月上交所上市‘掌阅科技’，还有2017年11月在港交所上市的‘阅文集团’。全世界没有哪个国家有文学上市公司，只有中国有，并且是网络文学公司，这也显示了中国网络文学在全世界的地位。”[②]

从文学上市公司，到世界级文化现象，中国网络文学已非常繁盛，然而，网络文学研究、阐释，学术界却出现“失语焦虑”。虽然欧阳友权、邵燕君、夏烈、黎杨全、许苗苗等学者做了大量扎实有效的工作，但总体而言，学界对网络文学还存在争议，对它是否具有文学性，能否成为经典，以及如何被研究，都存在激烈意见交锋。这也使得网络文学研究处于尴尬境地，一方面，很多传统学者对它很陌生，甚至斥其为“装神弄鬼”“垃圾文学”。例如，陶东风指责玄幻小说：“《诛仙》为代表的走红玄幻文学不同于传统武侠小说最大特点是‘它专擅装神弄鬼’，所谓‘幻想世界’是建立在胡乱杜撰的魔法、妖术和歪门邪道之上。玄幻文学是为装神弄鬼而装神弄鬼。”[③]另一方面，经过代际发展，更年轻激进的青年学者群体中，网文研究更倾向自说自话，形成“亚文化”小学术圈子，以“网络术语”替代规范性学术语言，也较排斥与传统学者的交流互动。这些情况，无疑令人深思且担忧。以下，笔者将从几个角度梳理网文研究的问题困境，并尝试提出应对策略。

---

① 中国作家协会网络文学中心编：《2023中国网络文学蓝皮书》，《文艺报》2024年5月27日。

② 欧阳友权：《网络创作能否打造文学经典》，《上海文化》（文化研究版）2021年第8期。

③ 参见陶东风：《把装神弄鬼进行到底？》，《小康》2008年第6期。

一

首先，网络文学特性是网生性还是文学性，这是困扰很多学者的问题。有的理论家强调网生性，如欧阳友权、安文军、金振邦等都认为，网络文学具后现代文化烙印，甚至网络文学就是“后现代文学”。后现代性与媒介性结合，凸显了网文“网生性”论调。韩国学者崔宰溶就认为：“‘网络性’则指某一（超）文本或某个人的（文学）行为在网络中所获得的独特意义和特征。该概念用以克服‘作品’、‘文本’、‘超文本作品’等传统文学概念的局限，把握网络文学的流动的、运动的状态。”①作者匿名论、受众决定论、场域互动论、无限生成论、永恒在场论等特质，即为网文本质。这种论调强化网生特质，强调“媒介特征”，既符合后现代文化削平深度、抹平雅俗界限、碎片化符号狂欢特征，也符合从麦克卢汉“媒介即讯息”出发的，文学研究“传媒学化”倾向。这种后现代化传播学研究方式，忽视甚至否定网文的“文学特征”，进而否定网文经典意义。以网生性为网络文学本质的学者看来，二次元、元宇宙、数据库写作等倾向，才是网络文学，乃至未来文学发展方向，“文学性”不过是印刷文学体制下某种“残存幻觉”。

但是，“网生论”批评家，往往无法解决几个问题，一是媒介变革给文学带来新内容和形式，但传统文学内容和形式，是否就在此断裂中“彻底死亡”？二是未来文学发展样态更多元，但文字这种非直接性的、抽象表意方式，是否也会消亡？如果文字消亡，未来文学标准又在哪里？人类历史也曾经历泥版、竹简、羊皮纸、现代印刷术等传播媒介形式变革，文学内容和形式虽发生很多变化，比如，现代长篇小说兴起就与古登堡时代现代印刷业有密切关系，但是文学对于人性的描写，对于人类情感和思想的描述，文学作为语言文字表达人类理解世

① 崔宰溶：《中国网络文学研究的困境与突破——网络文学的土著理论与网络性》，北京大学博士毕业论文，2011。

界的独特形式，依然有相对“一以贯之”的标准，比如，文体多样性追求，精确、集中与强烈表现形式创新，人类“爱恨情仇”基本情感表达。梁启超所言“小说或想象理想世界，或描写现实社会”的特征，依然会在媒介变革中以不同形式被保存，无论“虚拟实在”如何侵入文学与人类生活。单纯鼓吹媒介意义至上，不仅取消了文学存在意义，进而可能取消人类“生存确定感”和创造能力。美国批评家柯比，曾将网络虚拟生活形容为“数字现代主义”，认为其有幼稚化、伪主体性、表面真实、重复叙事等消极特征，并认为“网络数字文化比后现代主义”对人类文明更具潜在威胁性。①

同时，中国网络文学形态多样而驳杂，体现了文化产业与新兴媒介的结合，象征资本与产业资本的联系，以及通俗传统与新媒体技术的结合。早期网文“超文本链接”“多媒体并置”策略，仅是实验性文本，并非目前网络文学主流，而带有数据库写作性质的作品，也不能代表未来网文发展方向——伴随着媒介发展，当一切文本都从纸质转换为网络文本，对“网络文学”的讨论就会转换为对文学本身的讨论。所谓“网生性质”，应指作品在网络平台发表、流通、接受，有强烈“媒介融合”与“大众交流”的网络生存特殊语境感。这期间有后现代成分，也有来自现代主义的加盟。因此，网络文学首先是“通俗文学”网络语境新发展，而后是文学本身的发展，而不应该用后现代主义媒介观以偏概全。

当然，一味强调网络文学“文学性”，也会陷入另一个陷阱，即“削足适履”，简单以现有文学标准套网络文学样态，忽略网络文学差异性的做法，既无法很好阐释网络文学特质，也易导致对网络文学“污名化”处理，将之排斥在文学研究话语圈外。由此，关于网生性与文学性的争论，也引发了第二个困境，即经典化问题。

---

① 房伟:《不争为乐》,《青年报》,2023年6月26日。

二

“经典化”问题伴随网文成长，至今仍争论不休。知识领域典范性、权威性著作，通常被称为“经典”。开创某领域，原创奠基性著作，被称为“经”，如《易经》，“典”指重要文献典籍。文学场域，经典多指经过时间淘汰，具有强大美学典范意义作品，如脍炙人口的唐诗宋词。进入现代，人们对于“经典”的认知标准不断滑动，更加多元化，“经典”危机自此而现，利维斯写了《伟大的传统》，讨论奥斯丁、乔治·艾略特、詹姆斯、康拉德等西方“伟大经典”谱系。布鲁姆更强调经典永恒作用，构造“影响—焦虑”“冲突—竞争—超越”两阶段论经典谱系生成模式。文学现代经典命名体制，经由精英化、雅文化体制命名。比如，夏志清的《中国现代小说史》，致力于“优美作品之发现与评审”的经典准则。现代文学经典命名，永恒性、主题深刻性、文学本体美等标准相对稳定。当下语境中，由于出场方式、受众分类、命名方式等不同，人们对经典认识越来越多样化，比如，网络文学能否经典化问题。有些学者认为，目前网络文学没有经典，如欧阳友权认为，网络文学难成经典原因有：一是数量与质量不匹配，二是网络文学过度商业化，三是技术和艺术不平衡。[①]

然而，在另外一些学者看来，问题关键不在于回答“网文能否出现经典”，而在于“网络文学经典标准”与“经典概念的有效性”。邵燕君试图将网文进行断代，划分为“传统网文”与“新网文”来解决网文经典化问题。她认为“网络文学之所以被人们解读为‘通俗文学网络版’，其实出于其作为‘印刷文明遗腹子’惯性。从某种意义上说，那些显示了网络文学高度和深度的经典性作品，代表的是网络文学‘古典时代’的成就”。[②]“新网文”中“二次元”“数据

---

① 欧阳友权：《网络创作能否打造文学经典》，《上海文化》（文化研究版）2021年第8期。

② 邵燕君、吉云飞、肖映萱：《“古典时代”迈向“巅峰”，“二次元”展开“新纪元”》，《2016年度网络小说.序言》，《小说评论》2017年第2期。

库”“爽点”“粉丝”“类型”等标准，才代表新发展方向，传统网文代表的印刷霸权话语体系残余，必将随网络文学数据库化解构：“无论‘宏大叙事’还是‘拟宏大叙事’都不过是可供拆解、挪用、进行‘二次创作’的数据库素材。”[①]邵燕君进而提出网络类型小说经典标准，即典范性、传承性、独特性和超越性：“典范性表现在，传达了本时代最核心的精神焦虑和价值指向，负载了本时代最丰富饱满的现实信息，并将之熔铸进最有表现力的网络类型文形式；传承性表现在，是该类型文此前写作技巧集大成者，代表本时代巅峰水准。首先获得当下读者广泛接受和同期作家模仿追随；独特性表现在，充分实现该类型文的类型功能基础上，形成具有显著作家个性文学风格。广泛吸收其他类型文以及类型文之外的各种形式文学要素，对该类型文的发展进行创造性更新；超越性在于，可以突破其时代、群体、文类的限制，进入更具连通性的文学史脉络，并作为该时代、群体、文类的样本，成为某种更具恒长普遍意义的‘人类共性’的文学表征。”[②]这个标准之中，类型和受众、数据库等标准都有所体现，“独特性”“超越性”则不可避免与“印刷文学体制”标准，发生某种程度契合，更不要说，“类型化”与“独特性”“超越性”之间的抵牾——这也侧面说明，单纯以“印刷文化”与“网络文化”区分文学经典的内在逻辑困境。

与邵燕君不同，更激进的研究者倾向于取消“经典”提法。比如，崔宰溶认为，所谓文学性，不过是某种“作品中心论”观点，应被网络文学共生互动特性替代，既然作品不能成为中心，“经典”也就不存在了：“我不是说在网络文学研究当中我们必须放弃对文学性的一切要求。网络文学也可有文学性，网络文学也可是经典文学作品。我只想指出，除了这个‘作品’所象征的‘文学性’以外，网络文学还有很多不同的文学、文化价值。比如说，通过‘作品’概念，我们

① 邵燕君：《网络文学的“断代史”与“传统网文”的经典化》，《中国现代文学研究丛刊》2019年第1期。

② 同上。

很难客观地评价网络文学的商业性、产业化倾向的文化含义。'点击率' 不仅仅是对作品的读者 '反应'，还是网络文学的不可或缺的组成因素，因为点击率是网络文学所谓 '互动性' 代表性例子。但 '作品' 概念阻碍我们对网络文学这一 '互动性' 进一步理解。"[①]这种说法挑战了艾布拉姆斯在《镜与灯》中树立的文学批评四大要素标准，即：① 作品（work），② 宇宙（universe），③ 作家（artist），④ 读者（audience）。但实践操作中，完全忽视作品是不可能的，仅以点击率等受众标准衡量文学经典，也会产生"文化解体"危机——权威标准，特别是精英知识分子经典化标准，将变得荡然无存。

与此相类似，黎杨全进一步提出"经典是个伪命题"："网络文学经典化一直是网络文学研究热点，但这在很大程度上是一个伪命题。文学经典概念及其建构本身是印刷文化产物，这决定了经典的固化特点：'经典的本质是固定的、独立的、封闭的、模范的和规定性的。' 经典的这些属性与网络文学形成根本性冲突。"[②]他提出，文学创作客体意识、编订选集及博物馆体制相对应的静止观念，都倾向于赋予印刷文学以神韵的"永恒光环"，进而与权威话语体系、印刷资本形成紧密结合，服务于经典塑造，而在互动和生活化、开放化网生语境中，经典观念应被淘汰。"反经典"论断有一定道理，但对于"网络媒介"有本质化倾向。"网络虚拟"不是生活的一切，网络也要受现实社会逻辑影响。印刷资本被网络资本替代，印刷精英权威话语式微，不代表网文不会出现新权威话语。进而言之，人类对于宏大叙事的超越渴望，对于权威性与集体性的服从意识，对于规则与秩序的追求，既是人类走出蒙昧、创建文明的重要手段，也是与人类自我意识相伴相生的心理结构性诉求。

由此而言，"网文经典"问题，既要警惕"唯媒介论"观点，也要防止简单否

---

① 崔宰溶：《中国网络文学研究的困境与突破——网络文学的土著理论与网络性》，北京大学博士毕业论文，2011。

② 黎杨全：《网络文学的经典化是个伪命题》，《文艺争鸣》2021年第5期。

定论观点，否认网络文学不存在经典。经典的建立，不仅关乎网文能否形成文学权威话语体系，真正被现有文学体系接纳，更关乎其持续高质量发展，纯粹后现代化“去经典”，不会导致文学的解放与平权，反而会造成人类文化创造力萎缩，出现新结构性文化权力控制手段。塑造经典更需要批评家介入，既要完成“披沙拣金”“深海拾蚌”的本职，认真做好阅读、挑选、阐释工作，也要扩大眼界与心胸，注意传统标准与新标准的沟通与共识建立。比如，“冗长”这个概念，常被认为“非经典”的体现，即便史诗性作品，如果超过一定长度，也会被认为“冗长注水”，然而，网文生产语境，除了存在拉杂现象外，网络文学文本“超级长度”，还代表网生语境审美心理，资本诉求与新叙述技巧的出现。[①]又比如，网络文学民间性特征、现实主义特征，也不应被后现代性讨论所遮蔽。网文发展出玄幻、校园、修真、洪荒、游戏、盗墓、惊悚、悬疑、穿越、科幻、废土、耽美、克苏鲁、蒸汽朋克等数十个类型或类型交叉的亚类型，也出现了一大批优秀之作。从笔者阅读视野来看，梦入神机的《佛本是道》、鲁班尺的《青囊尸衣》、天使奥斯卡的《篡清》、酒徒的《家园》、阿菩的《山海经密码》、齐橙的《大国重工》、何常在的《浩荡》、阿耐的《大江东去》等，有的具有强烈民间文学颠覆异质性，有的延续现实主义风格，有的能在网生性与文学性之间，找到很好平衡。这些优秀作品的阐释与经典化过程，非常不够，网文超大信息量与信息转瞬即逝的特点，加剧了经典化的难度，也对新时代批评家提出了新使命。

三

网络文学的学科归属问题，也是网文研究焦点之一。早期网络文学研究者，主要来自中国文学二级学科文艺学，比如，欧阳友权、黄鸣奋、陈定家、聂庆璞等，青年文艺学科学者也不少，比如，单小曦、黎杨全、聂茂、许苗苗等，传媒领

---

① 参见房伟：《时空拓展、功能转换与媒介变革——中国网络小说的“长度”问题研究》，《文学评论》2022年第4期。

域学者如郑熙青等，也对网文颇有研究。中国现当代文学专业出身学者占比较大，如白烨、何平、黄发有、邵燕君、夏烈、周志雄、李玮、汤俏等，也有学者来自通俗文学学科，比如，汤哲声。此外，文化产业研究、创意研究等领域学者，也涉足网文领域。网络文学研究，究竟可归属在哪个学科？通俗文学大家范伯群认为，网络文学是中国古今市民文学链发展到当代的重要一环。[①]

然而，不同学科背景学者，对此有不同认知，也体现出不同学科的优势与局限。中国现当代文学学科注重网络文本细读，以及网文与当下语境的联系；文艺学者多从后现代、科技文化等角度解读网络文学，具体文本研读上有时缺乏说服力；传播学关注网文传播效果和传播媒介特点，但往往忽略，甚至遮蔽“文学”功能；产业资本研究者，更注重大数据建设，依赖图表和模型，具有科学性，但往往缺乏人文关怀和文学性体察；国家政策层面研究者更重视意识形态建构和宏大话语规训，但微观研究不足，也易忽视网文经典价值培养与文学独立性培育。再细分而言，通俗文学学科重视网文追本溯源，从类型化角度，探讨网文血脉传承与类型发展，但传统“雅/俗”二元格局，妨碍了网文研究深入；创意学更注重网络模式创作实践，但缺乏理论提升。

由此可见，各学科各自为战，不免在研究方法、研究态度和价值取向产生龃龉，甚至形成“研究壁垒”。这些学科的研究，从各自角度，丰富了网文研究维度，建构了网文研究空间，尴尬也在于，网文具有多维“学科融合”特质，也导致学科归属的模糊性与研究范式冲突。网文既有强烈媒介性、科技性与产业性，也在内在逻辑上，呼应了通俗文学发育，以及中国当代文学的潜在规律。夏烈认为，网络文学发展，是读者受众、产业和资本、国家政策与知识精英四维互动形成的，独特的“文化场域”。[②]即便同一学科内部，对于网文价值与艺术属

---

① 参见范伯群、刘小源：《冯梦龙们—鸳鸯蝴蝶派—网络类型小说——中国古今“市民大众文学链”》，《中山大学学报（社会科学版）》2013年第6期。

② 参见夏烈：《中国网络文艺的常识与趋势》，浙江工商大学出版社，2020。

性的不同认知，也导致认识冲突。例如，很多传统现当代文学研究者，从经典标准出发，对网络文学较鄙夷，认为其是通俗流变余孽，不是“五四”新文学正统，其文学形态粗糙幼稚，缺乏研究价值。文艺学科内部，后现代说、文化研究说、符号科技说也层出不穷，有的学者也将网文视为“文化现象”，而不是“文学现象”。

其实网络文学复杂样态，恰符合“大文科”观念，以及取消学科壁垒，实现学科“交叉融合”诉求。笔者建议，把网络文学设置成独立的二级学科，隶属“中国文学”一级学科之下。之所以放在“中国文学”一级学科之下，就是要明确网络文学“文学属性”。科技性、传播性等研究，要与“文学性”结合，否则网文研究可能走入“没有文学的网络文学研究”怪圈，不利于长久发展和后续持久力培养。之所以将之设置为二级学科，就是要与现当代文学、文艺美学、创意学、传播学、产业学等学科相比，获得超然独立地位。大学学科设置，体现专业性和权威性，也对师资队伍、人才培养和毕业生就业提供指导。一个研究领域，从单纯学术研究，走向大学学科建制，既意味该研究领域地位提升，也意味它进入国家人才素质培养的视野范围。这样做有几方面好处，一是有利于确立网文经典意识。大学体制积极介入非常必要。目前有些学校设有网文专业，大多隶属创意写作学或现当代文学专业。成立独立二级学科，可在权威话语层面，形成网文经典化趋势；二是独立学科归属，有利于形成更高效与科学的研究团队，实现“交汇融合”，而不是“各自为战”。这符合网文科技与文学的双属性，符合网文研究跨专业特质，也符合人学学科教育“融合”理念，避免网文给传统学科的不必要冲击；三是网络文学学科，有利于提供新学术生长点，有利于学生就业。这些人才具有更好的学科交叉性和丰富性，更能适应当下学术生产需要，并指导网文创作人才。

还有一个替代方案，就是将“网络文学”归于“中国现当代文学”学科，成为三级学科。虽然目前也存在网络文学后现代化激进形态，比如，网络女作家七英俊，就以《有药》《变人记》等系列短篇，获得广大读者青睐。但整体而言，中国网络文学主体，属于新媒介影响的通俗类型文学，即“新类型文学”。同时，网络文学虽有通俗文学属性，但传统“雅/俗”观，又难以完全概括它，特别是科技属性。一方面，时间维度上讲，中国网络文学属于“中国当代文学”一部分，即“新世纪文学”。[①]它与中国当代文学实践存在千丝万缕联系，例如网络现实主义的影响。中国当代文学体制、接受、传播的改变，决定网络文学现状及未来形态。“国家文学”观念，也影响着网络文学发展。无论是国家战略层面，还是作协、文联、大学机构，近些年都表现出对网文发展的重视。习近平总书记在《文艺座谈会讲话》《文化传承发展座谈会》等重要文化会议上，都专门提到网络文学建设，各地成立网络作协，北京大学、中南大学、安徽大学、山东师范大学、南京师范大学等大学，也都成立网络文学研究中心；另一方面，空间维度上讲，中国网络文学，以中国大陆为主体，包括港澳台等地区华语文学创作实践。中国大陆网文创作，从作品作家数量、质量和辐射力而言，都当之无愧成为主体，但台湾蔡智恒的《第一次的亲密接触》、罗森的《风姿物语》等作品，也很有影响。这也符合中国现当代文学专业的学科现状。由此，将网络文学放置中国现当代文学专业之下，成为与通俗文学并列的三级学科，既符合网络文学发展实情，又能有效立足当下语境，吸收传媒、产业、文艺学等其他学科营养，在“中国经验”与“媒介先锋”之间找到中国道路的主体性，也是一种替代的选择方案。

四

以上分析可见，网络文学性质、经典化、学科归属等问题，存在诸多争议。其实还有相关问题，也在学界有诸多困扰，比如，网络文学与文学史的关系、网络文学与体制的关系、网络文学现实主义问题等。这些争议问题，体现了网文研究的潜在逻辑分歧，即网络文学本土性经验与外来影响以谁为主，如何“融会

① 房伟：《网络文学的文学史书写》，《粤港澳大湾区文学评论》2023年第4期。

贯通”的问题。这里的“本土性经验”，既包含创作经验，也包括理论建构。中国网络文学理论体系建设，处于一个摸索期。很多批评家也在探索网络文学与传统文学的沟通，比如，邵燕君虽然认定网络文学内部存在“传统与二次元”区隔，认可“爽文”与“粉丝”批评标准，但具体实践中，依然通过年度选本、作家访谈等纸媒传播方式，强化网文经典化过程。邵燕君的《破壁书》与夏烈的《大神们》等访谈录，都有着很强的史料建设意义。

应该看到，本土性经验，在目前研究中越来越被学者重视。韩国评论家崔宰溶认定“网络性”是中国网络文学本质属性，但也不得不承认“土著性”是其另一个重要特点，即中国网文是中国当下文化语境产物，与西方后现代电子文化有重大差异：“当今中国网络文学中几乎不存在零散化、碎片化，不存在‘宏大叙事的消失’、‘对中心、对传统价值系统的否定’等后现代特征。令人惊讶的是，我们很容易发现它不仅不具有后现代性，而且它还往往具有完全相反的特征。‘网络文学’可能是后现代的，但它也可能是反后现代的，或具有强烈‘资产阶级现代性’。”[①]虽然批评家黎杨全对“印刷/网络”媒介区隔，有异乎寻常的敏感，拒绝网文经典化命名，但他分析贺麦晓等外国理论家对网络文学研究，也不得不指出“数据库”“后现代”“超文本”“意识形态审查”等理论在应对庞大中国网络文学实践之时，显得捉襟见肘。由此，他提出网络文学研究的“双重视野”观念，即“中国经验基于双重视野：相对印刷文学而言，它是‘网络文学’的经验（先锋性）；相对西方电子文学而言，它是网络文学的‘中国’经验”。[②]

可以说，虽然网文出现结构性重组，但传统文学体制，包括国家意识形态，期刊与出版制度等，依然发挥作用，且与网络文学之间，发生着千丝万缕联系，这是协商与博弈，竞争与妥协，也是文化领导权与文学合法性的争夺与重塑。

① 参见崔宰溶：《中国网络文学研究的困境与突破——网络文学的土著理论与网络性》，北京大学博士毕业论文，2011。

② 黎杨全：《网络文学、本土经验与新媒介文论中国话语的建构》，《文学评论》2020年第6期。

“网络文学不是凭空而来”，网文既有现代主义、后现代主义影响，科技文化的嵌入，又不可避免是当下文化语境产物，受到文化逻辑制约。网文学术化讨论过程中，有些议题逐渐失效，比如，传统乡土写作、城乡变迁等，但有些问题只是发生转移与深化，比如，大众文化发展、民族国家想象与人类共同体意识、现代性与后现代性、文学传播媒介、文学形式与内容的关系等。由此，坚持以中国本土经验为主体，并非狭隘的关门主义，而是坚持将网络文学问题与中国语境独特性相结合，在此基础之上，海纳百川，融会贯通。只有如此，才能真正有效阐释复杂的网络文学现象，将网络文学融入中国文化积极建构之中。

［作者单位：苏州大学文学院］

科幻纵横

晚清时期科幻小说源文本与中译本的文化互涉[①]

——以《回头看纪略》为例

李培涵　姜智芹

摘　要　中国科幻文学肇始于晚清，由译介活动起步，逐渐形成中国本土创作风格。作为晚清最早的中译科幻小说之一，《回头看纪略》的译介实践具有代表性和始源意义，其源文本与中译本之间呈现出文化互涉的特征，源文本含有西方对中国文化的借鉴，中译本则展现了晚清对西方现代社会元素的吸纳。《回头看纪略》在晚清的译介及成功接受对于新世纪中国科幻小说的海外传播具有一定启示意义。

关键词　《回头看纪略》；晚清中译实践；文化互涉；科幻小说传播

① 本文为国家社科基金重大招标项目“中国当代文学海外传播文献整理与研究（1949—2019）”（编号：20&ZD287）的阶段性成果。

一、晚清时期科幻小说源文本与中译本文化互涉的可能

中国科幻小说在译介和创作两个层面上均开端于晚清。[①]从科幻小说发展史的视角来看，晚清科幻小说具有独特的始源意义和先导性。所谓“数典不能忘祖”，在对科幻小说的研究中，既需要对前沿问题进行深入探讨和思考，用“向前看”的眼光展望未来，也需要用“向后看”的视角从发源端入手，[②]在历史谱系中审视中国科幻小说业已形成的特征，并不断发掘其蕴含新质的可能。

晚清时期，科幻文学最早被称为“科学小说”，在1902年的《新小说》创刊号中与“哲理小说”一起归入“哲理科学小说”大类。[③]实际上在此之前，科幻小说已由西方传入我国，如1872年翻译成中文的《一睡七十年》和1900年翻译成中文的《八十日环游地球》等，都可视为晚清科幻文学的译介实践，只不过当时尚未有专门的名称为其归类。晚清时期，我国的科幻文学类型适才引进，其译介与创作在整体上呈现出发展初期带来的不稳定性与实验性特征。宋明炜认为，“科幻”可以作为一种方法而非仅仅作为类型，表征着一种“新的观看方式”和“新的定义现实的方案”，[④]他将之概括为科幻文学的“新巴洛克”（Neo-baroque）特征。[⑤]巴洛克出现于新事物、新观念混杂的西方地理大发现时期，具有新奇、繁复、不规则的特点。同样，晚清正是社会变革的时期，西方科学技术、

---

① 晚清科幻的译介实践影响了科幻创作的发生。参见姜倩：《幻想与现实：二十世纪科幻小说在中国的译介》，复旦大学出版社，2010，第169页。

② “向前看”与“向后看”的提法可参见任一江：《论中国新文学研究的思维范式及转向可能——从“典型论”与“新科幻”的“断裂”说开去》，《山西大学学报（哲学社会科学版）》2021年第6期，第11—18页。

③ 1902年，《新民丛报》第十四期为即将创刊的《新小说》刊登了一则广告——《中国唯一之文学报〈新小说〉》。这则广告列举了《新小说》将会刊载的小说类型，其中第五部分为“哲理科学小说”大类。这是“科学小说”在中国首次以类别的形式出现。

④ 余夏云：《认知中国：英语世界中国现代文学研究的史与学》，《认知诗学》2023年第1期，第88页。

⑤ 参见宋明炜：《从科幻小说创生“新巴洛克”文学宇宙——从文类的先锋性到文学的当代性（下）》，《小说评论》2023年第3期，第37—44页。

工具器物接续传入中国，现代思想不断冲击既有的秩序，社会呈现出复杂多变的样貌，处于该时期的科幻文学也因此具有传统与现代交糅的特征，在风格上表现为不稳定性和多样性，王德威将其概括为“多重的现代性”。[①]

晚清社会正经历从前现代向现代的转变，这使得对西方现代文化的借鉴成为晚清科幻小说的重要元素。如《新中国未来记》中来自德国的“国家学”以及“万国通行”的“代议政体”、[②]《新石头记》中的“文明境界”、[③]《新纪元》中的“立宪政体”、[④]《电世界》中的“电帝国”，[⑤]均反映了当时国内社会较为流行的现代思想和理念。与此相似，由于西方自19世纪70年代起爆发了诸多社会矛盾，一些西方文人学者尝试将视角转向东方，通过借鉴东方文化为西方的社会问题寻求一剂“解药”。虽然18世纪末19世纪初中国在西方“受欢迎的风潮开始告退”[⑥]，西方对中国的偏见逐渐加深，不过随着19世纪末西方社会问题的出现以及20世纪初期第一次世界大战的爆发，西方人的优越感遭到打击，[⑦]他们对中国的描述也发生了“从停滞到变革”的转变。[⑧]于是，这一时期的西方科幻小说创作开始含有对中国的描写，并带有一定的乌托邦色彩。因此，从上述事实来看，在19世纪末，晚清和西方的科幻小说在文化层面上存在一定程度的

---

① 王德威：《被压抑的现代性——晚清小说新论》，宋伟杰译，北京大学出版社，2005，第10页。

② 梁启超：《新中国未来记》，收入《世博梦幻三部曲》，黄霖校注，东方出版中心，2010，第37页。

③ 吴趼人：《新石头记》，收入《世博梦幻三部曲》，黄霖校注，东方出版中心，2010，第196页。

④ 碧荷馆主人：《新纪元》，收入《中国近代小说大系：痴人说梦记·月球殖民地小说·新纪元》，江西人民出版社，1989，第439页。

⑤ 高阳氏不才子：《电世界》，收入《中国科幻文学大系·晚清卷·创作三集》，李广益、季剑青点校，重庆大学出版社，2020，第23页。

⑥ [英]雷蒙·道森：《中国变色龙：对于欧洲中国文明观的分析》，常绍民、明毅译，中华书局，2006，第167页。

⑦ 如斯宾格勒提出的“西方的没落”的观点便是对这一时期西方文明状态的总结。参见[德]奥斯瓦尔德·斯宾格勒：《西方的没落》，吴琼译，四川人民出版社，2020。

⑧ 周宁：《天朝遥远：西方的中国形象研究》，北京大学出版社，2006，第522页。

相互关涉，这也是晚清科幻小说译介实践的特殊意涵之一。

源文本与译文本之间的文化互涉现象在晚清时期译成中文的科幻小说《回头看纪略》（*Looking Backward: 2000—1887*, 1888）中有着清晰的展现。《回头看纪略》由美国作家爱德华·贝拉米（Edward Bellamy, 1850—1898）创作，现译为《回顾：公元2000—1887年》。该小说通常被认为是第一部在中国本土产生较大影响的外国科幻作品，[①]讲述一个有关乌托邦社会的故事。由于社会变革的原因，乌托邦也恰恰受到此时中西科幻文学的共同青睐。乌托邦（Utopia）一词为“不存在之地”（Outopia）与“理想之地”（Eutopia）的“拟仿”，喻指超越现实的理想社会。当社会现实与乌托邦世界发生冲突时，“我们才能意识到乌托邦意志在生活中扮演的角色，才会把我们心中的乌托邦视为一种独立存在的现实”。[②]因此，乌托邦既是理想社会形态的化身，体现小说对社会现实的观照，又能展现与本土文化相异的视角，通过异质文化来反思自身社会现实。达科·苏恩文认为，乌托邦与科幻小说具有类似的特点和共同的历史渊源：乌托邦小说“是科幻小说的一个社会政治亚文类”，[③]在类型上与科幻小说是部分与整体的关系。从这一联系出发，以乌托邦为内容的科幻小说代表着“一种或公开或隐蔽的对话，一种指向表示，一种移目瞥见他处的惊异眼神”，[④]为源文本与译文本之间的文化互涉搭建起桥梁。

晚清科幻小说之所以对乌托邦主题格外关注，从译介角度看，《回头看纪略》的中译实践可谓功不可没。美国汉学家韩南（Patrick Hanan）认为，《回头看纪略》“对2000年的预测”影响了梁启超《新中国未来记》中的部分

---

① 1872年，第一本科幻小说《一睡七十年》被译介至中国，不过其影响力远不及之后的《回头看纪略》。

② ［美］刘易斯·芒福德：《乌托邦的故事：半部人类史》，梁本彬、王社国译，北京大学出版社，2019，第6页。

③ ［加］达科·苏恩文：《科幻小说面面观》，郝琳等译，安徽文艺出版社，2011，第158页。

④ 同上，第153页。

内容。[①]王德威指出，吴趼人在《新石头记》中对宝玉“神游天外”的描写受到了《回头看纪略》的影响。[②]此外，晚清的科幻小说创作也有不少包含乌托邦元素，如《新纪元》《月球殖民地小说》《新中国》等都以乌托邦为框架构建情节和主题。晚清科幻小说中的乌托邦大都为“重建式乌托邦”（utopia of reconstruction），[③]这反映出晚清文人强烈的革新愿望和对走向未来科学世界的渴求。[④]由于对西方科学文化的吸收，晚清的乌托邦科幻小说借由“未知”、“异己”或对于“他者”的想象，进行自我审视与镜鉴。例如《痴人说梦记》中出现的新式学堂，《新中国》中的“空行自行车”“飞艇”“催醒术”，《满江红》中的重学、力学、汽学，《月球殖民地小说》中的“德律风”“绿气”“追魂沙”等，都是晚清文人通过科幻小说对他者的思考与设想。文化的异质想象是本族文化“自我审视、自我反思与自我书写”的方式之一，[⑤]晚清科幻小说将乌托邦作为基本叙事框架以容纳现代科学等新的社会元素，乌托邦也便成为这一时期科幻小说对现代科学想象、政治想象与未来想象的依托。

晚清时期科幻文学的实验性特征在译介实践中表现为翻译的多元性，包含直译、意译、重写、改写、归化、异化等多种方式。芒迪（J. Munday）认为，“目的语文学处于萌芽期、边缘、危机或者转型或真空期时，翻译文学有可能会占据多元系统的中心”，[⑥]晚清科幻文学类型正是由译介而建立的。翻译“总是事关策

---

① 参见［美］韩南：《中国近代小说的兴起》，徐侠译，上海教育出版社，2010，第82页。

② 参见王德威：《被压抑的现代性——晚清小说新论》，宋伟杰译，北京大学出版社，2005，第312页。

③ 芒福德将乌托邦分为“逃避式乌托邦”和“重建式乌托邦”。参见［美］刘易斯·芒福德：《乌托邦的故事：半部人类史》，梁本彬、王社国译，北京大学出版社，2019，第6页。

④ 例如碧荷馆主人所著的科学小说《新纪元》，其主旨便是“专就未来的世界着想”。参见碧荷馆主人：《新纪元》，收入《中国近代小说大系：痴人说梦记·月球殖民地小说·新纪元》，江西人民出版社，1989，第438页。

⑤ 周宁：《在西方现代性想象中研究中国形象》，《南京大学学报》2008年第4期，第71页。

⑥ J. Munday, *Introducing Translation Studies*. London: Routledge, 2008. p.109. 译文采用朱振武：《归异平衡：英语世界汉学家的中国故事书写》，上海交通大学出版社，2023，第94页。

略和风格，预设了种种价值目标和意识形态”。[①]在晚清，国内对科幻小说的界定尚不清晰，这导致此时的译介活动带有强烈的现实目的性和时代烙印。晚清时期，我国对国外科幻小说的译介包含着译者的多种意图，在忠实于原文的翻译之外，也存在着“创造性叛逆”的误译现象，夹杂着以时代要求、社会愿景和译者个人目的为出发点的“意译”或“曲译”，如裘维锷演绎的《百年一觉》、茂原筑江意译的《蝴蝶书生漫游记》、我佛山人演义的《电术奇谭》等。[②]晚清中译科幻小说常常出现“将译作混同为创作的情况”，[③]例如《绣像小说》第49期开始刊载的外国科幻小说《生生袋》，著者的名字未被刊载，而译者支明则将作品内容直接“改编成中国风格”。[④]这一方面是由于作者和译者的版权意识不强，另一方面也说明晚清时期的译介活动在客观上的确存在改写、增删及重新创作的情况，导致源文本与译文本之间有所差异，创作与翻译之间没有绝对的界限。[⑤]有意识的误译“特别鲜明、突出地反映了不同文化之间的碰撞、扭曲与变形”，[⑥]正是在与异质文化的交汇中，本民族文学得到了拓展与更新。从本质上来说，“语言保持差别，差别保持语言”，[⑦]在将源语文本译入目的语体系的过程中往往会有变异的出现；同时，翻译也“不仅仅是语言文字层面的转换，而是始终受到文化语境等超文本的制约”。[⑧]语言与文化的双重差异形成晚清科幻小说译介的多主体性和多视角性，进而为晚清科幻小说创作对异质文化的借鉴

---

① 季进:《论当代文学海外传播的“走出去”与“走回来”》,《文学评论》2021年第5期，第43页。

② 参见樽本照雄:《新编增补清末民初小说目录》，贺伟译，齐鲁书社，2002。

③ 李琴:《中国百年科幻文学翻译史研究》，商务印书馆，2023，第84页。

④ 武田雅哉、林久之:《中国科学幻想文学史(上卷)》，李重民译，浙江大学出版社，2017，第62页。

⑤ 参见吴岩:《20世纪中国科幻小说史》，北京大学出版社，2022，第13页。

⑥ 谢天振:《译介学》，上海外语教育出版社，1999，第151页。

⑦ [法]雅克·德里达:《论文字学》，汪堂家译，上海译文出版社，2005，第2页。

⑧ 朱振武:《归异平衡：英语世界汉学家的中国故事书写》，上海交通大学出版社，2023，第133页。

提供了可能。

二、《回头看纪略》中译实践的文化互涉

《回头看纪略》在美国和中国晚清时期均有不俗的影响力，这是该小说能够实现中西文化互涉的传播基础。在美国，《回头看纪略》一经出版便迅速获得成功，全美销量名列前茅。据不完全统计，《回头看纪略》自1888年首次出版至今，仅英文版就有好几家出版社出版。最早出版该书的是波士顿狄柯纳出版公司（Ticknor and Company）。其后，霍顿·米夫林出版公司（Houghton Mifflin Company）分别于1889、1898、1890、1917、1926、1929、1931、1950、1966年进行重印。企鹅出版社（Penguin Books）也于1982年出版该书，随后再版多次，并收入"企鹅百年经典"丛书。《回头看纪略》的版本数量及翻译语种甚多，除英文本外，还有德语、法语、意大利语、丹麦语、俄语、阿拉伯语、保加利亚语等语种的译本，说明其在西方有着广泛的影响。[①]而在我国，从1891年到1904年，《回头看纪略》得到四次翻译，这在同时期的科幻小说译介中是十分少见的，分别为：1891—1892年以《回头看纪略》为名连载于《万国公报》，译者仅标注笔名"析津"，后因其翻译与李提摩太（Thimothy Richard，1845—1919）的译本内容完全一致，确认"析津"即为李提摩太；1894年，李提摩太与其中国助手蔡尔康为小说增添了章节标题，并将《回头看纪略》更名为《百年一觉》；1898年，裘维锷将《回头看纪略》演义为白话，同样取名为《百年一觉》；1904年，《绣像小说》杂志从第25期起连载新译本《回头看》。此外，康有为、梁启超、谭嗣同等人也对该小说进行介绍与推广。[②]以上事实表明，《回头看纪略》形成了较为广泛的传播

---

① 参见宋莉华：《传教士汉文小说》，上海古籍出版社，2010，第151页。

② 康有为等人的介绍和推广活动可参见熊月之：《西学东渐与晚清社会》，上海人民出版社，1994，第413页；梁启超：《读西学书法》，收入《中国科学翻译史料》，黎难秋主编，中国科学技术大学出版社，1996，第642页；谭嗣同：《谭嗣同全集·卷一》，三联书店，1954，第85页。

实践，在中西方展现的影响力都是毋庸置疑的。值得一提的是，《回头看纪略》不同中译本的归类存在一定差异。例如，《绣像小说》并未将《回头看纪略》视为科学小说，而是将其归为“政治小说”；而1905年商务印书馆编译的《回头看》则将其界定为“理想小说”。由此可见，晚清对《回头看纪略》的类型定位尚不明确，其译介实践含有多种动机和多重视角。

《回头看纪略》的主要情节围绕主人公伟斯德展开。1887年的一天，伟斯德在与未婚妻仪狄见面后辗转难眠，遂请医生对他进行催眠。醒来之后，伟斯德发现世界已经过了百余载，自己来到了2000年。伟斯德四处游历，看到此时的社会与百年前大不相同：不仅物质丰富、人人平等，而且没有战争。小说的结尾，伟斯德于梦中重返1887年，感受到巨大的社会差异，醒来后感激自己得以留在21世纪的大同社会中。

19世纪下半叶，美国资产阶级迅速崛起，社会发展到垄断资本主义阶段，并最终于1873年爆发了严重的经济危机，导致大批工人失业，农民流离失所，罢工运动兴起。正是在这一背景下，《回头看纪略》的作者贝拉米利用乌托邦描写来“揭露和谴责托拉斯的罪恶，同时提出由国家控制托拉斯的主张”。[①]在该小说中，贝拉米将视野投向中国，试图利用中国相对于西方的他异性，为西方社会的发展提供某种警醒。贝拉米在《回头看纪略》里直言中国人在“接受我们西方文明的时候是胸有成竹的，他们比我们更了解西方文明的前途。他们知道，这只不过是伪装起来的炸药”。[②]中国作为西方文学中经常出现的异域想象，“仅仅它的名称就为西方人构建了一个巨大的乌托邦储藏地”。[③]贝拉米正是利用对中国的认识来反思西方社会发展的弊端。此外，《回头看纪略》中也不时有东方意象出现，作为异域色彩进入文本叙事之中，例如“名贵瓷器”（rare china；

---

① 丁则民：《美国通史》（第三卷），人民出版社，2002，第211页。

② 参见［美］爱德华·贝拉米：《回顾：公元2000—1887年》，林天斗、张自谋译，商务印书馆，2017，第22页。这里使用的是目前的译本，并非李提摩太的译本，故译名有所不同。

③ ［法］米歇尔·福柯《词与物：人文科学考古学》，莫伟民译，上海三联书店，2002，第6页。

costly china)、"土耳其起床号"(Turkish Reveille)等。尤其是小说对波士顿家庭的叙述中出现了"阿尔罕勃勒"(Alhambra)、"印度舞女"(Nautch girls)、"阿拉伯骑士"(Moorish chivalry)等异国意象的梦幻描写,暗含着作者对于东方的想象,以及从异国视角出发审视美国发展困境的潜意识创作意图。

类似地,晚清科幻文学的译介也显示出对西方社会制度、科学思想以及科学文化的吸纳:"晚清作家从中西现实存在巨大反差的现实境况中,以西方现代文明为参照,展开了对现代中国的激情想象和热烈企盼。"[①]科幻小说作为承载科学的文化载体,在联结中西现代文明的过程中起到十分重要的推动作用。晚清科幻小说中的幻想元素常常被视为与科学等同的关系,科学在小说中不仅承担着联结未来的功能,也同样起着为文学想象提供空间和场域的作用。客观上,对现代制度与科学技术的描写是晚清科幻小说的重要内容;而在主观上,这也正与李提摩太的翻译理念相一致。李提摩太曾结识康有为、梁启超,参与过梁启超等人发动的戊戌变法运动,并"对启蒙民智、推动维新,做出了常人难以比拟的贡献"。[②]他致力于传播西方科学技术,尝试教育改革,对晚清社会的发展变革起到一定作用。李提摩太在向翁同龢提出的改革方案中,不乏"进行货币改革""兴建铁路""开办工厂""广泛引进西方先进学校及专门学院""保卫国家安全,训练足够的新式海军"[③]等具有建设性意义和现代性特征的提议。[④]从李提摩太参与的社会运动及其翻译目的来看,《回头看纪略》不免带有政治启蒙与文化改革色彩[⑤]——李提摩太正是通过小说来展现晚清社会现实,并运用

① 吴秀明:《文化转型与百年文学"中国形象"塑造》,浙江工商大学出版社,2011,第189页。

② [英]李提摩太:《亲历晚清四十五年:李提摩太在华回忆录》,李宪堂、侯林莉译,人民出版社,2011,第377页。

③ 参见[英]李提摩太:《亲历晚清四十五年:李提摩太在华回忆录》,李宪堂、侯林莉译,人民出版社,2011,第241页。

④ 参见何菊:《传教士与近代中国社会变革:李提摩太在华宗教与社会实践研究(1870—1916)》,中国社会科学出版社,2014,第225页。

⑤ 参见刘树森:《李提摩太与〈回头看纪略〉——中译美国小说的起源》,《美国研究》1999年第1期,第129页。

含有主观目的性的译介策略来为晚清社会提供鉴照。在小说的开篇，李提摩太表明此译作的目的是“多叙养民新法”。[①]《回头看纪略》以“纪略”为名，从内容上来说，更多的是对原作的概述。在翻译过程中，李提摩太删减了原文中冗长的生活描写和人物之间的情感纠葛，保留了对科学器物和现代政治体系的描述，使科学成为小说的主体，凸显该小说译介的时代特征。因此，西方历法、催眠术、医药、机械、电器等内容都被更多地保留下来。科学器物不仅仅“是一个被动的、被操纵的客体，它更具有重塑主体的功能和价值”。[②]西历的引入，将中国传统的轮回时间观念（干支纪年和皇帝年号纪年）转化成线性时间观，从时间维度将晚清文学带入现代性叙事之中；[③]药水能够治疗失眠，展现了现代药物的功效；“人电”即以生物电流进行催眠，治疗现代人的失眠症，体现了当时的医术不仅可以治疗身体，还能疗愈心灵和精神；[④]电力系统的引入让生活更加便捷、舒适；男女平等、人人相爱的大同社会则反映出现代社会制度的先进。这一切都是晚清社会亟待吸收的现代新事物、新观念、新体制，而李提摩太在《回头看纪略》的译介中着力凸显了上述内容。

由于李提摩太突出翻译的目的性，《回头看纪略》一定程度上成为一种基于源语文本的“重写”或“改写”。除对原文进行删节外，李提摩太的中译本还人为更动和增添了部分内容。其中，部分翻译为迎合晚清读者而采用了归化策

---

① 毕拉宓：《回头看纪略》，李提摩太译，收入《中国科幻文学大系·晚清卷·编译二集》，张治等点校，重庆大学出版社，2020，第6页。李提摩太将贝拉米译作“毕拉宓”，现大都译为“贝拉米”，故本文使用当前较为流行的译法。

② 余夏云：《认知中国：英语世界中国现代文学研究的史与学》，《认知诗学》2023年第1期，第88页。

③ 参见邹振环：《〈四裔编年表〉与晚清中西时间观念的交融》，《近代史研究》2008年第5期，第89—97页；亦参见贾立元：《“现代”与“未知”：晚清科幻小说研究》，北京大学出版社，2021，第26页。

④ “人电”来源于此时西方的催眠疗法。18世纪，维也纳医师麦斯默（Franz Anton Mesmer）首先创造了“动物磁气”的概念，并在19世纪发展为现在所用的催眠术。参见贾立元：《“现代”与“未知”：晚清科幻小说研究》，北京大学出版社，2021，第207页。

略。比如，李提摩太将原文中的“阵亡将士纪念日”（Decoration Day）译为“上坟日”，[①]贴合晚清时期对葬俗的习惯称呼。对于《回头看纪略》中仪狄所穿的丧服，李提摩太添加了“色尚青”，[②]以增强中国读者的熟悉感。在小说的结尾，仪狄之前留下的书信中写有“我不愿嫁，缘今世无伟斯德其人者。若再遇如伟斯德，我始嫁之”[③]的誓言，而此时站在伟斯德面前的仪狄，正是前仪狄的重外孙女。这种传奇手法的使用体现了李提摩太对晚清读者阅读心理的准确把握，他有意简化源文本的叙事，以顺叙结构全文，并采用第一人称限知视角，更贴合中国读者的审美传统。从李提摩太使用的翻译策略来看，《回头看纪略》中译本表现出“译作—创作”的双重性，更多凸显的是对彼时中国社会现实的观照。

“任何异质文学间的交融都不能脱离具体的社会发展空间，也没有任何一种外来文学能够独立于传播者和接受者共处的思想文化时代。”[④]晚清遭受西方入侵，亟需社会变革，科学作为社会革新的重要动力之一，势必受到文学的重视。而此时的西方也同样处于社会转型期，需要借助他者对自身社会进行重新审视。因此，在异质文化想象层面，中西方相似的时代需求在《回头看纪略》的创作与译介实践中便呈现为中西文化的互涉与关联。翻译作为一种阐释方式，不仅是“一个语文学问题”，[⑤]更是异质文化与文学之间“境遇共鸣”的互涉过程。《回头看纪略》源文本与译文本所包含的不同文化内涵，在相似的社会背景中展现了相互迎汇的历史碰撞。

不过，由于李提摩太的传教士身份，《回头看纪略》的中译本中夹杂着某些传教思想，这在一定程度上削弱了该小说的文化互涉内涵。比如原作中叙写中国的部分被李提摩太删掉，“使晚清的读者失去了从当代其他西方人那里了解

---

① 毕拉宓：《回头看纪略》，李提摩太译，收入《中国科幻文学大系·晚清卷·编译二集》，张治等点校，重庆大学出版社，2020，第9页。

② 同上。

③ 同上，第47页。

④ 张冰：《中俄文学译介的“迎汇潮流”》，《俄罗斯文艺》2020年第3期，第106页。

⑤ ［美］帕尔默：《阐释学》，潘德荣译，商务印书馆，2012，第89页。

他们对中国的认识的机会”；[①]而中译本中隐藏的“信主”“救世”“礼拜”意识，则反映了李提摩太的传教本愿。因此，晚清时期《回头看纪略》的译介既有其重要的历史意义，也有其不足之处。但总体来看，晚清时期科幻小说的译介是中国科幻文学译介实践的起始，从客观上推动了中国科幻文学的形成和发展。

三、《回头看纪略》中译实践之于新世纪中国科幻小说海外传播

尽管李提摩太翻译的《回头看纪略》存在改写成分，并不完全忠实于原作，但考虑到晚清这一特殊的科幻文学译介阶段，其源文本与译文本之间的文化互涉所展现出来的他者观照与世界性视野，其流传、译介和在中国的接受，对于当下我国科幻小说的海外传播具有一定的反思和参考意义。

《回头看纪略》的源文本体现出西方通过中国文化反观自身的意图，其在中国的译介则反映了我国对世界现代文化的借鉴。因此，科幻文学的异域传播展现了对异质文化的包容和尊重，体现了不同文化之间的互动与沟通，并对文化偏见予以反拨，从而实现“跨文化交往的平等、包容与真诚”。[②]这一文化的包容性不仅在特定历史阶段十分必要，也是任何时期的科幻文学都应该秉持的传播理念。中国更新代科幻文学作家群体在新世纪开始创作并迅速崛起，[③]他们的作品呈现出世界性的写作特征。例如，陈楸帆的短篇小说《巴鳞》讲述了被父亲控制的“狍鸮族人”巴鳞没有自由、受到禁锢的生活。父亲对巴鳞的绝对控制暗含着权威对个体的干涉与压迫，而巴鳞的“故土在最近的边境争端中仍然归属不明”影射出新世纪以来国际地区间的纷争导致大量移民和难民的

---

① 刘树森：《李提摩太与〈回头看纪略〉——中译美国小说的起源》，《美国研究》1999年第1期，第130页。

② 季进：《海外中国现当代文学研究的跨文化伦理》，《扬子江文学评论》2023年第6期，第26页。

③ “更新代”这一提法可参见董仁威：《中国百年科幻史话》，清华大学出版社，2017，第87—88页；亦参见董仁威、高彪泷：《中国科幻作家群体断代初探》，《科普研究》2017年第12期，第77页。

出现。[①]尽管《巴鳞》的叙事重点在科幻想象上,其内容仍然展现了陈楸帆对于“异类”或边缘群体的关注,具有独特的现实内涵和世界眼光。长铗的短篇小说《麦田里的中国王子》则利用科幻重新审视西方历史上对中国形象产生的文化偏见。小说里被人们称作“中国王子”的西方“怪人”仅仅因为有着亚洲的相貌,居住在东方园林里,便背负上“中国王子”的名号,饱受不公的待遇。在西方文学的发展历程中,曾有对中国形象的妖魔化描写,如德·昆西(Thomas De Quincey)笔下野蛮而迟钝的中国人、萨克斯·罗默(Sax Rohmer)基于“黄祸论”偏见而塑造的“傅满洲”形象等。对中国的妖魔化描写无疑体现了西方的自我优越感与对中国文化的轻视。在《麦田里的中国王子》的结尾,“中国王子”的真相终于得以大白:在了解到中国古代历史中真实“中国王子”的事迹后,人们认识到“中国王子并不是什么缥缈的神话,他是一个真实的人物”,[②]是一个真正的天才,于是便消除了对“中国王子”名字的所有误解。长铗巧妙地将西方人物形象与东方名字相连,利用“中国王子”寻找到歧视的根源,并通过介绍中国的历史文化来减少西方读者对中国的误解,向世界展现积极、祛偏见的中国形象。目前,《麦田里的中国王子》尚未被译成外语,而《巴鳞》已有英译本,[③]在“好读网”(Goodreads)上,英语读者也对《巴鳞》进行多方面的评价。不少读者指出,《巴鳞》是一篇“富有想象力”的作品,例如读者Maryam认为,“阅读中国科幻小说越多,我就越欣赏它们看待事物的视角。”[④]但也有外国读者指出,他们对除刘慈欣以外的中国科幻作家了解不多,希望更多的中国科幻小说得到译介,这也从侧面反映出新世纪中国更新代科幻文学的海外传播仍然不

① 姚海军:《2015中国最佳科幻作品》,人民文学出版社,2016,第5页。

② 长铗:《麦田里的中国王子:长铗科幻小说选本》,百花文艺出版社,2012,第51页。

③ 《巴鳞》的英语译文收录于2016年《克拉克世界》(*Clarkesworld*)杂志中。

④ 见Goodreads网站上的读者评论。网址为<https://www.goodreads.com/book/show/29807196/reviews?reviewFilters=%7B%22workId%22:%22kca://work/amzn1.gr.work.v1.PIPIsD_hpT6eOAPg0tup3A%22,%22after%22:%22NTIsMTQ5NTY0NTM2NzI5NQ%22%7D>,2024年9月14日。

够广泛，诸如《麦田里的中国王子》等科幻小说尚有待被译介至海外，为世界所认识。

回顾《回头看纪略》的译介实践，其在晚清时期的成功传播，与作品本身适应20世纪初的时代发展需要、拥有贴合本土受众审美的译者以及寻找到具有影响力的宣传推介人等因素密不可分。首先，《回头看纪略》的译介符合晚清社会革新的愿望。这一时期的文人学者对于译介格外重视，梁启超更是认为“苟其处今日之天下，则必以译书为第一义”。[①]其次，译者李提摩太是一个“中国通”，在中国生活多年，对中国文化十分熟悉，其译本有利于中国读者的接受。再次，康有为、梁启超等人也通过报刊等媒介对《回头看纪略》进行宣传和推介。这些译介推广方面的努力都为《回头看纪略》的有效传播提供了良好的条件。同样，新世纪中国科幻小说的海外传播可以考虑顺应当下的世界主题。如陈楸帆《巴鳞》对边缘群体的关注、长铗《麦田里的中国王子》中的“中国王子”形象、宝树《美食三品》对人类食欲的反思等等，都是新世纪中国科幻小说具有世界性视角的表现。除作品本身的特质外，优秀译者对作品海外传播的影响也不可忽视。例如刘慈欣的科幻小说经过刘宇昆的翻译后，更容易为西方读者所接受，特别是《三体》《流浪地球》等因流畅的翻译而在海外获得广泛认可。[②]作为译者，刘宇昆对中西文化都十分了解。在翻译《三体》的过程中，他适当调整叙事顺序，将小说对20世纪60年代中国历史的描写放到开篇位置，以此迅速抓住国外读者的注意力。此外，刘宇昆注重对中国文化的阐释，通过“翻译+注释”的方式减少外国读者对中国文化的陌生感。刘宇昆的译本在尊重源文本的基础上充分考虑英语受众的审美观念，力争将文本“活化”，使译文与原文形成良好的互动。最后，推介人或推介机构也会为作品的传播带来积极影响。例如我国相关机构推出的网络科幻扶持项目，国家提供的相关政策支持，科学文化

---

① 参见梁启超：《论学校七：〈变法通议〉三之七》，《时务报》1897年第27册。

② 参见吴瑾瑾：《中国当代科幻小说的海外传播及其启示——以刘慈欣的〈三体〉为例》，《山东大学学报》2021年第6期，第181页。

节、科幻作品研讨会、国际科幻大会等活动的举办与开展，《科幻世界》杂志社、“八光分文化”集团等企业组织的科幻推广活动，均助力了中国当代科幻文学的走向世界和长远发展。[①]

结　语

《回头看纪略》的中译实践在时代及社会的变迁与交汇中有其复杂而多元的传播意涵。其源文本和译文本之间的文化互涉特征是这一时期中西方文化相互审视、相互借鉴的具体体现。《回头看纪略》的译介同时具有一定的传播意义，其传播是源文本所处的历史背景、晚清科幻文学适才起步的特殊社会环境、译者与推介人的共同引荐等多种因素交织而成的结果，而这对于中国科幻文学的传播也同样适用。中国当代文学的海外传播是“国际社会认识中国的一扇窗口”，[②]作为当代文学的组成部分，新世纪中国科幻文学的海外传播应积极观照世界文化，利用多种译介和传播要素，实现从“走出去”到“走进去”“走下去”的转变。新世纪中国科幻文学为世界所认识、所认可需要“意识形态、审美趣味、作者与译者、代理人与出版社等方方面面”[③]的齐力协作。正因如此，它的发展与传播需要更为开放的态度与眼光，需要更多的新质和新变，需要深入挖掘文本与现实世界的关联，需要多个传播主体和传播渠道形成合力，共同促进新世纪中国科幻文学走向世界，走向未来。

［作者单位：山东师范大学文学院］

---

① 具体内容参见董仁威：《中国百年科幻史话》，北京大学出版社，2017，第20—45页。

② 姜智芹：《“红色经典”海外传播与国际社会对中国的认知》，《山东师范大学学报（社会科学版）》2024年第2期，第22页。

③ 季进：《论当代文学海外传播的“走出去”与“走回来”》，《文学评论》2021年第5期，第44页。

当下的诱惑：当代海外中国科幻文学研究的三种方法[①]

胡星灿

摘　要　1902年，梁启超的《新中国未来记》象征性地宣告了中国科幻文学的萌蘖，而新世纪中国科幻文学新浪潮的涌现，则预示着中国科幻文学书写传统的粲然大备。必须指出，纵观百年传统，“现代”（Modernity）的追逐与求索是其内在逻辑与发展动力，但进入新阶段，“当下”（Present）的呈述与表达则成为另一种自觉。对于该转变，海外研究界亦有观察，由是形成三种研究方法：其一，重在蠡测科幻文学与社会主义新中国的对话互文；其二，通过考古早期中国科幻文学，商榷当下视域中“现代性知识”的结构性罅隙；其三，突出“中国科幻

① 本文为国家社科后期项目“通其变·成其文：马华文学主体性谱系研究”（编号：23FZWB083）、教育部青年项目“‘鲁迅范式’与20世纪东南亚华文文学”（编号：23YJC751004）的阶段性成果。

诗学”建构，并强调中国科幻文学的诗学建构。此三种路径踵武交织，虽思路、逻辑、重心不尽相同，却无不因应着“当下的诱惑”。

关键词 科幻文学；现代性；当下性

1902年，梁启超的《新中国未来记》在《新小说》创刊号上开始连载。这是一次具有象征意义的文学事件，它不仅呈现出与中国传统小说迥然不同的文化模式、叙述话语与审美空间，更以“未来完成”（future perfect）修辞与“未来完成进行时”叙事把“‘过去’（pastness）拯救回来”，并虚构了未来世界的另一种国族命运。此后，这套修辞与叙事蔚为风尚，在陈天华、荒江钓叟、萧然郁生等晚清作家合力下，一种颇具政治乌托邦景观的小说类型随之形成，即所谓的“科幻奇谭”（Science Fantasy）。[①]必须指出，这类小说因应晚清士人的现代想象与民族焦虑，也试图借助虚构力量，模拟现代图景，“获一斑之智识，破遗传之迷信，改良思想，补助文明”。[②]但是，现代没有公式，且“原则上”有效的现代也“包含有虚无主义的萌芽”。[③]因此，在虚构的乌托邦到来之前，沈从文、张天翼、老舍等“五四”作家早已看到“乌托邦/恶托邦”（Utopia/Dystopia）之间的暧昧性、飘移性与过渡性（transition），他们破解现代神话，再次佐证了卡尔·波普尔（Karl Popper）预设的结局：“所有的科学都建立在流沙之上。”[④]而进入社会主义新中国，科幻文学对于现代的追求则再次削弱，毕竟“在一个全民充满激情的年代，乌托邦或更广义的科幻叙事的建构其实是政治潜意识的症候之一”。[⑤]

---

① 王德威：《被压抑的现代性——晚清小说新论》，宋伟杰译，北京大学出版社，2005，第295页。

② 周树人：《〈月界旅行〉辨言》，《二十世纪中国小说理论资料》第一卷，北京大学出版社，1997，第51页。

③ 安东尼·吉登斯：《现代性的后果》，译林出版社，2011，第43页。

④ Karl Popper, *Conjectures and Refutations*. London, Routledge, 1964. p. 34.

⑤ 王德威：《想象世界——及其外——的方法》，《中国科幻新浪潮：历史·诗学·文本》，上海文艺出版社，2020，第3页。

直至21世纪，现代知识型的等级偏见、“西方/其他”（The West/The Rest）观念、“非均质”（heterogeneous）运动等内容已被反复检视、商讨，而孕育于此的中国科幻作家也看到现代话语背后的“表述遏制策略”（a strategy of representational containment），刘慈欣、韩松、王晋康等人“超越现代文学感时忧国的症结，也超越了对乌托邦/恶托邦的纠结”，[①]而是展现出对“当下性”（尤其是中国的当下性）的洞见与沉思，譬如后人类、技术治理、科技伦理等问题。当然，所谓当下并非现代之后，它不是一个时间的先后概念，而是过去与未来之间的“接触地带”，恰如吉登斯所言：当下是“现代性开始理解其自身”，而非对现代的批判性超越。[②]

可以看出，中国科幻文学经历百余年发展已规模具现。虽不同时期、情境，其形态、内涵各有变化，但追溯其内部逻辑，却不难看出从“现代的追求”至“‘当下’的诱惑”的逻辑演变。而对于这一变化，海外学界已有准确观察：从1980年代开始，海外学者便开始关注社会主义新中国科幻书写，彼时的研究重在梳理科幻与社会主义新中国政策的对话关系；进入1990年代，研究走向学院化、学理化，研究外沿也撒播至当代视域下西方“现代性”知识型的反思与检视；2000年后，随着中国科幻新浪潮，研究呈现出量与质的聚变，学者在翻译、推介之余，也看重建构当代的“中国科幻诗学”。当然，呈述三种研究方法的时序性一方面是为了方便论述，另一方面是为了体现研究思路的“情境性”与“现世性”（Worldliness），而并非表明它们之间必然是前后相续的，或者彼此毫无联结。对此，下文将管窥三种方法之余，也呈现出彼此间的交互、交错甚至重叠。

一、作为“游说文学”的科幻文学研究

王德威曾用“史统散，科幻兴”描绘晚清时期中国科幻文学的方兴未艾，同

① 季进：《文学的摆渡》，广西师范大学出版社，2022，第327页。

② 安东尼·吉登斯：《现代性的后果》，译林出版社，2011，第42页。

时也强调此文类“精彩甚至惊心动魄”的现代景观及其意义。[①]但是，若从学理层面而言，晚清“科幻奇谭”显然“幻想”有余，而“科学”不足。虽同时期，鲁迅用《〈月界旅行〉辨言》一文厘定了科幻小说的基本文本构造方式——“经以科学，纬以人情”，但这一方式不仅此后未得以延续，甚至其旨规（“导中国人群以进行，必自科学小说始”）也并未得到发展。[②]直到社会主义新中国诞生，中国科幻小说的“科学”面向才有所凸显。这一时期，苏联科幻理论被引介至中国，其中《加林的双曲线体》（费明君译）、《〈探索新世界〉译后记》（王石安著）、《谈谈科学幻想》（郑文光译）、《往往走在科学发明的前面——谈谈科学幻想小说》（郑文光著）、《论苏联科学幻想读物》（中国青年出版社译）、《技术的最新成就与苏联科学幻想读物》（王汶、林学洪）等文产生广泛影响，而其理论可概括为：“（科幻文学）必须创作出与资本主义生产方式具有显著差异的新生产社会，展现出这个社会中的人的关系，正确地预见科学创新，并给青少年普及科学知识。”[③]在苏联科幻理论的介入下，1949年至1966年间的中国科幻文学的价值诉求集体转为：“以科学作为基础、以未来发展作为目标”，以塑造社会主义新人为宗旨。很显然，这一价值诉求与晚清以来的现代焦虑及冲动不同，它当然承认科学、技术、工具理性等现代化工程的重要性，却并不是外向型的对西方现代知识谱系的模拟或挪用，而是内向型的——通过社会主义阵营内部的理论互鉴、话语借用、技术转移来实现“新中国”的“主体性转向”（汪晖语）与建构。因此，这一时期的中国科幻逐渐走向技术化、科普化，譬如张然的《梦游太阳系》（1950年）、郑文光的《从地球到火星》（1954年）和《火星建设者》（1957年）、迟叔昌的《割掉鼻子的大象》（1956年）、鲁克的《到月亮上去》

---

① 王德威：《史统散，科幻兴——中国科幻小说的兴起、勃发与未来》，《探索与争鸣》2016年第8期。

② 周树人：《〈月界旅行〉辨言》，《二十世纪中国小说理论资料》第一卷，北京大学出版社，1997，第68、69页。

③ 吴岩：《科幻文学论纲》，重庆大学出版社，2021，第14页。

（1956年）、童恩正的《古峡迷雾》（1960年）等作品都呈现出普及科学知识的实用主义倾向。

新时期以后，中国科幻文学开始复苏，叶永烈、童恩正、郑文光、肖建亨等作家接连出版《小灵通漫游未来》（1978年出版）、《珊瑚岛上的死光》（1978年）、《飞向人马座》（1979年）、《沙洛姆教授的迷雾》（1980年）等著作。而相比十七年间苏联科幻理论的大行其道，此时的中国科幻文学显然在深化"科学"之余，更委重"文艺"的斟酌、锤炼。但正如达科·苏恩文（Darko Suvin）用"一种发达的矛盾修饰术，一种现实性的非现实性"形容科幻文学的含混性、[①]矛盾性、临界性，彼时的中国科幻文学也因"科学/非科学"、"认知/非认知"、"真实/现实"（the Real/Reality）、"文艺/非文艺"的分野混沌陷入1982年的大讨论。[②]必须指出，这场讨论虽聚焦于科幻文学的边界、内涵、形式、美学等问题，但实则是一种"政治无意识"（political unconscious）的症候表现。詹姆逊（Fredric Jameson）曾指出"当代批评"的主要范畴不是"认识论"，而是"道德论"，"它的肯定和否定的关系最终被思想吸收为一种善恶的区分"，[③]而这场以科幻文学为名义的讨论也恰好验证了此观点——甚嚣尘上的讨论正是过去二元的、道德至上的文学实践遭遇到当下临界的、复合的、难以界定的文学形态而产生的文学"溢出效应"（Spillover Effect）。而这一讨论也无疑证明了彼时科幻作家的"当下性"焦虑，毕竟"时间性的崩溃，突然把时间的'当下'从一切可以使它聚焦、把它变成实践空间的活动和意向中释放出来"。[④]

---

① 达科·苏恩文：《科幻小说变形记：科幻小说的诗学和文学类型史》，丁素萍等译，安徽文艺出版社，2011，第1页。

② 1982年4月，鲁兵发表《不是科学，不是文学》一文，一场关于科幻文学的大讨论随之兴起。除科幻作家外，华罗庚、茅以升、缪俊杰、高士其等科学界、文艺界人士均发表看法，而这场以批评为主的争鸣直接导致1980年代中国科幻文学的式微。

③ 弗雷德里克·詹姆逊：《政治无意识》，王逢振、陈永国译，人民大学出版社，2018，第14页。

④ 转引自马克·费舍：《资本主义现实主义：私人情绪与时代症候》，王立秋译，南京大学出版社，2024，第51页。

可以说，进入社会主义新中国，中国科幻文学的美学、价值、文学追求皆发生变化。对于此，德国汉学家鲁道夫·瓦格纳（Rudolf G.Wagner）较早觉察，并在1985年发表《游说文学：中国科幻小说的考古学与当下功能》（“Lobby Literature: The Archeology and Present Functions of Science Fiction in China”）一文，集中检视中国科幻文学的“当下性”问题。

首先，瓦格纳梳理了新中国科幻文学的苏联传统。他认为，中国科幻重复着“斯大林时期的苏联模式”，其不仅强调科学想象的“有限性”，即“科幻必须反映明天，而不是描绘遥远的未来”，还以“社会主义现实主义”（Socialist Realism）为其“高度结构化的模式”（highly structured patterns），更洋溢着一种革命的乐观主义精神与强烈的“种族中心主义”（ethnocentrism）——这些结构、形式与精神皆缘起于苏联模式。当然，中国科幻文学也并非完全引介自苏联，瓦格纳也谈到了“本土的中国传统”（autochthonous Chinese tradition）的影响，譬如《西游记》《三国演义》《封神榜》等；其次，作者更认为中国科幻小说与当下中国政策存在深度捆绑。对此，他从康有为、梁启超、鲁迅、陶行知出发，论证中国科幻小说无疑是“政治气候的晴雨表之一”（one of the barometers of the political climate），更认为新时期以来中国科幻文学的式微与现行政策的“现实主义”霸权、“理性引导”（rational induction）、权力运作有关，“未被驯服的想象对于建立在完整的已被认知的现实而言无疑是种威胁”。[①]因此，他将中国科幻文学视为“游说文学”（lobby literature），[②]甚至“科幻文本的变化因应着现行政策的变化”（Changes in the patterns of the texts will be read as changes in government policies）。可以说，这种将中国科幻文学还原至具体情境的做法与

① Rudolf G. Wagner, “Lobby Literature: The Archeology and Present Functions of Science Fiction in China”, *After Mao: Chinese Literature and Society 1978-1981*, 1985. p.41.

② 王德威将之翻译为“宣传文学”，但“游说”更能体现新中国科幻文学游走于科幻想象、文学追求与政治政策的往来回环、步履不歇，笔者故据此翻译。

瓦格纳本人“尽可能地接触中国历史的真实脉络”的学术追求相符合，[①]但此举却“磨灭作家的个人经验与特性，将其作品和人生拆分开来，对号入座式地回应历史的主流变迁”，[②]甚至简单化、窄化了中国科幻文学的言说半径与阐释空间，毕竟“虽然文学文本与政治意识形态之间的合适距离值得探讨，但这种非此即彼，一旦与意识形态‘粘连’，就全盘否定其文学价值的评判态度也缺少科学的客观性”。[③]

除瓦格纳外，日本学者岩上治（笔名林久之）也对新中国科幻文学关注甚多。他的《中国科学幻想文学史（下）》（上卷为武田雅哉撰写）以史为经、以事为纬，爬梳了新中国成立以来各时期的科幻作家、作品、事件、作家交际网络等内容，其“名诠自性”（作者语）之显、补遗意识之强、在地经验之丰富、梳理枝蔓之细致值得钦佩，而其观测时代走向下科幻文学的沉浮起落同样值得叹服。当然，其书写目的并非研究，而是向日本读者介绍中国科幻文学，故其多陈述、少论述，多史实铺展、少观念推演。尽管如此，《中国科学幻想文学史（下）》仍是海外世界较早关注新中国科幻文学，且兼备专业性和可读性的介绍集录。

二、作为“现代知识型”反思工具的科幻文学研究

如果说，新中国成立以来的科幻文学所面临的主要问题是如何在“过去”的传统、典律与规范中以“未来时态”寻找“当下性”精准、笃定的表达；那么，进入1990年代，当“未来”也变成马克思所述的“一切坚固的东西都烟消云散了”，如何基于“过去”（这里的“过去”既指向根深蒂固的传统，更指向旧有的社会主义的意识形态），厘定“当下”的轨道、脉络，就成为此时中国科幻作家以及科幻研究者们的重心。1991年，随着《科幻世界》（原《科学文艺》）创刊，此后一

---

① 张一帆：《跨文化视域下的概念史研究》，《文汇报》2015年3月20日。

② 季进：《季进文学评论选》，江苏凤凰文艺出版社，2017，第8页。

③ 赵韧：《遥望与想象——德国汉学家鲁道夫·瓦格纳的“十七年小说”研究》，《小说评论》2023年第3期。

批新生代科幻作家浮出历史地表。他们之中既有延续"现代化""乌托邦"等话题的作家，也有关注科幻理论建构及书写的作家（如王晋康的"核心科幻"），还有关注于整体式人类命运的作家（如何夕、韩松等）。当然，他们面对苏联解体，资本主义市场经济的深入，非均质化发展与普遍主义盛行的全球化时代，更不自觉地展演着对于"当代中国人的经验与思考、恐惧与希望"。[①]因此，他们的作品也一再验证了詹姆逊的观点："即使是最疯狂的想象也不过是经验的拼贴（collages of experience），而这些经验是由此时此地的各种碎片所构成的。"[②]而汪晖的观察则更概括出这群科幻作家所面临的复杂困境："自上个世纪以来在中国思想界普遍流行的现代化的目的论世界观正在受到挑战，我们必须重新思考我们习惯的那些思想前提。……社会主义历史实践已经告一段落，全球资本主义的未来图景也并未消除韦伯所说的那种现代性危机。作为一个历史段落的现代时期仍在延续。"[③]换言之，"过去"念兹在兹的"唯现代论"已然失效，现代知识生产的"野蛮和暴力"（周蕾语）也日益暴露，无论是科幻作家还是研究者都必然要面对范式转型下的全新需求：如何破解过去的认知惰性，基于"当下性"，创造另一种现代知识型。

而王德威于1997年出版的《被压抑的现代性——晚清小说新论》（*Fin-de-Siècle Splendor: Repressed Modernities of Late Qing Fiction, 1984—1911*）可谓恰逢其时。当中国现代文学史以"现代"之名谋篇布局、勾勒经纬时，"五四"及其背后"以西方是尚"的现代知识型难免被典律化、真理化，而王德威却"重理世纪初的文学谱系，发掘多年以来隐而不彰的现代性线索"，[④]在拆解"现代"言说逻辑之余，更发现现代中国文学立于"亏欠的话语"的迟到之感。同时，其如椽大笔也

① 王瑶：《全球化时代的民族寓言——当代中国科幻中的文化政治》，《中国比较文学》2015年第3期。

② Fredric Jameson, *Archaeologies of the Future*. New York: Verso, 2005, p. 5.

③ 汪晖：《当代中国的思想状况与现代性问题》，《文艺争鸣》1998年第6期。

④ 王德威：《被压抑的现代性——晚清小说新论》，宋伟杰译，北京大学出版社，2005，第5页。

提醒读者："现代"绝非"横的移植"，唯其遭遇"晚清"时，"现代"意义方能凸显，正如其所述："以西方为马首是瞻的现代性论述，也不必排除中国曾有发展出迥不相同的现代文学或文化的条件。"[①]必须指出，王德威对（文学）历史观的检视并非要像柯文、竹内好、沟口雄三等人那样提出"现代"之"自生性"（而非"外来性"），当然也绝非花样翻造、卖弄新词，甚至"玩弄解构主义正反、强弱不断易位之游戏"，[②]而是"发乎情，止乎礼"（陈晓明语）地呈现现代性的修辞性、"无常性"（contigency）和不可确定性。基于此思路，王德威的晚清"科幻奇谭"研究显然意不只在"展览"（display）晚清士人光怪陆离的志怪美学与奇崛狂想，或是呈现"陌生化"（defamiliarization）与"真实界"的胶着缠绕，而是论证所谓的"科幻奇谭"无疑是"国族神话"，在看似"满纸荒唐言"的背后仍有着关于"何为现代""如何现代"等问题的商榷的余地。

首先，王德威提供了"现代时间"的另一种思考方案。晚清以来，"现代时间"意识深入知识阶层。而所谓"现代时间"意识，即线性史观，其背后难掩西欧中心主义的"普世史"（universal history）建构与社会达尔文主义论断。在此框架下，"现代时间"不仅仅是现代知识型的表层景观，更是统治他者的暴力工具：它磨平文化、政治、经济的国别差异，以"文明"为名排列先后秩序。而有趣的是，王德威却在晚清科幻中看到"现代时间"的吊诡与悖论——若以线性发展视为"现代时间"的突出表征，那么该表征并非"现代时间"独有，中国儒家思想传统中也自有显现，"这种直线式的模式，在儒家思想和传统欧洲思想中相当普遍"。[③]诚哉斯言，尽管古典知识分子自有"慕古""崇古"之传统，但儒家大纛"任重而道远""知其不可为而为""未知生，焉知死？"的入世态度却更

① 王德威：《被压抑的现代性——晚清小说新论》，宋伟杰译，北京大学出版社，2005，第8页。

② 季进、余夏云：《海外汉学界的晚清书写——以韩南、王德威为个案》，《文艺争鸣》2010年第9期。

③ 王德威：《被压抑的现代性——晚清小说新论》，北京大学出版社，2005，第346页。

崇扬“一种受之于天又毕竟为人所有的、强烈的及时入世的道德情怀和伦理精神”，[①]即强调人在时间之狂流的进步性、超越性、通变性。如斯观念与西方标榜的进化论至少具有修辞、话语层面的相近性，也因此可以看到所谓“现代时间”又何尝是一种独有的、霸道的、真理性的现代产物。当然，王德威并未走得更远，其初衷也并非比较中西时间差异，但其妙手偶得却提供了破解“现代时间”背后中心主义思维的可能性与可行性。甚至，通过将儒家思想包括在“现代时间”线性维度之内的做法，还透露出王德威对机械进化论、线性史论的隐忧和反思，正如其所言：“就算过去可以被视作是一条已经实现了的历史线索，这却并不意味着未来也一定就是按照过去所预设的情境，逐步实践。”而这一观点，何尝不与反对“激进机械论/目的论”（radical mechanism/finalism），提出“创造进化论”一说的柏格森（Henri Bergson）殊途同归：“当经验最终向我们表明生命是依靠何种运作获得了某种结果时，我们就会发现：生命的运作方式却恰恰是我们从未想到过的。”[②]

其次，基于对“现代时间”的考量，作者还商榷了“现代”的辩证性。“现代”的信仰之一是相信彼岸、未来及弥赛亚主义，而这种信仰本身即建立在过去的消亡和“对未来的某种历史意识和在时间上抢先一步的意志”。[③]但王德威却通过剖析晚清科幻的“未来完成式”叙事，有意混淆过去与未来的明确界限，打乱现代“不断更新、否定昨日之新的新的废弃”的运作逻辑。[④]虽其对《新中国未来记》《新中国》《未来世界》《光绪万年》等作品的分析未必抱有欣赏或肯定的态度，但“以过去敷衍未来”“回到未来”等发现却显然破解了“现代性就是作为现时的”“现代性拒斥了历史性”等惯性现代看法，如其所述：“晚清文人

---

① 唐文明：《与命与仁——原始儒家伦理精神与现代性问题》，河北大学出版社，2002，第103页。

② 昂利·柏格森：《创造进化论》，肖聿译，华夏出版社，2000，第2页。

③ 安托瓦纳·贡巴尼翁：《现代性的五个悖论》，商务印书馆，2013，第37页。

④ 同上。

对历史及未来的'总结',可能只是一厢情愿,其结果只能是把现在的文化、道德观、目标和幻想投射进未来。正如我们对历史的记忆只被简化成一种——就是多个可能性中已经实现了的那一种,未来也被缩减成单一的选项。"[①]必须承认,王德威晚清科幻研究的立场仍旧是呈现所谓"非现代"的晚清时空与"现代"的黏着缠绕,这一点并没有变。但很显然,其论述远不是居高临下的巧言雄辩,而是不断推导、商榷、来回推演,故此,其论证的过程必然呈现出一种态势——一如尼采在《不合时宜的沉思》中的犹疑——对于现代性的认同都将囊括对于现代性的否定。而正如上文提到的,王德威这本论著如此恰逢其时地面世于1990年代对另一种现代知识型的整体性渴求中。因此,不管其本人愿不愿意,他的研究都将回到陈晓明的观点:"中国的现代性并不只是西方影响的直接产物,更重要的在于,中国传统及民族语言发生的新意回应了现代到来的欲求。……中国文学的现代性有着中国自身的特点,晚清显现的现代性表明中国传统临近现代也在积极创造新的历史质地。"[②]

除王德威外,另一位日本学者武田雅哉(Takeda Masaya)也关注于晚清科幻文学的现代问题。但相比于王德威周详表述与对"现代性"的手术式细绎,武田则更倾向于以一个"闯入者"的身份走马观花式地研究。当然他也试图"通过科学幻想小说这一特殊的文学样式看中国近、现代文学史",[③]但从其研究成果(尤其是《飞翔吧!大清帝国:近代中国的幻想与科学》《中国科学幻想文学史(上)》)来看,其研究并未关注晚清科幻文学的复义性、寓言性以及现代性的悖论性(甚至提出中国之于现代的建构),而是重在呈现晚清文人的现代想象及文学中闪现的吉光片羽式的现代因素。

---

① 王德威:《被压抑的现代性——晚清小说新论》,北京大学出版社,2005,第343页。

② 陈晓明:《重新想象中国的方法——王德威的文学批评论》,《中国现代文学研究丛刊》2016年第11期。

③ 武田雅哉:《东海觉我徐念慈〈新法螺先生谭〉小考——中国科学幻想小说史杂记》,《复旦学报(社会科学版)》1986年第6期。

三、作为诗学建构的科幻文学研究

中国科幻文学虽历经百年，文统具现、景观大备，然而在谈及中国科幻时，以往研究思路却仍停留在“第三界文学”“民族国家寓言”“现代性”“中国梦”等制式化概念上大做文章。事实证明，自1990年代末至新世纪第一个十年，中国科幻文学的内涵、外延早已在“四大天王”（王晋康、刘慈欣、何夕、韩松）及新一辈科幻作家（陈楸帆、程婧波、冯志刚、郝景芳、飞氘等）的实践中呈现出更为复义的、流动的样态，其文体实践、语言实验、哲学嵌入、想象张力也都呈现出相当的自觉。而正如张清芳所言，此时的科幻文学可以“看作是对1990年代以来陷入‘颓势’的中国当代文学的一种挽救与新生”，它“富有理想主义与当代文化批判精神，是对1980年代文学中人文主义精神、精英文化思想与先锋观念的继承与继续发展”。[①]因此，这一时期的科幻文学既不能简单化约为“通俗文学”“科普文学”“儿童文学”，以“类型化文学”观等闲视之，也自然有必要跳脱出预设的理论框架与预期结论，而是重新将其视为一种自足的，具有一定文学价值及经典化可能性的文学形式来处理。更重要的是，处在“世纪末”与“世纪初”的转型时期，中国科幻文学及其研究因应着“崭新的不同于过去的秩序之轮廓”，对“后学”充满“原初的激情”——它们也对过去的经验、价值、真理有着“坏孩子”（bad kid）般的“解构—再结构”的欲望。

而美国学者宋明炜就是“坏孩子”一般的科幻文学研究者。其最早看到中国科幻在21世纪的勃兴，对此，他称之为“中国科幻文学新浪潮”。所谓“新浪潮”（New Wave）自然是从英美科幻文学史中借镜的概念，但它更被宋明炜视为新的、破坏的、先锋的（avant-garde）、颠覆性的文学实验，甚至文化实践。[②]故

① 张清芳：《海外中国当代新科幻文学研究及其诗学建构——以美国学者宋明炜的研究为中心》，《当代文坛》2021年第6期。

② 宋明炜：《弹星者与面壁者：刘慈欣的科幻世界》，《上海文化》2011年第3期。

此，新世纪科幻文学在其视野中应该有着区别于过去的美学形态、技术功能、思维意识，当然，其诗学也应该是非历史化的、新兴的产物，如同一场“新生”。而其旗帜鲜明的宣言也云及这一关窍：“新一代的中国科幻作家需要重新发明这个文类，使之带有新的文学自觉意识和社会意识，以此来再现中国乃至世界变革之中的梦想与现实的复杂性、含混性和不确定性，以他们自己的方式超越主流的现实主义文学和官方政治话语。”[①]

围绕着“新浪潮”这一标的，宋明炜首先论证了科幻文学与“现实主义”的亲疏关联。达科·苏恩文曾表示科幻文学不如说是一种“认知陌生化”（cognitive estrangement），而其通过图表（见下图）显示，现实主义文学与科幻文学虽在“认知”层面接近，却各在其位、泾渭分明。

	NATURALISTIC	ESTRANGED
COGNITIVE	“realistic” literature	SF (& pasloral)
NONCOGNITIVE	sub-literature of “realism”	*metaphysical*: myth, folktale, fantasy

但宋明炜却超越苏恩文观念，他认为“在科学与技术话语层面上，科幻可以是一种‘增强现实’（augmented reality）的文本，因为其预见性，甚至可称作‘超级写实主义’或‘未来写实主义’”。[②]换句话说，科幻文学延续着现实主义传统“一时”“一隅”的创作路径，只不过它指向的是“未来时”“未来空间”，甚至于科幻也无须成为写实主义的注脚，它超越现实，指向更不可知的“黑暗的、不可见的、褶曲的世界”。事实上，作者所谓的“增强现实”多少受到朱瑞瑛（Seo-young Chu）的影响，后者将科幻视为“高密度现实主义”，但同时也将传统现实主义视为“低密度现实主义”，但作者却有意避开高下区分，更有意呈现科幻

① 宋明炜：《再现不可见之物——中国科幻新浪潮的诗学问题》，《文学》2017年春夏卷。

② 宋明炜：《科幻文学的真实性原则与诗学特征》，《中国社会科学报》2019年4月15日。

文学之于现实主义的黏着、延续、连绵与补充，此举亦是对现实“比科幻还要科幻”的循环论证。[①]基于此番认识，作者从晚清科幻出发，并兼议新中国儿童科幻，试图从现实主义谱系中论证新世纪科幻文学对于“现实”问题的开拓与深掘：“新科幻的作品更为复杂，是因为新科幻作家在对现实的重现与对异世界的想象之间形成了一种有生气的互动。无论采用寓言还是变形的方式，它们的小说让人能够迅速认识到一个包含着各种焦虑、问题、希冀在内的‘现实’；但与此同时，他们的作品更在这个‘现实’的边界上延伸创造出具有高度复杂性的‘异世界’，那不是简单的小灵通式的新奇技术集合体，而是包含着超越现实、建构理想的各种可能性……”[②]其次，在思辨科幻文学的现实边界之余，宋明炜在其英文著作《看的恐惧：中国科幻小说诗学》（*Fear of Seeing: A Poetics of Chinese Science Fiction*）中还抽绎出科幻文学的“不可见”诗学。所谓“不可见”诗学，即科幻文学“以异想天开的情境、不可思议的情节、神游外物的想象和极度陌生的手法，再现不可见之物，在熟悉的、直觉式的生活表面背后探寻深邃晦涩的现实”。[③]而此种诗学在刘慈欣、韩松等人作品中俯拾皆是，但作者却不只限于浮于表面的分析、总结，而是指出“不可见”诗学与其说是新世纪科幻文学独特的诗学形式，不如说是整个中国当代文学（尤其是现实主义文学和先锋文学）普遍共享的一种表征形式（甚至情感模式），“科幻已经逐渐成为文学思考的新模式，激发更有创造性、更加非传统的文学实践”。[④]当然，强调“不可见”诗学的贯通性并非作家想要可以拔高其价值，证明其“放之四海而皆准”的普遍主义，而是有意破解所谓通俗/严肃、草根/精英、类型文学/纯文学的截然分野，并在一定意义上重新塑造现当代文学场域的样态。

---

① 韩松：《当代中国科幻的现实焦虑》，《南方文坛》2010年第5期。

② 宋明炜：《中国科幻的新浪潮——命名与阐释》，《文学》2013年春夏卷。

③ 陈广兴：《看见中国科幻的“不可见”诗学——评宋明炜〈看的恐惧：中国科幻小说诗学〉》，《中国比较文学》2024年第3期。

④ 同上。

可以看出，宋明炜的诗学建构颇有见地，其论证过程细致周详、论述方式侃侃而谈，显得从容不迫、气象十足，而其穿刺经典、再造新识的做法，也展现出其“坏孩子”般的举重若轻。当然，诚如其所言，除中国大陆以外，台港澳及海外华人世界的科幻文学也理应纳入研究半径，其诗学框架方能不断夯实，其诗学意涵才能逐渐丰满。

总之，科幻文学本是舶来品，唯其在晚清国门大开时方予以引进。此后，此种文类被晚清士人不断操演、试炼，成为他们接引来自西方世界“现代性”的引魂幡，但“现代”既充满诱惑也伴随破坏，通过科幻文学引渡“现代”也不过是纸上谈兵；新中国成立后，科幻文学勾勒着新中国未来蓝图，也游走在文学审美、政治需求的缝隙，纵使面向未来，却仍回应此时此地；直至新世纪到来，科幻文学边界松动，其所面临的世界更为错综复杂，说是看向未来，也难免是基于现实的超现实、未来现实，甚至宇宙现实。可以说，绕开晚清“现代的追求”，中国科幻文学无时无刻不呼应着“当下的诱惑”，这纵然是科幻文学的时间游戏，但海外学界却从中看到“此在”与“未来”的衔接与悖论，毕竟，“未来”是由无数个瞬间的“此在”所构成。对此，我们不妨大胆断言，当代海外中国科幻文学研究在走向未来的时间中将持续地与无数个瞬间的“此在”对话、呼应、共鸣。

［作者单位：中山大学中文系（珠海）］

重绘城市

“慢下来”与城市文学新文法

——谈《玄鸟传》《不舍昼夜》《撞空》的游荡叙事

唐诗人

摘　要　理解中国当代的城市文学，未必要以乡土文学为坐标，也不一定要将其置入城乡关系、城市化进程中去。《玄鸟传》《不舍昼夜》《撞空》是三部彰示城市游荡叙事特征的长篇小说，叙事者站在城市的角度，讲述城市流浪者的人生故事。人物的游荡，既是空间层面的漫游，也是精神层面的游离。三部小说中的三个都市流浪者，他们是中国城市化历史的产物，也是与城市化这一宏大的历史进程构成张力的独异个体。城市里的游荡者形象，促使我们走出城市化这个时间性的叙事逻辑，从空间维度探讨城市个体生存方式的更多可能性。同时，游荡叙事所推崇的“漫游”“慢节奏”，也意味着城市文学有了新的叙事文法和精神逻辑。

关键词　城市文学；流浪者；游荡叙事；城市化

一、三个流浪者形象

近期读到三个很有意思的长篇小说：张柠的《玄鸟传》，王十月的《不舍昼夜》，以及宥予的《撞空》。这三部小说都是以广州城作为故事背景，作者都生活或曾经生活在广州，但属于不同的代际。张柠是1960年代出生的著名学者，王十月是"70后"著名作家，宥予是新出道的"90后"青年作家。作家的年龄代际或者故事的发生地，这些都不是这篇文章想要讨论的。之所以聚焦这三个作品，源于它们不约而同地把主角塑造成了都市流浪者。这三部小说的三个形象有着不同的城市身份，分属于不同的历史时代，却又表达着相近的文化意味和精神属性，或许能开启一些值得探讨的话题。

先看张柠的《玄鸟传》，这是一部以20世纪八九十年代的广州作为背景的长篇小说。小说主角，或者说"传主"孙鲁西，父亲孙长戈是厅级干部，兄弟姐妹等身边人都是积极向上的、世俗意义上的成功人士，唯有他走上了一条逆时代潮流的坎坷之路。如此好的家庭背景，又生在改革开放前沿地带的广州，如果这个传主能够像个"正常人"那样稍微配合，人生旅途必定会是顺风顺水，甚至可以大有作为。但作家笔下的这个孙鲁西，偏偏不像我们印象中的广州人，甚至不像任何一个"正常人"。他不在乎日常生活，对于世俗意义上的人生成功没有任何兴趣，他一直在追求自己的"道"。孙鲁西的"道"，在其不同的人生阶段表现为不同的知识兴趣或信仰思考。比如大学阶段学习了西方哲学后，他觉醒了"自我意识""自由意志"，于是在讨论课上大谈"灵魂"问题，宣讲道家的"灵魂不死"观，丝毫不关心当时的思想语境，更不在乎老师们的"要好好学习马克思主义哲学"等劝诫；写毕业论文时，他将"梦境"视作一种客观存在，被指导老师批评为"认识论和方法论，乃至世界观……都是资产阶级唯心主义的"。但孙鲁西坚信自己的理论是"对人的尊严的维护和弘扬"，没有接受修改意见，最后只拿到了学历证，没有学位证，这是孙鲁西"坎坷人生"的开始。毕业后孙鲁西被分配去了一个市郊制药厂做营销，在药厂没干几个月，又因为写了一篇反映基层工人工作和生活状况的报告，让制药厂领导勃然大怒。停职后的孙鲁西，一头钻进药厂图书馆，开始研读老庄思想，迷上道教，苦修入定之术，并于一个夜晚跟着鸟叫声游荡而去。孙鲁西没有方向地流浪了半个月后，被隔壁市的收容所收留最后遣送回家。无须继续复述小说内容，孙鲁西的人生到此处已定下了基调，往后的故事也是讲他如何不断地尝试做事又屡次遭受挫败，每一次挫败都更进一步地让他退回到自己的内心世界。《玄鸟传》的主体故事是记述孙鲁西的人生遭际，这是写人物如何坚持自我、不向现实生活妥协；人物传记叙述中夹杂呈现的《玄鸟录》，则是孙鲁西对自己人生经历的总结沉思，这些笔记直接展示了人物的思想状态及其精神追求。

王十月写过很多“打工”题材作品，新长篇《不舍昼夜》前半部分有“打工文学”的影子，写主角王端午如何逃离乡村、去到城市打工。不过，与孙鲁西一样，王端午也是一个能学习、有知识、爱沉思的青年。作为农村家庭的孩子，王端午的知识和学问，不像家庭殷实的孙鲁西那样可以顺利考进重点大学、通过专业的哲学学习逐渐获得，他是通过弟弟王中秋的死突然间获得的。王端午与弟弟王中秋玩椽子时，他把椽子扔到外面，弟弟去捡时不小心踩到了椽子上的锈铁钉，没及时打破伤风针，七天后弟弟就死去了。王端午内心里觉得是自己害死了弟弟，因害怕而生病，发高烧、脑袋疼，几天后他觉得自己脑袋里多了一个“活物”——弟弟王中秋的魂灵“寄居”在王端午的脑袋里了。这个开篇的小说人物设定，借鉴了当前网络小说中的“识海”概念，[①]放在现实题材小说里可能很荒诞，但这解释了王端午何以能够区别于同龄人而逐渐成长为“知识青年”。头脑里多了一个“活物”的王端午，记忆力惊人，开始对文学感兴趣。但他也经常生病，比如中考前突然病倒，导致没考上高中没再继续读书、成了打工

① 很多玄幻小说、修仙小说的主人公都有一个强大的“识海”，类似于头脑中多了一个超级计算机，或者多了一个前世神灵的种子。“识海”内若有强大的生命体，主人公也就能迅速掌握各种秘术，成为强者。

者。在县城打工时，王端午开始去书店读哲学书，把尼采、康德、黑格尔、萨特等哲学家的著作看了个遍，并自认萨特为自己的导师。后来王端午加入了一个县城文艺青年的读书小组，结识了一批高谈理想的青年，有了一段美好的、作为知识青年的人生经历，这些都成了他未来进入城市打工、事业成功后依然对知识、对文艺念念不忘的经验基础。1992年，王端午成为南下广深打工群体中的一员，去往深圳以及在关外打工时遭遇的各种坎坷不必多说。可提及的是，王端午进入油漆厂成为跟车的送货员后，因为坚持内心的做人原则、不愿意配合司机偷油漆，最后被炒鱿鱼。王端午的选择及随之而来的遭遇，与《玄鸟传》中的孙鲁西有着一致性，他们都是读书人，都想坚持自己的正义感，不愿意为了现实利益放弃个人的操守，最后也都遭遇了辞退和“失败”。但王端午毕竟是底层出身，需要赚钱才能维持生活，他在经历了诸多磨难以及各种人物的刁难之后，尤其身份证、钱包等都被抢劫，成了流浪汉、陷入绝境之后，为了活下来也开始捡破烂、开始偷食。流浪到广州火车站时，他偷了一个年轻人的钱包，同时获得了这个名叫李文艳的年轻人的身份证和大学本科毕业证书。之后，王端午以李文艳的身份开始了新的生活，进入一个初创的小微企业做文案。小微企业壮大后，他也成了元老大将，拿了很高的工资，有了很好的储蓄。但王端午毕竟还是个“知识分子”，盗用李文艳的身份后他一直生活在恐惧中，尤其知晓了李文艳后来被人打瘫成了残疾人、回到家乡又自杀去世之后，他陷入了良心不安状态。后来，他辞去工作来到广州开了一间名为“西西弗斯”的书店，将书店打造成为供大学生、文艺青年读书聚会的空间。在书店里，他遇到了热爱文学创作的冯素素，结婚后生了一个儿子王快乐。小说用了很多笔墨写王端午与冯素素的婚姻生活和育儿过程，写王端午如何一个人兼顾书店管理和各种家庭事务，最后累到心脏出问题。做了心脏搭桥手术、体验了一回死亡之后的王端午，真正迎来了新的人生：世俗事务全部转移给了妻子冯素素，王端午则开始无所事事地在广州城里游荡，最后主动离婚舍弃所有财产成为流浪汉。

主角人物有知识分子特征，都主动游离出“正常”的、多数人认同的生活轨道，选择游荡、成为流浪汉，这是《玄鸟传》《不舍昼夜》《撞空》的共同点。如果说《玄鸟传》里孙鲁西的游荡，是修习道家玄术时追寻自由而去，之后去到贵州、江西游荡也是游历世界、寻找新的人生信念；《不舍昼夜》中王端午选择流浪，是赎罪，是遵从内心的声音，放弃一切做一个彻底自由的“人”；而青年作家宥予《撞空》里人物何小河的都市流浪，则是当前“城漂青年”找不到生活实感、陷于虚无感之后的一种自我放逐，同时也可以理解成人物希望走出迷茫，确认何谓真正的“生活”意义上的“自我拯救”。何小河不同于孙鲁西、王端午，他是一名普通的大学毕业生，是一位工作在城市写字楼里的普通员工。但何小河有一种独属于这个时代的文艺青年的气质，他对于自己的工作、情感以及参与的各种社会生活，都是以一种审视的心态在进行着，也即他有一个更内在的“我”，这个“内在的我”与外在的、身体层面开展的生活之间有着隔阂，这是人的内在心灵与现实生活无法协调的疏离感的表现。因为这种疏离感，何小河的文艺青年气质及其“城漂”身份都得到凸显。而当他与女友小港（一个广州本土的城市女孩）分手之后，就似河水脱离了港湾，越走越远，漂入城市这片茫茫大海当中，找不到自己的归宿。为此，疏离感就演变成了一种被人、被城所抛弃的“无家可归”感。同时，因女友离开时说何小河“没有生活”，这也导致人物身上的“疏离感”及其最后成为都市流浪汉的选择，都带有一种“知识分子”的身份特质，他是在追寻“何谓真正的生活”。

二、游荡叙事及其所创造的

孙鲁西、王端午、何小河，这三个都市游荡者，某种程度上也是三个全新的“知识分子”。长时间以来，中国作家塑造的知识分子，都是身在大学、有着高校教授身份的人物，作家着力表现的，也是这些“知识分子”身上的毛病，或者通过写高校知识分子/学者的遭遇来表现时代性的精神溃败问题。这里，我们不关心当前的高校教授还是不是传统意义上的“知识分子”，但可以由孙鲁西、王端午、何小河这三个都市流浪者形象出发，看到“知识分子”叙事的泛化。这个“泛化”，不是这类作品的泛滥化，而是当前有很多不在文化单位、没有教授身份的，甚至一些没有高等学历的群体，都开始有了“知识分子”的气息，这该如何解释？

如果以世俗的眼光来看，孙鲁西这个沉浸于哲学、不关心妻儿的形象，就是一个软弱的、不负责任的、近似于时代“零余者”的人物。王端午这个由底层打工者逆袭成为企业家、书店老板的“萨特的门徒”，他想忏悔却又害怕失去，成为流浪汉还要折腾以至于累及家人让妻儿陷入舆论旋涡，也是软弱的，同时又自以为是的、特别“作”的人，这也是小说中冯素素直接指明了的人物特征。[①] 而何小河身上的“知识分子”气息，更可能被理解为一种“文艺病”“都市病”。与女友分手，这事可大可小，“你没有生活”，这也很可能是女友很随便的一句抱怨。但何小河揪住这句话就开始长时间地追寻“生活的真相”，这对于一些思维简单的读者而言，必然也是一个喜欢“作”的文艺青年。不过，恰恰是因为这些以往可能只会出现在“知识分子”身上的“毛病”，突然出现在一些与传统知识分子职业生活无关的人物身上，我们才会注意到一个新的问题：以往所认为的知识分子身上的那些“毛病”，并不独属于“知识分子”，它们也可以出现在很多人身上。社会上的任何一个人，都会在人生的某个时刻突然遭遇传统知识分子才会关心的问题，都会开始“作”起来。这就是我所谓的“泛化”，强调这个“泛化”现象，要说明的是中国城市化发展到今天，中国作家终于开始书写那些游离在城市化历史之外的“人物”，或者说当代中国的城市文学开始有了真正的“都市游荡者”形象。

当代文学界盛行一种说法，认为20世纪以来的中国文学主要在解决两件

---

① 小说中，王端午想跟儿子坦白自己曾经的罪过时，妻子冯素素撑了他几句：“王端午，你想干吗？你可真能作啊！你不作会死吗？”“不是我刻薄，是你虚伪。想做好人，却又干了坏事，做坏人又做得不彻底，读了几本外国书，就想学人家赎罪、复活，你不觉得可笑吗？”这是妻子对王端午的评判，也是很多读者可能会给出的判断。

事：进城和还乡。这当然是一个简单粗暴的概括。进城和还乡，看似是一个“城市—乡村”之间的空间转移问题，但这一界定的背后，还是时间的、历史发展的思维在起主导作用。20世纪以来的中国文学，乡土文学是主体，以乡土文学的立场、思维来看，必然会有进城叙事、返乡叙事，其中也包括进城不得而退回乡村、进入城市之后再返回乡村等等。这里面的进、退，是时间意义上的城市化进程，是不同历史阶段内中国人对城市和对乡村生活的认知变化。这个城乡叙事逻辑，也包括了位于城乡之间的“交叉地带”，如县城、小镇等。郜元宝近期有文章讨论中国当代文学的空间转换问题，直接说明了一种历史发展意义上的空间变化过程：“1980年代以来城乡区隔逐渐松动，作家们纷纷将目光投向‘城乡交叉地带’或‘城乡结合部’。1990年代末和新世纪初，中国文学力图实现真正的城乡融合，超越最初的‘城乡交叉地带’，朝着‘城乡共同体’演化。”[①] 从时间、历史演变的角度来说明城—乡以及“城乡交叉地带”、“城乡结合部”等空间层面的文学叙事变化，这一思路还是将城市化发展进程这种时间逻辑视作支配城乡空间关系的基础性力量。这种时间支配空间的思维结构，是我们最常见也广受认同的认知方式。但是，我们是否能够想象另外一种可能：以城市为出发点，在城市内游荡，或者游荡出去，进入乡村再返回城市，由空间层面的游荡来重新构想一种不同于城市化发展逻辑的时间线索，这是否可能呢？或许《玄鸟传》《不舍昼夜》《撞空》的游荡叙事提供了一些新的启示。

《玄鸟传》讲述的是20世纪八九十年代的故事，是当代中国重启了现代化、城市化之后的故事，而且是发生在广州这座改革开放的前沿城市。无数的小说写乡下人进城，写城市的现代化新变，写城市人逐渐感受到的由城市化引发的现代性意义上的精神悖论问题。但孙鲁西是例外，他没有按照这个城市化、现

① 郜元宝：《从“城乡交叉地带”到“城乡共同体”——中国当代文学的空间转换》，《中国当代文学研究》2024年第6期。

代化的历史演进逻辑去成长、去发展，他是拒绝成长、拒绝向功利化的现实需求妥协的人物。简单处理的话，我们或许会把他视为一个被社会发展、被历史淘汰的失败者，但显然他并不觉得自己是失败的、被时代淘汰的人。孙鲁西的毕业论文被否定时，他坚信自己没有错："何错之有？妥协什么？难道只是向王明烺的权威妥协吗？王明烺的面子比学术尊严还重要吗？"[①]毕业没有得到好的工作分配时，他也是"一副'我不下地狱谁下地狱'的样子，既不争取，也不求援，更不声张"。因反映工人的生活状况而被药厂领导处理后，孙鲁西也并不觉得自己有错："回首一年来的工作，孙鲁西自认为问心无愧。"到电视台工作后，孙鲁西更为深刻地认识到了所谓的事业、所谓的发展，其实就是欲望、贪婪和疯狂。"现在孙鲁西终于知道，那些忙碌的人，其实绝大部分都是在假装很忙的样子。他们被假机会和假信息所裹挟，渐渐把假的当成真的，自己给自己挖坑跳。他们每天清晨起床，西装革履，夹着皮包，把自己赶到大街上，行色匆匆，到处奔波，迈着急促的小碎步，一副很笃定地知道什么地方有钱捡的样子。仔细观察又可以发现，他们恍惚的眼神背后，隐藏着紧张和恐惧、怨恨和戾气、贪婪与疯狂。到底是谁在制造假信息和假机会呢？是不公和匮乏，是欲望和希冀，是圈套和诱惑，是人性的弱点和邪恶，总之是合谋，是自掘坟墓，是侥幸，是不可自拔。"[②]在所有人都奔向财富、一切话语都朝向"发展"的历史阶段，孙鲁西的这份判词，只会被视作一种知识分子的清高与执拗。但"发展"了四十多年之后的今天，更多人意识到了财富同时也是束缚、"发展"意味着无尽的生命消耗之后，孙鲁西的"执拗"就是一份超前的清醒。当然，孙鲁西之所以可以"超前"、能够"清醒"，前提是他身处的家庭不缺财富，他生下来就站在了无数人奋斗一辈子才可能抵达的"高处"，为此他可以不工作、不"发展"。这里并不是否定发展，更非推崇"城市蹲族"的生活理念。孙鲁西并不是一般意义上的消极避世

① 张柠：《玄鸟传》，广西师范大学出版社，2022，第50页。

② 同上，第96—97页。

者，更非无所事事的“啃老”族，他有自己的生活信仰和精神追求，他甚至是一个积极的行动者，只不过因为他不愿意放弃自己的信仰，不会去配合各种不公正、非道德的现实法则，为此他所有的有着良善意图和正义目标的行动最后都受阻了，最终也就只能回到自己的内心，做一个“耽于书本，耽于奇思异想”的幻想家。

孙鲁西在做事受阻之后，曾多次独自外出游荡。第一次出走时，孙鲁西对“行走的哲学”有一个分析，他认为自己之前在电视台和药厂工作时，是“心脚逆向”，即“双脚朝着内心所否定的目标走去”，那是“流放”，为此自由的游荡就应该让“心脚自由”。他“心脚自由”地游荡到了贵州的一个山村，感受到了山村世界的安静与美好，也认识了苗蔓苗杏姐妹。在这个村落里，孙鲁西与苗氏姐妹聊天时，讲述了广州这座大城市里的繁华景象，他说城市那些物质、金钱的确诱人，但“它让我的幸福感不是增加了，而是减少了”。苗氏姐妹没去过城市，对繁华的城市只会是向往，她们无法理解更不会认同孙鲁西的观念。苗蔓就追随孙鲁西奔向了城市，她凭借自己的美貌，也借助孙鲁西家人的帮助，很快就名利双收、成为成功人士。但最后，苗蔓也成为基督教信徒，逐渐放弃了自己一直在追求的世俗需求，其实也就是呼应了孙鲁西的劝诫：城市的金钱、物质，并不能增加人的幸福感。相比于孙鲁西，苗蔓形象与《不舍昼夜》里的王端午有着更近的关系，他们都是从农村去到城市的打工者，阴差阳错、历经千劫地成为都市里的成功人士，但最后又舍弃一切，成为灵魂的或宗教的信徒。如果说孙鲁西的特立独行跟家境有关，那苗蔓、王端午这类由农村进入城市、好不容易才实现“改天换命”的人物何以也要放弃一切？苗蔓或许是追随儿子而做出的选择，但她何以要让儿子去受洗？背后还是苗蔓对于自己人生的一种反思与拒绝，她不希望下一代重复自己的“城市化”之路。王端午也是如此，他成为流浪汉，直接原因或许是内心的赎罪需要，根本而言其实是通过放弃一切、通过成为流浪汉来重新审视自己的“进城”人生。“王端午在回首他的这一生时，依然坚定地认为，在生命将要降下帷幕前选择离家出走，是他人生中最堪称道的一笔。

如果没有这一笔，他的人生将泯然众人，暗淡无光。”[①]离家出走、作为流浪汉的过程中，王端午与自己头脑里的弟弟围绕着生活的本质、生命的意义以及灵魂、生死等问题展开了辩驳，最后他领悟到的是：“你在意的人，他们需要你出卖灵魂吗？他们愿意接受你出卖灵魂换来的金钱吗？别忘了，你的儿子，到现在，并没有原谅你犯下的罪。况且，出卖灵魂就能换取财富吗？如果出卖灵魂就能换取财富，谁还在意灵魂？”[②]王端午和孙鲁西都不是“一走了之”的“不负责任”的人，孙鲁西一直守护着最爱他、疼他的母亲。王端午如果只是出走、只是成为流浪汉，那他的忏悔也只会是一种抛弃家人，只为自己心安的、自私的忏悔。王端午的流浪、游荡经验，让他明白的其实是一种更深刻也更具现实感的人生之道：个人成长，包括为了家人而进行的世俗生活，并不需要我们出卖灵魂，我们应该努力去过一种灵魂干净的人生。

怎样的人生才能够保证灵魂干净？在讲求发展、追寻财富的“城市化”大潮中，有可能走出一条灵魂干净的道路来吗？“60后”作家张柠所见证、所书写的那些改革开放初期就开始坚守底线、灵魂足够干净的人物“孙鲁西们”，最终只能是赋闲在家“做梦、神游八极”；而“70后”作家王十月所体验、所讲述的那些参与了城市化历程、成为城市人的“王端午们”，则开始忏悔、开始想象还有没有可能让灵魂重回干净。那更年轻的“80后”“90后”青年呢？宥予《撞空》里的何小河，是进不了城又回不了乡的全新一代“城漂”青年，他们该何去何从？何小河自我放逐成为流浪汉，是在追问何谓真正的“生活”，也是在寻找一条能够保证灵魂干净的人生之道。

三、“慢下来”的城市文学

当我不想齐步走的时候，我只能离开。我离群索居，独自一人去漫游，

① 王十月：《不舍昼夜》，《十月·长篇小说》2024年第4期。

② 同上。

> 去漂泊。一切美好的事物，因此而发生。比如审美，比如爱情，都是极端个人化的事情。群居动物没有审美，自然也没有爱情。对美无感，慢慢也就会变得冷酷无情，还时不时地偷情。[①]

孙鲁西游荡到内地山村时，遇到了美好的事物，引发了爱情，见识了一些最为朴素的修行/生活方式。因为他的观念过于超前，这游荡反而是将更多的青年吸引到了城市。这些青年最后都被城市的物质、财富所吞噬，与孙鲁西渐行渐远。小说中，也只有孙鲁西自己坚持过那种自由的、审美的生活。孙鲁西未必是个完美的人，但他的灵魂是干净的。《不舍昼夜》里的王端午，放弃一切之后，想以流浪汉的身份重走自己的人生之路，“退回”到自己的家乡去。游荡了一个月之后，王端午的身体更好了，“停药一个月，搭过桥的心脏也没有罢工”，两个月后更是可以“提着几十斤的废品健步如飞”，这是身体上的恢复康健。精神层面，通过一路的内心辩驳，王端午也寻找到了一种意味着勇气和承担责任的忏悔方式。公开的赎罪之后，王端午“身体软软地瘫在地上”，获得了真正的解脱，灵魂也终于安宁了。王端午的忏悔，只能是让自己内心获得安宁，并不能抹去他曾经犯下的恶，他“进城”的人生也无法重来，他的灵魂无法再干净如初。

《玄鸟传》《不舍昼夜》呈现的人生命运，一正一反两个形象案例，似乎都要表达一种人生哲学：不必贪恋城市的繁华，财富并不能增加我们的幸福感；人之为人，所需要的不过就是健康的身体和干净的灵魂。这并非廉价的鸡汤，而是活生生的、血淋淋的生命经验。几十年的城市化发展，今天的中国人终于能够平和地看待城市和乡村，甚至开始了新一轮的“回乡”浪潮。或许，只有在当前的语境下，我们才能理解孙鲁西和王端午，才能与他们形成共情，才能意识到个体的生命经历未必要与时代的发展进程牵扯在一起。在时代的洪流大道

---

① 张柠：《玄鸟传》，广西师范大学出版社，2022，第285页。

之外，个人也可以有自己的小道。任何一个历史阶段，我们的人生选择都应该跟从自己的内心、遵从良善的意愿，没有必要靠妥协、靠出卖灵魂来换取所谓的成功。以这一思路再来理解《撞空》，何小河的自我放逐就不再是令人错愕的人生选择。流浪的过程中，何小河开始回想："长久以来，恐吓我的不就是这些吗？没钱吃饭，没有住处，没有爱情，结不了婚，没有孩子，孩子的教育，医保，社保，养老……我总是会被它们恐吓住，总是这样。人吓坏了，会做出匪夷所思的事情。"[①]成为流浪汉之后，这些都不再构成问题，再没有什么能恐吓到他。王端午把自己的流浪经验视作人生中"最堪称道的一笔"，让他明白了自己其实一直沉浸于一种羞愧恐慌又毫无作为的状态。何小河的流浪体验，让他见识到了"生活"可以只有一床被子、一点点食物。有了饥饿感和疼痛感之后，何小河也终于触摸到了"生活的本质"，不再对他人的生命冷漠无感，不再与这个世界疏离隔绝，逐渐明确了自己的生活之道。

20世纪80年代以来，中国城市化发展迅速，无数人顺势而为，进入城市谋生创业，短时间内发家致富，成为各行各业的成功人士。过去的几十年，总有人提醒我们要等一等灵魂的脚步。我们走得太快，灵魂的脚步跟不上人心的膨胀速度。但如今，世界政治经济形势大变，我们的经济陷于疲软状态，城市化也进入了一个新的缓慢前行的阶段。大厂减员，微企关停，创业受挫，毕业就是失业，越来越多已入城的人需要面对"失败"。文学未必是失败者的事业，但关注"失败者"却是文学伦理的内在要义。或许，趋于萧条的城市状况，会是城市文学寻求突破、大有作为的重要时刻。张柠、王十月、宥予等不同代际的作家都开始塑造都市游荡者、城市流浪汉形象，可以视作城市文学开启新文法、迎来新浪潮的一类表征。

城市游荡者，在波德莱尔那里是艺术家一般地投入人流中去，是观察，更是沉浸，当然也是对街道行人的不屑一顾；而到本雅明那里，游荡者是知识分子式

① 宥予：《撞空》，上海文艺出版社，2023，第302页。

的审视者。我们很熟悉本雅明的“游荡者”叙述:“行人让自己被人群推撞,但游荡者却要求一个回身的余地,并且不情愿放弃那种闲暇绅士的生活。让大多数人忙于他们的日常事务吧;闲暇者尽可以陶醉于游荡者的晃荡中,只是这样的话他便已经被抛出了他原有的社会坐落。他在这种完完全全的闲暇中与在那种狂热的城市喧嚣中一样成了游荡者。”①本雅明所界定的闲暇者、游荡者形象特征,我们或许能在孙鲁西、王端午、何小河身上感受到相似性。但从根本而言,他们与19世纪巴黎、伦敦或柏林的闲暇者完全不同,他们是20世纪末21世纪初的中国广州城里的游荡者,他们是中国城市化历史的产物,是帮助我们反思城市文明、想象更理想更丰富的城市生活可能性的游荡者。

作为城市化历史产物的游荡者,不仅仅出现在广州。上海作家禹风写有一个中篇小说《漫游者》,主人公郑坦就将自己界定为“漫游者”。“‘所谓漫游者,’……‘就是我无法停留,没谁邀请我加入,我从一个个群体里穿行,也许有所感动,却没有留恋,也许曾经留恋,这留恋找不到回响。我从这里到那里,从黎明到夜晚,跟美梦不相逢。不过,我还能漫游,这是我残留的能力,我对远方依然存有猛烈的希望,希望明天不一样。’”②作为剑桥大学高才生的郑坦,是个人到中年依旧无所事事地四处“漫游”的人物,他的内心其实相当充盈,有自己的人生追求,但在家人、外人看来却是一事无成。郑坦从剑桥毕业后回到上海,被一所民办高校聘去讲一门“随想课”,目的是帮助新一代大学生在毕业入职前想明白自己是谁。郑坦安排学生看完《日瓦戈医生》后,问同学们对小说中哪个人物印象最为深刻。“他满心期待着‘拉拉’和‘日瓦戈医生’,或者‘东妮娅’,却听见好几个女生说‘科马洛夫斯基’。”“为什么是科马洛夫斯基呀?”“学生们纷纷窃笑,只听阎汶的声音扬起:‘老师,为什么不能是科马洛夫

---

① [德]本雅明:《启迪:本雅明文选》,汉娜·阿伦特编,张旭东、王斑译,生活·读书·新知三联书店,2008,第188页。

② 禹风:《漫游者》,浙江文艺出版社,2023,第43—44页。

斯基？满世界都是如此这般的成功人士嘛！’难道要我们重复日瓦戈医生的悲剧性命运？”[1]多么绝望又让人无限慨叹的回应啊。我们的城市化历史，造就了无数的科马洛夫斯基式的成功人士，以至于今天已经没有人愿意去相信、会去想象一种更美好、更良善、更崇高的人生可能性。像日瓦戈医生那类灵魂干净但结局悲惨的人，已经失去了人格魅力。郑坦沉浸于城市漫游，是对明天还有希望，是想要找回那些被城市化历史过滤掉的人生可能性。

漫游去吧，让生活慢下来，让城市慢下来。“漫步将步行者定义为自我的陌生人。它让我们放慢生活节奏，让我们探索是什么在限制和控制着我们的感官和身体。”[2]“通过漫游这种媒介，加速的当下将其从自身的封闭与矢量运动的旋涡中解放出来，并将自己暴露于开放与变幻无常的时间之中，在这种时间之中，未来的任务是重获现代文明曾承诺的变革力量。”[3]已经慢下来了的“城市化”，需要我们的城市文学也“慢下来”，探索新的文学法则，追问到底是什么力量限制了我们对于更多的美好生活可能性的想象。“慢下来”的城市文学，可以塑造更多的漫游者人物，将他们的自在人生和干净灵魂嵌入过去几十年的城市化洪流之中。多样的人物，另类的人生，是于空间层面充实我们的历史，在那种由更多人生经验构成的时间之中，我们才能“重获现代文明曾承诺的变革力量”。

［作者单位：暨南大学文学院］

---

① 禹风：《漫游者》，浙江文艺出版社，2023，第82页。

② ［德］卢茨·科普尼克：《慢下来：走向当代美学》，石甜、王大桥译，东方出版中心，2020，第222页。

③ 同上，第35页。

不存在的城市与家宅

卡尔维诺、王苏辛与一种可能的城市悲苦剧

林云柯

摘　要　在有关城市的文学作品中,《看不见的城市》虽然被视为经典,但以往的理解重点通常被置于城市的幻想形态上,而忽视了卡尔维诺在语言形态与城市景象之间的勾连。城市空间经验的展开始终处于被规划的话语与未完成的构筑话语之间,城市空间的文学表达在两者的纽结之中生成了一种类似于本雅明所说的"寄喻图像"。王苏辛在短篇小说《绿洲》里复现了这种城市空间的"寄喻",在与卡尔维诺的城市写作的对照中,我们可以看到一种"城市悲苦剧"的书写可能。

关键词　城市文学;王苏辛;寄喻;悲苦剧

在最近的一篇宣言式的关于人文城市研究的文章中,作者叶祝弟以卡尔维诺的《看不见的城市》开篇,并提出了一个基础性的问题:"在今天这个处处都

力求被看见且确实能被看见的景观城市中，还能继续像卡尔维诺那样谈论城市吗？”[①]这个提问切中了当代城市人文表达中的两个关键点，即景观社会与某种关于城市的语言之间的纽结关系。这种关系正如对卡尔维诺的提及所示，被构入一种文学的表达之中。

不同于传统的文学研究观念，在当代城市的人文表达中，城市不再仅仅是一个实体性单位，不再被简单地于“城乡二元”的结构中被识别。在可见与不可见，以及“谈论”这样意义界限不确定的语言形态之中，关于城市表达的核心概念也相应地进入一种关于流变、消耗与差异的非实体性区域之内。这种城市的非实体性的视角并非对以城市为单位的实体性视角的局部突破。在最近的城市研究中，“堆栈”“行星”与“热力学”这样的概念开始被广泛使用，这些概念都表明研究者希望在“如何谈论”的问题意识中来思考城市，即如何在一种不具有空间意义硬边界的语言中切中关于城市的具身性或是想象性的经验。在城市与非城市的传统区分逐渐成为一种关于人类生活空间的形而上学对立时，空间意义的硬边界（区域划分、机构以及交通线路等）所划定的“可见性”反而成为一种脱离实际经验的研究基础。正如叶祝弟所提示的，一种缘起于卡尔维诺式的关于“不可见性”的城市表达才能将关于城市的想象性经验落实于具身经验之中。

一、不可能的城市，不存在的都城：卡尔维诺的《看不见的城市》

大多数读者都被《看不见的城市》中形态各异的城市景观所吸引，但往往忽视了其中关于语言沟通障碍的线索。在每一个章节的开头与结尾，卡尔维诺都会加入一段对马可·波罗与忽必烈交流状况的描述。在第一章节的结尾，马可·波罗“还不懂东方语言，只能靠手势、跳跃、惊奇或惊恐的叫声、鸟兽的叫声或从行囊里掏出的物件来表达：鸵鸟毛、投石枪、石英，把它们像下棋一样摆

① 叶祝弟：《拨开繁华表象，探寻城市精神内核》，《解放日报》2024年12月12日09版。

在面前”。[①]忽必烈看得懂这些手势和事物，却不清楚它们与城市的关系。随着马可·波罗语言的精进，这些象征开始在语言中获得它们的意义。在段落的结尾处，当忽必烈问及是否明白了所有的象征就拥有的帝国时，马可·波罗回答道：“到那时，你自己就将是众多象征中的一个。”[②]

卡尔维诺在这里使用了一个现代主义文学中常见的反身性修辞，这种修辞也大量地出现在比如博尔赫斯这样的写作者笔下。在《环形废墟》中，逐渐了解全部仪式的叙述者“宽慰地、惭愧地、害怕地知道他自己也是一个幻影，另一个人梦中的幻影”。[③]这一修辞勾勒了一种“能指者”被纳入其中的“能指—所指”的符号系统。正如罗兰·巴特《神话修辞术》的译者屠友祥所指出的，在符号学的视野下，现代写作中“谁在说话”并不成为一个问题。人物（personnage）以及一切专命（忽必烈、马可·波罗或城市的名字）都被腐蚀并转移为形象（figure），失去了确切的意义，成为“象征关系配置的场所，成为差异往返的通道”。[④]符号学系统的这一特质，在以往的理解中被单向度地理解为对表达主体的消解。但在文学表达中，这一系统的进程被明确地表述为，主体只能通过浸入系统之中才能获得相应的系统表达。同时，对系统的完全认识也必将以主体完全沉沦于系统中为结局。因此，马可·波罗提醒忽必烈切莫寄望于通过语言与象征（专命或物）的完全对应达成对疆域的占有，因为这必将使国王“降格”为一个象征的处所。

如果我们把上述这些过渡性段落纳入进来，那么《看不见的城市》就并非表述作为单位的城市，而是城市与疆域之间的辩证关系。国王不了解自己的疆域，尚未“拥有”自己的帝国，这一在现代读者看来不可思议的设定构成了卡尔

① ［意］伊塔洛·卡尔维诺：《看不见的城市》，张宓译，译林出版社，2006，第21页。

② 同上，第22页。

③ ［阿］博尔赫斯：《虚构集》，王永年译，浙江文艺出版社，2008，第44页。

④ ［法］罗兰·巴特：《神话修辞术/批评的真实》，屠友祥、温晋仪译，上海人民出版社，2009，第13页。

维诺一切想象性经验的基础。这并非卡尔维诺的架空设定，而是符合他所设定的时代的“王朝国家”模式。“王朝国家”是指“既在明确的国家疆域内建立起坚实的国家体制，又努力构建辐射广大，甚至普天之下的王朝体系，由此而形成的一种内外既合为一体，又有分别的国家形态”。[①]与现代以“硬边界”（往往是以物理性的山川河流为界）划定主权区域的“民族国家”不同，“王朝国家”依靠中心区的影响力辐射疆域内的其他地区。影响力实际所到达的边界与影响程度各异，这也极大地提高了空间治理的规模与复杂性。相应地，因为实际上并不存在前在的以区域“硬边界”为基础的空间规划，帝国的中心既是“无处不在”的，又是“处处不在”的，而那些遥远的，以其想象性的存在拓展帝国边界的诸城市亦是如此。不受到作为规划性实体的“硬边界”的强制约，各区域或者城市并非在明确的“中心—地方”的框架下认识彼此，于是便在各自的区域经验中形成了一种互动的同时也是互相制约的想象性关系。

有关对话的段落作为章节的开始与总结，这便是在暗示该章节中的城市空间语法，并且随着语言沟通流畅度的进展，出现的城市形态也发生了一定的变化。在之前的“象征阶段”，卡尔维诺对该段落出现的城市都给予了单位式的景观描写，被频繁使用的数字体现了一种景观式认识的城市语法，凸显为具体行进方向上需要消耗的精确天数以及同质化景观的具体数字。尤其在描述多罗泰亚时，卡尔维诺采用了一种区域规划式的表述：“城墙上高耸着四座铝质塔楼，七个城门又装有弹簧控制的吊桥跨越护城河，河水流进四条绿色的运河，把城市纵横划分成九个区，每个区有三百所房屋和七百个烟囱。”[②]这些基于景观之“完型”的表述所显示的也正如居伊·德波所说的，景观的起源就是世界统一性的丢失，[③]这同样也是马可·波罗对忽必烈“如何拥有帝国”这一问题的回应。在接受了不要用语言对城市进行完全规划之后，语言的障碍反而成为一种

---

① 赵现海：《从“王朝国家”发现中国历史》，《中国史研究动态》2022年第5期。

② ［意］伊塔洛·卡尔维诺：《看不见的城市》，张宓译，译林出版社，2006，第7页。

③ ［法］居伊·德波：《景观社会》，张新木译，南京大学出版社，2017，第30页。

优势："这位口齿不清的报告人所提供的每件事情或每个消息，令忽必烈最感兴趣的是它们周围的空间，一个未用言语充填过的空间。"[①] 卡尔维诺试图将城市的空间的恰当表达控制在一个未完成的分析之中：

> 语言当然比那些物件和手势更能表达每个省份和城市的重要的事物：建筑、市场、风俗、植被和动物；但当波罗讲述那些地方每天每夜的生活时，又找不到合适的言语，结果，还是回到用手势、表情和目光来表达。[②]

城市空间的"不可见性"或者说"反景观性"就在于这样一种被表征在语言之中的完全规划的不可能性。如果说在国家的尺度上，现代"民族国家"的"硬边界"意识树立了必不可少的主权平等概念，那么城市空间就仍然保持着某种"王朝国家"的特质，城市的中心与边缘处于一种拓扑关系中。套用笛卡尔式的命题，一个能够想象性地思考飞地的中心主体才是在这个结构中能够自我持存的中心主体，同样我们也无法真正地抵达一个确切的边缘地带。现代城市的空间变动在物理上呈现了这种拓扑结构，本来是边缘的地块被不断地中心化，直线距离与导航路程之间也发生着持续的时空错配。这些现象一方面将我们能够明确把握的城市空间经验限制在局部，传统上的"本地性"（native）不再是对城市空间熟识的保障。另一方面，对于城市空间的整体想象则被架空到想象性经验当中，并且与梦的机制相似：

> 忽必烈汗发现马可·波罗的城市几乎都是一个模样的，仿佛完成那些城市之间的过渡并不需要旅行，而只需改变一下她们的组合元素。现在，每当马可描绘了一座城市，可汗就会自行从脑海出发，把城市一点一点拆

---

① ［意］伊塔洛·卡尔维诺：《看不见的城市》，张宓译，译林出版社，2006，第39页。

② 同上，第40页。

开，再将碎片调换、移动、倒置，以另一种方式重新组合。[①]

城市"以其自身作为景观"也因此就是城市所有可能性规划的叠影，或者说一个想象性的空间界面。正如卡尔维诺所展示的，城市之所以是"不可见"的，是因为它无法在"单位"的意义上被语言及当下的感知所把握，城市的空间经验总是在"完型"和"未完型"的缝隙中得到表达。随着交谈的进行，两个人开始讨论以某一种"样板城市"来推演其他城市的可能性之时，马可·波罗表示它必是"由各种例外、障碍、矛盾、不合逻辑与自相冲突构成的"，并且恰恰因为其可能性最小，最为例外，因此才最可能出现且最为不真实。[②]在微观层面上，我们生活在"功能性"的"配套"当中，而在宏观层面上，我们也无法切身地生活于"一座城市"之中，不如说我们只是生活在一系列互相推导，又可能互相矛盾的规划话语所形成的语言空间之中。而恰恰是当我们想要向其中注入某种空间的可能性时，我们才遭遇了最不可能或最不合理的"真实的"城市空间。

二、不可能的郊区，不存在的宅邸：王苏辛的《绿洲》

在《看不见的城市》中，一个隐含的缺位在于，发生对话的所在之地并没有被描述过，虽然它是唯一必须实际存在的城市，否则对话就不会发生。当然，读者也可以将它视为一种反讽，因为这座帝国的中心城市已经在卡尔维诺的书写中被制成了一座臆想的处所。事实上，对于都市中家宅空间的体验就寓于这种反讽之中，人们几乎总是通过将自己的居所设想为城市规划中的例外或者飞地才能体会其价值。即便在中心区居住的人们也往往在诸如"闹中取静"或者"后花园"这样的边缘化修辞中才能印证自己居所所具有的中心区价值。换

---

① ［意］伊塔洛·卡尔维诺：《看不见的城市》，张宓译，译林出版社，2006，第43页。

② 同上，第69页。

句话说，所有人都居住在一个观念上的“郊区”，而城市的总体规划本身就成了城市自身的中心景观。与传统的关于“世外桃源”式的乌托邦的描写不同，城市是一个由多重“异托邦”空间构成的体系，这一概念持续促发着一种对自身居所的再定位。正如我们已经论述过的，城市空间的书写也因此在一种反身性的修辞中表达着一种双向再定位：如果中心是不可见的，那么一个与之相对的“郊区”的处所也是不可能的。

这种“异托邦”的双向性在科塔萨尔的短篇《被占的宅子》中曾被精妙地体现。居住在世代相传的宅邸中的单身的兄妹二人考虑着通过联姻的例外方式终结血缘中心主义的传承规划，他们居住在宅邸的一个区域之中，与另外的区域有门廊相隔。两个人通过空间界限之外传来的细碎的声音判断自己看不见的区域是否已经被侵占，直到最后被挤出宅邸。科塔萨尔用短小的篇幅讲述了一个想象性的自我驱逐的故事，通过将自己的居所不断推向“郊区”翻转了自我与家族之间的隶属关系。在自我驱逐之后，宅邸在他们离开的瞬间就成了被他们所遗弃的宅邸，对于宅子的被占，故事里的叙述者始终表现得乐见其成。在时间和自我都得到了重新定位之时，小说开篇所提到的终结家族历史的方式才得以实现。在小说的最后，在这个昼夜轮替的故事里，第一次出现了确切的时间，肢体的接触和行动的空间：“我还戴着手表，晚上十一点。我挽着伊雷内的腰（我觉得她在哭），走到街上。”[①]

“郊区”的不可能性正如在卡尔维诺的笔下的边界城市的“不可见性”，任何对此种可能性的追逐都将换来中心的复辟。和科塔萨尔所展现的基于这种不可能性上的积极筹划不同，在城市的发展史中，人们对“郊区”的发明充满着失败的经验。芒福德在《城市发展史》中专门用一个章节论述郊区的历史与发展前景。这个在20世纪前被视为分离于城市之外的乌托邦，在最近一个多世纪里展现了另外一种后果，郊区体现了一种更为严重的同质化，无论在社区样式、

① ［阿］科塔萨尔：《动物寓言集》，李静译，人民文学出版社，2011，第7页。

居民阶级与生活习惯上都是如此。这种同质化的模式被大城市的中心所制造，却被分配到了在观念上与之对立的郊区："在我们的时代，往郊区逃避的最终结局是逃到一个低级的式样统一的环境中，在这个环境中，再想往别处逃是不可能的，这真是令人啼笑皆非。"[①]郊区"去中心化"的分散性也持续激活着更大规模的交通网，而这恰恰是当代城市最为核心的时空规划的载体，并使得"郊区"成为一种新的普遍化布局。[②]芒福德在郊区问题上所观测到的城市空间逻辑可以被视为当下智能时代城市发展所具有的"堆栈"逻辑，其自身具有生成能力，所用的技术又可下分去组织不同的平面。正如陆兴华所归纳的那样，堆栈"不断转向，重新综合，在这过程中又不会冲扰既存的网架要素，总是在让它们继续起作用的情况下，去渐渐吸纳异质要素，堆积为另外一种量级上的结构"。[③]

在更为具象的层面，这种无望的郊区经验直接地反映在包括宅邸在内的建筑风格上，即一种功能主义的取向。"内部的生活和外部的风景是有机地成为一体"，芒福德指出这一风格正产生于郊区。[④]哈贝马斯则批评了功能主义建筑理念中的虚假观念，在这样一种观念中，结构被视作为了某种使用功能而被创造出来，而哈贝马斯认为其中掩盖的事实是，这不过是坚持运用自主的美学原则的产物，而这种掩盖并不能避免这种内部规划的失控：

> 当库布西埃最终能够认识到其"居住单元"的设计时，能够赋予他那种"耸立的花园城"的观念以具体形式时，人们弃之不用或想要摆脱的正是这些公共设施。预设的生活形式的乌托邦是不可能带入生活的，而早先时代欧文和傅立叶的蓝图是以这种乌托邦为基础的。这不仅是因为对现

① ［美］刘易斯·芒福德：《城市发展史》，宋俊岭、倪文彦译，中国建筑工业出版社，2004，第499页。

② 同上，第503页。

③ 陆兴华：《人类世与平台城市：城市哲学1》，南京大学出版社，2021，第48页。

④ ［美］刘易斯·芒福德：《城市发展史》，宋俊岭、倪文彦译，中国建筑工业出版社，2004，第503页。

代生活世界的复杂性和变化性的无望低估，而且是由于具有系统性交互关系的现代化社会的扩张，已经超越了可由规划者想象力来度量的生活世界的诸层面。①

"预设的乌托邦形式"无法被带入生活，哈贝马斯的这一论断形成了城市空间表达，尤其是城市空间的文学表达的基本问题域。王苏辛的短篇小说《绿洲》就讲述了一个想要建造自己房子的拾荒者的家宅幻想。斐斐与黎姐相识于大雨后哀嚎遍地的棚户区。斐斐一开始以为黎姐会像其他居民一样要向她愤慨地反映居住问题，但黎姐却积极地向斐斐介绍起了自己如何搭建了家宅。这段描述中所聚焦的并非以往同类题材中反映破败居住环境的事物，比如斑驳的墙壁、漏水的屋檐和肮脏的卫生间。相反，黎姐引导斐斐看到的，几乎都是人们所能设想的良好家具器物的平替：摆在中央而非挤在角落的弹簧床，一半地板一半大理石的地面，穿衣镜，还有作为浴缸平替的红色大桶。在棚户区导览的最后，王苏辛加入了一个令人惊讶的结尾：黎姐从外面把原先的门卸下，把镜子扎在了原来门的位置。

以镜为门的家宅在此形成了一个隐喻性的图像，一种"乌托邦"与"异托邦"的结合。在福柯的定义中，"异托邦"即"镜式乌托邦"，我们在一个非真实的空间中看到那个并不在其中的自己。"异位"的悖论在于，正因为我看到了自己就在镜中，我才明确知道自己并不在那里，并在注视之中转回真实处所中的自己并重构自身。②"镜门"的设置在开头就暗示了故事的结尾：在一个不存在的家宅中，或者说在理想家宅的不存在之中映射着自己身在其中的整个城市空间。

在小说的第一句话，也就是黎姐所预告的"我盖了个大house"之后，王苏

---

① ［德］尤尔根·哈贝马斯：《现代建筑与后现代建筑》，选自《激进的美学锋芒》，周宪译，中国人民大学出版社，2003，第40页。

② ［法］米歇尔·福柯：《不同的空间》，选自《激进的美学锋芒》，周宪译，中国人民大学出版社，2003，第22页。

辛对这一人物的描写就全然偏移到了这个大型计划之外，黎姐的形象散落在小视频和细碎的小物件之中，而与之互为镜像的斐斐也随之重构着一个细节愈加繁复的城市。房价和租金的增长在此也作为一种积极的因素促使斐斐走向更远的区域，看到更多的细节。但不同的是，城市的细节对于斐斐来说仍然是城市“网络”的构成元素，以一种“草图”的形式拓展了她在信息层面对城市空间的认识。而对于黎姐来说，城市的细节就是一切的物质性材料，它们被拾取和搜集，用于建造一个被承诺为真实存在的郊区的乌托邦家宅。

在借宿的段落中，黎姐不愿意住进斐斐的一室一厅，而是选择在小区里搭帐篷。王苏辛在此呈现了一个非常错综的视角。一方面，黎姐对拾荒者及其搜集之物“脏”的强调在不愿进屋借宿的选择之上蒙上了一层令人心酸的视角，这个视角被此时的斐斐所具有。而另一方面，在黎姐作为家宅建造者的角度看，令人心酸的恰恰是只能寄居于城市网络空间中的斐斐。实际上，王苏辛在行文中不断强调着黎姐在家宅选择上的自主性，她认为烂尾和废弃的建筑都可以居住，但周围一定要有桑拿，正如她可以住帐篷，但绝不愿意住进不符合居住预期的一室一厅的出租房。在这次见面之后，斐斐进一步地进入了更加细碎的传媒网络，在更为细碎的工作规划中踽踽独行，而黎姐的建筑设计图对她而言则越来越成为一种实在的乌托邦：

> 她感到自己生活在不真实中，那通过观察获取的城市细节并未真的和她的生活融为一体，而她正在经历着的，也根本不可能走进这些妄想概括现有生活的网络信息。她想着，后背突然一阵疼痛，这才意识到自己坐在桌前很久了。拿起手机，在此看到黎姐不久前发来的信息，想着这些信息其实也和刚才那些信息掺杂在一起，她有些微弱的宽慰——她并不完全处在枯燥忧闷之中，起码还有一个黎姐在造房子。[①]

---

① 王苏辛：《再见，星群》，译林出版社，2023，第19页。

正是在斐斐终于陷入了黎姐所营造的乌托邦之梦中后，王苏辛加入了一段短暂的失联段落，这个段落巧妙地加重了对乌托邦家宅的实体性预期，也暗示了这一预期的失落。在两人恢复联络的时刻，王苏辛巧妙地在此处以一条乱码短信开始，从这里开始，故事中的城市开始呈现出一种微妙的末世色彩：地铁开始需要指纹，体温和随身物品被随时检查，快速公交运行时间大幅度缩短，地铁线路适时关闭，新闻说大型城市人口必须控制在一百万以内，种子需要限额购买。在见面的当天，这种末世色彩又被一些自然变异的信息所加重：城市的紫外线越来越强，仿佛城市的海拔在提高。在故事的结尾，黎姐所给出的地点被计程车司机所否认，在地图应用程序上时有时无。在有推土机工作的空地上，黎姐仍然在描述着那栋看不见的家宅的结构：一层种植，二层起居以及尚未规划功能的第三层。这栋始终没有出现的家宅是曾经存在过而又被拆除了，还是它本来就未曾存在过呢？王苏辛非常好地处理了这个问题，她没有给出这个答案，无论哪一种答案，都会破坏这个故事的韵味，走向或是理想主义悲伤，或是现实主义批判。她让斐斐“张了张嘴，终于没有问出口，只是循着黎姐的目光看向那几辆推土机”。[①]

王苏辛在这个故事里很好地呈现了一种“乌托邦”与“异托邦”的辩证关系，以及城市体验中的想象性经验与实际经验之间的错综。斐斐有着恒定的能够被“一室一厅”这样确切的单位语言所描述的居住空间，凡是对房地产市场有所了解的人都知道这样的概念可以被各种既定住宅空间的人为规划所伪造，通过隔间或模糊的区域划分规划出似乎确切的功能，且与空间的大小并无直接关系。这种空间性表述之所以成立，不过是由于我们对空间的想象已经被城市功能的逻辑所规划，以至于居住者本身就成了城市空间规划中的一个单元。正如卡尔维诺所说，这种规划的真实性正来源于其中生活的不可能性，我们的生活经验与需求都不可能被塞入确切的空间功能之中，正如黎姐无论如何不愿意

① 王苏辛：《再见，星群》，译林出版社，2023，第29页。

被塞进“一室一厅”之内。这种“稳定的不可能的真实”被王苏辛巧妙地置于斐斐互联网行业的从业体验之中。黎姐的乌托邦建筑则总是在不规范的设计中预留了未被规划的区域，但也正如哈贝马斯所说，当我们将它视为一个确切的实体，一个可以逃亡的“郊区”，它就会消失不见。在王苏辛笔下，斐斐这一祈愿似乎触发了城市空间末世面貌的呈现，监控、驱逐与城市人流所带来的恐惧感在故事的结尾处喷涌而出，形成了令人难以承受的冲击力与落差感。

三、未完成的建筑，寄喻的城市图像：一种可能的城市悲苦剧

《绿洲》恰到好处地呈现了当代城市空间中的悖论体验，正如绿洲这一地貌本身的寓意一样，只有在沙漠中才有绿洲，后者是一个依托于其对立面而存在的近乎虚构的处所。黎姐这一“拾荒者”形象也可以被看作对本雅明相关论述的一个拓展，如果说后者把拾荒者通过搜集连续性历史的废料对历史进行一种非连续性的展示的话，那么黎姐的故事则进一步说明，废料就仅仅是废料，它们不可能在当代的历史空间中用以建造一个确切稳固的边缘性区域。拾荒者必须是居无定所的，在哲学上这是一种积极的解放。而在文学上，正如本雅明对悲苦剧的论述所示，他援引豪森斯坦的话指出“宫廷和住宅，在某种程度上甚至也包括教堂的外部建筑构造是由数学来决定的，而内部风格则是旺盛的想象力驰骋的领地”。①这句话同时适用于《看不见的城市》和《绿洲》。如果说数学承诺了一种可以用语言清晰表述的规划了的建筑空间，那么建制的内部空间则完全由想象性的经验所填充。但关键在于，在这样的关于空间的文学表述中，作者并不是通过区分一种内外之别似乎就获得了一种批判性的象征关系。这恰恰是前文已经说到的芒福德在城市发展史中所展现的郊区的不可能性，也是哈贝马斯所批判的功能主义建筑的虚假意识，同时也是卡尔维诺与王苏辛这

---

① ［德］瓦尔特·本雅明：《德国悲苦剧的起源》，李双志、苏伟译，北京师范大学出版社，2013，第238页。

样的写作展现的一种“城市悲苦剧”所要超越的成规。

用一种本雅明所论述的巴洛克戏剧形式来对应当代城市文学，这看上去似乎是过于跳跃的。但如果本雅明对城市及其中拾荒者的重视可以作为一种平行对照依据的话，我们就能看出上述这种城市文学写作的卓绝之处。事实上，卡尔维诺与王苏辛的写作都有一个显而易见的特征，就是他们都书写了建筑的具体图像，而非像其他城市文学那样仅仅把空间看作其他空间的对照或者情节发生的处所。“图像”的意思在此并非简单的对象或者图画，“图像”是指有语言渗入其中的直观形式。因此我们已经指出，《看不见的城市》的核心书写是城市图像、疆域与语言之间的同构性关系。同样在《绿洲》中，关于建筑图像的语言与空间感知一并形成了斐斐的城市生活形式，我们无法用影响研究式的视角清楚地说明其间的依据性关系，但我们的阅读视角就是如此同时间地在建筑结构、设计草图与斐斐的生活形式之间切换往复，体验着现代城市对我们某种若有似无的决定性影响。

这种对于城市经验的准确，而且也应该是唯一准确地把握将现代城市空间构筑为本雅明所说的“寄喻”图像。就像芒福德和哈贝马斯所看到的，对于现代城市经验任何整体性、对象性的把握都是不可能的，它没有办法在任何二元对立中被呈现，也不可能容纳任何确切的类似于乡愁式的可还原的地域单位。它只能被呈现为一种巴洛克式的图像，一种规划性语言与经验后果所组结而成的直观形式，而说现代城市具有一种巴洛克的混沌性质，这无疑是贴切的。更直接地说，《看不见的城市》和《绿洲》试图构造的是一个用来表述城市的象形文字，它不能被“说明”，也不能被“指认”，它只能在一种恰当的城市概念中被直观，而传统的基于既定社会历史视角的研究无力发现这种概念。无论对于既有的能够表述单位空间的语言，还是对于“一室一厅”这样既成建筑而言，城市空间的经验本身不是它们成秩序的组合。黎姐在《绿洲》中如同炼金术一般的搜集与建筑行为也是王苏辛通过这篇小说所做的文学实验。在此层面，本雅明的表述可以被直接征引为现代城市在经验中的真实形态：

> 古典时代遗留给巴洛克作家的一切都逐个成为元素，最终被混合为新的整体，不，是被构筑为新的整体。因为这一新的整体的完整版本正是：废墟。在一个建筑中过分地克服古典元素（这个建筑并不能将这些元素统一为一个整体，却在遭到摧毁时仍更胜于古典的和谐），就是那种在个体中夸耀地指涉现实、辞藻和规则的技法。[①]

城市无法被看到的真实形态，便是在一种有意义的概念之中城市的直观形态，即“废墟”。这并不是指真实历史中存在的被摧毁的城市样本，而是当我们试图将某种成型且可能的构筑带入城市空间时，我们就会遭遇它的“废墟”形态，城市功能的规划在具体的城市生活经验中始终呈现为一种庞大的杂糅。斐斐开始祈愿一个确实存在的乌托邦建筑时也正是王苏辛赋予城市一种走向废墟征兆的时刻。同样，卡尔维诺在回答忽必烈那些关于帝国实际统治的相关问题时，又何尝不是在向他表达对于帝国疆域的确切控制如何会使得那些脆弱的城市跌入一种始终潜藏在城市阴影中的废墟性修辞之中。这使得这两个文本都可以在本雅明所说的悲苦剧的观念中被重新理解：“让寄喻式范型转为直观图像。”[②]

当然，正如我们已经提到的，对于“废墟”形式的发现同时也是城市空间中的解放概念。正如本雅明在其关于城市的论述中所表达的，洞悉规划话语背后的废墟性，在流动性中重拾一种观念上的构筑也总是可能的。对于积极寻求现代城市寄喻图像的作者来说，他们进入的正是作品中建筑者的视角，他们只从事建筑，而不问最终所成。卡尔维诺无疑就是马可·波罗，而王苏辛则是黎姐，虽然从阅读感上似乎主视角的斐斐才是她在作品中的化身。

---

① ［德］瓦尔特·本雅明：《德国悲苦剧的起源》，李双志、苏伟译，北京师范大学出版社，2013，第115页。

② 同上，第239页。

关于从事建筑的人，一个很经典的例子来自布扎蒂的短篇小说《艾菲尔铁塔》。艾菲尔铁塔底柱的粗大结构显然与上部的快速收敛形态不符，基于这一形态，布扎蒂从建设者的角度赋予了艾菲尔铁塔这一世界著名景观一个想象性的未成经验。故事的内容非常简单：招募工人的工程师立志要建设世界上最高的塔，虽然在给政府的规划报告中，它的高度被限定在三百米。这个秘密的工程似乎永远不会结束："只要还有力气，我们就会继续一条一条钢梁往上锁，攀高再攀高，继我们之后还会有其他后浪，巴黎那个矮子城市没有人会知道，整个平凡的世界都不会懂。"[①] 这一工程最后被官方发现，被粗暴地阻止，并且将高度截断到原先规划的高度。这个简单的想象性的建筑经验使真实历史中的艾菲尔铁塔成为一种城市"寄喻"，因为这一想象性的建筑经验可以被畸形的铁塔结构所直观，我们就在已经被嵌入了这篇小说的铁塔"图像"中同时看到现代城市的可能与不可能，而这就是城市空间文学表达所能给出，并且是同时给出的主张与批判：

> 铜号开场，总统在皇家骑士队伍的簇拥下一身大礼服进场，高亢的军乐声宛如刺刀向天空抛去，贵宾席上美丽女士互相争艳，总统检阅部队。四处都是卖纪念章和徽章的小贩，阳光、欢乐、气氛庄重。兴建艾菲尔铁塔的我们这些又老又累的工人，夹杂在无知人群中面面相觑，为那丑陋的灰色流下眼泪。[②]

［作者单位：华东师范大学国际汉语文化学院］

① ［意］布扎蒂：《魔法外套》，倪安宇译，重庆出版社，2006，第174页。

② 同上，第175页。

新诗新论

从“否定之否定”到“亲切叙事”：兼论韩东四十年新诗创作的启示价值①

陈义海

摘　要　作为中国新诗“第三代”诗人的代表，韩东对中国新诗的诗学建设产生了不可替代的历史性影响。继“朦胧诗”对“十七年”诗歌传统和此后十年间诗风的彻底否定之后，韩东对新诗语言所提出的革命性命题“诗到语言为止”，旋即便颠覆了“朦胧诗”的英雄主义诗学观：这一“否定之否定”给诗坛带来震撼的同时，也使得他成为新时期诗歌语言变革的“先觉者”。本论文试图对“诗到语言为止”的讨论做一个符合学理的总结，同时以更为宏观的视角描述韩东四十年诗歌创作在语言曲线上的渐变，以及二十年来他的叙事风格由“冷色叙事”向“亲切叙事”的过渡。此外，作为“1960一代”诗人的代表，韩东

① 本文系江苏省社科基金重点项目“近四十年江苏新诗综合研究”的阶段性成果；项目编号：20ZWA002。

四十多年的诗歌创作实践在整个新诗史上也有着巨大的启示价值。

关键词 韩东诗歌；新诗语言；抒情诗的叙事；“1960一代”

韩东是一位对中国新诗的走向产生过深刻影响的江苏诗人。当“朦胧诗”如日中天并正在经典化的历史瞬间，韩东作为“第三代”诗人的代表，用自己惊世骇俗的诗歌文本，以“诗到语言为止”的诗学命题，旗帜鲜明地与“朦胧诗”这一新的传统决裂。如果说“朦胧诗”是对“十七年”诗歌传统和此后十年间诗风的否定，那么，韩东诗歌的独特价值便是“否定之否定”。

韩东的诗歌创作实践已逾四十年，他的创作和诗学观也悄然发生了不少变化。然而，从总体上看，韩东的诗学实践的确体现出“变与不变的辩证法”。[①] 因此，从百年新诗进化的历史语境看，韩东不仅为中国新诗贡献了杰出的异质文本，对于当下颇为动荡的中国新诗的发展道路也有着不同凡响的启迪价值。

一、“否定之否定”与诗学的先觉者

新时期诗歌的繁荣是以一系列围绕着文学团体兴起的诗歌运动为其鲜明的时代特征的。从早期的“今天—朦胧诗群”到后来的全国各地“崛起的诗群”，中国新诗在荒芜的“文革”十年后，“出现某些不和谐的音符”，“廉价的诗情崩塌之后，大量诗歌的艺术价值就所剩无几”。[②]在新的潮流面前，“权威和神圣的传统”，以及读者“习惯的信念”，受到空前的“挑战”。[③]谢冕认为，这是新诗发展的应然规律，认为新诗潮诗人的新探索，“与‘五四’当年的气氛酷似”。[④]就在谢冕非常温和、稳妥地主张“听听、看看、想想，不要急于‘采取

① 刘波：《在1990年代的双向延长线上：〈奇迹〉与韩东诗歌创作的世纪地形图》，《中国现代文学研究丛刊》2022年第6期。

② 徐敬亚：《崛起的诗群——评我国诗歌的现代倾向》，《当代文艺思潮》1983年第1期。

③ 孙绍振：《新的美学原则在崛起》，《诗刊》1981年第3期。

④ 谢冕：《在新的崛起面前》，《光明日报》1980年5月7日。

行动'"时，[①]也有学者立刻做出旗帜鲜明的回应，认为新诗潮所体现的"根本不是什么'新的美学原则'"。[②]

就在这场争论还处于白热化之际，就在"朦胧诗"还被当作"新生事物"备受质疑之时，韩东的《有关大雁塔》《你见过大海》等后来被认为具有划时代意义的作品横空出世。这体现了韩东在诗学自觉上的早慧，也体现出他在中国新诗急剧转型期的神奇先觉。

"朦胧诗"是以悲壮的否定姿态出现在中国诗坛的。"'今天—朦胧诗群'长期被压抑的主体意识首先是以'言志'的面目出现、以寻找失落的自我为契机的，同时贯穿着浓厚的叛逆意识、忧患意识、反思意识以及后来的文化意识、生命意识。"[③]相对于现代时期三十年文学在诗学"进化"上的迟缓性、"十七年"文学唯民歌独尊的单一性、"文革"十年中国新诗的荒芜局面，"朦胧诗"的崛起无疑是一次历史性的飞跃。它是对既往的坚决"否定"，同时它也开启了一个新的时代。从文学史的角度说，每一种思潮的出现，在一个相对的历史阶段都有其稳定性，会对一个阶段的文学创作的影响持续一段时间。然而，就在"朦胧诗"还在承受着极大的争议的时候，就在谢冕先生希望理论界"听听、看看、想想，不要急于'采取行动'"的时候，韩东却已经开始"煽动新的背叛"（借用舒婷《少女峰》中的诗句）。他在《有关大雁塔》和《你见过大海》等作品中，在诗思和语言等多个方面，让保守的理论家因为"朦胧诗"所引起的"愤怒"的表情之上又多了一层惊愕。韩东最早的一批抒情诗其实多有师承"朦胧派"的迹象，"在精神性上与食指、北岛、江河等是一脉相承的，使用的也自然是当时流行的崇高理念式的意识形态话语范式"。[④]韩东自己也承认："以北岛为代表的'今天'诗人群所处的位置，在我看来即是先行者或者先知的位置。实际上，我

① 谢冕：《在新的崛起面前》，《光明日报》1980年5月7日。

② 程代熙：《评〈新的美学原则在崛起〉》，《诗刊》1981年第4期。

③ 陈仲义：《中国朦胧诗论》，江苏文艺出版社，1996，第6页。

④ 小海：《韩东诗歌论》，《东吴学术》2015年第5期。

们也的确是在其启发下开始诗人生涯的。"[①]然而，就在短短几年间，韩东转身成为"朦胧诗"的对立面。正如小海所说："这种转变其实是对'朦胧诗派'的反动，是一场'打倒父亲'运动的发起，而且首先是从语言形式上开始觉悟，可以讲是一场语言革命的开端，但也是一种矫枉过正。"[②]是不是矫枉过正这里姑且不论，因为文学史上所有的革新往往都是矫枉过正的。

《有关大雁塔》和《你见过大海》是韩东诗歌风格转变的分水岭之作，也是百年新诗史上的标志性的诗歌文本。大雁塔是中国传统文明的见证，同时它也是民族沧桑的见证者。但杨炼的《大雁塔》一诗中无疑已经抒发了一种不满的情愫，这种不满的情愫中无疑已经包含着一种"否定"精神："我被固定在这里／已经千年／[……]／我被固定在这里／山峰似的一动不动／墓碑似的一动不动／[……]／与民族的灾难一起，与贫穷、麻木一起／固定在这里"。[③]新一代诗人对僵化现实的不满、对贫穷的厌恶、对自由的渴望，以及他们身上负载着的所谓担当精神，洋溢在字里行间。舒婷笔下"干瘪的稻穗""失修的路基""淤滩上的驳船"，所包含的情愫也是一脉相通的。然而，到了韩东的笔下，大雁塔则被彻底解构，他用白开水一样的语言，把附着在大雁塔上的崇高、荣光、自豪、悲愤、屈辱等"附加物"解构得干干净净，一丝不剩。于是，在韩东那里，大雁塔只剩下了"爬上去""统统爬上去""然后下来""然后再下来"这些空洞的、苍白的、没有灵魂的行为动作，而"我们又能知道什么"更是一种历史虚无感的体现。[④]可以认为，如果说杨炼的《大雁塔》是对过往的"否定"，韩东的《有关大雁塔》便是对《大雁塔》的"再否定"。"今天—朦胧诗群"的言志、寻找自我、叛逆精

---

① 韩东：《一个备忘——关于诗歌、现代汉语、"我们"和其他》，《中国现代文学研究丛刊》2022年第6期。

② 小海：《韩东诗歌论》，《东吴学术》2015年第5期。

③ 杨炼：《大雁塔》，见老木编选《新诗潮诗集》，北京大学"五四"文学社，1985，第282—291页。

④ 本文所引韩东诗句，均出自韩东著《悲伤或永生：韩东四十年诗选（1982—2021）》，北京联合出版公司，2022。下文不再另注。

神、忧患意识、反思意识、生命意识、文化寻根等英雄主义的豪情，在韩东这里被解构得荡然无存。

《你见过大海》可谓《有关大雁塔》的姊妹篇。如果说对大雁塔的解构是对人类文明结晶的解构，那么，对大海的解构则是对崇高的自然美的解构。"你见过大海／你想象过／大海／你想象过大海／然后见到它／就是这样"，这首诗的开端也是全诗的基调。不管是普希金的大海，还是莱蒙托夫的大海，还是张九龄笔下遥不可及的大海，其神秘、美丽、崇高、壮阔等美学属性，都被一一解构。大海被还原为不比一片叶子更伟大的纯自然，而向往大海、见过大海，跟我们呼吸过空气一样，并无什么明显的差别。"就是这样"的不断反复，以及"顶多是这样""人人都这样"的强调，把千百年来附加在大海身上的人类的想象全部消弭：大海就是大海，其他什么也不是。而在语义层面上，《你见过大海》跟《有关大雁塔》一样，其所使用的极其平白的口语，以及在传统的批评家们看来是很饶舌的语言，其实正是诗人解构语义的一套语言装置——用语言解构语言。通过诗中近似于呓语的反复，意义被不断掏空，崇高被不断瓦解。

韩东对"朦胧诗"传统的否定与解构，不仅体现在他八九十年代的作品中。韩东2015年所写的《游轮吸烟记——给曾鹏》，可以看作是他约三十年后对《你见过大海》的一个呼应：

> 在大海上吸烟你必须找到烟灰缸／……面朝大海，但也只是一只烟灰缸。／……可以看一眼大海，也可以完全不看／只要知道是在大海上吸烟就足够了。／压根儿没有香烟的味道／海风把烟气全刮跑了／但你必须坚持，紧捏烟屁……

普希金笔下的大海"自由的元素"，在韩东那里不过是一个"烟灰缸"；海子的"面朝大海"，在韩东那里却是面朝"一只烟灰缸"；大海就是大海，可以"看一眼"，也可以"完全不看"，重要的是要捏紧"烟屁"。如果说，《你见过大海》是通过语义方式对传统抒情的解构，那么，《游轮吸烟记》则是通过行为意象，把大海解构成可看可不看的自然存在。韩东在诗学上所迈出的这一步，对中国新诗产生了近四十年的影响。

二、“诗到语言为止”与“矫枉必须过正”

在“朦胧诗”如日中天之时，韩东以他惊世骇俗的作品实现了“否定之否定”。稍后，他又提出了“诗到语言为止”的命题。他说：“诗到语言为止，即是要把语言从一切功利观中解放出来，使呈现自身，这个‘语言自身’早已存在，但只是在诗歌中它才成为唯一的经验对象。”[①]他的这一命题（也有人称之为“纲领”“策略”“口号”），在当时的中国诗坛产生了强烈的震动，也向中国诗坛打开了一个潘多拉盒子，并成为诗歌界、学术界不断争论的话题。质疑的一方认为，“‘诗到语言为止’也是一个过激和矫枉过正的命题，从后来实践效果可以看出，它所传达的信息和实际操作意义是‘诗从语言开始’‘是以一门语言艺术’……诗从语言开始，正是诗歌创作的题中应有之义”。[②]张元珂的观点比较公允，他认为，韩东的这一诗学命题，“遭受巨大误读”，并进而认为，“它作为口号的意义远大于其本身的理论价值。有关这一口号的理解和阐释，须限定于具体历史语境中，也就是说，任何脱离具体语境的认定或阐释都是站不住脚的”。[③]

韩东是学哲学的，他应该很清楚，这个命题（口号）其实是有试图厘清语言在诗歌中的本体地位的意思；换言之，他客观上是给诗歌下了一个具有本体论性质的（ontological）定义。然而，正如上文张元珂所强调的，在大多数情况下，我们是将韩东的这一命题绝对化了，它被视为一个孤立的论断，这便容易引起

---

① 韩东：《自传与诗见》，《诗歌报》第92期第3版，1988年7月6日。

② 小海：《谈谈“诗到语言为止”》，《小海诗学论稿》，北岳文艺出版社，2018，第161—162页。

③ 张元珂：《再论韩东的“诗到语言为止”》，《百家评论》2019年第4期。

争议。韩东在一次访谈中的回应，对于我们重新审视这一诗坛“公案”至关重要。他在接受访谈时说：“‘诗到语言为止’也没有理论上的表述。话是一次性的话，这种一次性的话变成了真理就很可怕了……就是说了一下。有些话只能说一次，然后呢却被重复许多次，我觉得那就有问题了……即便在当时，‘诗到语言为止’也不是我的信条，只不过可以这样说。我当时说这句话是为了强调语言的重要性，然后别人觉得我这话说得有劲、有力量，并对我做出总结，结果呢，就变成了好像我只说过这样一句话，好像这句话就是金科玉律。”①至此，我们可不可以认为，所谓“诗到语言为止”，不过是韩东随便说（写）了一下的一个诗学见解呢？当时，《诗歌报》所策划的全国民间诗歌社团大展，就是一个全国青年诗人各显神通、彰显自己独特诗学主张的阵地，所有文学社团无不以吸引眼球为能事，以示自己的诗学主张与众不同。

然而，尽管韩东的初衷不是要带来一场诗学革命，尽管他当时也没有想到这个命题后来会产生那么大的影响、引发持续三十多年的争论，但站在中国新诗百年历史的视角重新审视这一话题，我们还是可以从中获得启示的。

首先，虽然“诗到语言为止”是特定语境当中提出的，具有一定的偶然性，但它对于中国新诗的话语建设，无疑有着划时代的意义。“朦胧诗”发挥了“五四”之后又一次的启蒙作用，将新诗从非诗的境地中“拯救”了出来；而韩东把语言看作诗歌的终极目标，去除其偏激的部分，对后来的中国新诗的诗语价值、诗语形态、诗语自觉，事实上发挥了正面的作用。于坚所说的“韩东讲的‘诗到语言为止’，是20世纪汉语诗歌理论上最杰出的贡献”，②在一定程度上是有道理的。当然，我们必须注意到，诗人关于诗学理论的表述常常具有突发性、随机性，甚至随意性。韩东的文章在所有诗人当中算是比较讲究学理的，但他

---

① 常立：《关于“他们”及其它——韩东访谈录》，转引自张元珂《再论韩东的“诗到语言为止”》，《百家评论》2019年第4期。

② 于坚：《诗人于坚自述》，《作家》1994年第2期。

却又说“诗到语言为止”不过是他说的“一次性的话”，“就是说了一下”而已。他在本世纪所写的一首题为《这些年》的诗中这样写道：“字和词不再折磨我／我也不再折磨语言”。到了2022年他在一篇文章中则这样说：“我们真真切切地意识到，诗歌和语言密不可分，犹如泼水渗地，语言问题在某种意义上也是一切问题，至少是位居首要的问题。”[①]所以，当我们对一个诗人进行研究时，既要相信他所说的，又不能完全相信。进行学术判断时，我们还是需要在更为广泛的层面上进行综合判断。

其次，“诗到语言为止”也是对“五四”新诗语言探索的接续。胡适们当年所面临的最大的问题就是语言问题，尽管具体体现为文（言）白（话）转换问题，但究其根本，与“诗到语言为止”的性质是一致的。胡适认为，“文学革命的运动，不论古今中外，大概都是从‘文学的形式’一方面下手，大概都是先要求语言文字问题等方面的大解放”。[②]“今天—朦胧诗派”虽然在语言上较之过去有了很大的进步，但还是没有脱尽虚饰的“豪迈气”。自“第三代”诗歌以来，中国新诗诗人对语言有了空前的自觉意识，虽然也随之带来一些弊端，这恐怕就是很多论者所说的“矫枉过正”。然而，文学史上的运动也好，“革命”也罢，往往都具有矫枉过正的偏激特点。

再次，“诗到语言为止”依然是我们进入韩东诗歌的一把钥匙。作为新诗语言的先觉者，韩东始终将语言置于极高的位置；从语言入手，是进入韩东诗歌的必然路径。无论是早期的偏于空想、实验或虚拟叙事的作品，还是中后期偏于日常的“亲切叙事”，韩东始终有着高度的语言自觉。

总之，“诗到语言为止”可以看作是“具有哲学意味的崭新的诗学命题”，[③]

---

① 韩东：《一个备忘——关于诗歌、现代汉语、“我们”和其他》，《中国现代文学研究丛刊》2022年第6期。

② 胡适：《谈新诗》，见杨匡汉、刘福春编《中国现代诗论》（上），花城出版社，1985，第2页、第6页。

③ 小海：《谈谈“诗到语言为止”》，《小海诗学论稿》，北岳文艺出版社，2018，第161页。

中国新诗在诗语上的历史性突破，也可以理解为韩东就是说了个“大白话”，其历史作用已经十分清楚。至此，可以认为，“诗到语言为止”这个话题也无须再进一步讨论下去了。

三、“典型性”与“非典型性”的变奏

纵观其四十多年的创作实践，似乎存在两个韩东：一个“典型性”的韩东，即90年代之前的、有着强烈的“他们”风格的韩东；一个是90年代之后的韩东，特别是出版诗集《爸爸在天上看我》（2002）、《重新做人》（2013）后的韩东。2021年《奇迹》的出版，“非典型性”韩东的样貌则越发清晰。“典型性”的韩东，是贯穿其生涯始终的底色，冷峻、犀利、精准、清晰，简洁中暗藏哲学性，琐碎中隐含秩序；而“非典型性”的韩东则体现出其诗歌策略上的丰富性与多样性，这尤其体现在他本世纪以来的创作中。

“典型性”的韩东，存在于《有关大雁塔》《一个孩子的消息》《我不认识的女人》《明月降临》《甲乙》等早中期的诗歌中。这些作品显示出强烈的现代性和后现代性，诗人体现为一个现实世界冷峻的观察者、叙述者、愤世嫉俗者。在创作手法上，韩东有着极其强烈的排他性，即有意识地回避现有的主流和非主流观念，呈现出“让人惊奇的排异现象”。[①]

韩东早期的诗作，除了像《你见过大海》等作品那样竭尽解构之能事，他常常是通过虚拟性叙事来构建诗歌内部的空间。《我不认识的女人》《一个孩子的消息》《我们的朋友》等诗都具有这样的特点。“我不认识的女人/如今做了我的老婆/[……]/她走出那座大山/我什么也不知道”（《我不认识的女人》），全诗充满着想象性、神秘感和叙述的虚妄性。没有来历的女人无缘无故地出现在“我”的生活中，“我”跟这没有来历的女人结合，“生了一个哑巴儿子”，这些都将诗歌内部的空间拓展得无穷宽广；而“什么也不知道”，更是将受众搁置在

① 小海：《韩东诗歌论》，《东吴学术》2015年第5期。

审美的中途。可以看出，韩东早期的作品中，对“人物”身份的虚化，并通过这种虚化再造诗内空间的做法，可以看作是荒诞派戏剧的场景在诗歌文体中的呈现。当代生活的异化与无意义，在诗中自然会呈现出这样的局面：“我的好妻子/我们的朋友都会回来/[……]/我的好妻子/只要我们在一起/我们的朋友就会来”(《我们的朋友》)，诗中的“朋友”，同样是一些“来历不明的”影子，诗人越是把他们描写得真实，他们的形象却越是模糊。

“典型性”的韩东诗歌是将生活还原到最小、最逼真的细节，就有如滑动鼠标将一张电子照片放大到可以看到像素的程度：总体性被忽略，局部性被强化。所以，把他的诗歌概括为“来自生活，但不高于生活，更不俯视生活，相反，是常常表现为低姿态、低视角的”，[①]大体上是准确的。为了体现生活的本来面目，韩东早期的诗歌不借重修辞。在韩东看来，诗是有情感的，但不是情感的宣泄，而是一种感情的抑制，有时抑制中产生一点点爆发，才会更有力量。“诗歌作为一种艺术，是对情感的一种处理和安置。”[②]作家苏童则认为，韩东在他的诗歌和小说里，修辞的手段是被简化的，甚至有些是完全放弃的，他的武器变得非常弱小，面对世界如此表达，他不依靠任何“重武器”，而是纤弱的“针刺的感觉”。[③]虽然在他的诗中难以见到“重武器”，但其所表现的力度、深度、张力，却又是十分“可怕”的。《你见过大海》中的“就是这样”“人人都这样”，以及《有关大雁塔》中的“我们又能知道什么”，是这两首诗的关键句，同时它们也是“典型性”韩东诗歌的基本格调。“就是这样”(It is so. Nothing else.)，亦即生活或事物就是我们的生理视觉所见的样子，它没有过去，没有未来，只有眼前的视觉呈现；或者说，一切都是其诗作语言陈示的样态，别无他物。文化的、观念的一切，通通被剔除。在他的名作《明月降临》中，月亮被还原成一个纯自然的星球：“但

---

① 小海：《韩东诗歌论》，《东吴学术》2015年第5期。

② 王峰：《新晋“鲁奖”得主韩东：诗歌有安置情绪的作用》，《南京日报》2022年9月16日A11版。

③ 同上。

是你不飞/不掉下来/[……]/无论我平躺着/还是熟睡时/都是这样”。这种冷静的、客观的情绪,这种力图在诗中回归事物本源、去除虚饰的态度,与《你见过大海》所体现的是一致的。

“典型性”的韩东诗歌的另一个特点是显著的“排异性”。这既表现在他传统手法的规避,也表现他与“朦胧派”划清界限的强烈意识。韩东的“排异”方式是多样的,除了体现在总体的诗学姿态上,也体现于他在诗行间的微妙处理:“如果你一直和我待到晚上/我还会为此放出布袋中的月亮”(《城墙上》),月亮在这里再次被诗人做了“去崇高”处理,一个“布口袋”,消解了“月上柳梢头”的文化因袭。再比如,这首以异国为背景的诗:“此刻我正坐在卢瓦尔河口的一个阳台上,/脚趾遥指大西洋上空的夜色”(《思念如风》),“脚趾遥指”便是一种典型的“排异”。“脚趾”与“遥指”的结合,一下子与传统的抒情撇开了干系,甚至故意解构掉了《思念如风》这一传统样式的题目。卞之琳在《半岛》一诗中也有类似的诗句:“半岛是大陆的纤手,/遥指海上的三神山。”[①]两相比较,可以看出韩东的抒情姿态。

值得我们特别注意的是,韩东的“典型性”当中包含了很多“非典型性”元素,这也是韩东经常被我们误读的原因。就是最“典型性”的韩东作品所体现的不仅仅“就是这样”的哲学本体性。韩东是一位睿智中透着犀利的诗人,他的很多貌似“简单”的诗句常常在不经意间包含深刻的哲思。同样是以异国为背景的一首诗:“这里没有我的语言,/风景于是更加明媚”(《在异国》),这两行诗包含了十分丰富的语言哲学的内涵:语言与表象,语言与存在,语言与思维之间的关系。由于语言环境的陌生,异国风景也就相应超越了语言的束缚,反而更加“明媚”;相反,在母语环境中,风景似乎也都沾染上了语言(文化)的“前知识”(pre-knowledge),当我们欣赏风景时,往往也是透过文化的滤镜去欣赏。在《牧草》一诗中,韩东充分体现了他的口语诗的“强度”:“她坚持用她的

① 卞之琳:《雕虫纪历1930—1958(增订本)》,人民文学出版社,1984,第47页。

腿走了/[……]/身后的大门车库一样关闭了/影子一味向前投向不包含我的狂野/[……]/她走了,带动房屋所在的地面。"她用腿走了,这个强调似乎没有意义,但其实是暗示了"她"的内心与"腿"之间可能存在着某种不一致性。"她"走了,居然能"带动房屋所在的地面",似乎是要表明"她"之离开对现实空间带来的后果。总之,虽然韩东的诗歌规避繁复,甚至规避修辞,通过口语返回生活与语言本身,并因此影响了一大批诗人;然而,对韩东的模仿后来也让很多诗人在写作上难以为继,这是因为,他们模仿的其实是韩东的影子。韩东不是写不了"复杂的"诗歌才走向口语,他的口语是经历了深奥的之后的一种"浅出"。事实上,他20世纪的不少作品,并不是最严格意义上的口语诗,他的口语诗的"软沙"里隐含着很多闪亮的、有着极高语言强度的"水晶"。因此,如果我们不能从"典型性"的韩东中辨读出一个"非典型性"的韩东,误读也就在所难免。换言之,正是两者的变奏,才使得他的风格更加丰富多元。

四、沿着语言曲线的渐变

韩东四十年的诗歌创作,其实是"变也不变,不变也变"。不变的是,他始终坚守自己诗歌语言的底线,始终将求"异"置于很高的位置,始终与传统(包括"朦胧诗"传统)保持清醒的距离;变的是,他的手法更加多样,动用的"武器"更多,诗句语义负载量明显增加,由早期的虚拟性叙事更趋向于写实性叙事。从20世纪80年代初期到中期,韩东用仅仅几年时间便实现了其作品经典化的奇迹。如他所说,人生的"生理节奏被镶嵌进一个诗歌进展的重要时段",并认为这是"一种天赐"和"天选"。[①]一个诗人过早被经典化,往往会不可避免地走向悲剧性结局,会不断地重复自己、复制自己。正如何同彬所说:"对于整个文学史、诗歌史而言,韩东及其作品的经典化在新世纪前后也已经基本完

---

① 韩东:《一个备忘——关于诗歌、现代汉语、"我们"和其他》,《中国现代文学研究丛刊》2022年第6期。

成，此后他的成功或失败都委身于这一经典化的光环或阴影之下。”①然而，韩东并没有真的“委身”于“经典的光环或阴影”，他最近十多年的创作虽然保持了他的基本风格，但他显然是循着语言这条曲线寻求着新变。

首先，他的表现手法更加多样，他不再像早期那样刻意回避修辞，虽然他所用的修辞手法往往也是十分“朴素”的。“谨慎的言辞如慈母手中的棉线”（《记事》）、“用我的眼睛看她尖细的骨头／轻巧如小鸟的翅膀”（《侍母亲》）、“你的美色几乎忧伤，你的忧伤照亮了美色。／你的聪慧像蜡，滴落在一张纸上”（《献诗》），在这些诗句中，韩东并不回避本体与喻体之间的细致考量。其次，他的很多作品所承载的语义更多也更加明确。在一些作品中也有意象的营造，但更强调意象的强度与可分析性：“垃圾旋转着舞蹈／风的琴弓拉响粗电线／项圈上的银铃／比白狗跑得更远／／［……］／车灯银色的针头／给树干注入梦液／／［……］／在街口遇见邮筒——唯一的绿衣人／烟囱饲养的黑鸟延误黎明”（《夜游》），这也是一首语言强度极高的诗，一反口语诗不借重具象的常态，叙事中采用高度的象喻和暗示。他甚至也不回避现实性更强的格言式诗句：“只有笼子里的鸡是驯服的／只有案板上的肉是无欲的”（《怒气冲冲的世界》）、“从床上开始的人生／在一张床上结束”（《善始善终》）、“如果你牙疼了就吃止疼片，／心疼就把心抛弃。／／如果你疲乏了，那就走得更远些吧，／孤单了，就当自己从未出生”（《墓园行》），这些诗行在体现韩东诗歌极强的语感的同时，其表现生活的姿态显然是有所变化的。再次，本世纪以来，韩东诗歌的叙事手段更加丰富，小说和戏剧的叙事手法的运用，使诗歌叙事的场景性更加鲜明。

韩东诗歌创作上的这种“变”与“不变”，也可以说是与他诗歌的“典型性”和“非典型性”之间的相通。

---

① 何同彬：《文学的探梦与反抗者的悖谬》，《文艺争鸣》2016年第11期。

五、独白：从“冷峻叙事”到“亲切叙事”

黑格尔在《美学》中讨论抒情诗时，已经敏锐地注意到抒情诗的叙事因素："抒情诗人凭他的内心世界本身构成了艺术作品，不像史诗作者那样须用素不相识的英雄及其事业作为他的诗的内容……不过在抒情诗里也用得着叙事的因素。"[①]叙事是贯穿韩东四十多年诗歌创作最显著的特征之一。他的中后期诗歌叙事性似乎越来越强，似乎是到了“无叙事不诗歌”的程度。

从叙事在一首诗的生成上所发挥的作用看，他的叙事有时体现为局部叙事，即叙事与抒情（议论）形成共构关系；有时全诗就是由一个完整的叙事构成，它可能是一个完整的事件的叙述，也可能是对一个单纯的动作过程的呈现，如《飞盘》《一声巨响》《我因此爱你》《一匹马》等。从叙事的性质看，韩东的叙事型作品又体现为虚拟性叙事和写实性叙事；其早期作品虚拟性叙事较多，如《一个孩子的消息》《我不认识的女人》等，而中后期的作品写实性叙事逐渐增多。从叙事的技法看，韩东早期的诗歌多借重语言的描述，中后期的作品其技法则更趋多元化，小说、戏剧、电影的技法渗入字里行间，视角独特，独具张力。比如，《戏剧》一诗极像一个戏剧导演的手记，一个存在主义的舞台剧的大纲。可以看出，韩东在叙事手法上越来越自信，各种叙事手法运用得也越来越自如，甚至将自然主义的表现手法援用到了诗歌中，体现出绣花针般的精细、工笔画的耐心。总之，他通过叙事+意象、纯叙事、近景特写、介入叙事、旁观叙事、长镜头观察等方式，为抒情短诗的叙事手段贡献了可资借鉴的探索。

因此，显著的叙事特质便成为韩东诗歌的底色。在叙事过程中，诗人自然也就成为诗歌文本的一个角色或旁观者。在文本中，韩东常常体现为一个独白者、旁白者。这是韩东的一种存在姿态：与世界及其他人保持冷静的距离，同时也更接近自己的内心。这是一种先锋的姿态，韩东诗歌的冷静、冷峻、犀利等特

---

① 黑格尔：《美学》（第三卷）下册，朱光潜译，商务印书馆，1984，第197页。

点也由此可见。

《甲乙》是韩东早期叙事型诗歌的代表作。它采用类似于电影语言的方式描写一对男女在早晨起床时的一系列动作：清晨，甲、乙分别从床的两侧下床、系鞋带；由于各自的方向不一样，视觉所见也就各不相同；甲、乙没有言语，我们只知道是一对男女；卧室就是一个舞台，甲、乙是两个没有表情的角色；诗的结尾是：“当乙系好鞋带起立，流下了本属于甲的精液。”整首诗像一部默片。全诗是精确的、冷静的、自然主义的白描，精确到了“五厘米”“三厘米”这样的数字，并辅之以意识流的联想。题目取为《甲乙》，其本身就是一种态度。诗中的男女主人公没有名姓，没有表情，没有情感流露，他们的身份只是抽象的甲和乙。所以整个“剧情”所呈现的是一幅没有个性、没有情感、没有自我、彼此隔膜的异化景象，是尤涅斯库《秃头歌女》中的家庭异化景象在诗歌文体中的再现。由此也可以认为，韩东正是通过这种极其强烈的先锋性和实验性，有效解构了传统抒情和崇高叙事。

韩东诗歌的叙事的最大特点是精准、精确、精炼，他善于把握事件最关键的瞬间、最佳的视角，以及最典型的细节。有时，他的叙事甚至显示出很强的科学特点（scientific approach），流露出鲜明的自然主义倾向。自然主义作家所强调的“不要夸张，也不要强调，只要事实”的小说创作理念，惊人地重现在韩东的诗歌写作中。福楼拜所坚持的“描写不偏不倚，就可以达到法律的威严和科学的精确性”的名言，在韩东的诗歌中得到了十分逼真的验证。而左拉所说的“我看见什么，我说出来，我一句一句地记下来，仅限于此；道德教训，我留给道德家去做”（《书简》）的叙事理念，同样可以看作我们理解韩东诗歌的一把“钥匙”。而左拉所认为的“故事愈是平常而普通，愈是具有典型性”，也与韩东诗中的叙事取材高度吻合。在其早期诗歌《常见的夜晚》中，就已显示出这种科学性特点：“你来敲我的门／我把门打开一条缝／灯光首先出去／在不远处的地方停住”，每秒三十万公里的光速，被他表现成一个可以与人类行动相提并论的速度；光在开门一瞬间投射出去，似乎也只是“先出去”，就好像“我”抢前一步就可以走到它的前面去似的。而在《飞盘》一诗中，“一只飞盘从他的手中飞出/一只圆盘不断地像无数只圆盘/从他的手中平缓地飞出”，诗人则将高速摄影的技法运用到了诗歌写作上，用语言再现出飞盘高速飞行中的视觉轨迹。此外，韩东善于表现生活中不为人注意，或者本人注意到但未能准确“抓取”的细节真实，显示出他作为诗人兼小说家的敏锐观察力。“妈妈糊上两层报纸，风一吹/墙就一鼓一吸/一鼓一吸……”(《忆母》)，这种细腻描写无疑也是小说的笔法。

90年代中期之后，韩东在叙事上虽然保留了早期的冷峻特征，但在叙事主题上更接近现实生活，而在叙事手段上则不断融入小说、戏剧、舞台导演的技法。从叙事色调上说，他的诗集《奇迹》尤其透露出这种转变。写亲人，写动物，写死亡，写人间万象，他的叙事悄然之间多了不少“亲切”的气息；较之早期作品，诗人与读者之间的距离也缩短了。不妨用“亲切叙事”来指称韩东在叙事上的这一转向。下列这首完整抄录的诗，在韩东的“亲切叙事”作品中具有很强的代表性：

> 楼道里的灯是触摸式的，/一摸就亮。/孩子被妈妈抱在怀里，/伸出小胳膊，也一摸就亮。/小拳头肉乎乎的，/小手指都伸不直，/在金属片上一碰/灯就亮了。/每层楼妈妈都抱着孩子/贴着墙走，/母女俩就这么亮堂堂地下去了。
>
> ——《一摸就亮》

这是一首典型的“一叙到底”的诗歌。粗看上去，诗人是以一颗童心去体验楼道里路灯的开关装置，像个孩子似的惊奇于“一摸就亮”；但仔细分析，它显然既体现了韩东诗歌一贯的“客观性”，同时也可以感受到诗行间所洋溢出的“亲切感”，故事的主人公是平常生活的一对母女；“母女俩就这么亮堂堂地下去了”，更是他诗歌中少有的暖色。从技术上看，这首诗很像“一镜到底”的影视叙事语言（中间没有停顿），拍摄者（叙事者）从楼上一路“跟拍”到楼下。

韩东诗歌的"亲切叙事"从选题上看，多写朋友、亲人以及他养过的猫狗等，而医院、墓园、坟地、上坟、死亡则频繁地出现在他的诗中，叙事中呈现出更多的"中年性"。

韩东在《侍母亲》《母亲的房子》《忆母》《我们不能不爱母亲》《墓园》《年龄》等多首诗中直接或间接地写到母亲。在这些作品中，韩东更体现为一位"回忆型诗人"，通过日常琐碎和亲切叙事表达他对母亲的怀念。"这是我母亲生前住过的房子/我依然每天待在那里/一切都没有改变"（《母亲的房子》），虽然不见什么技巧，但饱含深情。韩东抒写亲情时，仍然保留着他一贯的民间风格，即力避虚饰，直书本质。"我们不能不爱母亲/特别是她死了之后。/病痛和麻烦也结束了/你只需要擦拭镜框上的玻璃"（《我们不能不爱母亲》），所有侍奉过父母的儿女都有过类似的感觉，但只有韩东如此真实、准确地做了直言不讳的表达。这不是对亡母的不敬，相反，这里包含了震撼人心的真实。而诗末的"我们以为我们可以爱一个活着的母亲/其实是她活着时爱过我们"，无疑写出母爱主题的最高境界，由此也可以看出韩东在诗歌话语上的转变。

此外，"医院""墓地""死亡"在韩东本世纪的作品中出现的频次渐高。《悼念》《追悼》《在医院的楼宇之间》《医院素描》《一道边门》《墓园》《又回到了医院附近》《扫墓兼带郊游》等作品，通过直接和间接地叙写医院和墓园，对衰老、死亡的主题进行了别样的演绎。"一些轮椅空着，等待着/像秋日变凉的怀抱……"（《在医院的楼宇之间》），这种苍凉感不断出现在韩东的笔下。"有一条路是从家到医院到殡仪馆到不知所踪/他们说是从安适到痛苦到抗拒到解脱。/[……]//有一条路是从家到楼顶到地面到殡仪馆到不知所踪/他们说是从心痛到挣扎到终于解脱"（《悼念》），这首悼念先锋诗人外外的诗中，包含了韩东对生与死深彻的哲学思考和现实感悟。然而，在这类现实性很强的亲情叙事中，韩东在一定程度上依然保留着他对现实的解构姿态，以及在对生活原样的直接叙写。比如，"墓地并不阴冷/太阳当空而照/我们在汽油桶里烧纸、放火/天上的火球也一刻不停/浓烟滚滚，祭扫有如工作"（《扫墓兼带郊游》），这寥寥数行以及该诗的标题，把历代对清明祭扫的虚饰之辞扫荡一空。

从“冷峻叙事”到“亲切叙事”，韩东的基本风格也变也不变：不变的是他的诗学理念，变的是叙事的色调。

六、韩东四十年诗歌创作的启示价值

2021—2023年期间，不少诗人都出版了他们的“四十年诗选”。除了韩东的《悲伤或永生：韩东四十年诗选（1982—2021）》（2022），小海出版了《世界在一心一意降雪——小海四十年诗选》（2022），义海出版了《唯美主义的半径——义海四十年诗歌精编》（2023），臧棣出版了《最美的梨花即将被写出——臧棣四十年诗选》（2023），李少君出版了《每一次的诞生都是痛苦——李少君诗选（1980—2022）》（2023），等等。这不是巧合，它至少说明：作为20世纪80年代初、中期新诗潮运动的主体，出生于1960年代的一代人中，不少诗人依然保持着旺盛的创造力；他们当中坚持下来的人，无疑已经成为中国新诗的中坚，而韩东则是“1960一代”中最具典型性的代表诗人之一。所以，对韩东四十年诗歌写作进行总结，也是对一代诗人的总结。

首先，从韩东那里我们可以考察生命的长度与创造力的之间的互动关系。韩东爱用“生理节奏”和“生理时间”来指称年龄，当然他也不回避六十岁这个事实。2022年，韩东写道：“我十八岁开始学习写诗，至今四十三年。体会有二，一、越来越不知道该如何下笔了。后来猛然醒悟，这并非由于衰竭，或许是某种正在深入的提示。在我们这个年龄段上，或者这样的‘老诗人’中，写得顺溜、无感觉是最危险的。二、就是诗歌这件事的深不可测，有待探寻、完成和纠偏的地方实在太多，它真是无限的……写了四十年的诗就该有四十年的样子，而不应该仅仅是四十年的著作等身。”[①]从他的这段话中可以看出，他是一个有

① 韩东：《一个备忘——关于诗歌、现代汉语、“我们”和其他》，《中国现代文学研究丛刊》2022年第6期。

着很强反省意识的诗人。当一个诗人觉得“不知道该如何下笔”、担心“写得顺溜”，这自然会引起创造力在新的维度上展开。

其次，韩东早期的冷峻、犀利到中后期相对温和的“亲切叙事”，正是中国新诗不断“进化”的应有之理。没有他早期的急风暴雨式的对传统的反抗，中国新诗也就缺少了一次阶段性的突变。一种文学形态一般很难在极短的时间内产生激变，但历史期待这些带来激变的契机。在一段时间内不能被人接受的、“超前的”诗学理念，去除掉其极端的部分，它便成为这种文体不断生长的动力。不能说韩东放弃了他早期的先锋性，应该说他四十年的创作是随着“生理节奏”而不断渐变。“在六十岁这个时间点上，我特别愿意将诗歌定位为艺术，写诗则以作品为目的。不是取消问题，而是试图整合所有的问题，所有的问题归于‘一切尽在不言中’，让作品本身说话。除了不可企及的杰作，我们还能指望什么呢？”[①]从这段话中我们提炼出这样几点：一是韩东将诗歌定位为一种“艺术”，而不只是“文学艺术”，这表明在他的心目中，诗人应该有更广阔的视野，诗歌应具有跨越文体界限和文字媒介的艺术野心；二是他不再纠结于具体的诗学问题，而是要以具体的、一首一首的作品说话，这让人想起胡适的那句名言：“多研究些问题，少谈些‘主义’”；第三，相应地，韩东似乎也间接地回答了“诗到语言为止”的命题，一句“一切尽在不言中”，进一步表明“诗到语言为止”已经成为文学史的一个“履痕”。

再次，韩东何以成为韩东，是诗歌界和学术界论及较少的话题。有论者认为，韩东诗歌强烈的“排异”特点虽然是一种品质，但是“就是体现不出某种文化师承上的特定关系”，并认为“他的诗歌是拒绝文化的一种诗歌”。[②]的确，韩东的诗学渊源比较含混、“暧昧”，他早期的诗学主张似乎给人以空穴来风的感

---

① 韩东：《一个备忘——关于诗歌、现代汉语、“我们”和其他》，《中国现代文学研究丛刊》2022年第6期。

② 小海：《韩东诗歌论》，《东吴学术》2015年第5期。

觉。然而，深究其渊源，除了个人气质和际遇的因素，我们认为韩东的哲学系背景，在他的诗学观的形成上，在他全部的创作中，发挥了极其关键的作用（很遗憾，本文不及就此展开论述）。他作为诗人与世界的关系，他的文本与世界的关系，其背后都可以看得出哲学的骨架。西方现代主义的各种思潮，哲学上的存在主义倾向，在他的四十年的诗学实践中，是隐约可见的。所以，不能说韩东的诗学观没有"文化上的师承"。关于诗歌的滋养，韩东近期反复强调："由于当代汉语诗歌和翻译作品的关系极其紧密，读翻译作品自然是重中之重。"①"国粹传统已经失灵，我们所写无论从主旨、趣味，还是从技术方式上说，都和'翻译文学'有千丝万缕的联系。"②这都清晰地表明，韩东的诗学师承是有的，只是他善于通过"排异"，让我们不能一眼看出他究竟是服膺于哪位"大神"。20世纪30年代中期时，朱自清在总结近二十年的新诗运动时曾说："最大的影响是外国的影响。"③近一个世纪后，韩东仍然认为新诗的滋养首选"翻译文学"，这同样值得我们深思。

最后，韩东四十多年的创作实践，也很好地回答了诗人的创造力与"中年性"之间的矛盾。他非常清醒地认识到"生理节奏"与创造力的持续生长之间的关系，时刻警醒自己不要顺着已经形成的风格"向前滑溜"。同时，他自觉地认识到，"所有在晚年能写出杰作的诗人都是自觉的诗人，才称得上自觉"。④正是带着这种意识，韩东完美实践了"变"与"不变"的辩证法。

经过四十多年的砥砺，"每天都写作"的韩东写得越来越自信，语感越来越娴熟："我狼奔豕突""我鸡零狗碎""太聪明／不够笨""小聪明／大笨蛋"（《认

---

① 韩东：《读你最喜欢的诗人》，《青春》2023年第9期。

② 韩东：《一个备忘——关于诗歌、现代汉语、"我们"和其他》，《中国现代文学研究丛刊》2022年第6期。

③ 朱自清：《〈中国新文学大系·诗集〉导言》，良友图书公司，1935。转引自杨匡汉、刘福春编《中国现代诗论》（上），花城出版社，1985，第240页。

④ 韩东：《一个备忘——关于诗歌、现代汉语、"我们"和其他》，《中国现代文学研究丛刊》2022年第6期。

识自我》)，虽然是平白的口语，其间无疑隐藏着大智慧；“头秃了，那就让它秃着吧/牙蛀空了，就让它空着吧”(《这些年》)，是对生命的透彻体悟；“字和词不再折磨我/我也不再折磨语言”(同上)，则是“诗我合一”的写作境界。当然，如何真正做到上引何同彬所说的不“委身”于既成经典的“光环与阴影之下”，不仅对韩东，对所有的“成功”诗人，都是极其不容易的一件事。

[作者单位：盐城师范学院文学院]

从浪漫想象到残酷体验

——阿九的神话诗学

耿占春

摘　要　阿九系著名诗人、翻译家，活跃于当代先锋诗歌现场的“北回归线”诗群的重要成员。本文聚焦于阿九自20世纪90年代至当下的诗歌创作，从神话诗学的视角展开批评。本文认为，经历多年的探索，阿九在诗歌创作中将基于古典神话的诗学转化为基于现代体验的神话诗学，以不断变换着的神话学的语言转化生活体验；而经由叙事话语的重构，神话学的意义资源从权力话语中被剥离，复归于生命自身的神话。

关键词　神话诗学；阿九；浪漫想象；现代体验；主体分化

在阿九开始写诗的那些日子，在20世纪90年代初，杭州几个朋友都正迷恋于古埃及的诗篇《亡灵书》，就像那个时候梁晓明辉煌的诗章《开篇》一样，阿九最早的诗也充满了骄傲的亡灵气息。神话总是从最悲哀无助的事实出发的。

神话是人类经验，神秘的或许是神话学的符号怎样系统地置换了原始经验，这是一个赋予事物以意义的过程。神秘的是，这些符号及其意义序列确实改变了人们的体验。在1990年的《眼睛》一诗中阿九写道：

我一头撞死在柱子上。
我屏住呼吸，
把血还给头颅，把眼泪还给眼睛。

夜晚骑上了我的肩膀。
带着一声尚未进化成词语的叹息，
我生命的鱼挂在冰冻的树梢。

在稀薄的星光下，我注视着天与海，
还有这亡命而善走的大陆。
它们是害怕不泯的目光的。

我一头撞死在柱子上，
我的血滋润直到木头的心。
我使那根带血的柱子再也无法坚硬起来。

事实上，无论那时还是今天，就其知识层面而言，我们很难真正理解包含着诸神谱系的五千多年前的《亡灵书》，但诗人们一开始就听懂了一种不朽的话语，即无论何种文化与制度，人们对灵魂不朽的追求。脱离了肉身的亡灵，似乎获得了一种特殊的精神自由，由此，"我"才能够在超限的时空中游走、飞升，无远弗届，让"灵魂"说话。"亡灵"这个符号化的概念，转换为一种修辞方式，也转化了语言的功能。在那些阴郁的日子里，诗人们与《亡灵书》的相遇有如领受一种恩惠，让他们以特别明亮的语言表达与死亡、苦痛、创伤有关的经验，把历史的哀戚变成神话的歌吟。一反历史境遇的晦暗，阿九写出了一首由六个章节组成的《明歌》——

我的歌高于天山，
胜过一切晚宴。
我的路愉悦了躬耕之犁，
田野中擦亮，闲暇时发光。

不难从中听到《亡灵书》愉悦明亮的音节，纵然诗人写到伤痛与悲哀，也依然闪烁着超验性的“光”，由想象的死亡和亡灵出发，诗人才能够说：“我是‘唯一’之神，沿荒年行进。/我常著愤怒的衣饰，/以恐怖束腰。”亡灵的口吻——对死亡和不朽的双重认可——出人意料地，以超然物外的方式处理了“愤怒”与“恐怖”。青春期的意识与古埃及人的意识如此一致，以至于在那个愤怒与恐怖的时刻，二者的话语竟能够如此混淆起来，让我们在悲哀中提振其精神。

我的话就是北风，
即使落在地上。
我的唇极其美好，
我的额自黎明就与太阳同车。

就像多神教的语言一样，亡灵（躯体）的每个部分都可以独自称神，与物同游。或许，在此刻，在失败中，重振自我或主体的旗鼓，就是诗人的使命。“我的城正如我的话/永不丢失，十万大山是它一切传言的基础。”这是一个与晦暗的现实世界里相反的自我想象，或自我激励，“我飞翔，我明亮，/明歌自我的口中流出，/所以它的名也有翅膀。/我飞翔如渡鸦之羽在阳光以上。”

如果说埃及《亡灵书》仅仅是一种外部或异己的意义资源，诗人们就难以在此刻以如此口吻说话，因为现实世界中根本没有这个位置，也没有这个主体。然而，神话的魅力在于它一再破灭，也一再重生，而青春就是神话语言的渊薮，即使在受挫的时刻。青春的意志没有被打败，强劲的意愿依然存在，并且说，“在我意愿的北端，/大树已向我仆倒。/一切殿堂在我离开之日都步入老年，/我的心确是双刃的剑”。青春就像一种再生的神话，他能够毫不夸张地说——

我将在秋天与她相遇，
正如丰收和美酒。

有点不可思议，《亡灵书》几乎是每个时代的不朽思想，在一代人尚未看清他们的失败之前，浪漫主义的生命意志依然暂时有效。这是一代人陷入困顿的时刻。在一些人陷入深深的沉默、陷进绝望之境，另一些人开始说谎的时刻，阿九说：“双腿啊，你传言的绿洲使眼睛明亮。/在我沿着旷野的基础/改换国家的时候，/我前方的路必用缎子铺成。”那一时刻的信心并没有什么证据，一切确凿的证据都相反，但在无望的心境中，在阿九和梁晓明的诗歌中，乃至同属于友人圈了或同属于“北回归线”诗群的年轻批评家刘翔在他这一时期的文章中，都让人感受到诗歌重启了一种辉煌的神话资源。不知道它通过什么样的秘密通道，抵达了我们的心智。阿九的《明歌》和梁晓明的《开篇》，既激活了神话的意义资源，又为当代诗注入了异质的语义，这是明显的来自地中海周边地区的话语和想象——

我的眼就是圣经的两页，
就是从香草弥漫中派生的一对黄莺。
我的歌使白云变黑，
并引导了大雨。

双腿啊，你行进如响雷
在“昌盛”的两岸。
一切与你为敌的，必是悲哀之旅。

这是典型的经书风格，也是经典的神话思想：被分解的躯体（死亡）各自为神，器官与功能各由其“化身”，由此给抽象概念一个可见的情境。如果说身体与感官是一种存在，“功能”就是一种活动着的存在。而意识和意识过程中的一切，都通过感官化进入了可见的领域——

我的欢笑就是猎鹰
回到“快乐”之巢

而奇异的是，虽然感官与功能可以各行其是，主体虽然分化了却依然统领着它们，“当黑暗包围了兰花，/智慧也回归了我的四野。/我给了他们登临的杖，并建立了群山。”“我”依然行使着经验的主权，充满了无可商榷的权力意志。他说，“我的心确是刻有铭文的，/确是一切往事的许可者。”在一个无权可言的时刻，这是一种自我砥砺还是一种不甘失败的意志？在可诅咒的时刻诗人发出礼赞，应该说，在那么一种时刻，无论《明歌》还是《开篇》，都是经验性社会心理状态的神话式倒置，多年之后，这仍旧是一种未解之谜，一切创伤与灾异之后的“康复”之谜，它倒置了阿多诺的那个悲伤的断言，或许因为，如阿九所说，“我使一切礼赞在自己手中，因我剩下的勇气仍可伏虎。”一种不甘失败的生命意志，一种不灭的意愿——

永不留下，也不忧愁。
我确是一阵晚风疾行，
去见那聆听者。

他们细听；他们萦绕了我
和我因回顾而展现的孤独。

可以说,《明歌》的终章即第六章是这一意志的强化,诡秘的是,此后阿九踏上了“远途”,如诗所言,“在北堂我种植忘忧的萱草。[……] 我把行进之风穿在自己脚上,/以远途巩固了生命,/安顿了衰微的旷野之马。”

当天阶上的守望者一一到来,
以造就天堂的砖石压低了云彩,
请用这杯瓴留下这雨水,
因为我新死,
与众神相争。

这是值得作为一个时代的神话宣告加以注释和引用的诗句——“因为我新死,/与众神相争。”在诗人这里,最惨痛的经验转换为神话表述。

90年代的《亡灵还乡》,既接续着青春期浪漫主义的自我专注,也有奇迹般激活的非人格化的神话意识。这些不免透出青春期的情调,“即使因为贫穷,/也该有一首歌,让我号唱着死。/那一天,谁能叫得出我/人群中的名字?”但他也会突然将话语打开一条大道,由神话通往经验里的祖国——

或者真的,如果我想见见祖国,
单独见一见她,
她能不能赶来?
想与正义、智慧
聊一阵天高云淡,
她能不能赶来,

赶在夜晚的更鸣到来之前，
来听听我剩下的话语？

《亡灵书》的经验让阿九能够说，“万一这条路上/有人举火经过，/至少它该为我彻底熄灭一次，/让我像一个真正的灵魂，/一颗骄傲的燧石，/点燃故乡的心中致密的夜晚。”

就这样，阿九早期的《明歌》突兀地中断了。就整个诗歌语境而言，神话语言随着社会短暂青春期的结束发生了蜕变，神话意识也随之急剧衰微了。不止一个诗人在90年代初期之后中断了写作，阿九也留下了一段长达十几年的空白，那是一代人的艰辛岁月。他们得首先考虑如何活下来。

或许由于阿九此后确实“沿着旷野的基础/改换国家”，在大陆诗人多半转向日常生活叙述时，他依然在以神话思维方式系统地转换生存性的经验。在新世纪重启写作之后，阿九依然会把生活经验转换为神话式的想象——

那就是我的地球，一颗奋锐而善跑的行星，
当好战还是一种美德时，
我的族人就定居在那里。

或许我们能够从这些神话般的叙述话语中体味到阿九的生活变动，“它一生在迁徙中度过，/它记忆中最猛的仇人是石阶、云塔和城墙”，月亮的想象转化为对新游牧生活的赞同，对定居生活的弃绝，“那里，它失去了最初的蔚蓝色”(《在月球过夜》)。如何协调经验与神话，似乎一直是阿九诗歌写作的主题之一。

在《再论月亮》一诗里，阿九说，“此前我一直与云杉为伍，我的本意是想/借着月光看清我的身体。/我说了一生的这种语言是乏力的”——

它来自地球，一个谦卑的方向。
朝着它，我用甜蜜的心为一个国家祷告，
愿她的大河流得比别人更加长久。

一种神话式的话语，组织起一种经验论的感情，“我感谢那段颠倒黑白的日子”，或许正是神话式的语言之光，才“让我在天使的话语上抓住他的翅膀”。

但我不是天使那样卓越的事物，
我的本体乃是尘土。
当我飞行，
我惊叹自己对天空的展开和发扬。

没有了《明歌》那样的神话学想象，阿九似乎决意寻找历史中的神话时刻，重新叙述神话式的事件。通常置于史前的遥远事件变成了神话，而晚近的事件则进入了历史叙事。他讲述古老中国的《颍河故事》，尧的禅让、许由洗耳、牧童巢父和牛的故事，这个故事已变成了历史批判意义上的神话，即以近日目光看来是不可思议之事。在此时的诗人看来，阐发古老的传说，正是他“对天空的展开”和对光的“发扬”。

而《国母本纪》虽然历数了史书中的皇族起源神话，却不过是《颍河故事》的反面，诗人在重述这些“神话”时或许愈来愈感到失望，庄重的语调慢慢让渡给反讽，《国母本纪》变成了批判性的历史叙述：简狄因尝了燕卵而生商；在蓝田的郊野，由于“虚空规定了万物的本质”，少女姜嫄踏入巨人脚印而孕育了周族。“女修用同样的方法制造了秦部”，一时让“咸阳的众女子开始对燕子怀春”。这还未完，“刘邦平凡的母亲曾与大湖毗邻而居。/她有一个雷雨交加的夜晚。/一条蛟龙占领了她的山峰和溪谷；/她的丈夫谴责了飞龙，但收留了龙子”；“辽族的一位萧姓少妇/梦见太阳坠落在她的怀中”；“满族努尔哈赤的母亲佛库伦/看见一颗红色的山楂就开始怀孕”。在这些由虚空规定的神话中，起神话叙事作用的仍然是分解的物质元素与女性肢体局部的接触。诗人不无讽刺地写道：“国母的故事象白银一样善于延展。”

因而这句话可以反过来理解，“我继续翻阅中国历史，只要我的故乡/一天不再相信国母的神话，大道就隐没了”，因为“那是孔子梦想乘竹筏移民海外的日子，[……]”。

> 所有这一切，都书写在王朝的第一页，
> 镌刻于丹青正史的第一节。
> 女主人公第一人称的追述确保了真实，
> 良史们狼毫般精确的洞见加重了语气。

当神话不再属于每个追求不朽的人，不再属于那些不朽的灵魂，而变成对权力的神秘加冕，神话的语义堕入了肮脏的历史。

正是在这样一种历史的神话学语义中诗人称颂了《良史》，“因为，在一个焚书的行省里，/一本越是精采的书/越容易失传或被烧掉。”

> 因为在刀刃面前，是人的话就会转弯，
> 而良史走过之后，
> 我们看到的是一根折断的箭杆。

良史“不能使饿死的灵魂更生。/但良史可食，并且多钙”，因为它“与两个永远最贫贱的词语同根：/一个是粮食，一个是良知”。神话与历史是两种不同的语言，两种不同的语义体系，对“良史”的关注，让阿九写出对历史的神话诗学叙述《断蚓》，这是以谭嗣同的口吻进行的叙述：“我是一条断蚓。/冰凉的头部并不在乎下身的离去。”一具残尸“在地上痛苦地抽搐”。这次身体与器官的分解不是神话，而是残酷的历史场景。“但那痛只是看客的痛。那抽搐/只是观者内心的挣扎。/世人在恐惧里/捏造了一种不存在的痛感，/并像一只花环一样/将它戴在我早已落地的头上。”似乎与肢体分解的神话叙事相反，《断蚓》还原为生理的、物质的，“而与中枢神经分离的躯干/则永远丧失了追求痛苦的能力”。在阿九这里，身体、器官的分解及其功能化叙述的神话诗学从浪漫主义想象转向残酷的体验。

然而死亡由于其不可思议性仍然属于神话学事件，不仅因为在许多古老的诗篇中，死亡如同一个开端事件，还因为这个不可思议的事件至今依然存在，无论历史、文化与制度发生了怎样的变化，这个作为开端的事件都依然重复着。但无疑，这个原始事件在历史语境中，被赋予了不同的经验形态及其意义。在残酷叙述段落之后，诗人让分解的身体从物质上升至隐喻叙事层面：“那一刻，滚落在地的，不过是我/盛年的一场春梦，而我的父，我的土和我的国/也在梦中被劈成两半。那一刻，我是我自己的舞台；我是我自己的观众。”最后，阿九颠倒了事件的因果——

> 我就是一座断头台，而我斩断的
> 是一口嗜血的刀刃。

诗人如此坚毅地倒置了死亡与判决的逻辑，这是对殉道者最高的赞誉和诗性正义的复归。诗人以殉道者的神话诗学颠覆了权力神话。从尧、许由，到谭嗣同，围绕着权力的历史故事表明了什么是我们真正意义上的丧失。这或许就是阿九诗中所说的消失的“故乡”：“对祖先，那里是伤心之地，/对儿孙，那里是乌有之乡”，“没有一寸月光收我做她的儿子，/没有一间屋宇/情愿当我的故乡，/因我的背包里尽是思想的灰烬”，“但是，我必须有一个故乡”（《故乡》）。如同《再论故乡》所写——

如果你在一首歌里
藏入自己的童年,就能在鼓点中
听见天国的打桩声。

对阿九来说,“那是一个没有纪年的生命/在庆祝自己的心跳。”阿九记忆中的乡村经验也在《新聊斋:黄豆》《琴语》《始皇帝与盗墓者》等诗中得到神话式的书写。诗人用高度分化、分解的诗学语言“修复着自己”伤痛的经验。尽管他知道“故乡是一场饥馑”,“我深知疾病和贫穷的滋味,/却没有理由仇恨自己的童年”(《不动点》)。在试图保留一个月亮般的故乡意象之外,他同时尝试书写历史生活的场景,炼狱般的劳作和帝国收税官提取矿税的故事(《热河1898》);深入历史的细节,揭示真实而不堪的一面(《我的故乡在殷墟》);甚至使用工业技术本身的修辞——足以引起身体反应的残酷描述——处理最残酷的事故(《生命的物证》)。阿九感慨说,因为历史过于肮脏,“我们宁愿沉溺于一个淤塞的昨天,也不愿疏通/一段令我们集体失语的记忆”(《坐在马桶上的反思》);“那是无数不在场的生命喂养着另一群生命,/让死亡的集体无意识变成一个祝福”(《静物》)。

在许多年间,诗人一直尝试着以神话诗学处理更惨痛的经验,自我分解式的话语也重新浮现,因为主体的分化既是古老的神话修辞,又是特别现代感的体验。他在《告别灵魂》中讲述道:“有一天,我的灵魂对我说,/她想出门一趟……我目送她乘的车子/一颠一颠地远去,/车尾巴不时冒出加速时的浓烟。”虚构话语有一个拟真的场景,正如早期写作中感官与功能的分解一样,主体的分化这种特别现代的体验变成了神话叙述的基础:“和我一样,我的灵魂也来自/一个安徽的小村庄。/这说明,再卑贱的灵魂/也会有一个故乡,/一个月亮的根据地。”

主体的分化成为神话叙述的基础,主体的分化——身体、肢体或器官的分化——既浪漫又残酷,它成为诗人对真实体验进行诗学转化的符号学秘密。他用这种话语讲述“故乡”的神话，他也将移居北美之后的原住民神话元素融入诗歌：溺水而亡变成了爱情传奇（《因纽伊特少女》）；“在云彩的大床上过夜”的女人（《低陆平原的月亮》）；“每一块石头都曾是一个会说话的人”的《西海岸》；以人类学家的眼光讲述动物与男人、女人的故事（《弗雷泽河谷的七个夜晚》）。在阿九的诗学话语中，在主体与器官的分解之外，物质元素的分解也同样具有神话学的意义。死亡、不幸、有限性和苦痛的经验——生命和万物的分解——一直伴随着人类社会，又似乎一直处在历史“发展”之外，在核心体验上，依然停顿在“史前”。

在多年的探索之后，阿九将基于古典神话的诗学转化为基于现代体验的神话诗学，将慰藉的神话转换为残酷的神话。经由叙事话语的重构，神话学的意义资源从权力话语中被剥离，复归于生命自身的神话。一种批判话语的传统从散文转向了诗歌：鲁迅“无声的中国”或王小波“沉默的大多数”，最终酿成了阿九的《辅音风暴》——

有这样一个行星，在他们的语言里，
元音在度假，辅音在劬劳；
在他们的诗歌和电影中，
元音在歌唱，辅音在思考。
于是，那些不准发出声音的声音
只能在沉默中劳作，在无声中表达。

根据当地的法律，
五个以上辅音聚会就是非法。
一项宪法修正案还规定，
所有元音的手中，握着辅音的选票，

作为交换，所有元音的口粮
都由辅音供应。
由于宪法规定了如此神圣的平等，
凡是操这种语言的国家
都享受着惊人的安定。

但真正惊人的是，
这个遥远、神奇而浪漫的国家
却从未记载过爱情。
由年长的元音组成的议会裁定，
情人间的耳语是对他们的蔑视。

这个国家所有的法庭都已经倒塌
或者急待修葺，
因为既然元音可以随意教育
犯了罪的辅音，
而元音本身又不可能犯罪，
法庭只能是一种昂贵的摆设。

元音们休假的时间虽然很长，
却从来都不能入睡。
尽管那里的犯罪率跌到冰点以下，
元音们健康恶化的原因
却一律填着"恐惧"。

一天，辅音们终于体力不支，

全都栽倒在机器和公牛身边。
顿时，城市里除了歌声
没有任何声响，
连死神都不敢追忆当天的寒冷。

尽管所有无力起床的辅音
都在有据可查地服药，
元音们还是陷入了末日般的惶恐，
甚至气象台也参加了一场预言：
今天晚上到明天，
有一场辅音风暴。

一切神话叙述都存在着对经验加密，这样的诗篇并不纯属字里行间的言说艺术，也是旨在将世俗经验转换为本身就是奥义的话语方式。阿九再次让我们注意到一种神话学诗学话语的现代意义。权力意志需要神话的加冕，神话更属于生命意志。神话被统治者用以自我神圣化，神话也能够让生命圣化；神话颂扬，神话也能够成为批判性的话语。

阿九在他的诗艺中锻造着一种神话学的表述，从身体“器官”的分解与“功能化”的叙述，从分化的主体，到分解的物质元素，到《辅音风暴》中语言元素的分化、分解及其功能化的叙述，阿九的诗丰富着神话修辞的技艺，对阿九来说，神话语言不仅能够表达《明歌》那样不朽的主题，也能够表述经验主题。如果说《辅音风暴》以“元素论”的神话语言处理了沉默的大多数的命运，并预见了尚未发生的历史时刻，《穿越》则以神话学的叙述讲述了知识界的状态——

我把两本印着敌对思想的书
并排放在硬木书架上。

一样的文字，有着无可辩驳的亲缘的词语
在不同的立场上互致着怀疑和敌意。

夜里，书架上传来怨恨的噬咬声，
不知是词语之间，还是词语和牙齿的遭遇。

我用一张塑料纸把二者审慎地分开，
它们才渐渐安静，像一场决斗后留下的两块碑文。

三年后，当我再从架上取下其中一本，
我发现薄膜的两面嵌着来自双方的文字残迹。

就像一块琥珀，封存着它们向彼此穿越的企图、
临终的挣扎，直到目光的熄灭，

但我无法断定，那是边境线上心照不宣的渗透，
一场失败的叛逃，还是一次冒死的亲近。

依赖一种“元素论”、依赖一种分化与分解的话语方式，才可能生成这样的叙述，“文字”在敌对立场的“书本”间相互“穿越”，进行一次“失败的叛逃”或“冒死的亲近”。对阿九来说，由“器官”的分化、元素的分解及其他功能化叙述所产生的神话叙事，能够自如地处理一切社会历史问题，乃至完整地转述他作为一个物理学家的工作经验，《制氢技术》成为一种美妙的神话体验：“假如我必须解释我在实验室干了什么，/我会尴尬地承认，/在电镜下窥视过一对情侣”，“那是两个氢原子艳遇后的小屋。/我看到他们次日一早出门，/一起驱车前往一座关口。”；在丢下“一个噪音充斥的空白镜头”之后，实验室的观察者报

告说，“在边界的另一侧，我看到无数这样的/原子旅行者，/就像我自己，现身于异邦的海关”，“我不知道他们是否都找回了自己的爱人，/是否有人错拿了别人的行李。/但整个旅程中没有一次投诉，/一次民事纠纷或是报警。/他们的文化从不在乎婚约或者彼此的情史，/却同样充满了非法的刺激和欢乐”。实验室里的观察为诗人提供了人智学的语言，“原子”的主体化、原子的行为与功能叙事，在微观世界里重现了古典神话中“器官”主体化、功能化的神秘叙事。

一系列的“变形记”也出现在诗人的生活叙述中，以至于一般的比喻方式——物质的分解——也融入了神话叙事的味道：“客人走后，我们就像盘子里剩下的两只鸭梨。/十二年高浓度的婚姻生活，已让彼此的味道接近”，“我决定切开自己认同的那一只。[……]它居然是一只黑心的梨”，“而那个虫子却因为厌倦或爱惜/而离开了现场”。“它是谁？是谁在我的心中/埋下一阵未曾发掘的奇痒？……虽然我很想证实，并非所有的梨都是黑心的，/但我决定把另一只/留给你在方便的时候自己削开……”（《鸭梨》）物质的分化在一切事物中起着耗散作用，深入家的分解和个人内心的分化。而速朽的体验所带来的《分手》，则被描述为“一个小语种的湮灭”——

那失传的深喉音，含混的句式，
两个通电的身体
幽暗而透明的文法。

那些专有的名词
不可复制，无法借代，
坚拒一切金石家细密爬梳的考证。

物质元素或语言元素的分解及其“功能”化的叙述，处理的不再是不朽的经验，而是生命的速朽感。《女儿的神话》写道，在人类学博物馆，四岁的女儿看到海达人的创世神话："人类的孩子就是以这样多变的姿势/从蚌壳里钻出来的。"我告诉女儿："黑夜一样的乌鸦是我们最初的监护人。"人类命运的不确定性从原始神话转向现实生活的悲伤，从族群转向更脆弱的个体，"一朵雪花落在女儿的睫毛上"……雪花在空中回旋和飘落，像"结局未定的抚养权，无论落在谁的手里，/都是来自天上的一滴泪水"。

《心的形状》以父女之间的对话方式补充性地讲述了一个悲伤的神话—童话——

"爸爸，为什么我画不出
一颗尖尖的心？
我画的心下面都是圆圆的。"

"所有的小宝贝都是完美的，无害的，
所以他们的心都是圆圆的，软软的。
人长大了，才会有时伤害别人。
而一颗心要弄痛
另一颗心，就必须长着一个锐角。"

"可是很多大人从不伤害别人，
他们的心也是尖尖的。"

"是的，他们都是善良的人。
他们像削铅笔一样
削尖自己的心，不是为了伤害别人，
而仅仅是为了学问。"

这首诗里有发生学意义上的神话—童话，童话似乎是无奈的人们发明出一种神奇的语言，以便让孩子的心接受那些他们本会拒绝的世界，以美好的方式提前转化那些残酷的体验。在阿九颇为不同的生活叙事里总是有着那么多悲哀的童话，这些不免涉及私人生活的叙事，与社会历史领域的叙事一样，被神话叙事的动机所转化。《星空》里写道："这一周，孩子们又没有来"，"当我正要关灯走开的时候，/我的双眼潮湿，为这斗室里的天文发现——/天花板上布满了星星"，"这是前一户人家女儿的房间。/她踮着脚量出的身高/被父亲用铅笔的一条条细线记在墙上。/只因父母离异，她必须把/这片十平米的星空/移交给一个陌生的中年人"——

就这样，我接受了一片应许的天空。
可我四十多岁的人了，
拿着一大把星星又有何用？
这广袤而深邃的问题
需要多少个宇宙方程来一起求解？
此刻，它们那样真切地对我眨眼，微笑，
像一首年岁久远的儿歌。
二十四个大狼星的孩子
离开我眼角的小河，
漂向深不可测的南方。

人与人的分化、分解没有神话意味，仅仅是一个残酷的解体事实，世界上最小的共同体不复存在："孩子们又没有来"，而别人家的孩子已离开了这间屋子，留下了天花板上的一片"星星"，像苍茫无解的宇宙围绕着孤独的诗人，这是他的悲伤与安慰，在人们不幸的生活中，在一个孩子的心里，存在着某种以星体的方式运行的东西，但似乎正在偏离哲人从星空中看到的那道律令。

从浪漫的想象到残酷的体验，从青春到盛年，在物理学与诗学之间，在江南与北美，对阿九来说，不变的是以不断变换着的神话学的语言转化生活体验，不变的是在一个沉重的世界里，继续练习《在梦里飞行》——

我们来自一个被通缉的星球。
我们只能在梦里
说出自己的地外身份。

这是阿九神话诗学的智识核心："它决定了你/是否能以一颗来自深空的心/来废除这低处轰鸣的/不真实的生活。"

［作者单位：河南大学文学院］

重探寓言诗学：历史见证、灾难书写与创伤修辞

杨小滨

摘　要　本文从源自本雅明的德曼理论中象征与寓言的对立，尝试与拉康理论中象征域与真实域的关系相连接。中国古典诗学中精神象征与历史寓言的共存，不仅延续到当代诗，也同时指向了精神高洁与历史污渍。本文将讨论中国当代诗学政治对宏大象征的挑战，从而在精神象征的异质化过程中体现出国族寓言。

关键词　寓言诗学；当代诗；象征；国族寓言；真实域

象征（symbol）和寓言（allegory）的差别与高下，长期以来都是西方文学理论界的重要话题。孙康宜在《〈乐府补题〉中的象征与寓言》一文中敏锐地发现了中国古典文学中象征与寓言的共存，这引发了我们可以不仅从象征/寓言的理论议题上，也从古典到当代诗的文本分析上，来探讨诗歌写作与修辞、历

史、国族等面向的多重关系。我们不妨先来回顾一下《〈乐府补题〉中的象征与寓言》这篇论文的核心论点:《乐府补题》中的诗作同时具有象征与寓言的特性。[①]也就是说,这些咏物诗里的意象和图景,除了体现为标示高洁的象征,也意味着与政治事件相关的历史寓言——象征与寓言二者在古典汉诗中可以"在同一篇诗文本里共存"。[②]比如周密的《水龙吟·白莲》,从一个层面上来说"象征了纯洁与完美",[③]从另一个层面上又寓言式地暗指了元代至元十五年(1278年)的"宋陵盗掘事件"。从周密词里"擎露盘深,忆君清夜,暗倾铅水"的诗句,"他让我们了解到,莲叶上清晨的露滴使他想到泪水——不是普通的泪水,而是铅水"。[④]假如说露水的意象具有纯粹的象征功能,那么从晨露到泪水到铅水(这个典故借用自李贺《金铜仙人辞汉歌》),这之间的连接已经超越了单一的象征范畴,而进入了寓言的领域——因为这里我们读到的不仅是意象的转义,而且还有相关于历史事件的叙事性元素。"暗倾铅水"已经超出了以"铅水"来象征某种情感或观念的范畴,而是经由李贺的前文本,暗示了对历史事件的指涉。因此可以说,《乐府补题》将寓言所包含的叙事性与象征所具有的抒情性糅合到了一起。

孙康宜在文章里特意提到了保罗·德曼(Paul de Man)影响广泛的《时间性的修辞》一文,尤其是该文对象征和寓言这两个概念的讨论,即德曼"对寓言的辩护,以及对象征美学的否决"。[⑤]也可以说,德曼偏向于阐述象征和寓言之间的差异,孙康宜则强调了这种差异基础上的共存。这使得我们有兴趣再来探察德曼这篇文章的要义。德曼在文中首先讨论到伽达默尔对象征的崇尚牺牲

---

① Kang-i Sun Chang, "Symbolic and Allegorical Meanings in the *Yüeh-fu pu-t'i* Poem Series", *Harvard Journal of Asiatic Studies* 46.2(1986). p.354. 文中所引外文文献均由本文作者自译为中文,下同。

② Ibid, p.355.

③ Ibid, p.357.

④ Ibid, p.359.

⑤ Ibid, p.355.

了寓言，并且将二者的对立归为：仿佛象征才是艺术的，而寓言则是非艺术的，显现出枯燥教条的特性。德曼认为“象征的构造最终导向一种总体的、单一的、普遍的意义”，那么“象征的主要魅力在于对总体性之无限的要求”。[①]德曼用“表面与深层的综合”来描述“统一的，‘象征的’力量”。[②]就这一点，朗西埃（Jacques Rancière）也表达过类似的观点：“从词源上看，‘象征’意味着协和或结盟的符号。[……]隐喻或象征属于再现的时代，由于其固定的特质：太阳与荣耀、狮子与勇气、老鹰与尊贵、蛇与诡计……”[③]

可以看出，对于德曼而言，象征意味着一对一的简单认同，而寓言则体现为从象征的游离。“在象征的领域里，意象才有可能与实质相契合”，而“寓言的符码与其意义（所指）之间的关系不是由教条所规定的”，“寓言的符码指涉了先在的另一个符码”，“是对先行符码的重复，但又无法与之契合”。[④]故而，就“时间性”而言，象征是瞬间的，任何符号的象征意义都体现出在一刻间完成的同一性；而寓言则具有绵延的时间性与差异性，在很大程度上呼应了德里达（Jacques Derrida）“延异”（différance）概念中包含的“延迟”（deferral）之义——展示出新的符号与旧的符号之间的时间性链接：“象征假定了同一性或认同的可能，而寓言则首先指明了与其源头的距离，否决了怀旧与契合的愿望。”[⑤]德曼在分析卢梭（Jean-Jacques Rousseau）《新埃尔罗伊斯》中的花园意象时，认为其“‘自然的’外貌”让位给了“极端的工艺性”，因此用了“与其原型传统相反”的断语来界定花园在其原有象征符号之上所体现的寓言性。

---

① Paul De Man, *Blindness and Insight*, Minneapolis: University of Minnesota Press, 1983. p.188.

② Ibid, p.194.

③ Jacques Rancière, *Mallarmé: The Politics of the Siren*, tr. Steven Corcoran. London: Continuum, 2011. p.12.

④ Paul De Man, *Blindness and Insight*, Minneapolis: University of Minnesota Press, 1983. p.207.

⑤ Ibid.

依据德曼的理论视角，我们在更早的中国诗经典里也能寻找到象征与寓言的共存，尽管寓言未必一定有其历史事件的具体指涉。比如，在屈原《离骚》较早的诗行里，那些芳香的花草首先象征着诗人的精神高洁——“扈江离与辟芷兮 / 纫秋兰以为佩……/ 朝搴阰之木兰兮 / 夕揽洲之宿莽。”[①]不过，更值得注意的是，在下文中，这种象征每每被污浊的现实所打断而形成寓言性：“时缤纷其变异兮 / 又何可以淹留 / 兰芷变而不芳兮 / 荃蕙化而为茅 / 何昔日之芳草兮 / 今直为此萧艾也 / 岂其有他故兮 / 莫好修之害也”。[②]换句话说，如果说象征是一种静态的修辞——也就是说，兰花之类的花草符号与其象征的精神高洁产生了共时性的合一——寓言则带有明显的历时性维度，拉开了原初符号与其变异状态之间的时间跨度。这里，它是在屈原幻想的、心理的旅程中产生变化的功能的而指向历史现实的，哪怕这里所说的历史现实不一定是单一的历史事件。

“在寓言结构里，一个文本经由另一个文本被阅读[……]；寓言作品的范式是羊皮纸书写。”[③]羊皮纸的写作是一种德里达所谓的擦抹或涂抹（usure）的写作，意味着“寓言的增补不仅是外加，也是一次替代。它取代了早先的意义”，[④]而在另一方面，替代并不完全覆盖了先前的符号，因为羊皮纸还保留了早先的痕迹。

如果可以溯源，德曼的寓言概念相当程度上源自本雅明（Walter Benjamin）《德国苦剧的起源》，在其中本雅明提出了“象征扭曲成了寓言”的观点。[⑤]本雅明在《德国苦剧的起源》中发展出一种与废墟、碎片联系在一起的寓言概念：

---

① 蒋天枢：《楚辞校释》，上海古籍出版社，1989，第6页。

② 同上，第62页。

③ Craig Owens, “The Allegorical Impulse: A Theory of Postmodernism”, *October* 12 (Spring 1980). p.69.

④ Ibid, p.84.

⑤ Walter Benjamin, *The Origin of German Tragic Drama*, Trans. John Osborne. London: New Left Books, 1977. p.183.

“在寓言中面对的是历史的‘死相’”，“缺乏所有‘象征’的表现自由”，[①]换句话说，寓言相对于象征而言，必定是负面的，或者说暴露出完美同一的象征所难以掩盖的骇人“真实”的。如此看来，这个“真实”也可以联系到拉康（Jacques Lacan）的“真实域”（real），正是它标志着“象征域”（symbolic）的内在坏损，或者说，是象征秩序力图遮蔽但又不得不暴露的混沌核心。比如有学者在讨论德曼对普鲁斯特（Marcel Proust）小说《追忆逝水年华》中寓言性的阐述时指出：“马塞尔将壁画评断为失败的象征。而它们的失败和尴尬便体现出寓言性。”[②]

德曼自己的说法则是：“寓言式的再现导向一种从原初意义歧出的意义。”[③]“歧出”意味着对同一化的象征符号本原的偏离，体现出解构主义的根本指向。对德曼而言，象征是共时性的，代表了符号的瞬间同一性，而寓言是历时性的，故而不断产生出“延异”的效应。也可以说，象征是符号同一性的孤立表象，无法真正逃离差异性的内在牵制。因此，差异是真实域核心的根本特性：只有打开象征的外壳，才能捕捉到寓言的深层。

显然，在德曼那里，象征与寓言的对立也可以相应于隐喻与换喻的对立——这就连接到了雅各布森（Roman Jakobson）与拉康有关隐喻/换喻的论述。象征的基础是隐喻的，或者说，象征符号与其被象征的意义之间的关系是隐喻性的，二者也具有统一的形态。寓言则基于换喻的模式，因为寓言总是在象征被置换的过程中体现其意义，往往暗含了跳跃、断裂的形态。对雅各布森而言，隐喻是纵向的、共时的，而换喻是横向的、历时的。拉康的隐喻公式是$f(S'/S)S \cong S(+)s$，[④]其中S'/S的上下关系代表了象征意义上的替代；而换喻公

---

① Walter Benjamin, *The Origin of German Tragic Drama*, Trans. John Osborne. London: New Left Books, 1977. p.166.

② Gail Day, “Allegory: Between Deconstruction and Dialectics”, *Oxford Art Journal* 22.1 (1999). p.112.

③ Paul De Man, *Allegories of Reading*, New Haven: Yale University Press, 1979. p.75.

④ Jacques Lacan, *Écrits: The First Complete Edition in English*, trans. Bruce Fink. New York: Norton, 2006. p.429.

式是$f(S\cdots S')\cong S(-)s$，[①]其中S…S′的左右关系代表了寓言意义上的替代。也就是说，隐喻基于一种共时的符号认同，而换喻基于一种历时的符号延异。雅各布森说隐喻是浪漫主义，换喻是现实主义，指的无非是：隐喻体现出抒情文体（诗）的样式，而换喻体现出叙事文体（小说）的样式。

但值得注意的是，诗中或隐或显的叙事因素（也就是诗与“事件”相关的那部分）往往构成了诗的寓言性——而正是寓言性，使诗脱离了单一的象征模式。那么，从象征到寓言，也大致可以说明中国当代诗在20世纪八九十年代的风潮变迁——从1980年代占主导的抒情到1990年代开始的“叙事”，只是更突出地反映了象征主义的式微，尽管当代诗的抒情本身从最早开始就已经含有叙事的因素，从而同时体现出寓言的特性。不是说象征彻底消失，被寓言所替代或覆盖，而是寓言本身就在象征所经历的延异过程之中形成。

对中国当代诗寓言性的考察基于一个显见的事实：当代中国的主流文化是主导性政治意识形态框架内的一个由宏大象征构筑的话语体系。象征的同一性功能在语言与修辞的范围内强化了特定话语的有效性。也可以说，中国当代诗在很大程度上是通过对宏大象征体系的美学回应，来承载某种社会政治意涵的。“宏大象征”（grand symbol / master symbol）的概念，当然呼应了利奥塔（Jean-Francois Lyotard）的“宏大叙事”，它意味着现代性美学的一种抒情模式，在政治话语体系中起着关键性的作用。

诗并不是政治反抗的工具。当代诗的政治潜能，恰恰在于以一种美学解构的方式，质疑并清理了特定意识形态话语的根基。早在白洋淀诗派的根子、多多、芒克那里，我们就可以读到对这种主导性宏大象征的寓言化表达。比如，在主流象征谱系里，向日葵具有指向特定对象的崇拜的绝对含义，正如德曼所说，象征符号与其所指的意义具有不二的同一性。那么，芒克在《阳光中的向日葵》

① Jacques Lacan, *Écrits: The First Complete Edition in English*, trans. Bruce Fink. New York: Norton, 2006. p.428.

一诗里所描绘的向日葵，已不再以面对太阳的形象来演示这样的象征，而是在“把头转向身后/它把头转了过去/就好像是为了一口咬断/那套在它脖子上的/那牵在太阳手中的绳索”的行动中体现出偏离原初象征的寓言性。[①]那个象征符号仍旧存在，但已呈现出否定性的指向。同样，工农兵形象在主流文化的框架中也有其固定的象征含义，农民形象尤其蕴含了健康、朴素、积极、勤劳、先进、善良这些象征意味。但多多的《当人民从干酪上站起》一诗让农民的宏大象征形象朝另一种向度上显现：“恶毒的儿子走出农舍”“屁股上挂着发黑的尸体像肿大的鼓”这样的寓言化图景展现出原有光辉象征的根本变质。[②]芒克和多多所描绘的场景都增添了叙事的因素，也就是说，推展出了符号的时间性。

1980年代的“第三代”诗，也以各种方式挑战了宏大象征的统摄。比如李亚伟的《我们》展示了一个驼队的旅程。不过，从一开始，这个驼队就显示出怪异的面貌：

我们的骆驼变形，队伍变假
数来数去，我们还是打架的人[③]

之后，这个队伍又继续迷失：

一直往前走，形成逻辑
我们总结探索，向另一个方向发展
蹚过小河、泥沼，上了大道
我们胸有成竹，离题万里[④]

① 芒克：《芒克诗选》，中国文联出版公司，1989，第90页。
② 多多：《依旧是》，秀威资讯科技，2013，第21页。
③ 李亚伟：《红色岁月》，秀威资讯科技，第120页。
④ 同上，第121页。

这个驼队“变形”“变假”，还被数出了是“打架的人”，但依旧“往前走”“上了大道”，并体现出具有现代性的“逻辑”。然而这却无法阻止驼队“向另一个方向发展”，甚至即使“胸有成竹”地自信，也逃脱不了“离题万里”的命运。如果说在静态抒情的层面上，驼队可以被视为宏大历史的象征，那么在动态叙事的层面上，驼队显然呈现出“歧出”“离题”的寓言性，从而从根本上瓦解了象征所统摄的符号范式。

中国当代诗人因此贡献出了一种独特的寓言诗学。尚有一些例子值得论及并展开，但篇幅所限，本文不赘。整体来说，中国当代诗的这种寓言诗学，可以更具体化为对“国族寓言”的表达。詹明信（Fredric Jameson）在《多国资本主义时代的第三世界文学》一文里提出的“国族寓言”概念，一方面是对德曼寓言论的响应，另一方面也是对本雅明寓言概念的推展。尽管詹明信对“国族”与“第三世界”的理解可以有更深入的批判性解读，就寓言概念的阐发而言，对本文的理论视野有着相当大的帮助。詹明信断言，在“第三世界”文学里的“私人的、个体的命运永远是对公众的第三世界文化和社会阵势的寓言”，因而“一切第三世界的文本[……]都应读作[……]国族寓言”。[①]当然，我们在芒克、多多的诗作里，甚或在有的诗人对别的国家的历史的书写里，可以明显看到对自身国族现实或历史的或明或暗的指涉。不过，詹明信在提出寓言概念的时候，作了以下的阐述：“如果说寓言已经再度同我们的时代产生某种契合，从而超越了老式现代主义的象征主义甚至现实主义的宏大一元性的话，那是因为寓言的精神具有深刻的不连贯性，是一种破裂和异质性的事物，具有梦境的多重歧义性而不是象征的同构型再现。”[②]这样，“寓言”首先具有了某种美学模式的意义。詹明信将寓言视为对象征的超越，因为象征代表了某种“同构型再现”，

---

① Fredric Jameson, “Third-World Literature in the Era of Multinational Capitalism” , *Social Text* 15 (Fall 1986). p.69.

② Ibid, p.73.

是对同一性的维护，也代表了总体化文化政治的“宏大一元性”。与之相反，寓言则体现出“深刻的不连贯性”“破裂和异质性”，也就是象征在瓦解状态下的特质。可以看出，在中国当代诗的作品中，象征总是无法维持传统式象征同一性的象征，或者说是失败的象征——象征总是朝向寓言的方向滑动，遭到寓言化。也就是说，那个静态的、理念的、理想的同一性符号，不得不在国族历史命运的过程中呈现出一种变异，而这种符号的变异便是国族寓言的体现。从中国当代诗的例子可以看出，这种国族寓言也体现出鲜明的诗学政治：对宏大历史的同一性修辞根基的内爆。

与古典诗一样，当代诗也以象征与寓言的共存同时指向了精神高洁与历史污渍。但当代诗中模式化的象征更多地具有了自我反诘的潜在力量。回到先前的理论议题，德曼意义上的象征（symbol）与拉康意义上的象征域（the symbolic）之所以可以等量齐观，是因为二者都代表了某种符号性的稳定、统一、同质。象征作为同一性的修辞模式，无法阻止寓言的延异性所展开的解构向度；这应和了拉康的象征域，作为精神领域的律法秩序，无法整饬破碎异质的真实域在黑暗深处的涌动。寓言作为一种经由叙事潜能显现的转义形态，展开了静态象征所未能涵盖的时间性维度，从而追溯到创伤源头的震撼力量。不夸张地说，寓言诗学可以看作是中国当代诗的核心精神。首先，当代诗负载了丰富的象征资源，这不仅来自经典的文学与文化传统，也来自现当代历史所建构的社会话语。广义地来看，象征便是语言范围内符号体系的基石。捡拾符号化过程中的碎片，探究符号秩序中的罅隙，便可以理解为一种直面真实域的努力，这无疑是寓言诗学的根本关怀。

［作者单位：台湾“中央研究院”中国文哲研究所］

比较视域·
夏志清小辑

叶芝晚期诗艺抉微

夏志清

叶芝晚期诗艺之卓绝超拔，评论界早有定论。今观《南方评论》特辑诸家宏文，若论其贡献，实乃对此公允评判再添佐证；然披览既竟，终觉在诗学本源两大枢要处，犹存歧见可供商榷。关于该诗派本质之论争，布鲁克斯教授独具慧眼，以象征主义与玄学派双重性剖其精髓；而亚瑟·米泽纳教授持异议辩之，力主其浪漫主义本色为要义。论者尤重其早期与晚期诗风之血脉相承，更引入勃朗宁为参照，于主题旨趣、精神姿态、诗法技艺诸层面展开精微比照。由此自然引申至对单篇诗作肌理脉络之抽丝剥茧。对叶芝《幻象》及四五首鸿篇巨制的过度推崇，致使批评界形成一种偏颇之见，以为诗人后期诗作大抵皆围绕刻意经营的象征体系建构而成。然布莱克默慧眼独具地指出，叶芝诗艺演进之显著特质，恰在于其即兴挥洒之功——或依托特定语词即兴铺陈，或循复沓韵律徐徐展开，或依核心意象恣意生发。虽则布莱克默仅以数首短制为例证，然此种诗思流转之自由气象、不同话语形态之兼容并置，余以为于诗人晚年鸿篇巨制中亦彰明较著。

第二个问题，隐然深嵌于布莱克默论文标题之中——《神话与哲思之间：叶芝断章》。纵览叶芝毕生诗艺，以整体观之，其煌煌成就竟在若干论者眼中，恍若未竟之章：或訾其破碎如断简残篇，或叹其终未能臻至完璧之境。这种不满的本质难以名状。究其症结，实则关联着诗艺结晶与人类境遇的深刻对话。试观斯蒂芬·斯彭德1935年之灼见："叶芝至今犹未能在所处时代的社会生活中，提炼出具有道德意涵之诗学主题。其诗行间不见真问题之肌理，转而以华美恣肆之'故友颂'填充精神空间。诗人构筑诸多精神支柱，最宏伟者莫过于其自身崇高乐观主义之丰碑。"然则，叶芝诗艺之成就亦可视为诗人天才之驳杂纷呈的集大成者。其诗学主题之宏阔，实可谓包罗万象：既有《二次圣临》《丽达与天鹅》这般蕴藉冷峻历史洞见的史诗性观照，亦不乏拜占庭组诗之流探骊幽邃难寻之情感秘境者。然则纵有万斛泉源不择地而出之势，诗人往往耽溺于理念与信念之铺陈，宁以玄思辨辞取代以凝练诗形凝聚诗情之至高境界。

著名文学批评家L. C.诺茨曾敏锐指出："其诸多诗作中潜藏之凝滞性，实可溯源于诗人惯以若干凝固姿态直面人生经验之创作定式。"诺茨此论实则遥承F. R.利维斯之洞见，正如后者在评骘《最后的诗与剧》时所断言：

> 此君之诗才虽卓绝可鉴，伟大气象亦不容轻忽，然吾辈得以反观历史、细加权衡之际，愈觉其诗艺成就实以惨重代价换取，所获与所耗殊难相称。其诗中傲骨与华彩，纵使堪称卓异，于今人视之终是有限度之优长，终非能立起巍峨丰碑之真创造。所贻后世者，乃是一脉凝定之姿态，尽显于独门之法度与辞章。若以笔者之见，对其诗艺之价值评判，或可作如是观：虽堪称一代诗宗，然较之邓恩之奇崛、马维尔之精微、蒲柏之机锋、华兹华斯之澄明、霍普金斯之险绝、艾略特之深邃，终是略逊风骚矣。

笔者对“细察派”批评家之某些观点颇有同感，此中缘由或可溯至叶芝诗艺中某种本质性的局限——其戏剧化禀赋之匮乏，与剧场性才能恰成对照。叶氏诗作多属即景感怀，每陷于将个人情愫固着于原始语境的窠臼。当其能以鲜活的意象重现彼时情境与心绪交感，如《在学童中间》《一九一六年复活节》诸篇，辄成绝响。然论及另一层戏剧性功力，即艾略特《小老头》或但丁《神曲・地狱篇》所示范的使私密情感超越具体境遇而获普遍意义之才能，叶芝则鲜少具备。当其游离于戏剧框架之外，笔下往往流于个人意志之宣示，惠特曼《自我之歌》堪称此类极端典型。《在本布尔山下》固属此类上乘之作，然其弃用之题“他的信念”，恰可为该诗乃至叶氏诸多篇章作注。纵使其偶以痴愚者或村野民氓口吻抒怀，亦不过牧歌体之修辞策略，与戏剧本质殊途。观其《疯女简》系列组诗，那种不容置疑的独断气质，依然纤毫毕现。

艾略特曾敏锐指出，叶芝早期诗作中鲜见个人情感的直白流露，然至后期创作，那些青春岁月的情愫“终在追忆中得臻圆满”。此论鞭辟入里，诚非虚言。叶芝晚年诗作中萦绕的激越之情与年少失意之追怀，确乎构成其诗学品格中最具本真性的声腔。学界多有论及诗人暮年所佩戴之斯威夫特式面具，然私以为这般炽热情感的艺术呈现，实乃叶芝独树一帜的文体特征，是其贵族式的矜持风度使然。叶芝诗歌的统一性不在其玄学体系或象征符号之建构——虽则此类元素屡见诸诗章——按利维斯之灼见，其精髓乃在于“某种独特的态度，通过独特的方式与语言风格得以界定”。惟此诗学特质，方能使短章与鸿篇、谨严之作与散论之章、戏剧张力充盈的独白与饱含思辨的絮语，皆纳入同一艺术光谱。今试取诗人七月间（1937年）两首成熟期力作《为吾女祈祷》与《塔楼》，就其结构艺术详加考辨，以窥其晚年诗艺中组织肌理之堂奥。

《为吾女祈祷》全篇十阕八行体诗章，其内蕴之心理或联想结构，恰与《在学童中间》一脉相承。此类诗体宛若迷津探幽，容得诗人层层迂回求索——由直陈铺叙渐入自传体式之追忆冥思，终臻于意蕴丰赡之精妙境界。其间意象自描摹细节中自然生发，随诗行延展而积淀多重意涵；既制约诗人运思之轨迹，复成其思想具形之枢纽。至终章处，意与象遂成浑然熔铸之态：具象之图景或象征符号，皆化作意义之具象化显现。此等诗作，恰如罗伯特·潘·沃伦所谓“自我实现”之诗艺典范，乃是以语言炼金术铸就自身存在之诗性本体。

开篇两阕，诗人匠心独运铸就天地玄黄之境。幼子酣眠，诗人正于塔中祷告，满目愁郁；自墨色海渊腾起之诡谲风云，摧折古堡石垣，穿林裂帛之声若鬼哭神嚎。其祷词初时幽晦难明，未直抒胸臆——须知此诗在《迈克尔·罗伯茨与其他诗》中位列《二次圣临》之后，字里行间透露出诗人彼时胸中必激荡着先知式的紧迫感，盖因世运陵替之预言，早已如达摩克利斯之剑悬于叶芝灵台之上。其以“激越之狂想神游太虚”始：

> 窥见未来岁月已翩然降临，
> 应和着癫狂鼓点起舞蹁跹，
> 自那沧溟凶戾而纯真之怀抱中脱胎而出。

未来岁月如风中之希德精灵呼啸而至。诗人在《诗选》注释中写道：“‘希德’在盖尔语中亦指风，且此等精灵确与风息相通。其乘旋风而行，那被称作希律王之女狂舞的风暴。”此段文字除却描摹风与海的本质属性外，所呈之幻境不过是对《二次圣临》中蹒跚兽影的重申，于全诗结构似有枝蔓之嫌。然其不可逆的升华境界，恰似弥尔顿《利西达斯》中痛斥教士之段落，终成诗史中无法抹除的印记。至于“大海那凶残的天真”之玄妙短语，我们须回溯前诗“天真的礼仪已遭溺毙”之句，方能得解。而诗中“天真”真义，终在“那位自浪花中升起的伟大女王”这般文艺复兴式的绮丽诗行里得见。

该诗前两阕中，我们得以窥见两组泾渭分明的意象群：一方是挟风雷之势的“风—暴—海”三重奏，另一方则是静穆如禅的“林—塔—稚子”三重奏。林木与罡风在意蕴层面形成的对立尤具深味。那“塑草垛、筑屋顶之烈风”虽能移山填海，却终究要在古木虬枝与苍翠华盖前卸甲归田。待到诗行流转至中段，我们更见证这般惊心动魄的宣言：

纵使罡风抡起干戚之舞，
终不能将碧叶击出拳台之外。

后续三节诗章铺陈祷文之“暴露”部分，以海伦与阿佛洛狄忒之殊相，对举尘世美色与神性美质之二元。其间忽现新意象“丰饶之角”，此物在希腊神话谱系中本属宙斯幼时哺养者阿玛尔忒亚之羊角，与美神降世同出一脉，向为太平丰稔之征。然诗人笔锋陡转，以反讽语“丰饶之角遭解构”颠覆传统象征——考伊丽莎白时期俗语，“羊角”暗喻男子受牝鸡司晨之辱，此双关妙谛遥应前文愚者与海伦之典故。此等家常器物之象（羊角、风箱）渐次登场，为后文“老旧风箱”等日常物什之登场预作张本，将神圣叙事悄然引入尘世炊烟之中。

事实上，自第六诗节始，场景已自浩瀚神话之境悄然转至家居细物——月桂枝、丰饶角、檐铃叮咚。此种由大入小之手法，诗人以巧妙笔法徐徐展开：当其神思渐次忘却窗外真实之暴风雨景，转而凝注于爱女未来之福祉，由此为全诗之高潮作不露痕迹之铺垫：

愿新郎引伊至华堂，
一切皆合古礼。瓷瓶承袭岁月之重。

月桂古树向为和平、荣誉与诗艺之永恒象征，其葱茏枝叶在第六诗节中竟凝作具象祷词。那摧折万物的暴烈罡风，挟裹着辉格党人所崇尚的“均平”意志——此等夷平山岳之力，在叶芝笔下俨然蜕变为偏执心智之化身。诗人笔锋忽转，自传体式的独白里浮现出惊鸿照影：那位“平生所见至美之人”，竟被智识的怨毒蚀尽风华。其以寓言笔法点染其间，暗喻其心智之殇：

因她怀着致歉之魂，

便以那羊角与诸般善美相易。

静默自然已悄然领悟，

换取古钟满载怒号之风。

此处所述神话与《新灯易旧》之寓言一脉相承。号角作为象征物，形似无用之器，却恰如故事中那盏古旧油灯，承载着世间所有美好之德行。风箱虽具实用之效，堪比新铸灯盏，然心灵若耽溺此等功用，以灵性之号角换取尘俗之风箱，终将丧失其本真至善。在叶芝诗学视野中，此般置换实乃人性异化之绝妙隐喻。

诗中月桂树意象之运用，实乃叶芝匠心独运处。此树初为女儿身心有机成长之理想象征，至第九诗节更升华为灵魂本体之普遍功用。所谓“灵魂重获根本天真”者，“终悟自性欣悦、自我抉择、自我惊颤”者，实暗合前文“愿伊如碧翠月桂/植根永恒挚爱之地”之喻。

在诗篇终章，叶芝以古希腊史诗般的笔触总括全局，引领掌珠步向婚仪圣坛。末四行复以阿佛洛狄忒自浪沫诞生的神话意象，直指象征意蕴之核心：

若非依循礼俗与仪典，

纯真与美何以诞育人间？

仪典乃丰饶之角的名讳，

礼俗则为华盖广被的月桂。

关于叶芝《为吾女祈祷》一诗所彰显之秩序精神，前文已作详论。今将目光转向《塔楼》篇，此诗凡三章，首尾两阕尤见精神呼应。渔猎意象与柏拉图、普罗提诺昭示之智性律令，如双璧辉映其间。初节申述诗歌激情与理智常道之扞格不入，暗指弃诗从哲似为明智之举。此般矛盾，恰似犬尾系壶，徒增纷扰。至终章处，诗人以沛然莫之能御的雄辩重构立场，立嘱明志。尤可注目者，乃其掷地有声之宣言：

吾今嗤普罗提诺之玄思，

直面柏拉图之智诘而抗声。

叶芝晚年诗作中所谓“摒弃玄思智慧”之说，实乃西方诗哲惯用之反讽修辞。细考其遗嘱要义，未尝不是将智性追求与诗性精神熔铸一炉，早年困扰诗人之灵肉二元困境至此终获调和。诗人将信仰之炬与傲骨锋芒传诸后进“逆流者”，而于迟暮之年自陈心迹：

而今当淬炼吾魂，

迫其栖身学林，

直至躯壳颓圮，

血脉枯竭。

…………

恍若天际流云，

待得地平消隐。

青春、诗情与血肉躯骸为具象实体，耄耋、哲思与理念世界乃抽象精神，二者皆有其妙。诗人渡向灵智澄明之途，当系于《塔楼》第二篇章——此部篇幅最鸿，恰如炼金术士之坩埚，熔铸诸般对立元素。吾辈治学者，正须深究此间章法肌理，剖判其如何承转启合，使两极相激而生出诗性光华。

全诗共十三阕，每阕八行。开篇首阕，诗人便以幽玄之笔勾勒出一幅迷离幻境：

余踟蹰于往昔的烽烟，凝眸

故宅的残垣，或见虬曲古木
如熏黑的枯指，自地底挣出
刺破苍冥……

布莱克默在《伟大之代价》中论及叶芝之文，倡言当以魔幻主义视角解其诗章。观此诗人之作，俨然以术士自居：既召“意象与记忆”显形，复欲“向彼等诘问”。此等笔法早有预兆，尤利西斯血池周遭游魂飘荡之景，已足证其艺。然转入次节叙弗伦奇夫人轶事处，转折略嫌突兀。诗人继而追忆塔楼周遭人物掌故：美艳村姑、盲眼歌者、沼中溺毙者，皆曾现形于《凯尔特之薄暮》中《尘封海伦之眸》篇；更唤红发汉拉翰——此叶芝“薄暮时期”虚构人物——述其追猎百犬狡兔之幻景。复追述古塔旧主，破产领主与持戟侍卫之事，及幽魂掷骰石案之诡谲。此等罗列名姓、撷取典型事迹之法，实乃叶芝惯用笔路。至第十诗节精妙总括后，诗人终发首节预告之诘问：

凡曾履此石径、出入此门者，
无论耄耋翁媪、贵胄黎庶，
于其暮年之际，
可皆如我这般心怀郁勃之愤？

向弗伦奇夫人及众幽魂发问，原就无望得到回应；叶芝遂以华丽辞藻挥别众魂：

然我已从那不耐久留之眼眸
寻得解答；
尔等且去罢；唯留汉拉翰在此，
因我需借其丰饶记忆之伟力。

布莱克默论叶芝《万灵之夜》之评骘，可谓鞭辟入里：开篇即见诗人直陈“我有奇妙事物欲言”，及至终章复申“我有木乃伊般真相待诉”。然此等玄奥许诺终成虚悬，读者但见谶语盘桓，却无从窥见真相之揭橥、亡魂启示之降临。叶芝实则以诗笔招魂摄魄，令故交幽明皆入诗行充作“角色”——此正乃全诗卓绝处，亦其唯一精义所在：盖以简括、激昂乃至超拔之笔致，状写人物魂魄，遂成惊鸿照影之绝唱。

就读者观之，弗伦奇夫人与其余鬼魂之传说，恰如约尔·温特斯所言，乃“指涉虚设情节之典故”。然诗人此刻笔锋一转，落墨于汉拉翰。此君实乃叶芝诸多象征性拟人化身中至为重要者。《红发汉拉翰之故事》乃叶芝式精神困局之精巧投射：尘世情爱与精灵之恋交缠，现实与幻境错迕，迟暮与死亡叩问。汉拉翰身兼诗人与情种二重身份，尤执着于年岁命题之思辨。诸多切题篇章中，笔者谨摘录其中一段：

此乃叶芝少年笔墨；而今重弹年齿之调，复又反复咏叹年岁之问。《塔楼》中汉拉翰之要义，依愚见，恰在须得扬弃此翁所表征之旧日态度——首章诗人自况亦含此意——方能于末章臻至新境。实则汉拉翰之“丰饶记忆”即诗人自性之倒影；“好色老叟，情丝系于八面来风”这般谐谑而讥诮的口吻，实乃诗人自嘲之语。由此观之，次章寓意愈显深邃，其结构之功用亦豁然彰显。

然末节终未能承续此等功用。究其本质，盖因暮年之怨懑，泰半系于少时情爱未遂之憾。故叩问幽冥之际，诘难之辞自生变易：

遐思所寄，
尤在得之丽人，抑或失之倩影？

诗人未待幽灵作答，便将自我推衍之结论强加于彼身：

若尔等果真迷失于歧途，

须坦承乃因傲慢所筑之庞大迷宫前逡巡退避，
或因怯懦之性、自诩为智识的迂腐思虑
——甚或是某种曾一度被奉为良知之物；
而若往昔记忆复现，则日轮遭蚀，
白昼亦将黯然失色。

此节末尾两行恰为第三部分“译者之天国”及“超人般的明镜，恍若梦境”作引，其间日月交辉的麻醉意象尤具匠心。全章虽堪称华彩乐章，然读者终难免抱持某种美学期待落空之感。正如约翰·克劳·兰瑟姆所言：“若论此类诗作之特质，或可谓其以缜密之肌理将驳杂意蕴层层叠压于论证之表，且尽数纳于单一诗章之中；然此种密实之堆砌，终非逻辑统一所能名状。”叶芝运笔之际，既有面对读者的十足自信，又显露出对自身诗艺的完全掌控；但凡诗意流转处，智性论辩的严谨与否似乎无足轻重，本节即属此例。此章既为《塔楼》赋形于具体地志空间，复又点染老暮之主题；其整体性或源于冥想者心象之统摄，而非逻辑建构或心理图式之完形。至于向第三部分诗学遗训之转折，亦未见明显过渡痕迹。

笔者所举两例分析，非为其他，旨在揭示叶芝诗作中若干结构类型之特征。窃以为《迈克尔·罗伯茨》《钟楼》《回旋楼梯》及《终曲》诸集之诗作，在结构形态上皆可归入特定类型。倘能逐篇检视，或可消弭时人对叶芝诗风究属浪漫派抑或玄学—象征主义之小小争议，进而对其诗艺成就之本质达成更为透彻之理解，较之本篇前文略显个人化与试探性之论述，或能更臻完善之境。

[本文译者：孙霄]

弥尔顿的“音乐性”[1]

夏志清

F. R. 利维斯（F. R. Leavis）撰写关于弥尔顿的新文章时，[2]T. S. 艾略特不再是他的盟友，A. J. A. 沃尔多克（A. J. A. Waldock）成为他的新友人。沃尔多克看来是客观的，他认为《失乐园》中理论与情感的差异源自诗歌中“难以驾驭”的神话，这一发现全面而深入，但比起所谓的弥尔顿风格上的缺陷，它最终更可能成为读者路上的绊脚石。我认为，关于弥尔顿风格的争议现已接近尾声，他的捍卫者蒂利亚德（E. M. W. Tillyard）、布什（Douglas Bush）和拉詹（B. Rajan）写过一些最为精妙的弥尔顿诗歌分析，而新一代批评家们也越来越认识到英语诗歌

---

① 译注：本文原英文标题为：Milton's “Music”，系夏志清耶鲁时期英文论文手稿之一，撰写于1949年4月28日，作者署名Hsia Chih-tsing。

② F. R. Leavis, “Mr. Eliot and Milton”, *The Sewanee Review*, Vol.57, No. 1, Winter, Baltimore: John Hopkins University Press, 1949, pp.1–30.

评论未能公正对待像弥尔顿这样的重量级诗人，这实属偏颇之举。事实上，以艾略特为代表，长达二十五年的批评立场已逐渐让位于一种更为全面的观点，此转变亦不乏艾略特本人之力。尽管仍有像利维斯这样的批评家们坚持专崇莎士比亚和玄学派诗人，但如今普遍认为多恩（Donne）和弥尔顿同属一类诗人。怀利·赛弗（Wylie Sypher）的《玄学派与巴洛克》（收录于《党派评论》）是一篇引人深思的文章，赛弗把多恩和弥尔顿，以及同时代的其他一些作家共同归入巴洛克类别，他总结说："多恩与弥尔顿之间存在实质性的关联，必须把两者置于17世纪真实'运动'的背景下加以审视。如此看来，弥尔顿是最伟大的巴洛克诗人，也是最具复调性的诗人。"①

是时候全面审视所有反对弥尔顿风格的观点了。主要有两种指控：第一，句法矫饰繁复，远离日常语言；第二，诗句缺乏具体性或视觉化特质，以及由此衍生的所有不足。关于第一项指控，燕卜荪（William Empson）早已指出松散的语法是弥尔顿诗歌的精妙与力量之源。蒂利亚德进一步阐述了这一观点，认为"正是这种松散的连接方式，让弥尔顿与拉丁演讲术中圆周句结构的精准，或是像诗人奥维德式的优雅缜密的整齐完全不同"，而且"弥尔顿选择的自由，即在可以保证意义清晰时忽略逻辑，正是我们在日常语言中所坚守的"。②拉詹则认为弥尔顿的句法创造了素朴与流畅。最后，艾略特宣称："与其说弥尔顿对任何借用或者创造出来的思想的掌控是其智性力量的证据，毋宁说他的这一技艺（驾驭长句）是其智性力量的更为确凿的证明。能同时控制这么多词语是心智具有最超凡力量的标志。"③这一问题或许可以就此定论。

我更为关注的是第二项指控，即弥尔顿的诗句虽具有"音乐性"，但缺少视觉化呈现。艾略特屡次提及弥尔顿视觉想象力的孱弱，并劝导我们："阅读《失

---

① Wylie Sypher, "The Metaphysicals and the Baroque", *Partisan Review*, Winter, 1944, pp.3-17

② E. M. W. Tillyand, "A Note on Milton's Style", *The Miltonic Setting: Past and Present*, London: Chatto & Windus Ltd., 1938, p.125-126.

③ T. S. Eliot, "Milton", *The Sewanee Review*, Vol. 56, No. 2, Spring, 1948, pp.200-201.

乐园》时……我们的视觉一定要模糊，这样我们的听觉才有可能变得更敏锐。”换言之，“重点在于声音，而非视象；在于文字，而非思想”。[①]利维斯批评了（我认为是正确的）艾略特最后这句话中未加说明的四个用词。的确，就弥尔顿的诗歌分析而言，意义与声音、视觉性与音乐性的二分对立已经得到普遍和不加批判的接受，因此沿着这一思路进行澄清是有价值的。

某些诗句或诗行的听觉效果如何优先于其在交流中的意义，严格来说这属于美学问题。像A. E.豪斯曼（A. E. Housman）这样的纯诗信徒会说这是诗歌的终极奥秘，豪斯曼也确实坦言，像弥尔顿的诗句“宁芙们与牧羊人不再起舞”（Nymphs and Shepherds dance no more）总能让他潸然泪下。[②]一个词可以代表一个物或者一个概念。前一种情况下，词是一个“图符”（icon），通常具有潜在的意象生成特质。一个词的“音乐性”在于其元音和辅音的组合，或许没有一个词本身可以被认为具有音乐性；但如果适当地放置在前后单词之间，这个词可能会在声音上显得优美，而由放置适当的单词组成的整篇文章可能会在发音上显得悦耳。人们普遍承认声音或音乐性是诗歌意义的重要组成部分，但意义与音乐性如何相融尚未得到广泛研究。我看到的最近两个尝试分别是约翰·克罗·兰塞姆（John Crowe Ransom）的著作《新批评》（*The New Criticism*）和艾略特的讲座《诗的音乐性》（“The Music of Poetry”）。兰塞姆在其著作的最后一章绘制了一张图表，展示在诗歌创作过程中声音与意义的相互作用。诗歌在写成时，既有语义结构，也有语音结构。“在一个诗歌短句中，这两者的关系似乎类似于音乐中两个对位旋律间的关系，只不过比起音乐旋律，诗歌中的两种结构从一开始就显得更具异质性。”[③]兰塞姆并未就此展开进一步思考。他认为，悦耳的语音效果主要归功于格律的运用，其次是“使用流畅的辅音序列……

---

① T. S. Eliot, “Milton”, *The Sewanee Review*, Vol. 56, No. 2, Spring, 1948, p.199.

② A. E. Housman, *The Name and Nature of Poetry*, Cambridge: Cambridge University Press, 1933, p.45.

③ John Crowe Ransom, *The New Criticism*, Norfolk: New Directions, 1941, p.330.

消除或减少刺耳的辅音组合……以及通过制造变化，或者至少通过避免连续使用平元音或轻元音，妥善安排元音序列”，[①]第三个考虑因素是兰塞姆所说的“表现力”谬误，即认为某种声音与其所指之物“相像”，或者“暗示”了所指之物。基于这些阐述，我们可以弄清《失乐园》的诗句为何具有如此惊人的音乐性，即便是以牺牲视觉性为代价：

1）弥尔顿和其他诗人一样，使用格律，在元音和辅音的组合上注重音韵美，有时还试图获得“富有表现力”的效果；

2）弥尔顿偏爱那些相对生僻，或具有多音节特性，或是缺乏明确或“具体”的指称，或者具有多重内涵和联想的词语，这些词语往往在语音上更加凸显；

3）如果一个句子遵循常规句法，每个词都在其语法位置上，那么声音效果就不会凸显，或者说无论如何都会服从于意义。但是，如果诗人遵循自己的句法顺序，句子中的每个词就会因不在其通常预期的位置上而获得更多的语音关注。松散的句法也可为词语的音韵排列提供更好的机会；

4）弥尔顿甚至在比句子更大的语言单位上实验。作为逻辑或情感单位的段落有时可以通过适当的节奏模式获得凸显。拉詹深入研究了（《失乐园》）第十卷第十一章中夏娃的哀诉：

> 亚当，不要这样抛弃我，上天作证
> 我真诚的爱，对于你我衷心怀着尊敬，
> 在无意中，我犯了天条
> ……
> 把全部罪名从你头上转移，
> 全部归于我身上，你这些灾祸的根源在于我，
> 上帝愤怒的唯一对象是我，是我。（第914—936行）

① John Crowe Ransom, *The New Criticism*, Norfolk: New Directions, 1941, p.325.

拉詹的部分评论如下：“反复出现的对子（‘爱和尊敬’‘乞求和紧抱’‘力量和支柱’），还有变化多样但重复出现的哀求（‘不要抛弃我’‘不要夺去我的力量和支柱’‘不要恨我’），这些都不动声色地确立了这段诗行的反复旋律。在第十五行之后，诗人丢弃了这些手法，在持续悸动的‘我’（me’s）的旋律中，情感缓缓升至高潮。”[①]

由上可知，弥尔顿的“音乐性”绝非简单，但也并非模糊不清无法分析，它受三个因素制约：韵律、措辞和句法，除此之外还有节奏，它赋予不同长度的诗节以形体和音调。音乐性确实与风格密不可分，接下来我要讨论音乐性与视觉性的对立，以及声音与意义的对立。弥尔顿风格的反对者一再声称其音乐性模糊了诗歌的视觉精确性和意义。

对弥尔顿视觉表现力不足的指责，可能有以下两种情况：第一，出于诗意或其他原因，弥尔顿不喜欢呈现精确和清晰的场景；第二，由于身体缺陷或缺乏这种特殊才能，弥尔顿无力呈现视觉清晰和精准的场景。在后一种情况下，借用利维斯的话来说，弥尔顿的“音乐”偏爱通常被用来解释这种视觉缺陷。首先，我要说的是，语言是概念性的，最“具体”的诗歌唤起的也只是心理上的意象。再者，仅仅以视觉表现为目的的诗歌是一种低级诗歌，例如意象派（Imagists）诗歌。兰塞姆《世界的肉身》（*The World's Body*）一书中有一篇文章对比了“事物诗”（一种史为简单的诗歌类型）和玄学诗（最高层次的诗歌，旨在融合包括视觉与听觉在内的各种元素）。我也很高兴利维斯在其近期的弥尔顿文章里提醒人们注意“视觉主义谬误”，尽管他认为没有必要用来评论这位诗人。最近的批评仅仅从视觉和具体性的角度解读诗歌，这实际上篡改了我们的诗歌体验。在伟大的诗人中，但丁的确是运用朴素视觉意象的大师，比如：

---

① B. Rajan, “The Style of ‘Paradise Lost’ ”, *Paradise Lost and the Seventeenth Century Reader*, New York: Barnes & Nobles, 1966, p.117.

他们对我们皱起眉头

就像老裁缝穿针引线。

不过莎士比亚并非如此，他的语言更隐喻化，也不够透明，这同样也不适用于多恩，他的意象带有更多的辩证性。然而，这并不意味着莎士比亚和多恩没有以各自的方式赋予他们的诗句一种比单纯的视觉呈现更复杂、更令人满意的表现方式。我认为，弥尔顿也是如此，他的诗歌在修辞、句法、意象、神话典故和音乐变奏上都具有丰富的多重内涵。用理查兹（I. R. Richards）话来说，他的诗歌唤起我们内心冲动的一种秩序与组织，其程度至少不低于莎士比亚和多恩。因此，利维斯将《失乐园》中的诗句与弥尔顿早期作品《科玛斯》（*Comus*）以及济慈的《秋颂》（"Ode to Autumn"）进行比较是不公正的。《失乐园》中的许多段落都比济慈的颂歌展现出更丰富的经验，例如第三卷中的"祈求光明"。

蒂利亚德对弥尔顿的视觉想象力进行了细致研究，证明弥尔顿在必要时会使用清晰的物理细节，但从某种意义上说，这种辩护没有必要。正如蒂利亚德所言："直接而简单的视觉感性占据主导最终并不适合他要表达的内容；尽管他从未失去驾驭感性的能力，也从未放弃使用感性，但他后期的总体创作趋势不是使用直接的感官感性表达经验，而是心理图像、回忆画面，或者根本就不使用精确的图像。"[1]《失乐园》缺乏具体性，这体现的只是一种诗歌方法，绝非其他。甚至艾略特也指出，任何更大程度的具体性都会破坏我们对地狱和天堂的印象。但丁之所以能够再现一个完整的地狱，是因为他生活在一个神学精确的时代。弥尔顿用大小、空间、光明与黑暗来描述地狱与混沌，这更为恰当。关于"音乐性"对视觉呈现的可能影响，我想不出会有哪一种真正有害，或许诗人在开发语言的音乐性潜力时，有可能无法充分发挥感官能力，如艾略特在《圣灰星

① E. M. W. Tillyard and O. B.E., Litt. D., F. B. A, "Milton's Visual Imagination", *The Miltonic Setting: Past and Present*, London: Chatto & Windus Ltd., 1938, p.99.

期三》(“Ash Wednesday”)中的表现。但《失乐园》并非如此,除去写诗,弥尔顿对其他并无热情,也并不关注艾略特在《诗的功能和批评的功能》(*The Use of Poetry and the Use of Criticism*)一书中所阐释的无意识和“听觉想象力”。再者,读者也有可能在阅读过程中因为关注音乐性而忽略了视觉想象,但进一步的阅读会消解这一问题。

现在我来谈谈声音与意义的对立。利维斯认为音乐性过于凸显不利于我们关注意义,他说“我们的反应对于获取意义毫无用处,只是带来一种夸大的崇高、富有活力的轻松和流畅自如的掌控感。为了这种秩序的满足感,亦即节奏感和‘音乐性’,我们降低了力量和意义的一致性的标准。”[①]我认为他的观察有一定道理,这也是C. S.路易斯(C. S. Lewis)所说的弥尔顿诗歌的仪式性;但我不喜欢这种暗示,亦即因为这种貌似的崇高,弥尔顿的诗句在力量和意义的一致性上有所减弱。依据我的诗歌阅读经验,诗句没有太多意义(如童谣或爱伦·坡与斯温伯恩的作品),或诗句意义过多或过于复杂而无法立即领悟时,音乐性的重要性就更为明显。在我能读懂《荒原》(“The Waste Land”)之前,这首诗已经带给我极大的音乐享受。我认为,《失乐园》的音乐性一定程度上表明其诗歌肌质具有丰富的意义。在十二卷《失乐园》中,有些卷(如前四卷)比其他卷更为丰富。在最后两卷,尤其是第十二卷中,弥尔顿被《圣经》材料所束缚,未能给读者提供任何可能的惊喜。令人费解的是,我们可以把富含暗示性和神话色彩的段落与音乐性关联,却忘记上帝的言说或米迦勒对希伯来历史的叙述也具有极高的音乐性。这些部分中的词语通常是指示性的,意义也易于理解。而音乐性强的段落通常包含具有丰富内涵的词语,以及负载历史背景的地理名词和神话术语。从某种意义上说,音乐性就是将丰富的意义转移到听觉领域。艾略特在《诗的音乐性》一文中的论述证实了我的猜测,即“一首‘音乐性的诗’是一首在声音、在组成它的词的次要含义上具有音乐性格式的诗,这两种

---

① F. R. Leavis, “Mr. Eliot and Milton”, *The Sewanee Review*, Vol. 57, No. 1, Winter, 1949, p.8.

格式是一个不可分割的整体”。[①]艾略特曾经指出,《利西达斯》(“Lycidas”)中赫布里底群岛的段落极富音乐性,这并非因为其意义的贫乏,而是因为像贝勒鲁斯(Bellerus)、纳曼科斯(Namancos)或巴约纳(Bayona)等词语蕴涵着丰富的联想。诗的“音乐性”或许一方面归因于词语无法与视觉感知相融合,但更有说服力的是,音乐性证明了诗歌中丰富的内涵。

之前我曾提及《失乐园》中长句和段落中单个诗歌单位的韵律模式。很多人认为弥尔顿的无韵诗(blank verse)是从莎士比亚和詹姆士一世时期的剧作家那里发展而来,诚然,弥尔顿或许从马辛杰(Philip Massinger)的句子结构中得到一点暗示,但《失乐园》同样是从斯宾塞(Edmund Spenser)和塔索(Torquato Tasso)的传统发展而来;弥尔顿在这首诗的序言中表明,他正在跟韵律的束缚作斗争。斯宾塞和塔索在他们的伟大寓言诗和史诗中都使用了诗节(stanza form),这种诗歌单位能够产生变奏,但因为押韵规律和单位内行数的限制,其音乐效果会受制于循环出现的同一种声音模式,故而容易导致单调乏味和读者的疲劳。兰塞姆注意到,弥尔顿在《利西达斯》中放弃了诗节结构,我认为《失乐园》延续了这一手法,《力士参孙》(“Samson Agonistes”)亦是如此。弥尔顿在《失乐园》中舍弃了诗节和押韵,这种自由更忠实于意义,随之而生的“音乐”伴奏也更微妙多变。每个单位,无论是一段描写、一段叙述,还是一个比喻,都有其独特的意义和声音模式,它们在与前后诗歌单位的整体组合中获得美感和关联性。

上文虽未提供足够丰富的例证,但可以明确的是,弥尔顿的“音乐性”并非与意义为敌,而是加强了意义,他的“音乐性”是诗歌肌质丰富的标志。弥尔顿巧妙地在段落而非对句或诗节上协调声音和意义,他也是英语诗歌中最伟大的音乐变奏大师。

[本文译者:吴佳美]

① T. S. Eliot, “The Music of Poetry”, *Partisan Review*, Vol. IX, No. 6, 1942, p.459.

参考文献：

A. E. Housman, *The Name and Nature of Poetry*, Cambridge: Cambridge University Press, 1933.

A. J. A. Waldock, *Paradise Lost and Its Critics*, London: The Syndics of the Cambridge University Press, 1947.

B. Rajan, "The Style of 'Paradise Lost' ", *Paradise Lost and the Seventeenth Century Reader*, New York: Barnes & Nobles, 1966.

C. M. Bowra, *From Virgile to Milton*, London: Macmillan & Co. Ltd., 1945.

C. S. Lewis, *A Preface to Paradise Lost*, London: Oxford University Press, 1942.

Douglas Bush, *Paradise Lost in Our Time*, New York: Peter Smith, 1948.

E. M. W. Tillyand, "A Note on Milton's Style" , *The Miltonic Setting: Past and Present*, London: Chatto& Windus Ltd., 1938.

---. "Milton's Visual Imagination" , *The Miltonic Setting: Past and Present*, London: Chatto & Windus Ltd., 1938.

F.R. Leavis, "Mr. Eliot and Milton" , *The Sewanee Review*, Vol.57, No. 1, Winter, Baltimore: John Hopkins University Press, 1949, pp.1–30.

John Crowe Ransom, *The New Criticism*, Norfolk: New Directions, 1941.

T. S. Eliot, *The Use of Poetry and the Use of Criticism*, London: Faber and Faber Limited, 1933.

---. "The Music of Poetry" , *Partisan Review*, Vol. IX, No. 6, 1942, pp.450–465.

---. "Milton" , *The Sewanee Review*, Vol. 56, No. 2, Spring, 1948, pp.185–209.

William Empson, "Milton and Bentley" , *English Pastoral Poetry*, New York: W. W. Norton & Company, 1938.

Wylie Sypher, "The Metaphysicals and the Baroque" , *Partisan Review*, Winter, 1944, pp.3–17.

博论选刊

“压抑”的功效[①]

重读《看虹录》与《摘星录（绿的梦）》

牛　煜

摘　要　《看虹录》与《摘星录（绿的梦）》向来被认为是代表40年代沈从文小说创作水准的经典文本。本文一反学界此前对二作所作的“形而上”释读方案，重新将两篇小说还原为具体的文本生产过程；在此基础上，揭示小说的种种形式策略及文本背后潜隐的意识形态诉求。通过对两篇小说的全新解读，本文将指出沈从文在处理越轨的情欲经验时在文本中精心密织的“压抑”与“叙事”的互动机制。并以此为例，探讨沈从文的文本实验与时代语境的乖离及二者间或许存在的沟通尝试。

① 此篇《摘星录》与收入《沈从文全集》第10卷的《摘星录》并非同一篇。为了区别同题两作，本论文将采用裴春芳考证，以《沈从文小说拾遗》之名发表于《十月》2009年第2期的《摘星录（绿的梦）》之名。参见裴春芳：《经典的诞生：叙事话语、文本发现及田野调查》，社会科学文献出版社，2014，第199页。

关键词 沈从文；40年代；文本策略；小说创作

“性爱”一直以来都是沈从文苦心营构的主题。纵观沈从文“转业”之前的全部文学活动，他几乎从来没有放弃过对这个主题的表现和深化。早在现代文学时期，当时的批评家就注意到了沈从文对“性爱”主题的青睐。侍桁将沈从文与专写性爱小说的张资平作比，认为二者的区别在于前者描写的性关系“含蓄”而“暗示”，较之后者的“通俗与无味”更具“刺激性的本能”的“效果”。[①] 郭沫若在“转折时代”写下的批判名文《斥反动文艺》更是将沈从文的“看虹摘星”斩截地界定为文字上的“裸体画”和“春宫”图。[②]

相较于民国时期批评家对沈从文“性爱”书写的敏感与一再强调，进入当代学术生产体制中的沈从文文学则在很大程度上被“去性欲化”了。学院派的沈从文研究一方面着力强调沈从文早期“性爱书写”的“文明批判”功能；另一方面将沈从文“看虹摘星”时期的“情色”部分不断地抽象化、形而上学化。究其实际，这些将文本中“性爱”经验“去性欲化”的批评实践只不过是重申了沈从文对于自己文学作品所作的阐释和“升华”，“性经验”或者不如说“性话语”灵活多样的转义策略与生成机制在文明批判、美学求索等大而无当的空洞概念中被一步步窄化，甚至是径自取消了。

一

“性爱”主题之所以能够成为沈从文念兹在兹的再现领域，最根本的原因在于“性”是现代以来个人尝试主体化的核心空间之一，现代主体从某种程度来看就是“性欲的主体”。弗洛伊德性精神分析话语在民国时期的广泛传播，

---

① 侍桁：《一个空虚的作者——评沈从文先生及其作品》，载刘洪涛、杨瑞仁编：《沈从文研究资料·上》，天津人民出版社，2006，第169页。

② 郭沫若：《斥反动文艺》，载刘洪涛、杨瑞仁编：《沈从文研究资料·上》，天津人民出版社，2006，第289页。

周氏兄弟立足厨川白村和霭理斯理论对“性”所作的多种引申与赋义，都使得“性话语”最大限度地沟通了个人幽微暧昧的私人体验与审美、道德、科学等诸多严肃庄重的“公共议题”。因此，自诩为浪漫派和表现复杂人性的沈从文对此一主题一向青睐有加就不足为怪了，“性”也自然而然地成为沈从文书写挫折经验和寄托抽象玄思的重要空间。除此之外，情欲作为一种最“切身”的身体经验，其与欲望客体之间的“距离”总是被沈从文一再感受为“乡下人”与“现代的应许”之间的重重“障碍”，关于情欲的书写在这个层面来看也就是对“现代”本身的再现。

作为现代文学史上对“性”的各种模式表现最为丰富的作家，沈从文尽管从不间断地书写着“性”经验，但是“性”在他文本中呈现的形态却并不是一以贯之的。如果说以《柏子》《旅店》《雨后》等小说为代表的前期小说重在借取“边缘”素材（这些小说几乎无一例外地发生在城市文明不能染指的“边地”“水上”）来表现“性”的即时满足，那么自《八骏图》、《边城》直至《看虹录》、《雪晴》等小说则意在书写性/欲望的受挫；在延宕中，沈从文中后期写作的布尔乔亚属性（也即裴春芳所言的“现代士女”[①]）得以浮现和显形。

沈从文早期性爱主题小说的模式简洁明了，“性”的发生和完结几乎与小说的起承转合完全一致。力比多在这些小说中未经任何话语的扭曲和约束。与之相反的是，从《边城》《贵生》等“湘西”题材的小说，到后期的《看虹录》和《摘星录（绿的梦）》，沈从文小说中的“性描写”变得越来越朦胧（比如小说里随处可见的关于“性”的婉曲隐喻），“性”的完成被种种顾虑和隐忧延宕乃至完全“压抑”了。联系沈从文个人生活的实际经验我们发现，导致沈从文的性书写模式发生转变的那道“压抑”轴线出现在1929年冬季前后，也就是沈从文开始正式追求张兆和的时候。

① 裴春芳：《“虹影星光或可证”——沈从文四十年代小说的爱欲内涵发微》，《经典的诞生：叙事话语、文本发现及田野调查》，社会科学文献出版社，2014，第204页。

《丈夫》这篇小说是理解沈从文的性爱书写模式前后之别的关键文本。在给张兆和的一封情书中，沈从文记录下了自己写作《丈夫》的“心路历程”：“因爱你到要发狂的情形下，一面给你写信，一面却在**苦恼**中写下了这样一篇文章。”[①]彼时来自私人的“欲望受挫”体验被沈从文平行地连接到了《丈夫》的实际创作过程之中；私人的“苦恼”情绪被作家密织在了《丈夫》这篇小说的肌理之中。我们在《丈夫》里明显感受到的“忧郁”气氛——“肉体”（妻子的妓女身份）与“温情”（妻子对丈夫的体贴与柔情）的分裂造成的“感伤”——正与求爱者欲望被压抑之后的“惆怅”情绪同调。

在自存的小说集《八骏图》题识中，沈从文将《雨后》的写作归因于当时的“流行风气”（书写“性故事”）。[②]也就是说，《雨后》等呈示性的原始满足的小说对沈从文来说更多地意味着一种“应时”之作，这些小说所寄寓的明确的道德批判意图——如沈从文所言——是指向以“假绅士”为代表的中产阶级平庸文化的。因此尽管在表层上呈现为“写实主义”面貌，但其实这些文本内里明显带有抽象的观念论色彩。[③]而自《丈夫》之后的性爱书写则更多地关涉了沈从文自身的私我体验。更为重要的一点在于，沈从文通过《丈夫》等小说的写作逐渐发现了“压抑”/克制的文本功效。“压抑”作为一种事实所引发并形塑的“心理空间”，相较于直接性行为的纯粹损耗来说是更具“叙事性”的同时也是更为辩证的：此类文本形式一方面铭刻了写作主体本人的创伤体验，另一方面将之潜隐在小说的“惆怅”氛围（也即一种更为“客观”的表象）之中。活跃的、蠢动不安的力比多挑动激情，引逗欲望；而克制的自控力则将这些带有自毁倾向的力比多，顺利地转化为惆怅迷惘的抒情时刻和高蹈抽象的哲思

① 沈从文、张兆和：《从文家书：从文兆和书信选》，上海远东出版社，1997，第37页。

② 参见沈从文：《题雨后及其他》，《沈从文全集》第14卷，北岳文艺出版社，2002，第435页。

③ 关于“抽象”，参见沈从文：《题雨后及其他》，《沈从文全集》第14卷，北岳文艺出版社，2002，第436页。

瞬间。[①]

随着日复一日的“布尔乔亚”化[②]——这一点在40年代中后期沈从文的自我反思中屡屡被提及——他的性爱书写越来越明显地暴露出“克制”与“放肆”这两股“潜流”之间先天存在的裂隙；沈从文的性爱小说就辩证地生成于这两个极端的力量“之间”。随着矛盾的不断深化，原本制造叙事的两股力量日益凝固为一对僵硬的“概念”；这些以二元对立面貌出现的僵硬概念主宰了沈从文40年代中后期的绝大多数小说文本。一向以“乡下人”自居的沈从文日益显露出曾为他本人批判的布尔乔亚面向；写实主义的作家在将叙事的辩证法拆解为赤裸裸的概念框架之后，反而更明确地将这一点和盘托出。

同时值得注意的是，在沈从文的文本世界里，“情欲”的领域是位于“婚姻”之外的；婚姻中的女性在小说里从来不作为情欲化的主体出现。对于在本文中所作的形式批评来说，重要的不是重申沈从文对“性书写”所作的一系列“升华”与“道德化”，更不是像有些论者那样孜孜不倦地“索隐”沈从文的性爱经验与私人的情色幻想。而是通过具体的文本细读，阐明沈从文的“性爱”主题如何策略性地关涉了“性话语”的生成场所；沈从文又是在何种程度上灵活地运用了“性话语”的各种转喻以遮掩其性爱小说日益明显的布尔乔亚——而非他一再重申的“乡下人”——面向的。

① 彼得·盖伊采取弗洛伊德的说法，将情欲的这两重面向概括为“爱情的两股潜流”。参见［美］彼得·盖伊：《布尔乔亚经验2：黑衣爱神》，赵勇、李霞、周定瑛译，上海人民出版社，2022，第55页。

② 40年代之后沈从文的生活日益学院化，其思想形态与之前小说家时期相比发生了巨大的变化。尽管在经济层面，沈从文远远算不上是“小资产阶级”，但其学院派的思考理路和“小资产阶级”内在契合。具体可参考伊格尔顿和詹姆逊对“小资产阶级”文化和“布尔乔亚”文化结构的分析。参见［英］特里·伊格尔顿著：《批评与意识形态》，段吉方、穆宝清译，北京出版社，2021，第32页。［美］弗雷德里克·詹姆逊著：《马克思主义与形式——20世纪文学辩证理论》，李自修译，百花洲文艺出版社，1995，第154—161页。

二

据裴春芳考证，《梦与现实》（1940年首刊于香港《大风》杂志第73—76期；复以《新摘星录》《摘星录》为名先后重刊）、[①]《摘星录（绿的梦）》（1941年首刊于香港《大风》第92—94期）、[②]《看虹录》（1943年首刊于《新文学》第1卷第1期）连同《〈看虹摘星录〉后记》很可能是或曾出版的《看虹摘星录》中的篇目。[③]拟推测可能出版过的《看虹摘星录》与《七色魇》两个集子被公认为沈从文40年代文学创作的代表性成果。

根据《看虹摘星录》中诸篇刊发过程的复杂情况（成篇后多次的更名、删改）来看，这个集子确实可能最大限度地保留了沈从文个人“不便与他人言”的婉曲情事痕迹。沈从文似乎早就预料到了这个集子面世之后可能招致的种种“窥私欲”与“索隐”热情，在《〈看虹摘星录〉后记》中，他特意“虚化”了小说的人事背景，并以一贯津津乐道的“真”/“美”之辨将小说的阐释焦点转移到文学“本身”上去。为此，沈从文还刻意强调了这个集子的“预期受众”是“能超越世俗所要求的伦理道德价值，从篇章中看到一种‘用人心人事作曲’的大胆尝试”的“艺术家”。[④]凡此种种，都暗示了沈从文在创作这个集子时身处其中的严苛的道德氛围所加诸其身的重重“戒律”对他本人创作的“制约”和“施压”。沈从文也相应地“发明”了一套崭新的“文本技术”来传达这些“隐秘的经验”，以期在“私我体验”与“公共传播”之间达到某种微妙的平衡。

这种“隐晦”与“显明”的辩证法可以用沈从文自己在一则笔记中的形象比喻加以概括：“起身时因将经过记下，用半浮雕手法，琢刻割磨，完成时犹如

---

① 裴春芳：《经典的诞生：叙事话语、文本发现及田野调查》，社会科学文献出版社，2014，第135页。

② 同上，第183页。

③ 同上，第203页。

④ 沈从文：《〈看虹摘星录〉后记》，《沈从文全集》第16卷，北岳文艺出版社，2002，第343页。

一壁炉上小装饰。”[①]“真事”就在此“删削”与“形式化”的操作过程中“隐去”，最终留存的是一个类结晶体的“精美工艺品”。下文的分析所要做的，就是还原这些“删削”操作的基本原理，而非如沈从文所抵制的索隐派那样，将那些被“删去”的原始物料一一“还原”。因为就像沈从文说的，这种还原“显然是无助于作品欣赏的”。[②]

《看虹录》和《摘星录（绿的梦）》具有明显的结构相似性。两篇小说均发生在主人/女性与客人/男性之间；讲述的也都是关于激情燃烧与消退的故事。唯一的不同在于前者仅仅止步于“眼光的漫游”，而后者却发生了实际的行动。我们能够很明显地看出沈从文在营构这两篇小说时念兹在兹的“边界”意识：两则故事都刻意地突出了故事的“虚幻性质”。表面看来，两篇小说所讲述的故事并不像发生在“现实”中——也就是说小说并非“写实主义的”；写实主义的“拟真性”预设在这两个故事里被尽其可能地抽空了——而是被隔绝在了某个对现实毫无指涉的纯粹的“梦幻空间”/文本空间。这种“廓清”的操作其实是沈从文文学一以贯之的策略，《边城》《三个男人和一个女人》《灯》等作品也都涉及将故事限定在自我指涉层面的复杂操作。就此而言，《看虹录》《摘星录（绿的梦）》也完全可以纳入《三个男人和一个女人》等阐发“爱欲”的作品构成的文本序列中来看。

为了强调小说的“内指性”，同时也是为了将“道德”视域有效地屏蔽到文本空间之外，两个故事采取了虽异实同的文本策略。具体来说，《看虹录》主要通过“嵌套结构”来实现小说文本空间的封闭。在《看虹录》中，客人给主人展示了自己精心编造的一个关于猎人在雪中猎鹿的故事。这个“嵌套”故事的布局完全“仿效”了故事中主客二人的关系模式，猎人对鹿的肉体的目光摸索也

① 沈从文（朱张）：《梦和呓》，《大公报·文艺》第417期，1938年9月20日。为《沈从文全集》集外佚文，发表校勘过程参见裴春芳：《经典的诞生：叙事话语、文本发现及田野调查》，社会科学文献出版社，2014，第131页。

② 沈从文：《〈看虹摘星录〉后记》，《沈从文全集》第16卷，北岳文艺出版社，2002，第342页。

与故事中客人对主人的情欲想象完全一致。更有甚者，客人对自己所写小说的描述“情感荒唐而夸饰，文字艳佚而不庄”，[①]也在文本自指的层面指向了《看虹录》这部小说本身，两个文本的互相指涉将小说完完全全封闭在了自我指涉的循环之中。

《摘星录（绿的梦）》则不然。小说封闭性的实现并不依赖结构层面的任何操作，而是通过“绿”的氛围营构将小说锁在由绿色的“密度”包裹的空间之中，主人的“闺阁”满布着绿色的物事：小客厅的绿色窗帷、绿色灯光、白纱巾上的绿色小花、垫子上的绿色绣花等等。除了在故事发生的物理空间制造“隔绝”感，小说更在文本空间内有意设置了繁复的“互文指涉”；这些为小说所征引的互文几乎无一例外都是带有明显“情色”意味的古典章句，比如晋乐府古辞《孟珠》，牛希济的《生查子》等等。[②]小说也很自然地在重重古典罗幃的暗度之下将自身暗示为某种古典欢游辞章的风流遗韵。

这些精心设置的文本迷宫在暗示我们小说本身对语言采取的态度：就这种“欲说还休”的支吾而言，叙事者明显表现出了对语言“非透明”性（乃至于现实存在的“非透明”性）的强调。一方面，两篇小说所写到的主客对答之间经常流露出“意图”与“言语”之间的分歧。《看虹录》通过加括号附注的方式呈现语词的“言外之意”，《摘星录（绿的梦）》则通过直接点明（“意思像是说”“说的不是所要说的”）来暴露语言的两歧性质。另一方面，在这种直接的口头对答之外，小说还通过“象征物”与“意义”的二元格局来强化文本中“物象”的朦胧多义。比如《看虹录》中窗帘上的奔马图示，《摘星录（绿的梦）》中主人去除糖衣等动作的隐含意图。

在这种“潜隐”与“显露”的辩证法之中，我们不难识别出某些布尔乔亚情

---

① 沈从文：《看虹录》，《沈从文全集》第10卷，北岳文艺出版社，2002，第332页。

② 沈从文（李綦周）：《摘星录（绿的梦）》，《大风》第92—94期，1941年6月20日、7月5日、7月20日。为《沈从文全集》集外佚文，发表校勘过程参见裴春芳：《经典的诞生：叙事话语、文本发现及田野调查》，社会科学文献出版社，2014，第183、186—187页。下文同一出处不再详注。

欲游戏的暧昧色彩。语言通过不断的暗示激发情欲接着转而强调自己的“不透明性”，由此制造顿挫和延宕。在将语言交付到早被吸纳入典的“文学语言”之中的同时，情欲也随之不断地潜隐在“典故”之中并升华为“安全”——既是对小说人物也是对作者自己而言——的“语言游戏”。这些被精心设置的互文游戏通过将“情欲”置于已经被经典化的文学表述之中，有效地模糊了越轨的情色体验在流俗的公众认知中的“不道德色彩”，为“情欲”划取了一片具备“合法性”的安全空间；与此同时也将威胁主体“理性”的“情欲怪兽”驯化为在文学史和文化史上曾经有过的“文类”和“美学范畴”，以此完成理性对与自身“相异之物”的控制和统合。[①]

由此来看，《看虹录》与《摘星录（绿的梦）》就不像表面看来的那样充满严肃庄重的“形而上”色彩。可以这么说，文本中那些看似超脱的、庄而不谐的“形而上”和“抽象”冲动，都是中产阶级（也即沈从文自己所谓的“绅士”）在处理某些“紧急议题”时精心采取的策略的反映：语势越是峻急，抽象化程度越高，越是凸显了中产阶级主体与自身的情欲体验之间矛盾的尖锐和无法调和。

在与两篇小说主题最近、相关性最强的《水云》中，沈从文对绅士／中产阶级的策略作了极为客观的反思——尽管他假借了某一“偶然”的“回声”——“你口口声声说是一个乡下人，从不用乡下人的坦白来说明友谊，却装作一个绅士，拘谨到令人以为是世故，矜持到近乎虚伪。然而在另外一个人面前，我却猜想得出，你可能又会完全如一个乡下人。”[②]由此可见，在沈从文的“情欲体验”之中，他所频频自称的“乡下人”无非是一副可以随时拆卸、机动地满足自己主体想象的“面具”。这种“保护到我情感上和生活上的安全”的意识，[③]充分地显露了中产阶级既想作情欲漫游，又要确保安全的“世故”与“矜持”的两难。

---

① 参见［美］彼得·盖伊：《布尔乔亚经验2：黑衣爱神》，赵勇、李霞、周定瑛译，上海人民出版社，2022，第116页。

② 沈从文：《水云》，《沈从文全集》第12卷，北岳文艺出版社，2002，第124页。

③ 同上。

彼得·盖伊受弗洛伊德爱情理论的启发，精准地将中产阶级爱欲体验的这两股力量概括为“温情与情欲”，也即“爱的两股潜流”。[①]盖伊认为，这种情欲体验的复杂性就在于，它不单单渴求“欲望的满足”，同时也强调“除行动之外表达和定义情欲的情感方式”。[②]对于受社会严苛的道德框架限制和约束的谨慎的中产阶级来说，这种“性冲动的升华”较之性欲的原始满足更为必要和现实。特别是像沈从文这样的作家和艺术家，性欲的“升华”明显有着较一般中产阶级更为广阔和辩证的领域。

在《看虹录》中，客人不断地感受到了这两股时而冲突、时而互补的力量：“贞节与情欲”“微笑与沉默”“奖励与趋避”；[③]正是这对此消彼长的矛盾力量奠定了《看虹录》和《摘星录（绿的梦）》的基础结构。越轨的行动制造叙事动力，而“压抑”的律令将行动不断延宕以此来储备叙事的能量。在《〈看虹摘星录〉后记》中，沈从文引用了物理学的“热力均衡原理”来阐释文本中这两股力量的“由极端纷乱终于得到完全宁静”的“动态过程”。[④]

除了直接征引科学话语外，沈从文还编织了更为形象的隐喻来传达这种“情欲辩证法”的“文学”价值。沈从文在不止一处（《水云》和《看虹录》结尾）提到了“油灯燃烧”的隐喻。对于文学家沈从文来说，“燃烧”隐喻一方面模拟了情欲运动的全过程；另一方面——也更为重要的是——这种“燃烧”并非纯粹的消耗，它总是在情欲的事实性消散之后，滞后地保留了情欲运动的“结晶”（“灯花”）。因此，“油灯”隐喻不仅让我们联想到了浪漫主义关于创作过程和文学“启迪”价值的“镜与灯”的古老比拟，还与司汤达对爱情的“结晶”构想产生了巧而不巧的呼应：司汤达新造了“结晶作用”（crystallization）一词来展

① 参见［美］彼得·盖伊：《布尔乔亚经验2：黑衣爱神》，赵勇、李霞、周定瑛译，上海人民出版社，2022，第116页。

② 同上，第117页。

③ 沈从文：《看虹录》，《沈从文全集》第10卷，北岳文艺出版社，2002，第331页。

④ 沈从文：《〈看虹摘星录〉后记》，《沈从文全集》第16卷，北岳文艺出版社，2002，第344页。

现爱情/情欲的“象征作用”：人们把枯萎的树枝放在萨尔茨堡的盐矿深处。累月之后，一层钻石般闪烁的盐分结晶装点了曾经萎萃的枯枝。“情色领域中想象力作用”的“转化规则”就在这个隐喻中得到了最直观的传达：恋人或者说情欲主体在时间的“催化作用”之下同样通过“美化”和“结晶”将自己的爱欲体验“升华”为一个完美纯粹的“艺术品”。[①]

这种“升华”作用如果不加遏制的话，情色经验终将会被“神格化”为与上帝接触的“形而上”神秘体验。在《摘星录（绿的梦）》中，叙事者除了将情欲的旖旎情愫包裹在充满肉感的古典香艳诗句中，还通过征引《雅歌》来启发情欲升华的另外一条“路径”，即将感官体验“宗教化”。在这一点上，沈从文又一次与彼得·盖伊对布尔乔亚“色情的精神化”策略的厘定内在地重合了。[②]在《旧约》篇章极为感官化的道德训育的启发之下，沈从文像他的异国布尔乔亚前辈那样，成功地将放肆的情欲体验依附在“上帝之名”的光环下，凭借“造物主”与“造物”的灵活转喻（“所赞美的对象是摄影者还是造物主？是那个图像还是另外一个东西？”[③]），客人非常大胆地实施了“目光的轻抚”与“肢体的旅行”。也正是在凡人体验造物主造物能力的“托词”之下，那些香艳肉感的身体描写得到了最冠冕堂皇的文字再现。

在与这个小说集创作于同一时期的诗歌《莲花》中，沈从文简洁高效地将这种情欲的神格化过程和盘托出。诗人几乎是毫无困难地在简短的诗行中实现了由感官到宗教的“超范畴飞跃”：“两条长长的腿子/秀雅而稚弱/神与道德都可从那种/完整、精巧以及净白中见出。”[④]在此“禁欲的纵欲”中，窥伺者

---

① 参见［美］彼得·盖伊：《布尔乔亚经验2：黑衣爱神》，赵勇、李霞、周定瑛译，上海人民出版社，2022，第82页。

② 同上，第417页。

③ 沈从文（李綦周）：《摘星录（绿的梦）》，《大风》第92—94期，1941年6月20日、7月5日、7月20日。

④ 沈从文：《莲花》，《沈从文全集》第15卷，北岳文艺出版社，2002，第141页。

变成了识取“神迹”的“宗教徒”。也正是在这种将情欲转喻为宗教仪式的过程中，情欲由“暴风狂雨的愤激，转而为淡云微月的鉴赏”；[①]情欲的两股潜流最终完成了由汹涌到平静的“合流”；小说也由此“完成”。

三

在整个40年代的文学实验中，沈从文都在不断地阐发他的“生命哲学”；从断续零落的笔记《生命》《烛虚》诸篇，到40年代中后期的《北平通讯》莫不如是。其中我们在上文分析到的沈从文爱欲体验的“结晶作用”在沈氏整个生命哲学的框架中扮演着最为核心的角色：情欲激发了“想象力”的工作机制；情欲活动率先活跃了主体的“象征化”能力，在与以“偶然”为名的女性的“越轨”的爱欲体验过程中，沈从文经由“感官的神圣化”程序领会到了造物主的意志。由近及远地，沈从文发展出了他的“泛神情感”。这种辐射式的主体发散过程被他以“宇宙论”名之。

后之来者也未加细致分析地沿着沈从文的引申轨迹将其布尔乔亚的“情欲”策略哲学化、抽象化。四五十年代的“转折”之际，沈从文进一步将他发端于个人私密体验的“生命哲学”推演到政治领域。他寄望于生命本能（彼时也被他以“迷信”名之）的“弹性”，[②]想要以生命能量的“亲和力”补救现代以来体制化与分层化造就的僵硬呆定的“偏执狂”。沈从文此一现代性批判上承自由席勒始源的“美学工程”，后来的尼采、弗洛伊德乃至法兰克福学派的诸家都在不同程度上发扬了这一路径。但是就彼时的现实境况（内战格局；落后的生产力；生产关系的多重矛盾）来说，这一方案仅止步于一种美妙的“构想”：席

---

① 沈从文（李綦周）：《摘星录（绿的梦）》，《大风》第92—94期，1941年6月20日、7月5日、7月20日。

② 参见沈从文（巴鲁爵士）：《巴鲁爵士北平通讯（第七号）》，《世纪评论》第4卷第17期，1948年10月23日。为《沈从文全集》集外佚文，发表校勘过程参见裴春芳：《经典的诞生：叙事话语、文本发现及田野调查》，社会科学文献出版社，2014，第116页。

勒美学工程得以实现的先在条件是社会生产力的极度发达；马尔库塞提出的那种创造性地调动人的情欲/生命本能的美学方案的适用条件显然与40年代中国的实际情况格格不入。沈从文由个人私我体验出发，继而勾连起政治、美学等诸多领域的“生命哲学”在历史的真实境况之中逐渐退避、返归到“抽象的抒情”的“个人领域”，沈从文固执于抽象主观性的浪漫主义文学方案也与40年代中后期左翼文化人对“唯物主义”的阐发渐行渐远；在此新的历史境遇之下，沈从文的“文学”亟待一次彻底的“话语转型”。

［作者单位：苏州大学文学院］

年 谱

钱锺书文学创作年谱简编[①]

余承法

编者按 钱锺书的文学作品数量不多，但篇篇精妙，字字珠玑，蕴含他对人生的思考与玩索，对世事的揭露与反思，成为中国现当代文学史上的一座丰碑。他的小说和散文幽默风趣、讽刺犀利、饱含哲理，尤其是《围城》成为幽默文学语言的范本。他从青年时期开始，从未间断旧体诗创作，引经据典，虽晦涩难懂，却别有一番才情。他除了收入《槐聚诗存》中的278首诗，还有不少精妙绝伦的逸诗、答诗、和诗散见于友人的信札和作品之中。本文通过搜集、整理和考证，编撰钱锺书文学创作年谱（主要包括诗、散文和小说创作，其翻译和学术研究另见翻译年谱和学术年谱），以期为"钱学"和中国现当代文学提供文献史料。

---

① 本文为国家社科基金重点项目"海外'钱学'文献系统整理、研究与开发"（19AWW003）的阶段性成果。

1910年 1岁

11月21日（农历庚戌年10月20日），出生于江苏无锡钱绳武堂家族。祖父钱福炯刚好获赠《常州先哲遗书》，于是为他取名"仰先"，字"哲良"。后改名钱锺书（有时繁写或简写为"錢鍾書""钱钟书"），又字默存，号槐聚，曾用笔名中书君。

1925年 15岁

5月，散文《喜雪》刊于苏州桃坞中学《桃坞学期报》第8卷第1期第19—20页。

1926年 16岁

1月，始任《桃坞学期报》中文编辑部编辑。

4月3日，苏州桃坞中学举行英文会考，要求高中部全体学生和初中部高年级学生参加。钱锺书提交参赛散文"The Delights of Reading Newspaper"（《读报的乐趣》）。该文刊于1927年1月出刊的《桃坞学期报》（英文版）第10卷第1期第39—40页，署名Dzien Tsoong-su。

5月2日夜，为赵颐年小说《新学生的第一夜》作跋。刊于7月出刊的苏州中学《桃坞学期报》第9卷第2期第47页，署名"錢鍾書"。

1927年 17岁

1月，改任《桃坞学期报》英文编辑部编辑。为王君纲《吴中招提记》所作的序言和《获狐辩》分别刊于本刊第10卷第1期第11、16—17页，均署名"钱锺书"。

1928年 18岁

2月17、18日，为父亲钱基博代为笔录的七言古诗《荣伯母毛太孺人世寿八十，殁二十六年矣。有二丈夫子焉：吉人、鄂生兄弟，皆予友也。颂盛德之形容，永孝思以不匮，长歌以答其意》刊于《新无锡报》。

1929年 19岁

1月，署名“椿杌”的《笔语》刊于无锡国学专门学院期刊《国光》第1期（创刊号）第121—123页“丛谈”栏目，共六则，记录时间分别为：1928年8月31日、9月1日、5日、6日、13日和14日。

9月，就读清华大学外国语文系外国文学专业。

1930年 20岁

2月28日，署名“中書君”的第一篇旧体诗《无事聊短述》（七绝4首）刊于《清华周刊》第33卷第1期第57页。

1931年 21岁

12月5日，署名“中書君”和“前人”的《怀陆大》《不寐》刊于《清华周刊》第36卷第4—5期第84页“诗四首”栏目。

1932年 22岁

3月26日，署名“默存”的七律4首即《得石遗先生书，并示〈人日思家怀人〉诗，敬简一首》《园游与锺英同作》《辰伯以诗见赠，大佳调以二十八字》《不寐示镂青》，刊于《清华周刊》第37卷第5期第46—47页。

本年，作七律《小极》《秋杪杂诗五首》。

1933年 23岁

春，作《车赴海淀道中，作二绝句》、七绝《重游虎丘（录一）》、七律《颂陀表丈见拙诗，题一首，奉答》。

4月10日，在刊于《光华半月刊》第1卷第7期第12—13页的《上家大人论骈文流变书》（署名“錢鍾書”）后附上《车赴海淀道中，作二绝句》，自称“昨日得诗二首，风致之妙，不见前人”。

6月22日，获得清华大学外国语文系毕业证书和文学士学位证书。

7月，作七律《季二十二岁生日奉贺》。

9月，担任私立上海光华大学英文系讲师，与担任国文系教授的父亲同框执教，讲授诗学、西洋文学等课程，颇受学生欢迎。

10月16日，《大公报·天津版》第11版“文艺副刊”发布文艺界消息，“最近南北文艺界有酝酿刊行《文学季刊》之举。内容除专载纯文艺以外，并另辟书报副刊一门。……书报副刊则由郭绍虞、郑振铎、容庚、赵万里、钱锺书、顾颉刚、向达、李健吾、毕树棠等负责编辑撰述之责”。“錢鍾書”的名字出现在1934年1月1日出刊的《文学季刊》创刊号108位特约撰稿人名单中。

11月4日，署名“中書君”的《论俗气》刊于《大公报·文艺副刊》第13期。25日，署名“中書君”的《阙题》刊于《光华大学半月刊》第2卷第4期第55页。

12月1日，署名“錢鍾書”的《壬申年秋杪杂诗并序（录十首）》刊于《国风半月刊》第3卷第11期第56页“诗录”栏目。

1934　24岁

4月初，春假期间，从上海到北京看望还在清华大学读书的杨绛，作组诗《北游纪事诗》（七绝10首）。署名“錢鍾書”的《北游纪事诗（原廿二首，今录廿一首，本载日记中，故略。采本事作注，以资索隐）》《得风琢太原书，才人失路，有引刃自裁之志，危心酸鼻。予尝云：“有希望，死不得；而无希望，又活不得。”东坡曰：“且复忍须臾。”敢断章取义，以复与君》《寓楼小斋》刊于6月1日出版的《国风（南京）》第4卷第11期第50—51页“诗录”栏目。15日，署名“師鄭”的《春游纪事诗》刊于《光华大学半月刊》第2卷第8期第80—81页“诗二十二首”栏目。在北京期间，作五律《和季康玉泉闻铃》。回到无锡后，作七绝7首《还乡杂诗》，表达对故乡的深情。回到上海后，被友人询问京城世事时，作《当步出夏门行》，表达京城期间的所见所闻所感。

7月1日，署名“錢鍾書”的《哭管略》刊于《国风半月刊》第5卷第1期第48页。

秋，作七律《与燕谋同出，薄暮回车，远村暖暖，有作》。将旧体诗合编成《中书君诗初集》，自费付梓，赠给亲朋好友。诗集受到吴宓、陈衍等前辈的赞誉以及文学界的关注。

10月1日，署名“錢鍾書”的《中秋夜坐》、《春尽日雨未已》（2首）、《〈秋望：黄河水遥汉宫墙〉作者当齿冷也》刊于《国风半月刊》第5卷第6—7合期第63页“中书君诗”栏目。

冬，作七律《大雾》《楼寓旷野，接比外国兵营。吹角鸣鸣，自朝达暮。斜阳弄色，炊烟远起，偶一倾耳，辄唤奈何！仿佛李陵听笳，桓伊闻笛。南屏之钟声，西陆之蝉唱，东野所云“月口”“星心”者，又非其伦也》。

12月17日，《清华副刊》第42卷第9期第22页发表题为《〈中书君诗初集〉问世》的新闻报道，称赞“文皆附有英国文人G. K. C.之‘奇论风格’；诗则缠绵悱恻，雨僧先生尤颂扬之”。

本年，七律2首《得石遗先生书，并示〈人日思家怀人〉诗，敬简一首》《中秋夕作》收入陈衍著《石遗室诗话续编》（无锡国专丛书）1934年版第16页。

1935年　25岁

2月1日，署名“錢鍾書”的旧体诗18首刊于《国风半月刊》第6卷第3—4合期第60—61页“中书君诗”栏目，包括：《与燕谋同出，薄暮回车，远村暖暖，有作》《雨僧师赐诗，将饰溢分，以余谓师孤标高格，而伤心人别有怀抱。大类希腊古悲剧中主角，乃云：“悲剧终场吾事了。”感呈一首》《此日忽不乐》《楼寓旷野，接比外国兵营。吹角鸣鸣，自朝达暮。斜阳弄色，炊烟远起，偶一倾耳，辄唤奈何！仿佛李陵听笳，桓伊闻笛。南屏之钟声，西陆之蝉唱，东野所云“月口”“星心”者，又非其伦也》《斜阳》《别绪》，以及《秣陵纪事诗》12首。

3月1日，署名“錢鍾書”的旧体诗9首刊于《国风半月刊》第6卷第5—6合期第44—45页“中书君诗”栏目，包括：《飞絮濛濛，柳条堪攀折矣。因念古人吟杨花诗，或鄙其轻狂，或怜其飘荡。别有会心，赋此》《王山人显诏属题所作水墨山水册子》《唐谋伯先生出示漫游四记，昔谭半厂记冯子明剌水经注，作山水其藻。先生之作，当之无怍，杨升厂所谓“可洗宋人卧游录之陋者”，非耶？先后游学美洲，病目就医欧洲，展卷皆在。敬题一首，即送其逭暑莫干山》《和季康玉泉闻铃》《当步出夏门行》《得风璩书为筹划甚周，并告移居》《季康示〈溪水四章寄恩钿塞外〉，亦简一首，以当远招》《下弦钩月，戏咏》《与源宁师夜饮归来，不寐听雨申旦》。15日，《苇伊出示朝鲜闵妃小像，静女其姝，蜕出尘外。袁忠节尝叹为“美人第一”，良非虚说。〈元秘史注〉卷一“文芸阁识语”谓：“有元重高丽，女子如妃，方为不负。”感其惨死，有同杨玉环，而熏莸迥异，因作诗索苇伊和焉》（署名“无锡錢鍾書”）刊于《文艺捃华》第2卷第1期第51页。

春，南京之行拜会了许多师友，相谈甚欢，作《秣陵纪事诗》组诗12首。

5月1日，署名“錢鍾書”的旧体诗4首刊于《国风半月刊》第6卷第9—10合期第47页“中书君诗”栏目，包括：《连日随石庵、洽周、雪桥诸先生谭谳甚乐，洽公谓予：“今知醱醅之心矣，幸甚至哉！”新都小住，此为最快》《去海上留别燕谋式圭》《公起书绢轴为赠，融碑入帖，把玩无斁》《六月十五夜园坐作》。

7月，署名“錢鍾書”的《秣陵杂诗（刊十二首）》刊于《学术界》第1卷第2期第108—109页“诗五十一首”栏目。

9月13日，和杨绛一起到达伦敦，跟先期抵达英国留学的堂弟钱锺韩、钱锺纬相聚，作五律《伦敦晤文武二弟》。

11月1日，署名“中書君”的五律4首《赁庑卧病裁诗排闷》刊于《国风半月刊》第7卷第4期第44页。11日，作七绝《欧洲休战纪念十七周年赋》。

1936年 26岁

年初，作七律《岁暮》。

5月，署名"錢鍾書"的旧体诗刊于《国风月刊》第8卷第5期第199—200页"中书君诗"栏目，包括：七绝4首《坐Port Meadow石桥作》，七律《欧洲休战纪念十七周年赋》、《生日》、《岁暮》、《俳体》、《此心》（2首）。

8月，署名"錢鍾書"的旧体诗刊于《国风（南京）》第8卷第8期第373—374页"中书君诗"栏目，包括：四言《四言》（5首）、七绝《白行简〈三梦记〉云有"两相通梦者"，因广其意》、六言《牛津春事》、七律《记言》。

12月，署名"錢鍾書"的5首诗刊于《国风（南京）》第8卷第12期第28—29页"诗录（二）"栏目，包括：七律《来伦敦，小雨斑斑。中国此时已入伏，执热可念》（3首）、《将赴法，觉明自牛津饱蠹楼（余音译Bodleian图书馆名也）录故纸中所得日本僧南条诗句送行云："最是清音（Seine）河上月，多情来照远游人。"楞靡真日本人诗，赋答二绝并速其来》、《清音河小桥晚眺，跋前诗后》、《Chez Dupont（拉丁区大别啡馆曰Dupont。招牌云Chez Dupont tout est bon，截取以记地》，四言《Edward Fitzgerald英译波斯诗人鲁拜集（Rubáyát），颂酒之名篇也。第十二章云："坐树荫下，得少面包，酒一瓯，诗一卷，有美一人如卿者（and thou）。""聊乐我员，虽旷野乎，可作乐土观（Wildness were Paradise enow）。"为世传诵。近有波斯人A. G. E' Tessam-Zadeh译此集为法文，信而能雅，最号善本。参验稽决，初无英译本尔许语。一章云："倘得少酒，一清歌妙舞者，一女便娟。席芳草而临清流，便作极乐园主（Tu possédesl'Eden），不须畏地狱诸苦恼耳。"又一章云："有面包一片，羊一肩（Un gigot de mouton），酒一瓯，更得丽姝与俱，即在荒烟蔓草间，而南面王不以易也（Vaux mieux que d'un Empire étre le Souverain）！"乃知英译剪裁二章为一，造境幽深，反胜原作。余周妻何肉，免俗未能，于酒则窃学东坡短处，愿以羊易之。因陶融英法二译，而折之以吾国之古意云》，七绝《或询日内瓦风物，沈颢山水法所谓"秋如病冬如定”者》，七律《自欧陆归牛津故庑，在恼人园（Norham Gardens）一邑最胜处，余赁屋五椽，门对修道院》。

本年，作七绝《赠绛》《莱蒙湖边即目》。

1937年 27岁

5月1日，署名“錢鍾書”的《谈交友》刊于《文学杂志》创刊号第187—197页。

夏，收到许大千来信，得知陈衍卒于疝气，作《石遗先生挽诗》（五绝2首）。

本年，作七绝2首《读杜诗》。

1938年 28岁

年初，在巴黎作七律《哀望》、《将归》（2首）、《何处》（2首）。

9月，作七律《巴黎归国》。

秋，归国途中遇到外交官、诗人冒效（孝）鲁，作七律2首：《孝鲁〈无题〉云：“谁识幽人此夜心，渺如一叶落墙阴。”因忆余〈牛津秋风〉所谓“此心浪说沾泥似，更逐风前败叶飞”，真同声也。因赋（地中海归舟作）》。另作《重过锡兰访A. Kuriyan博士》《孝鲁以出处垂询，率陈鄙见，荆公所谓“无知猿鹤也”（香港作）》《更呈孝鲁（香港作）》。

10月下旬，被清华大学（已并入在云南昆明办学的西南联合大学）破格聘为教授。夫妻异地分居，思念妻女，作七绝《昆明舍馆作》（2首）、《入滇口号》。

本年，代父亲作五古《谢章行严先生书赠横披》。作七律《陈式圭、郭晴湖、徐燕谋、熙载诸君招集，有怀张挺生》《泪》。

1939年 29岁

1月15日，署名“錢鍾書”的《冷屋随笔之一》刊于昆明《今日评论》周刊第1卷第3期第14—15页。引言中写道：“赁屋甚寒，故曰冷。下笔不拘，故曰随。皆纪实也,是为引。”

2月5日,署名“錢鍾書”的《冷屋随笔之二》刊于昆明《今日评论》周刊第1卷第6期第11—12页。后以《释文盲》为题收入《写在人生边上》。26日,冒孝鲁在《社会日报》发表《默存近作》,包括《入滇口号》《崇仁街寓庐寄妇(2首)》《翘华夫人画中人也,而复工画,允以大作见惠诗简,孝鲁坚兹宿诺(五首)》。27日,《社会日报》发表《默存近作》(诗3首):《得大千书跋纸尾》(2首)和《夜坐》。28日,为《写在人生边上》作序。

2—9月,好友冒孝鲁在《社会日报》发表钱锺书从昆明寄来的25首诗(其中18首未收入《槐聚诗存》)。

3月20日,署名“錢鍾書”的《冷屋随笔》刊于《时代文选(半月刊)》创刊号第68—69页。21日,冒孝鲁将《得孝鲁上海航空书,云将过滇入蜀,诗以速之》刊于《社会日报》。

4月2日,署名“錢鍾書”的《冷屋随笔之三》刊于昆明《今日评论》周刊第1卷第14期第13—14页。后以《一个偏见》为题收入《写在人生边上》。同日,冒孝鲁的和诗《次韵答默存昆明见寄》刊于《社会日报》。16日,《孝鲁远和〈夜坐〉诗,更赋》刊于《社会日报》。22日,《昆明正月,春物昭苏,瑞居有作,寄妇海上》(2首)刊于《社会日报》。28日,《偶成》(2首)、《午睡》(2首)刊于《社会日报》。

5月14日,《戏题人册》(3首)刊于《社会日报》。28日,署名“錢鍾書”的《冷屋随笔之四》刊于昆明《今日评论》周刊第1卷第22期第12—13页。后以《说笑》为题收入《写在人生边上》。

6月10日,《不寐,从此戒除吃词矣》刊于《社会日报》。22日,《缥缈》刊于《社会日报》。25日,《苦雨》刊于《社会日报》。

在西南联大外文系任教期间,作七律《寓夜》、七绝《叔子寄示读近人集题句,媵以长书,盖各异同,奉酬十绝》。

暑假,在离开昆明前夕,作七律《滕若渠饯别,有诗赋答》,表达对滕固的惜别之情。从昆明回上海度假,作七律《发昆明电报绛》、组诗五古《杂书》(4

首）。又作七律《雨不出》，表达了因阴雨连绵而不能外出游玩时的无聊。暑假结束后，前往国立师范学院任职前，作《叔子赠行有诗奉答》。

8月19日，《过孝鲁谈赋呈》刊于《社会日报》。20日，《燕谋喜余归，赠诗有“云龙相逐”之语，感答一首，即送其讲学湘西山中》刊于《社会日报》。26日，《入秋热愈甚闻雷盼雨》刊于《社会日报》。

9月4日，《随孝鲁过墨巢翁，即次其见赠韵》刊于《社会日报》。后题名为《酷热奉讯墨巢》刊于《同声月刊》第2卷第8期第84—85页（署名“默存”）。

11月11日，赴湘之前，作七律《对月同绛》《待旦》。跟沈同洽、张振镛、周缵武、徐燕谋等人从上海赴湖南国立师范学院任教，沿路经历坎坷，欣赏了自然风光，不禁诗兴大发，写了五古纪游诗《游雪窦山》（4首）、五律《宁都再梦圆女》、七律《吉安逆旅作》、七绝《耒阳晓发，是余三十初度》。

12月4日，抵达位于湖南安化县蓝田镇的国立师范学院，作五律《山中寓园》、七律《窗外丛竹》。19日，《孝鲁寄示近诗，予最爱其雨潦一律。因忆君甚赏予萤火五古，赋以答之》刊于《社会日报》。25日，《孝鲁寄示九日与诸老集二十二层楼诗，念予之道别，而伤袁丈之永逝。读而题其后》刊于《社会日报》。12月30日，署名“錢鍾書”的10首诗刊于《国师季刊》第5期第90—91页，包括:《何处（巴黎作）》《将归（巴黎作）》《孝鲁〈无题〉云:“谁识幽人此夜心，渺如一叶落墙阴。”因忆余〈牛津秋风〉所谓“此心浪说沾泥似，更逐风前败叶飞”，真同声也。因赋（地中海归舟作）》《孝鲁以出处垂询，率陈鄙见，荆公所谓“无知猿鹤也”（香港作）》《更呈孝鲁（香港作）》《简孝鲁索翘华夫人画（昆明作）》《入滇口号（昆明作）》《读近人诗〈匙厌心者〉，适孝鲁寄鹤柴翁诗来，走笔和之（昆明作）》《双燕（昆明作）》《春怀（昆明作）》。

1940年 30岁

2月7日，作七律《己卯除夕》。10日，作七律《镜渊寄示去年在滇所作中秋诗，用韵酬之》。28日，《得孝鲁书却寄》《余蓄须，而若渠书来，云“剃发作僧相”，戏作寄之》《镜渊寄示去年在滇所作〈中秋〉诗，用韵酬之》《夜坐》《寓园树木》《除夕》《宗霍先生少著，惊才比相见，乃云：“二十年不为诗，强之出数篇，以两宋之格调，用六朝之字法，此散原真得力处，俗人所不知也。”用前韵奉赠一首》《叠前韵更答宗霍先生》刊于《国师季刊》第6期第99—102页“文苑·诗词”栏目（均署名“默存”）。

春，作《燕谋、忠匡相约作诗歌遣日，余因首唱》，作五古《新岁见萤火虫》。

在国立师范学院任教期间，作七律8首即《夜坐》《傍晚不适意行》《笔砚》《读报》《山斋晚坐》《山斋不寐》《山斋凉夜》《晚步》，七绝3首即《愁》《绛来书云：“三龄女学书，见今隶‘朋’字，曰：‘两月相亲昵耳！’喜忆唐刘晏事成咏。”》《赵雪崧有〈偶遗忘问稚存辄得原委〉一诗，师其例赠燕谋。君好卧帐中读书》、五绝《山斋短述》（5首）、五律《题燕谋诗稿》、七律《题燕谋诗稿》和五古《肩痛》。

3月21日，署名“钱锺书”的《魔鬼夜访钱锺书先生》刊于昆明《中央日报》。

夏，作七古《遣愁》，表达因归家未成引发的愁思。因愁思不瘦反胖，作《予不好茶酒而好鱼肉，戏作解嘲》以自嘲。

中秋，作七绝《中秋夜作》（3首）。秋，作七绝《偶书》（3首）。

10月6日，作七律《十月六日夜得北平故人书》。

本年，自费出版第二本诗集《中书君近诗》。

1941年　31岁

1月9日，《赵瓯北有〈偶遗忘问之稚存辄得原委〉，赋赠七古，援例作此赠燕谋。君好卧帐中读书》刊于《社会日报》。26日，作七律《除夕》。

2月10日（阴历正月十五），作七律《上元寄绛》。16日，《除夕》刊于《社会日报》。

7月23日，作七律《骤雨》。

10月28日，作七律《重九日墨巢翁假伊甸园招集》。

11月10日,《社会日报》“唱和篇”栏目刊登钱锺书等人的一组唱和诗:孝鲁《八月晦招,同默存、燕谋、晴湖诸子奉陪吷庵、墨巢两年丈市楼啜茗》、默存《孝鲁招陪墨巢、吷厂二翁,啜茗市楼,诗成勉和》、吷庵《次韵孝鲁、默存茗座见投之什》。12日,《重九日墨巢翁假伊甸园招集》刊于《社会日报》。25日,《社会日报》“唱和篇”栏目刊登钱锺书等人的一组和诗:孝鲁《雨后同帅南、默存黄园看菊,至则花残矣》、默存《和作》、袁帅南《和作》。

12月,第一部白话散文集《写在人生边上》由上海开明书店出版发行,列入“开明文学新刊”,包括《序》和10篇散文:《魔鬼夜访钱锺书先生》《窗》《论快乐》《说笑》《吃饭》《读伊索寓言》《谈教训》《一个偏见》《释文盲》《论文人》。11日,署名“默存”的《答墨巢翁》《赠帅南》刊于《社会日报》。13日,署名“默存”的七律2首即《忽忽》《窗外丛竹》刊于《社会日报》。14日,署名“默存”的《调孝鲁》刊于《社会日报》。21日,冒孝鲁在《社会日报》上发表七律《默存近来颇勤,著述汲汲焉,有志不朽,褒贬前贤,自矜“悬联解戏”。作此诗调之》。30日,署名“默存”的《答孝鲁见嘲》刊于《社会日报》。

本年,作七古《戏燕谋》、四古《当子夜歌》、五古《哀若渠》、七律《戏问》《重来昆明感念亡友滕若群(固)》《留别学人》《吴亚森(忠匡)出纸索书余诗》。

1942年 32岁

2月14日(农历旧年腊月二十九),作七律《辛巳除夕》。15日(农历新年正月初一),作七律《有感》。

夏,作七律《大伏过拔可丈,忆三年前与叔子谒丈,丈赋诗中“竹影蝉声”之句,感成呈丈》。

7月15日,墨巢诗作《走笔答默存》刊于《同声月刊》第2卷第7期第113页“今诗苑”栏目。署名“默存”的和诗《伏中过墨巢感旧赋呈》刊于同期第115页。

8月8日,作七律《立秋晚》。15日,《酷热奉讯墨巢》(署名“默存”)刊于《同声月刊》第2卷第8期第84—85页“今诗苑”栏目。

10月，得知张荫麟去世，作五古《伤张荫麟》。20日，署名“默存”的《夜坐》刊于《国力月刊》第2卷第9—10期。

12月20日，署名“钱默存”的《叔子来晤却寄》刊于《国力月刊》第2卷第12期第35页。

本年，作七律《示燕谋》《少陵自言“性癖耽佳句”，有触余怀，因作》《题某氏集》、七绝《沉吟》（2首）、五古《赠郑海夫（朝宗）》、七律《答叔子》《赠宋悌芬（淇）君索观〈谈艺录〉稿》、七言叙事诗《剥啄行》。创作4部短篇小说《上帝的梦》《猫》《灵感》《纪念》，后结集为《人·兽·鬼》。

1943年 33岁

1月20日，署名“钱默存”的《重阳独登市楼有怀李拔翁病，翁去岁曾招作重九》《得龙丈书却寄》刊于《国力月刊》第3卷第1期第24页。

2月20日，署名“钱默存”的《漫兴》刊于《国力月刊》第3卷第2期。

8月15日，署名“前人”的《颂陀表文（丈）惠赠〈黄山雁宕山记游诗〉〈箫心剑气楼诗存〉，并以蒲石居未刻诗属定，敬呈二律》《大梁刘季高汇所撰读史论兵之文，为斗室文存乞，点定赋赠》刊于《国力月刊》第3卷第7—8期。

9月20日，署名“默存”的《病中得步曾文（丈）书却寄之二》刊于《国力月刊》第3卷第9期。

本年，作五律《斯世》，七律《得榆生先生金陵书，并赠诗即答》、《偶见新刊〈聆风簃诗〉感题》、《古意》（2首）、《故国》、《乡人某属题〈哭儿记〉，儿从军没缅甸，其家未得耗，叩诸乩神，降书盘曰：“归去来兮胡不归？”》、《春风》、《病榻闻鸠》、《胡丈步曾远函论诗却寄》、《病起》，七绝《答悌芬》。

1944年 34岁

1月1日，作七律《甲申元旦》。

暮春，作七律《雨中过拔可丈，不值。丈有诗来，同韵奉答》。

4月1日，为即将出版的短篇小说集《人·兽·鬼》作序。

10月1日，作七律《中秋夜坐》。

11月20日，作七律《生日》。

本年，作七律《见金台残泪记中小郄语感作》和《近事》。

1945年　35岁

1月1日，作七律《乙酉元旦》。

3月15日，署名"默存"的《吴眉孙先生示卖书词，赋此慰之》刊于《学海月刊》第2卷第3期（三月号）第84页"诗文录"栏目。

春，作五律《徐森玉丈（鸿宝）间道入蜀话别》。清明节，作七绝《清明口号》。

10月1日，《灵感》载《新语》半月刊（傅雷编）第1期第24—18页。17日，《灵感（续）》载《新语》半月刊第2期第24—18页。

11月17日，署名"錢鍾書"的《夜坐》《重来昆明，感念亡友滕若渠》刊于《新语》第4期第14页"槐聚庑诗"栏目，《小说识小（一）》刊于同刊同期第21—23页，《山斋短述》（5首）、《三十生日耒阳晓发》刊于同刊同期第24页。

12月2日，《小说识小（二）》刊于《新语》第5期第28—29页。7日，署名"錢鍾書"的《夜坐》《重来昆明，感念亡友滕若渠（固）》刊于《大公晚报》第2版"诗二首"栏目。署名"錢鍾書"的《谈中国诗》《谈中国诗（续）》分别刊于《大公报·上海版》10日、14日第19、23期第4版"文艺"以及《大公报·天津版》26日、27日第19、20期第4版"综合"。

本年，作七律《陈病树丈（祖壬）居无庐图属题》《贺病树丈迁居》《空警》和《拔丈七十》（2首）。

1946年　36岁

1月3日，为手稿《人·兽·鬼》作序时指出："《灵感》曾在傅雷、周煦良两先生主编的《新语》第1、2期发表。《猫》曾在郑振铎、李健吾两先生主编的《文艺复兴》第1期发表。出版事宜又承徐调孚先生费力。并此致谢。”10日，本来答应郑振铎、李健吾邀请在《文艺复兴》创刊号（第1卷第1期）上连载长篇小说《围城》，但因来不及抄写，只好替换为短篇小说《猫》，刊于第1卷第1期第64—90页（署名“錢鍾書”）。“錢鍾書《围城》（长篇）”出现在同期目录页印显眼的《下期要目预告》之中。

2月25日，署名“錢鍾書”的《围城　第一章》刊于《文艺复兴》第1卷第2期（二月号）第159—171页。

4月1日，署名“錢鍾書”的《围城　第二章》刊于《文艺复兴》第1卷第3期（三四月号）第284—295页。

5月1日，署名“錢鍾書”的《围城　第三章（上）》刊于《文艺复兴》第1卷第4期第478—494页。

初夏，在上海作七律《还家》。

6月，作七律《暑夜》。上海开明书店出版署名“錢鍾書”的短篇小说集《人·兽·鬼》收入《开明文学新刊》丛书系列。1日，署名“錢鍾書”的《围城　第三章（下）》刊于《文艺复兴》第1卷第5期（六月号）第569—586页。

7月1日，署名“錢鍾書”的《围城（长篇连载）第四章》刊于《文艺复兴》第1卷第6期第704—715页。

8月1日，署名“錢鍾書”的《围城　第五章（上）》刊于《文艺复兴》第2卷第1期第77—90页。

9月1日，署名“錢鍾書”的《围城　第五章（下）》刊于《文艺复兴》第2卷第2期第204—217页。

10月，《写在人生边上》由上海开明书店再版，收入“开明文学新刊”丛书系列。

11月1日，署名“錢鍾書”的《围城　第六章》刊于《文艺复兴》第2卷第4期第313—329页。

12月15日，为《围城》作序言。

本年，作七律《还家》《暑夜》。台湾文教出版社和书林出版有限公司同时发行《围城》单行本，均收入“中国现代文学丛书”，但因书中有文字讽刺蒋介石不抗日而被列为禁书。

1947年　37岁

1月1日，《〈围城〉序》刊于《文艺复兴》第2卷第6期第722页。

3月，署名C. S. CH'IEN（錢鍾書）的散文“The Return of the Native”（《还乡》）刊于《书林季刊》第4期第17—26页。署名“錢鍾書”的《围城（长篇连载）》刊于《文艺复兴》第2卷第6期第686—721页。

4月，短篇小说集《人·兽·鬼》由上海开明书店再版。

5月，上海晨光出版公司出版《围城》（“晨光初版”），列入赵家璧主编的“晨光文学丛书”之八。

6月，作七律《暑夜》。

7月，上海开明书店再版署名“錢鍾書”的短篇小说集《人·兽·鬼》。复刊的《开明》（1928年在上海创刊）新1号第10页刊登“开明书店20周年纪念文集提要”之《中国诗与中国画》（署名“錢鍾書”）。

12月11日，《大公报·上海版》第9版“出版界”栏目刊登了包括钱锺书在内的18位作家回答本报编者的提问：（一）我的第一本书是什么？（二）它是怎样出版的？（三）我的下一本书将是什么？钱锺书的回答是：（一）一部五七言旧诗集，在民国二十三年印的。（二）几个同做旧诗的朋友怂恿我印的，真是大胆胡闹。内容甚糟，侥幸没有流传。（三）《谈艺录》，用文言写的，已在开明书店排印中。正计划跟杨绛合写喜剧一种，不知成否。17日，作为登记会员参加中华全国文艺作家协会上海分会的成立大会。18日，《大公报·上海版》第4版“人与书”栏目报道：“作家钱锺书《围城》印行后销路极畅，再版即可出书。”

本年，作七律《中秋日阴始凉》《秋怀》《周振甫和〈秋怀〉韵，再用韵奉答。

君时为余勘订〈谈艺录〉》。

1948年　38岁

4月15日，为《谈艺录》补序。

8月10日，分别署名“槐聚”和“前人”的诗作《季高属定文稿，皆论文谈兵之作》《至牛津，仍赁旧寓》刊于《苏讯》第91—92期第12页。

9月，《围城》再版。23日，《大公报·上海版》第7版“人与书”栏目刊登《〈围城〉东迁》的报道：“作家钱锺书《围城》（晨光版）将有日译本问世。”

10月11日，重阳节，在上海淮海中路李拔可先生家中唱酬，和作2首：《九日集拔丈斋中，敬和原韵》《再赋一首》。25日，分别署名“槐聚”和“前人”的诗作《暑夜》《台湾草山宾馆作》刊于《苏讯》第93—95期第16页。

本年，作七律《赠乔大壮先生》《叔子索书扇，即赠》、六言诗《谢振甫赠纸》。

1949年　39岁

1月，署名“錢鍾書”的散文集《写在人生边上》由开明书店出版第三版。9日，署名“槐聚”的诗作《且住楼诗十首》刊于《京沪周刊》第3卷第1期第7页，包括：《题陈病樹丈居无庐图》《暑夜》《寿李拔可丈七十》《草山宾馆作》《慰叔子》《肩痛》《戏作》《遣愁》《秋怀》。

3月，《人·兽·鬼》由上海开明书店出版第三版，收入：《序》（1944年4月1日作）、《序》（1946年1月3日作）、《上帝的梦》、《猫》、《灵感》、《纪念》；晨光公司发行《围城》第三版。

本年，作七律《寻诗》。

1950年　40岁

本年，作七律2首《答叔子》。

1952年 42岁

本年，作七律《生日》《刘大杰自沪寄诗问讯，和韵》。

1953年 43岁

本年，作七绝4首《答叔子花下见怀之什》、七律《叔子重九寄诗见怀，余久未答。又承来讯，即和其韵》《苏渊雷和叔子诗韵相简，又写示〈寓园花事〉绝句，即答。仍用叔子韵。渊雷好谈禅》。

1954年 44岁

6月，作七律《叔子无书经岁，忽寄怀一律，鬓丝髀肉情见乎词，步韵奉答》。

本年，作七律《大杰来京，夜过有诗，即饯其南还》、七绝《容安室休沐杂咏》（12首）。

1955年 45岁

6月，作七律《向觉明属题Legouis and Cazamian, *History of English Literature*》（3首）。

10月24日，作七绝《重九日雨》（2首）。

11月，作七律《闻叔子多病，余亦衰徵益，著赋怀却寄》。

1956年 46岁

1月，作七绝《置水仙种于瓦盆中，覆以泥，花放。赋此赏之》（2首）。

1957年 47岁

秋，在赴鄂看望病中父亲的旅途中，作七绝《赴鄂道中》（5首）。

1958年　48岁

本年,作七律《叔子五十览揆,寄诗遥祝,即送入皖》。

1959年　49岁

作七律《渊雷书来告,事解方治〈南华经〉》《榆生先生寄示端午,漫成绝句,即追和其去年秋夕见怀。诗韵奉报》、七绝《偶见二十六年前为绛所书诗册,电谢波流,似尘如梦,复书十章》(10首)。

1961年　51岁

作七律《秋心》。

1962年　52岁

春,作七律《松堂小憩同绛》。

1963年　53岁

作七律《叔子书来,告病瘳,并招游黄山》。

1964年　54岁

作七律《答燕谋》。

1965年　55岁

作七律《喜得海夫书并言译书事》。

1966年　56岁

作七律《叔子书来,自叹衰病迟暮。余亦老形渐具,寄慰》。

1969年　59岁

香港基本书局出版竖排繁体版《围城》，收入“文艺丛书”。这是晨光三版的翻印本，封面为黄底黑字。1974年再版、1981年三版时封面改为绿色。

1973年　63岁

8月28日，将旧体诗《谈艺三章》寄给王辛笛。

本年，作七律《叔子书来，并示近什》《再答叔子》《偶见江南二仲诗，因呈振甫》。

1974年　64岁

春，美国学者珍妮·凯利（Jeane Kelly）英译的《围城》第一章刊于香港《译丛》（*Renditions*）春季号第65—80页。

本年，作七律《老至》《辛笛寄诗奉答》、七绝《王辛笛寄茶》（2首）。

1975年　65岁

1975年前后，日本汉学家荒井健翻译的《围城》前四章连载于《飙风》（1977—1981）。

本年，作七律《振甫追和秋怀韵，再迭酬之》、七绝《西蜀江君骏卿不知自何处收得余二十二岁所作英文文稿，藏之三十年，寄燕谋转致并索赋。诗以志》（2首）。《灵感》的捷克语译本刊于捷克《外国文学杂志》第3期。

1977年　67岁

作七律2首《燕谋以余罕作诗，寄什督诱，如数奉报》。

1978年　68岁

作七律《陈百庸（凡）属题出峡诗画册》（2首）。

1979年　69岁

8月,《旧体诗一首》见方丹《我所认识的钱锺书》,载香港《明报月刊》第14卷第8期(总164期)。

9月,《旧诗十首》载香港《秋水》半年刊第6期。

本年,作五律《寄祝许大千七十》、七律《马先之(厚文)属题诗稿》。美国印第安纳大学出版社出版珍妮·凯莉和茅国权合译的《围城》英译本,以晨光出版公司1947年初版本为底本,收入"中国文学英译丛书"。

1980年　70岁

2月,为即将重新出版的《围城》作重印前记。

5月,莫斯科文学出版社出版符·索罗金(Владислав Федорович Сорокин,1927—2015)的《围城》俄译本,收入"中国文学文库"。

6月,香港文教出版社出版署名"錢鍾書"的《围城》繁体竖排本。

9月20日,署名"钱钟书"的《重印〈围城〉前记》刊于《文汇增刊》第6期。后转载于11月出刊的《新华月报(文摘版)》第11期第247页。

10月,人民文学出版社出版《围城》横排版,增收《重印前记》(1980年2月作);人民文学出版社出版《钱钟书精品文集》,收录《围城》《人·兽·鬼》《写在人生边上》《槐聚诗存》精装版本。

12月,为杨绛《干校六记》作小引。

1981年　71岁

5月,香港文教出版社出版署名"錢鍾書"《人·兽·鬼》《写在人生边上》的竖排繁体版。《十月》第5期在"借鉴与探讨"栏目发表吴福辉《现代病态知识社会的机智讽刺——〈猫〉和钱钟书小说艺术的独创性》(第232—237页),并附上署名"钱钟书"的《猫》(第238—256页)。27日,钱锺书在读完黄裳刊于《人民日报》5月26日第8版“人间说戏”专栏的文章《衙内》之后，回信并附上七律《马先之（厚文）属题诗稿》。

7月4日，应邀为《围城》日译本作序。

9月10日，《〈干校六记〉小引》刊于《读书》第9期第100—101页。

10月10日，署名“钱锺书”的《〈围城〉日译本序》刊于《读书》第10期第97—98页。

本年，作七律诗《大千枉存话旧即送返美》。

1982年　72岁

5月，香港文教出版社出版署名“錢鍾書”的《写在人生边上》竖排繁体版，收入“中国现代文学丛书”。

8月，为福建人民出版社即将出版的《写在人生边上》和《人·兽·鬼》单行重印本作序。

9月，应邀为《围城》德译本撰写《前言》。

11月10日，署名“钱锺书”的《〈写在人生边上〉和〈人·兽·鬼〉重印本序》刊于《读书》第11期第108—109页。

12月10日，署名“钱钟书”的《〈围城〉德译本前言》刊于《读书》第12期第108页。

1983年　73岁

1月，署名“钱钟书”的《纪念》刊于《广州文艺》第1期第53—63页。

7月，福建人民出版社出版署名“钱锺书”的《人·兽·鬼》，包括：《〈人·兽·鬼〉和〈写在人生边上〉重印本序》《序》《上帝的梦》《猫》《灵感》《纪念》。收入柯灵等主编的《上海抗战时期文学丛书》第1辑。

8月5日，七律《作燕谋》、七律《燕谋以余久不作诗，寄什督诱，奉报》（2首）刊于《新民晚报》。

12月，署名“钱锺书”的《写在人生边上》由福建人民出版社出版，包括：《〈写在人生边上〉和〈人·兽·鬼〉重印本序》《序》《魔鬼夜访钱锺书先生》《窗》《论快乐》《说笑》《吃饭》《读〈伊索寓言〉》《谈教训》《一个偏见》《释文盲》《论文人》。收入柯灵等主编的《上海抗战时期文学丛书》第2辑。

1984年　74岁

1月12日，七律《赠乔大壮先生》《陈病树文属题无庐图》刊于《新民晚报》。

3月，为钟叔河《走向世界》作序。11日，七律《题新刊〈聆风簃诗集资〉》、七绝《向觉明（达）属题两法国人合著〈英国文学史〉》（3首）刊于《新民晚报》。

5月8日，署名“钱钟书”的《“走向世界”丛书序》刊于《人民日报》第8版。

6月10日，署名“钱锺书”的《〈走向世界〉序》刊于《读书》第6期第86—87页。

10月，台湾光复书局有限公司出版《当代世界小说家读者48——钱锺书》，包括研究钱锺书的四篇论文、一份年表和《围城》。

本年，台湾文史哲出版社出版《围城》，掀起了台湾新一轮的《围城》“出版热”。

1985年　75岁

4月，为《徐燕谋诗草》作序。

本年，莫斯科文学出版社出版《纪念》俄译本。

1986年　76岁

12月，旧体诗3首即《说诗》（2首）和《寻诗》收入叶元章、徐通翰编，江苏文艺出版社出版的《中国当代诗词选》。

本年,德意志联邦共和国科隆市迪得里希出版社出版《纪念》德译本。

1987年 77岁

2月23日,《〈徐燕谋诗草〉序》刊于香港《文汇报》。

11月,《语文月刊》第11期第4—5页刊登蒋守谦的《一篇独具风骨的散文——读〈《干校六记》小引〉》,并在第5—6页刊登署名“钱钟书”的《〈干校六记〉小引》。

本年,南京人民广播电台文艺部将《围城》录成38段长篇小说片段,由著名表演艺术家张家声演播,并在全国多家省市电台播出。台湾文帅出版社出版《围城》,收入“卅年代纯文学”(系列之十);台湾汉京文化事业有限公司出版《围城;记钱锺书与〈围城〉》,收入“新文学史料丛刊”(系列之一);台湾谷风出版社出版《围城》,收入“30年代文学作品精选”(系列之三);台湾辅新书局出版《围城》,列入“中国名家系列”之钱锺书代表作;台湾全兴出版社出版《围城》,收入“中国文艺作家系列”,封面标明“中国大陆三十年代文坛巨著”。巴黎克里斯蒂安·布格瓦出版社出版薛思薇(Sylvie Servan-Schreiber,钱锺书曾译音译为“赛尔望-许来伯”)和华人记者王鲁(Lou Wang)合译的《围城》法译本,收入“东亚丛书系列”。

1988年 78岁

1月,为香港版《宋诗选注》作序《模糊的铜镜》(署名“錢鍾書”)。

2—3月,日本岩波书店出版荒井健与中岛长文、中岛碧夫妇合译的《围城》日译本(《結婚狂詩曲》(《围城》上、下)),列入专收外国文学名著的“岩波文库赤系列”。

3月24日,署名“钱钟书”的《模糊的铜镜》刊于《人民日报·副刊》第8版。

9月，署名“錢鍾書”的为台湾版《钱著七种》撰写前言：《表示风向的一片树叶》。15日，《随笔》第5期第9—10页发表郑朝宗《文章千古事，得失寸心知》，并在第11—23页附上署名“钱钟书”的《模糊的铜镜》。26日，署名“钱钟书”的《表示风向的一片树叶》刊于《人民日报·副刊》第8版。

本年，台湾全兴出版社出版《围城》；法兰克福岛屿出版社出版德国汉学家莫宜佳（Monika Motsch，1942— ，曾译为“莫妮卡”“莫芝宜佳”）和德籍华裔学者史仁仲（Jerome Shih Yen Chung，1944—2005）合译的《围城》德译本。

1989年 79岁

2月13日，《瞭望》周刊第6—7期第28—64页发表巴金、钱钟书、杨绛、刘再复、冯骥才、谢晋、韩美林、施光南等人的《作家艺术家新春谈艺录》。

4月，《与张君晓峰（其昀）书（1934年6月10日）》以及旧体诗《赠罗家伦·七绝一首》《与黄维梁书》《与马森书》载台湾《联合文学》第5卷第6期“钱锺书专辑”。

夏，作七律《阅世》。

9月，台湾书林出版有限公司出版包括《围城（定本）》等7部作品在内的《钱锺书作品集》精装本，钱锺书应邀撰写《前言》。

本年，莫斯科文艺出版社再版《围城》俄译本（《围城：一部长篇和几部短篇》），收入《围城》、《上帝的梦》、《灵感》和《纪念》、《干校六记》的俄译本。由孙雄飞等改编、黄蜀芹导演的十集电视连续剧《围城》搬上荧屏，引发了一场空前的“《围城》热”。

1990年 80岁

6月，中国社会科学出版社出版署名“錢鍾書”的《写在人生边上》软精装版本，由杨润时、栾贵明负责校核，封面有署名“槐聚”的作者手迹《松堂小憩同绛》。

9月，台湾书林出版有限公司出版《围城》英译本，以美国印第安纳大学出版社1979年版本为底本。台湾满庭芳出版社出版《围城》，收入"中国文艺作家系列"。

11月22日，旧体诗《论诗七律三章》载《文汇报》第3版。24日，致林子清信札一通、赠冒孝鲁律诗一首见林子清《钱锺书先生在暨大》，刊于《文汇读书周报》第3版。

1991年 81岁

1月，《中国电视》第1期封面发布《中国电视剧〈围城〉》，并发表五篇文章：钱钟书、随熊非、屠伟德、黄蜀芹《围城》（第4—32页），孙雄飞《我们选择了艰难——谈〈围城〉的改编》（第33—36页），楚楚《那人在，灯火阑珊处：访福建点试探首席播音员、节目主持人张乔》（第34页），童道明《谈〈围城〉的电视剧改编》（第37—39页），刘杨体《人生困境中的"围城心态"：评电视连续剧〈围城〉》（第40—42页）。

2月，人民文学出版社再版《围城》（署名"钱锺书"），采用绿色封面压膜，封面书名"围城"改由杨绛先生题写。

3月5日，署名"钱钟书"的散文《说笑》刊于《喜剧世界》第2期第37—38页。

5月，署名"钱锺书"的《人·兽·鬼》《写在人生边上》合订本由福建海峡文艺出版社出版，收入"上海抗战时期文学丛书"，包括：《缘起》、《〈写在人生边上〉〈人·兽·鬼〉重印本序》、《人·兽·鬼》中的4篇短篇小说、《写在人生边上》中的十篇散文。

6月30日，《名作欣赏》第3期刊登署名"钱锺书"的三个短篇：《纪念》（第32—41页）、《猫》（第53—70页）、《灵感》（第74—81页），同时刊登研究钱锺书小说的六篇文章。署名"钱钟书"的《钱钟书其人其事》刊于《当代文学研究资料与信息》第20—21页。

7月，署名“钱钟书”的《论文德》刊于《语文学习》第7期第22页。

本年，应邀为杨绛小说中人物作旧体情诗7首。后以《代拟无题七首》收入《槐聚诗存》《杨绛散文》等。

1992年　82岁

3月，钱钟书著、李贵升译的《门与窗》刊于《大学英语》第3期第81—82页。

7月，《名作欣赏》第4期第26—54页刊登张明亮《梦中说梦梦几层：试释〈上帝的梦〉》，并在第33—39页“读者点赏”栏目附上署名“钱锺书”的《上帝的梦》。

8月，署名“钱钟书”的《人生妙语》刊于《青年博览》第8期第36—37页。

9月，巴塞罗那阿纳格拉玛出版有限公司出版达西安娜·菲萨克（Taciana Fisac）翻译的《围城》西班牙语译本，收入“叙事全景”丛书系列。

1993年 83岁

3月18日，为吴学昭整理的《吴宓日记》撰写前言。

本年，台湾金安书社出版“金安文库系列”之十三《围城》。韩国英文学者李惠兰（이혜란）将《围城》从英译本转译成韩文，由首尔皇帝出版社出版。

1994年　84岁

1月，为即将出版的《槐聚诗存》作序。《文学报》周刊第3期第3页刊登钱钟书《关于〈长城万里图〉的通信》。

5月，河北教育出版社出版署名“錢鍾書”的散文集《写在人生边上》，收入“中国现代小品经典”。

10月，人民文学出版社出版《围城》大32开本，作为全国高等学校中文学科教学指导委员会指定的大学生必读书目。法国伽利玛出版社出版孙超英

（Chaoying Durand-Sun）翻译并作注的《人·兽·鬼》法译本。

本年，韩国中文学者吴允淑（오윤숙）将《围城》直接从中文译成韩文（全2册），由首尔实录出版社出版。

1995年 85岁

3月，旧体诗集《槐聚诗存》由生活·读书·新知三联书店出版（竖排线装影印本），收录173目278首诗，时间跨度为1934—1991年，其中：四言诗6首，六言诗8首（含卷末《无题》7首之一），五古16首，七古4首，五绝5首，其余为五律、七绝、七律；1949年以前200首，1949年以后78首。题材可大致分为六类：即时、即事、即景、抒情、写心之作；纪游及山水登临之作；与前辈或友人酬唱之作；怀念妻女之作；读诗论诗之作；为人题诗题画之作。同年还有台湾时报文化出版有限公司版本、北京三联书店平装本、香港三联书店版本。

1996年 86岁

1月28日，《名作欣赏》第1期第62—63页刊登匡启镛的论文《比较艺术的典范——钱鍾书〈窗〉赏析》，并在第34、63—64页刊登署名"钱鍾书"的《窗》。同期第65—69页刊登谷祥云的论文《诅咒狐狸——几则同名寓言的比较思考，为钱鍾书先生〈读伊索寓言〉一文作注》，并在第52、70—71页刊登署名"钱鍾书"的《读〈伊索寓言〉》。

1月，署名"钱钟书"的《钱钟书书简》刊于《小说》第1期第153—192页。

4月，署名"钱钟书"的《吃饭》刊于《上海采风》第4期第48—50页。

6月，署名"陳衍石遺說、錢鍾書默存記"的《石语》刊于《中国文化》第1期（总第13期）第1—7页。

9月，漓江出版社出版《围城》，收录：《序》《围城》《附录：记钱钟书与〈围城〉》。

12月10日，署名"钱钟书"的《说笑》刊于《神州学人》第12期第40页。

本年，越南胡志明市文艺出版社出版黎金坦（Lê Kinh Tâm）翻译的《围城》越南语译本，收入“中国文学”系列。

1997年　87岁

1月，中国广播电视出版社出版钱钟书、杨绛著，文祥、李虹编的《钱钟书杨绛散文》。

2月，《读者》刊登署名“钱钟书”的《兄弟盗宝》（源自论文《一节历史掌故、一个宗教寓言、一篇小说》中的一节历史掌故）。

3月5日，胡乔木、钱钟书《关于七律〈所有思〉的通信》刊于《百年潮》第2期第60—63页。

7月，浙江文艺出版社出版《钱鍾书散文》，收录《写在人生边上》中10篇散文、《七缀集》中1篇论文、书评、书信、序言（包括自序和他序）等99篇文章。甘肃人民出版社出版《钱钟书作品集》，收录《钱锺书自传》（杨绛著）、《序》、《围城》、《人·兽·鬼》、《写在人生边上》、《七缀集》。

9月，人民文学出版社经过修订、重排，推出《围城》新印刷本。

11月，《美与时代》第11期第11—16页刊登署名“钱钟书”的散文《论快乐》。

12月，敦煌文艺出版社出版《钱钟书作品集》，收录《围城》《七缀集》《人·兽·鬼》《谈艺录》《写在人生边上》等。

1998年　88岁

1月，署名“钱锺书、杨绛”的散文《收藏了十五年的附识》刊于《十月》第1期第78—80页。

2月，署名“钱钟书”的散文《吃饭》刊于《大众文摘》第2期第23—24页。宁夏人民出版社出版《钱锺书随笔》，收录与浙江文艺出版社1997年版《钱锺书散文》相同的67篇文章。27日，署名“钱锺书”的《〈吴宓日记〉序言》刊于

《人民日报》第12版。

3月，署名“钱钟书”的《窗》刊于《神州学人》第3期第38—39页。

4月，署名“钱钟书/文 章子明/评”的《窗》刊于《中学语文》第4期第6—7页。

5月，《我对文学现状的一点感想：1980年11月在日本爱知大学文学部的讲演》刊于《书城》第5期第19页（署名“钱锺书”）。敦煌文艺出版社出版《雅言俗语——钱钟书散文精选》，所收文章与浙江文艺出版社1997年版《钱锺书散文》完全相同。

9月，署名“钱钟书”的散文《窗》刊于《语文月刊》第9期第7—8页。

10月，内蒙古人民出版社出版《钱钟书经典散文集》，所收文章与浙江文艺出版社1997年版《钱锺书散文》完全相同。

12月19日，在北京去世，享年88岁。

［作者单位：湖南师范大学外国语学院］